U0145742

髙髙 BOOKS

脂硯齋評石頭記

〔清〕曹雪芹 著
〔清〕脂砚斋等 评
若水古社 整理

贰

廣陵書社
江苏·扬州

元春

探春

史湘雲

妙玉

迎春

惜春

王熙鳳

巧姐

李紈

可卿

第二十五回

魇魔法叔嫂逢五鬼　通灵玉蒙蔽遇双真

有缘的，推不开；知心的，死不改。纵然是通灵神玉也遭尘败。梦里徘徊，醒后疑猜，时时兜底上心来。怕人窥破笑盈腮，独自无言偷打咳，这的是、前生造定今生债。

话说红玉情思缠绵，忽朦胧睡去，遇见贾芸要拉他，却回身一跑，被门槛子绊了一跤，唬醒过来，方知是梦。因此翻来覆去，一夜无眠。至次日天明，方才起来，就有几个丫头来会他去打扫屋子地面，提洗脸水。这红玉也不梳洗，向镜中胡乱挽了一挽头发，洗了洗手，腰内束了一条汗巾子，便来扫地。

谁知宝玉昨儿见了红玉，也就留了心，若要直点名唤他来使用，一则怕袭人等寒心，是宝玉心中想，不是袭人拈酸。二则又不知红玉是何等行为，若好还罢了，不知"好"字是如何讲？答曰：在"何等行为"四字上看便知，玉兄每情不情，况有情者乎！若不好起来，那时倒不好退送的，因此心中闷闷的。早起来也不梳洗，只坐着出神。一时下了窗子，隔着纱屉子，向外看的真切，只见好几个丫头在那里扫地，都擦胭抹粉，簪花插柳的，八字写尽蠢鬟，是为衬红玉。亦如用豪贵人家浓妆艳饰插金带银的，衬宝钗、黛玉也。独不见昨儿那一个。宝玉便靸了鞋，晃出了房门，只装着看花儿，这里瞧瞧，那里望望，文字有层次。一抬头，只见西南角上游廊底下栏杆外似有一个人倚在那里，却恨面前有一株海棠花遮着，看不真切。余所谓此书之妙，皆从诗词句中泛出者，皆系此等笔墨也。试问观者，此非“隔花人远天涯近”乎？可知上几回非余妄拟也。只得又转了一步，仔细一看，可不是昨儿的那个丫头在那里出神。待要迎上去，又不好去的。正想着，忽见碧痕来催他洗脸，只得进去了。不在话下。

却说红玉正自出神，忽见袭人招手叫他，此处方写出袭人来，是衬贴法。只得走来。袭人道：“你到林姑娘那里去，把他们的喷壶借来使使。我们的还没有收什了来呢。”红玉答应了，便往潇湘馆去。正走上翠烟桥，抬头一望，只见山坡上高处都拦着帏幕，方想起今儿有匠人在里头种树。因转身一望，只见那边远远的一簇人在那里掘土，贾芸正坐在山子石上。红玉待要过去，又不敢过去，只得闷闷的向潇湘馆取了喷壶回来，无精打采，自向房内倒着去。众人只说他一时身上不快，都不理论。文字到此一顿，狡猾之至。

展眼过了一日，必云“展眼过了一日”者，是反衬红玉“挨一刻似一夏”也。知乎？原来次日就是王子腾夫人的寿诞，那里原打发人来请贾母、王夫人的，王夫人见贾母不去，自己也便不去了。所谓一笔两用也。倒是薛姨妈同凤姐儿并贾家三个姊妹、宝钗、宝玉一齐都去了，至晚方回。且说王夫人见贾环下了学，便命他来抄个《金刚咒》唪诵。用《金刚咒》引五鬼法。那贾环在王夫人炕上坐了，命人点上灯，拿腔作势的抄写。小人乍得意者，齐来一玩。一时叫彩云倒茶来，一时又叫玉钏儿来剪剪灯花，一时又说金钏儿挡了灯影。众丫头们素日厌恶他，都不答理。只有彩霞还和他合的来，暗中又伏一风月之隙。倒了一钟茶来递与他。见王夫人和人说话儿，便悄悄的向贾环说道："你安些分罢，何苦讨这个厌呢！"贾环道："我也知道了，你别哄我。如今你和宝玉好，把我不答理，我也看出来了。"彩霞咬着嘴唇，向贾环头上戳了一指头，说道："没良心的！才是狗咬吕洞宾，不识好心人。"风月之情，皆系彼此业障所牵，虽云"惺惺惜惺惺"，但亦从业障而来。蠢妇配才郎，世间固不少，然俏女慕村夫者犹多。所谓业障牵魔，不在才貌之论。

此等世俗之言，亦因人而用，妥极当极！壬午孟夏，雨窗，畸笏。

两人正说着，只见凤姐来了，拜见过王夫人，王夫人便一长一短的问他，今儿是那几位堂客在那里，戏文如何，酒席好歹等话。说了不多几句话，宝玉也来了，进门见了王夫人，不过规规矩矩说了几句话，是大家子弟模样。便命人除去抹额，脱了袍服，拉了靴子，便一头滚在王夫人怀内。余几几失声哭出。王夫人便用手满身满脸摩挲抚弄他，普天下幼年丧母者齐来一哭。宝玉也搬着王夫人的脖子说长道短的。慈母娇儿写尽矣。王夫人道："我的儿，你又吃多了酒，脸上滚热。你还只是揉搓，一会闹上酒来，还不在那里静静的倒一会子呢。"说着，便叫人拿个枕头来。宝玉听了便下来，在王夫人身后倒下，又叫彩霞来替他拍着。宝玉便和彩霞说笑，只见彩霞淡淡的，不大答理，两眼睛只向贾环处看。宝玉便拉他的手笑道："好姐姐，你也理我一理儿呢。"彩霞夺了手道："再闹，我就嚷了。"

二人正说，原来贾环听的见，素日原恨宝玉，如今又见他和彩霞厮闹，心中越发按不下这口毒气。虽不敢明言，却每每暗中算计，只是不得下手，已伏金钏回矣。今儿相离甚近，便要用蜡灯里的滚油烫他一下，因而故意装作失手，把那一盏油汪汪的蜡灯向宝玉脸上只一推。只听宝玉"嗳哟"了一声，满屋人都唬一跳，连忙把地下的戳灯挪过来，又将里外屋的拿了三四盏看时，只见宝玉满脸满头都是蜡油。王夫人又急又气，一面命人来给宝玉擦洗，一面又骂贾环。凤姐三步两步跑上炕去，阿凤活现纸上。给宝玉收拾着，一面笑道："老三还是这样慌脚鸡似的，我说你上不得高台盘。赵姨娘时常也该教导教导他才是。"为下文紧一步。一句话提醒了王夫人，王夫人便不骂贾环，便叫过赵姨娘来骂道："养出这样不知道理、下流黑心种子来，也不管管！几番几次我都不理论，补出素日来。你们倒得了意了，这不亦发上来了。"那赵姨娘素日虽然也常怀嫉妒之心，不忿凤姐、宝玉两个，也不敢露出来；如今贾环又生了事，受这场恶气，不但吞声承受，而且还要替宝玉来收拾。只见宝玉左边脸

环儿种种行为，毫无大家规范，实实可恨之至。

上烫了一溜燎泡，幸而眼睛没动。王夫人看了，又是心疼，又怕明日贾母问怎么回答，急的又把赵姨娘数落一顿。总是为楔紧“五鬼”一回文字。然后又安慰了宝玉一回，又命取败毒消肿药来敷上。宝玉道：“有些疼，还不妨事。明儿老太太问，就说是我自己烫的罢了。”凤姐笑道：两笑，坏极。“便说自己烫的，玉兄自是悌弟之心性。一叹！也要骂人为什么不小心看着，叫你烫了，横竖有一场气生，到明儿凭你怎么说去罢。”坏极。总是调唆口吻，赵氏宁不觉乎？王夫人命人好生送了宝玉回房去后，袭人等见了，都慌的了不得。

为五鬼法作引，非泛文也。雨窗。

林黛玉见宝玉出了一天门，就觉得闷闷的，没个可说话的人。至晚正打发人来问了两三遍回来没有，这遍方才说回来，偏生又烫了脸。林黛玉便赶着来瞧，只见宝玉正拿镜子照呢，左边脸上满满的敷着一脸药。黛玉只当烫的十分利害，忙上来问怎么烫了，要瞧瞧。宝玉见他来了，忙把脸遮着，摇手不肯叫他看。知道他的癖性喜洁，见不得这些东西。写宝玉文字，此等方是正紧笔墨。林黛玉自己也知道自己有这件癖性，写林黛玉文字，此等方是正紧笔墨。故二人文字虽多，如此等暗伏淡写处亦不少，观者实实看不出。知道宝玉的心内怕他嫌脏，将二人一并，真真写他二人之心，玲珑七窍。　二人纯用体贴功夫。因笑道：“我瞧瞧，烫了那里了，有什么遮着藏着的。”一面说，一面就凑上来，强搬着脖子瞧了一瞧，问疼的怎么样。宝玉道："也不很疼，养一两日就好了。"黛玉坐了一回，闷闷的回房去了。一宿无话。

次日，宝玉见了贾母，虽然自己承认是自己烫的，不与别人相干，免不得贾母又把跟从的人骂一顿。此原非正文，故草草写来。过了一日，就有宝玉寄名的干娘马道婆进荣国府来请安。见了宝玉唬了一跳，问起原故，说是烫的，便点头叹惜一回，又向宝玉脸上用指头画了几画，又口内嘟嘟囔囔的持诵了一回，就说道："管保你好了，这不过是一时飞灾。"又向贾母道："祖宗老菩萨一段无伦无理信口开河的浑话，却句句都是耳闻目睹者，并非杜撰而有，作者与余实实经过。那里知道那经典佛法上说的利害。大凡那王公卿相人家的子弟，只一生下来，暗中就有许多促狭鬼跟着他，得空便拧他一下，掐一下，或吃饭时打下他的饭碗来，或走着推他一跤，所以往往的那大家子的子孙多有长不大的。"

贾母听见如此说，便赶着问："这可有什么佛法解释没有呢？"马道婆道："这个容易，只是替他多多作些因果善事也就罢了。再那经上还说，西方有位大光明普照菩萨，专管照耀阴暗邪祟，若有那善男子善女人虔心供奉者，可以永佑儿孙康宁安静，再无惊恐邪祟撞客之灾。"贾母道："倒不知怎么个供奉这位菩萨呢？"马道婆道："也不值什么，除香烛供养之外，一天多使几斤香油，添在大海灯里。这海灯，就是菩萨的现身法像，昼夜不敢熄的。"贾母道："一天一夜也得多少油？明白告诉我，我好作这件功德。"马道婆听说，便笑道："这也不拘，随施主们心愿舍罢了。像我们庙里就有好几处的王妃诰命供奉：南安郡王太妃有许多，愿心大，贼婆先用大铺排试之。一天是四十八斤油，一斤灯草，那海灯也只比缸略小些；锦田侯的诰命次一等，一天不过二十四斤；再还有几家，也有五斤的、三斤的、一斤的，都不拘数。那小家子舍不起这些，就是四两半斤，也少不得替他点。”

点头思忖，是量事之大小，非吝啬也。　日费香油四十八斤，每月油二百五十余斤，合钱三百余串，为一小儿，如何服众？太君细心若是。

贾母听了，点头思忖。马道婆又道：“还有一件，若是为父母尊亲长上的，多舍些不妨。像老祖宗如今为宝玉，若舍多了倒不好，还怕禁不起，倒折了福，也不当家。要舍，大则七斤，小则五斤，也就是了。”贼道婆！是自“太君思忖”上来，后用如此数语收之，使太君必心悦诚服愿行。贼婆，贼婆，费我作者许多心机摹写也。贾母说：“既这样，你便一日五斤合准了，每月来打趸关了去。”马道婆念了一声“阿弥陀佛，慈悲大菩萨”。贾母又命人来吩咐道：“以后大凡宝玉出门的日子，拿几串钱交给他小子们带着，遇见僧道穷苦之人好施舍的。”说毕，那马道婆又坐了一回，便又往各院各房问安，闲逛了一回。

一时来至赵姨娘房内，有“各院各房”，接此方不觉突然。二人见过，赵姨娘叫小丫头倒了茶来与他吃。马道婆因见炕上堆着些零碎绸缎弯角，赵姨娘正粘鞋呢。马道婆道：“可是我正没有鞋面子。见者有分是也。赵奶奶你有零碎缎子，不拘什么颜色，弄一双给我。”赵姨娘听说，叹口气道：“你瞧瞧，那里头还有那一块是成样的？成样的东西，也到不了我手里来！有的没的都在那里，你不嫌，就挑两块子去。”那马道婆见说，果真挑了两块袖起来。赵姨娘问道：“可是前儿我送了五百钱去，在药王跟前上供，你可收了没有？”马道婆道：“早已替你上了供了。”赵姨娘叹口气道：“阿弥陀佛！我手里但凡从容些，也时常的上个供，只是心有余力量不足。”马道婆道：“你只放心，将来熬的环哥儿大了，得个一官半职，那时你要做多大的功德不能？”赵姨娘听了，鼻子里笑了一声，道：“罢，罢，再别说起。如今就是个样儿，我们娘儿们跟的上那一个？也不是有了宝玉，竟是得了活龙。他还是小孩子家，长的得人意儿，赵妪数语，可知玉兄之身分，况在背后之言。大人偏疼他些也还罢了；我只不伏这个主儿。”活现赵妪。一面说，一面又伸出俩指头来。活现阿凤。马道婆会意，便问道：“可是琏二奶奶么？”赵姨娘唬的忙摇手儿，走到门前，掀帘子向外看看无人，是心胆俱怕破。方进来向马道婆悄悄的说道：“了不得，了不得，提起这个主儿，这一分家私要不教他搬送了娘家去，这是妒心正题目。我就不是个人。”马道婆见他如此说，便探他口气说道：有隙即入，所谓贼婆，是极。“我还用你说，难道都看不出来。也亏你们心里都不理论，只凭他去。倒也妙。”赵姨娘道：“我的娘，不凭他去，难道谁还敢把他怎么样？”马道婆听说，鼻子里一笑，二笑。半晌说道：“不是我说句造孽的话，你们没本事也难怪。明不敢怎么样，暗里也就算计了，还等到这时候？”贼婆操必胜之券，赵妪已堕术中，故敢直出明言，可畏可怕！赵姨娘听这话有道理，心内暗暗的欢喜，便问道：“怎么暗里算计？我倒有这心，只是没这样的能干人。你若教给我这法子，我大大的谢你。”马道婆听说，这话打拢

"阿弥陀佛"四字念在此处，可叹之至，造孽之至，可恨之至！

了一处，便又故意说道："阿弥陀佛，你快休问我，我那里知道这些事？罪过，罪过！"远一步却是近一步，贼婆，贼婆！赵姨娘道："又来了。你是最肯济困扶危的人，难道就眼睁睁的看着人家来摆布死了我们娘儿两个不成？还是怕我不谢你？"马道婆听如此说，便笑道："若说我不忍叫你娘儿们受人委屈还犹可，若说'谢'的这个字，可是你错打了法马了。就便是我希图你的谢，靠你有什么东西能打动了我？"探谢礼大小，是如此说法，可怕可畏！

赵姨娘听这话口气松了些，便说道："你这么个明白人，怎么也糊涂起来了。你若果然法子灵验，把他两个绝了，明日这家私不怕不是我环儿的。那时你要什么不得？"马道婆听说，低了头，半晌说道："那时候事情妥当了，又无凭据，你还理我呢！"赵姨娘道："这又何难。如今我虽手里没什么，也零零碎碎攒了几两梯己，还有几件衣服、簪子，你先拿了去。下剩的，我写个欠银子的文契给你，你要什么保人也有，到那时我照数给你。"马道婆道："果然这样？"赵姨娘道："这如何撒得谎！"说着便叫过一个心腹婆子来，在耳根底下嘁嘁喳喳说了几句话，所谓狐群狗党，大家难免，看官着眼。那婆子出去了。一时回来，果然写了个五百两的欠契来。赵姨娘便印了手模，痴妇，痴妇！走到厨柜里，将梯己拿了出来，与马道婆看看，道："这个你先拿了去，做香烛供奉使费，可好不好？”马道婆看看白花花的一堆银子，又有欠契，并不顾青红皂白，满口里应着，有道婆作干娘者来看此句，“并不顾”三字怕杀人，千万件恶事皆从三字生出来。可怕可畏可警，可长存，戒之。伸手先去接了银子掖起来，然后收了欠契。又向裤腰里掏了半晌，掏出十几个纸铰的青脸红发的鬼来，并两个纸人，如此现成，更可怕。　如此现成，想贼婆所害之人，岂止宝玉、阿凤二人哉？大家太君夫人诫之慎之。递与赵姨娘，又悄悄的道：“把他两个的年庚八字写在这两个纸人身上，一并五个鬼都掖在他们各人的床上就完了。我只在家里作法，自有效验。千万小心，不要害怕。”正才说完，只见王夫人的丫鬟进来找道：“奶奶可在这里，太太等你呢。”二人方散了，不在话下。

宝玉乃贼婆之寄名儿，况阿凤乎？三姑六婆之为害如此，即贾母之神明，在所不免。其他只知吃斋念佛之夫人、太君，岂能防范得来。此作者一片婆心，不避嫌疑，特为写出，使看官再四着眼。吾家儿孙慎之戒之。

却说黛玉因见宝玉近日烫了脸，总不出门，倒时常在一处说说话儿。这日饭后看了二三篇书，自觉无趣，便同紫鹃、雪雁做了一回针线，更觉得烦闷。便倚着房门出了一回神，所谓“闲倚绣房吹柳絮”是也。信步出来，看阶下新迸出的稚笋。妙妙！“笋根稚子无人见”，今得颦儿一见，何幸如之。　好好，妙妙！是番“笋根稚子无人见”句也。不觉出了院门。一望园中，四顾无人，惟见花光柳影，鸟语溪声。恐冷落园亭花柳，故有是十数字也。　纯用画家笔写。林黛玉信步便往怡红院来。只见几个丫头舀水，都在回廊上围着看画眉洗澡呢。

闺中女儿乐事。听见房内有笑声，林黛玉便入房中看时，原来是李宫裁、凤姐、宝钗都在这里呢，一见他进来，都笑道："这不又来了一个！"林黛玉笑道："今日齐全，倒像谁下帖子请来的。"凤姐道："前儿我打发人送了两瓶茶叶去，有照应。你往那去了？"黛玉笑道："哦，可是我倒忘了。该云：我正看《会真记》呢。一笑。多谢多谢。"凤姐又道："你尝了可还好不好？"没有说完，宝玉便道："论理可倒罢了，只是我说不大甚好，可也不知别人尝着怎么样。"宝钗道："味倒轻，只是颜色不大很好。"凤姐道："那是暹罗进贡来的，我尝着也没什么趣儿，还不如我每日吃的呢。"黛玉道："我吃着好。"卿爱因味轻也，卿如何担的起味厚之物耶？宝玉道："你果然吃着好，把我这个也拿了去罢。"凤姐道："你要爱吃，我那里还有呢。"林黛玉道："果真的，我就打发人取去了。"凤姐道："不用取去，我叫人送来就是了。我明日还有一件事求你，一同打发人送来。"黛玉听了笑道："你们听听，这是吃了他一点子茶叶，就来使唤我来了。"凤姐笑道："倒求你，你倒说这些闲话。你既吃了我们家的茶，怎么还不给我们家作媳妇？"二玉事，在贾府上下诸人，即看书人、批书人皆信定一段好夫妻，书中常常每每道及，岂其不然。叹叹！　二玉之配偶，在贾府上下诸人，即观者、批者、作者皆为无疑，故常常有此等点题语。众人听了都一齐笑起来。我也要笑。黛玉便红了脸，一声儿也不言

二宝答言，是补出诸艳俱领过之文。乙酉冬，雪窗，畸笏老人。

语，回过头去了。李宫裁笑向宝钗道："真真我们二婶子的诙谐是好的。"好赞。该他赞。黛玉含羞道："什么诙谐，不过是贫嘴贱舌讨人厌恶罢了！"此句还要候查。说着便啐了一口。凤姐笑道："你别作梦！给我们家作了媳妇，你想想——"便指宝玉道："你瞧，人物儿、门第配不上？大大一泄，好接后文。还是根基配不上？模样配不上，是家私配不上？那一点儿玷辱了谁呢？"林黛玉抬身就要走，宝钗便叫道："颦儿急了，还不回来坐着。走了倒没意思。"说着便站起来拉住。只见赵姨娘和周姨娘两个人进来瞧宝玉。李宫裁、宝钗、宝玉等都让他两个坐。独凤姐只和黛玉说笑，正眼也不看他们。宝钗方欲说话时，只见王夫人房内的丫头来说："舅太太来了，请姑娘奶奶们出去呢。"李宫裁听了，忙叫着凤姐等要走。周、赵两个也忙辞了宝玉出去。宝玉道："我也不能出去，你们好歹别叫舅母进来。"又道："林妹妹，你先站一站，我和你说一句话。"凤姐听了，回头向黛玉笑道："有人叫你说话呢。"说着，便把林黛玉往里一推，和李纨等一同去了。

这里宝玉拉着林黛玉的袖子，只是嘻嘻的笑，此刻好看之至。心里有话，只是口里说不出来。是已受镇，说不出来，勿得错会了意。此时林黛玉只是禁不住把脸红涨起来了，挣着要走。宝玉忽然"嗳哟"了一声，说："好头疼。"黛玉道："该！阿弥陀佛！"只

黛玉念佛，是吃茶之语在心故也，然摹写神妙，一丝不漏如此。己卯冬夜。

见宝玉大叫一声："我要死！"自黛玉看书起，分三段写来，真无容针之空。如夏日乌云四起，疾闪长雷不绝，不知雨落何时，忽然霹雳一声，倾盆大注，何快如之，何乐如之，其令人宁不叫绝？将身一纵，离地跳有三四尺高，嘴里乱嚷乱叫，说起胡话来了。林黛玉并丫头们都唬慌了，忙去报知贾母、王夫人等。此时王子腾的夫人也在这里，都一齐来看时，宝玉越发拿刀弄杖，寻死觅活的。贾母、王夫人见了，唬的抖衣乱颤，且"儿"一声"肉"一声恸哭起来。于是惊动众人，连贾赦、邢夫人、贾珍、贾政、贾琏、贾蓉、贾芸、贾萍、薛姨妈、薛蟠并家中一干家人上上下下里里外外众媳妇丫头等，都来园内看视。登时乱麻一般。写玉兄惊动若许人忙乱，正写太君一人之钟爱耳，看官勿被作者瞒过。正没个主见，只见凤姐儿手持一把明晃晃钢刀砍进园来，见鸡杀鸡，见狗杀狗，见人就要杀人。此处焉用鸡犬？然辉煌富丽，非处家之常也，鸡犬闲闲，始为儿孙千年之业。故于此处必用"鸡犬"二字，方是一簇腾腾大舍。众人越发慌了。周瑞媳妇忙带着几个有力量的胆壮的婆娘上去抱住，夺下刀来，抬回房去。平儿、丰儿等哭的泪天泪地。贾政等心中也有些烦难，顾了这里，丢不下那里。

别人慌张自不必讲，独有薛蟠更比诸人忙到十分去：又恐薛姨妈被人挤倒，又恐薛宝钗被人瞧见，又恐香菱被人臊皮，写呆兄忙，是愈觉忙中之愈忙，且避正文之絮烦。好笔仗，写得出！　写呆兄忙，是躲烦碎文字法。好想头，好笔力。《石头记》最得力处在此。知道贾珍等是在女人身上做功夫的，从阿呆兄意中，又写贾珍等一笔，妙！因此忙的不堪。忽一眼瞥见了林黛玉风流婉转，已酥倒在那里。忙到容针不能。以似唐突颦儿，却是写情字万不能禁止者，又可知颦儿之丰神若仙子也。　忙中写闲，真大手眼，大章法。

当下众人七言八语，有的说请端公送祟的，有的说请巫婆跳神的，有的又荐什么玉皇阁的张真人，种种喧腾不一。也曾百般的医治祈祷，问卜求神，总无效验。堪堪的日落，王子腾的夫人告辞去后，次日王子腾自己亲来瞧问。写外戚，亦避正文之繁。接着小史侯家、邢夫人弟兄辈并各亲眷都来瞧看，也有送符水的，也有荐僧道的，也都不见效。他叔嫂二人越发糊涂，不省人事，睡在床上，浑身火炭一般，口内无般不说。到夜时，那些婆娘、媳妇、丫头们都不敢上前。因此把他二人都抬到王夫人的上房内，收拾得干净有着落。　收拾的得体正大。夜间派了贾芸等带着小子们挨次轮班看守。贾母、王夫人、邢夫人、薛姨妈等寸地不离，只围着干哭。此时贾赦、贾政又恐哭坏了贾母，日夜熬油费火，闹的人口不安，也都没有主意。贾赦还是各处去寻僧觅道。贾政见都不灵效，着实懊恼，四字写尽政老矣。因阻贾赦道："儿女之数，皆由天命，非人力可强者。他二人之病出于不意，百般医治不效，想天意该当如此，也只好由他们去罢。"念书人自应如是语。贾赦也不理此话，仍是百般忙乱，那里见些效验。

看看三日光阴，那凤姐和宝玉躺在床上，一发连气都将没了。合家人口无不惊慌，都说没了指望，忙着将他二人的后事衣履都治备下了。贾母、王夫人、贾琏、平儿、袭人这几个人，更比诸人哭的忘餐废寝，觅死寻活。赵姨娘、贾环等心中欢喜称愿。补明赵妪进怡红，为作法也。

到了第四日早晨，贾母等正围着他两个哭时，只见宝玉睁开眼说道："语不惊人死不休"，此之谓也。"从今以后，我可不在你家了！快些收拾，打发我走罢。"贾母听了这话，就如同摘去心肝一般。

赵姨娘在旁劝道："老太太也不必过于悲痛了。断不可少此句。哥儿已是不中用了，不如把哥儿的衣裳穿好，让他早些回去罢，也免些苦。只管舍不得他，这口气不断，他在那世里也受罪不安生。"大遂心人，必有是语。这些话还没说完，被贾母照脸啐了一口唾沫，骂道："烂了舌根的混账老婆，谁叫你来多嘴多舌的！你怎么知道他在那世里受罪不安生？怎么见得不中用了？你愿他死了，有什么好处？你别做梦！他死了，我只和你们要命。素日都是你们调唆着逼他写字念书，奇语。所谓溺爱者不明，然天生必有是一段文字的。把胆子唬破了，见了他老子还不像个避猫鼠儿？都不是你们这起淫妇调唆的！这会子逼死了他，你们遂了心，我饶那一个！"一面骂，一面哭。

贾政在旁听见这些话，心里越发难过，便喝退赵姨娘，自己上来委婉解劝。一时又有人来回说：偏写一头不了又一头之文，真步步紧之文。"两口棺材都做齐备了，请老爷出去看。"贾母听了，如火上浇油一般，便骂道："是谁做了棺材？"一叠声只叫把做棺材的拉来打死。

正闹的天翻地覆，没个开交，只闻得隐隐的木鱼声响，不费丝毫勉强，轻轻收住数百言文字，《石头记》得力处全存此处。以幻作真，以真作幻，看书人亦要如是看法为幸。念了一句："南无解冤孽菩萨！"又听说道："有那人口不安，家宅颠倾，或逢凶险，或中邪祟不利者，我们善能医治。"贾母、王夫人等听见这些话，那里还耐得住，便命人去快请进来。贾政虽不自在，奈贾母之言如何违拗；又想如此深宅，何得听的如此真切，作者是幻笔，合屋俱是幻耳，焉能无闻。心中亦是稀罕，政老亦落幻中。便命人请了进来。众人举目看时，原来是一个癞头和尚与一个跛足道人。僧因凤姐，道因宝玉，一丝不乱。只见那和尚是怎生模样：

鼻如悬胆两眉长，目似明星蓄宝光。
破衲芒鞋无住迹，腌臜更有满头疮。

看那道人又是怎生模样，但见：

一足高来一足低，浑身带水又拖泥。
相逢若问家何处，却在蓬莱弱水西。

贾政问道："你道友二人在那庙焚修？"那僧笑道："长官不须多言，避俗套法。因闻得尊府人口不利，故特来医治。"贾政道："倒有两个人中邪，不知你们有何符水？"那道人笑道："你家现放着希世奇珍，如何倒还问我们有符水？"贾政听这话有意思，心中便动了，因说道："小儿落草时虽带了一块宝玉下来，上面说能除邪祟，点题。谁知竟不灵验。"那僧笑道："长官，你那里知道那物的妙用。只因他如今被声色货利所迷，石且能迷，可知其害不小，观者着眼，方可读《石头记》。　棒喝之声。故此不灵验了。读书者观之。你今且取他出来，待我们持诵持诵，只怕就好了。""只怕"二字，是不知此石肯听持诵否。

贾政听说，便向宝玉项上取下那玉来递与他二人。那和尚接了过来，擎在掌上，长叹一声道："青埂峰一别，正点题，大荒山手捧时语。展眼已过十三载矣！人世光阴，如此迅速，尘缘满日，若似弹指！见此一句，令人可叹可惊，不忍往后再看矣。可羡你当时的那段好处：

天不拘兮地不羁，心头无喜亦无悲。
却因煅炼通灵后，便向人间觅是非。

所谓越不聪明越快活。

可叹你今朝这番经历：

粉渍脂痕污宝光，绮栊昼夜困鸳鸯。
沉酣一梦终须醒，无百年的筵席。冤孽偿清好散场。”三次煅炼，焉得不成佛作祖？

通灵玉除邪，全部百回只此一见，何得再言僧道踪迹虚实，幻笔幻想，写幻人于幻文也。壬午孟夏，雨窗。

念毕，又摩弄一回，说了些疯话，递与贾政道：“此物已灵，不可亵渎，悬于卧室上槛。将他二人安在一室之内，除亲身妻母外，不可使外人冲犯。是要紧语，是不可不写之套语。三十三天之后，包管身安病退，复旧如初。”说着，回头便走了。贾政赶着还说让二人坐了吃茶，要送谢礼，他二人早已出去了。贾母等还只管使人去赶，那里有个踪影。少不得依言将他二人就安在王夫人卧室之内，将玉悬在门上，王夫人亲自守着，不许别个人进来。至晚间，他二人竟渐渐的醒来，能领持诵，故如此灵效。肯听持诵，故有是灵。说腹中饥饿。贾母、王夫人等如得了珍宝一般，昊天罔极之恩，如何报得？哭杀幼而丧亲者。旋熬了米汤来，与他二人吃了，精神渐长，邪祟少退，一家子才把心放下来。李宫裁并贾府三艳、薛宝钗、林黛玉、平儿、袭人等在外间听信，闻得吃了米汤，省了人事，别人未开口，林黛玉先就念了声"阿弥陀佛"！针对得病时那一声。宝钗便回头看了他半日，"嗤"的一笑。众人都不会意，惜春问道："宝姐姐，好好的笑什么？"宝钗笑道："我笑如来佛比人还忙，这一句作正意看，余皆雅谑，但此一谑抵犟儿半部之谑。又要讲经说法，又要普渡众生。这如今宝玉与二姐姐病了，又是烧香还愿，赐福消灾。今儿才好些，又要管林姑娘的姻缘了，你说忙的可笑不可笑。"黛玉不觉红了脸，啐了一口道："你们这起人不是好人，不知怎么死！再不跟着好人学，只跟那些贫嘴烂舌的人学。"一面说，一面摔帘子出去了。

通灵玉听癞和尚二偈即刻灵应，抵却前回若干《庄子》及语录机锋偈子，正所谓物各有所主也。

叹不得见玉兄"悬崖撒手"文字为恨。丁亥夏，畸笏叟。

此回书因才干乖觉太露，引出事来，作者婆心，为世之乖觉人为鉴。

先写红玉数行，引接正文，是不作开门见山文字。

灯油引"大光明普照菩萨"，"大光明普照菩萨"引五鬼魇魔法，是一线贯成。

通灵玉除邪，全部只此一见，却又不灵，遇癞和尚、跛道人一点方灵应矣。写利欲之害如此。

此回本意是为禁三姑六婆进门之害，难以防范。

欲深魔重复何疑，苦海冤河解者谁。结不休时冤日盛，井天甚小性难移。

第二十六回

蜂腰桥设言传蜜意　潇湘馆春困发幽情

一个是时才得传消息，一个是旧喜化作新歌。真真假假事堪疑，哭向花林月底。

话说宝玉养过了三十三天之后，不但身体强壮，亦且连脸上疮痕平复，仍回大观园内去，这也不在话下。

且说近日宝玉病的时节，贾芸带着家下小厮坐更看守，昼夜在这里，那红玉同众丫鬟也在这里守着宝玉。彼此相见多日，都渐渐的混熟了。那红玉见贾芸手里拿的手帕子，倒像是自己从前掉的，待要问他，又不好问的。不料那和尚道士来过，用不着一切男人，贾芸仍种树去了。这件事待要放下，心内又放不下，待要问去，又怕人猜疑，正是犹豫不决，神魂不定之际，忽听窗外问道：岔开正文，却是为正文作引。　你看他偏不写正文，偏有许多闲文，却是补遗。"姐姐在屋里没有？"红玉闻听，在窗眼内望外一看，原来是本院的小丫头叫佳蕙的，因答说："在家里，你进来罢。"佳蕙听了跑进来，就坐在床上笑道："我好造化！才刚在院子里洗东西，宝玉叫往林姑娘那里送茶叶，交代井井有法。　前文有言。花大姐姐交给我送去，可巧老太太那里给林姑娘送钱来，正分给他们的丫头呢。潇湘常事，出自别院婢口中，反觉新鲜。见我去了，林姑娘就抓了两把给我，也不知多少，你替我收着。”便把手帕子打开，把钱倒了出来，红玉替他一五一十的数了收起。

此等细事，是旧族大家闺中常情，今特为暴发钱奴写来作鉴。一笑。壬午夏，雨窗。

佳蕙道：“你这一程子心里到底觉怎么样？依我说，你竟家去住两日，请一个大夫来瞧瞧，吃两剂药就好了。”红玉道：“那里的话，好好的，家去作什么！”佳蕙道：“我想起来了，林姑娘生的弱，时常他吃药，是补写否？你就和他要些来吃，也是一样。”闲言中叙出黛玉之弱，草蛇灰线。红玉道：“胡说！药也是混吃的？”如闻。佳蕙道：“你这也不是个长法儿，又懒吃懒喝的，从旁人眼中口中出，妙极！终久怎么样？”红玉道：“怕什么，还不如早些死了倒干净！”此句令人气噎，总在无可奈何上来。佳蕙道：“好好的，怎么说这些话？”红玉道：“你那里知道我心里的事！”佳蕙点头想了一会道：“可也怨不得，这个地方难站。就像昨儿是补文否？老太太因宝玉病了这些日子，说跟着服侍的这些人都辛苦了，如今身上好了，各处还完了愿，是补写否？叫把跟着的人都按着等儿赏他们。是补写否？我算年纪小，上不去，不得我也不怨；像你怎么也不算在里头？道着心病。我心里就不服。袭人那怕他得十个分儿，也不恼他，原该的。说良心话，确论公论，方见袭卿身分。谁还敢比他呢？别说他素日殷勤小心，便是不殷勤小心，也拼不得。可气晴雯、绮霰他们这几个，都算在上等里去，仗着老子娘的脸面，众人倒捧着他去。你说可气不可气？”红玉道：“也不犯着气他们，俗语说的，‘千里搭长棚，没有个不散的筵席’，此时写出此等言语，令人堕泪。谁守谁一辈子呢？不过三年五载，各人干各人的去了。那时谁还管谁呢？”这两句话不觉感动了佳蕙的心肠，不但佳蕙。批书者亦泪下矣。由不得眼睛红了，又不好意思好端端的哭，只得勉强笑道：“你这话说的却是。昨儿宝玉还说，还是补文。明儿怎么样收拾房子，怎么样做衣裳，倒像有几百年的熬煎。”却是小女儿口中无味之谈，实是写宝玉不如一鬟婢。红玉听了冷笑了两声，方要说话，文字又一顿。只见一个未留头的小丫头子走进来，手里拿着些花样子并两张纸，说道：“这是两个样子，叫你描出来呢。”说着向红玉掷下，回身就跑了。红玉向外问道：“到底是谁的？也等不的说完就跑。谁蒸下馒头等着你，怕冷了不成！”那小丫头在窗外只说得一声：“是绮大姐姐的。”又是不合式之言，擢心语。抬起脚来，咕咚咕咚又跑了。活龙活现之文。　如画。红玉便赌气把那样子掷在一边，向抽屉内找笔，找了半天，何如？都是秃了的，因说道：“前儿一支新笔是补文否？放在那里了？怎么一时想不起来？”既在矮檐下，怎敢不低头？一面说，一面出神，总是画境。想了一会，方笑道：“是了，前

红玉一腔委曲怨愤，系身在怡红不能遂志，看官勿错认为芸儿害相思也。

“狱神庙”红玉、茜雪一大回文字，惜迷失无稿。叹叹！丁亥夏，畸笏叟。

儿晚上还是补文。莺儿拿了去了。”便向佳蕙道：“你替我取了来。”佳蕙道：“花大姐姐还等着我替他抬箱子呢，你自取去罢。”红玉道：“他等着你，你还坐着闲打牙儿？袭人身分。我不叫你取去，他也不等着你了。坏透了的小蹄子！”说着，自己便出房来，出了怡红院，一径往宝钗院内来。曲折再四，方逼出正文来。

刚至沁芳亭畔，只见宝玉的奶娘李嬷嬷从那边走来。奇文。真令人不得机关。红玉立住笑问道：“李奶奶，你老人家那去了？怎打这里来？”李嬷嬷站住，将手一拍道：“你说说，好好的又看上了囫囵不解语。那个种树的什么芸哥儿雨哥儿的，奇文神文。这会子逼着我叫了他来。明儿叫上房里听见，可又是不好。”更不解。红玉笑道：“你老人家当真的就依了他去叫了？”是遂心语。李嬷嬷道：“可怎么样呢？”妙！的是老妪口气。红玉笑道：“那一个要是知道好歹，更不解。就回不进来才是。”是私心语，神妙。李嬷嬷道：“他又不痴，为什么不进来？”红玉道：“既是来了，你老人家该同他一齐来，回来叫他一个人乱碰，可是不好呢。”总是私心语，要直问又不敢，只用这等语慢慢套出，有神理。李嬷嬷道：“我有那样工夫和他走？不过告诉了他，回来打发个小丫头子或是老婆子，带进他来就完了。”说着，拄着拐一径去了。

红玉听说，便站着出神，且不去取笔。总是不言神情，另出花样。一时，只见一个小丫头子跑来，见红玉站在那里，便问道：“林姐姐，你在这里作什么呢？”红玉抬头见是小丫头子坠儿。坠儿者，赘也。人生天地间，已是赘疣，况又生许多冤情孽债。叹！红玉道：“那去？”坠儿道：“叫我带进芸二爷来。”等的是这句话。说着一径跑了。这里红玉刚走至蜂腰桥门前，只见那边坠儿引着贾芸来了，妙！不说红玉不走，亦不说走，只说"刚走到"三字，可知红玉有私心矣。若说出"必定不走""必定走"，则文字死板，亦且棱角过露，非写女儿之笔也。那贾芸一面走，一面拿眼把红玉一溜；那红玉只妆作和坠儿说话，也把眼去一溜贾芸；四目恰相对时，红玉不觉脸红了，看官至此，须掩卷细想，上三十回中篇篇句句点"红"字处，可与此处想如何。一扭身往蘅芜院去了。不在话下。

这里贾芸随着坠儿，逶迤来至怡红院中。坠儿先进去回明了，然后方领贾芸进来。贾芸看时，只见院内略略的有几点山石，种着芭蕉，那边有两只仙鹤在松树下剔翎。一溜回廊上吊着各色笼子，各色仙禽异鸟。上面小小五间抱厦，一色雕镂新鲜花样隔扇，上面悬着一个匾额，四个大字，题道是"怡红快绿"。贾芸想道："怪道叫'怡红院'，可知原来匾上是恁样四个字。"伤哉，展眼便红稀绿瘦矣。叹叹！正想着，只听里面隔着纱窗子笑说道：是文若僧繇点睛之龙，破壁飞矣，焉得不拍案叫绝。"快进来罢。我怎么就忘了你两三个月。"

贾芸听的是宝玉的声音，连忙进入房内。抬头一看，只见金碧辉煌，器皿叠叠。　不能细览之文。文章焖灼，陈设垒垒。　不得细玩之文。却看不见宝玉在那里。武夷九曲之文。一回头，只见左边立着一架大穿衣镜，从镜后转出两个一般大的十五六岁的丫头来，说："请二爷里头屋里坐。"贾芸连正眼也不敢看，连忙答应了。又进一道碧纱橱，只见一张小小填漆床上，悬着大红销金撒花帐子。宝玉穿着家常衣服，靸着鞋，倚在床上拿着本书看。这是等芸哥看，故作款式者。果真看书，在隔纱窗子说话时已放下了，玉兄若见此批，必云：老货，他处不放松我。可恨，可恨！回思将余比作钗、颦等，乃一知己，余何幸也。一笑！见他进来，将书掷下，早堆着笑立起身来。小叔身段。贾芸忙上前请了安，宝玉让坐，便在下面一张椅子上坐了。宝玉笑道："只从那日见了你，我叫你往书房里来，谁知接接连连许多事情，就把你忘了。”贾芸笑道：“总是我无福，偏偏又遇着叔叔身上欠安。叔叔如今可大安了？”宝玉道：“大好了。我倒听见说你辛苦了好几天。”贾芸道：“辛苦也是该当的，叔叔大安了，也是我们一家子的造化。”不伦不理，迎合字样，口气逼肖，可笑，可叹！　谁一家子？可发一大笑。

说着，只见有个丫鬟端了茶来与他。那贾芸口里和宝玉说着话，眼睛却溜瞅那丫鬟：前写不敢正眼，今又如此写，是用茶来，有心人故留此神，于接茶时站起，方不突然。　此句是认人，非前溜红玉之文。细挑身材，容长脸面，穿着银红袄子，青缎背心，白绫细折裙。不是别人，却是袭人。《水浒》文法。用的恰当，是芸哥眼中也。那贾芸自从宝玉病了，他在里头混了两天，他却把那有名人口认记了一半。一路总是贾芸是个有心人，一丝不乱。他也知道袭人在宝玉房中比别个不同，何如？可知余前批不谬。今见他端了茶来，宝玉又在傍边坐着，便连忙站起来笑道：“姐姐怎么替我倒起茶来。我来到叔叔这里，又不是客，让我自己倒罢了。”总写贾芸乖觉，一丝不乱。宝玉道：“你只管坐着罢了，丫头们跟前也是这样。”贾芸笑道：“虽如此说，叔叔房里的姐姐们，我怎么敢放肆呢？”红玉何以使得？一面说，一面坐下吃茶。

那宝玉便和他说些没要紧的散话。妙极是极，况宝玉又有何正紧可说的？　此批被作者偏过了。又说道谁家的戏子好，谁家的花园好，又告诉他谁家的丫头标致，谁家的酒席丰盛，又是谁家有奇货，又是谁家有异物。几个“谁家”，自北静王、公侯、驸马诸大家包括尽矣，写尽纨绔口角。　脂砚斋再笔：对芸兄原无可说之话。那贾芸口里只得顺着他说了一回，见宝玉有些懒懒的了，便起身告辞。宝玉也不甚留，只说：“你明儿闲了只管来”，仍命小丫头子坠儿送他出去。

出了怡红院，贾芸见四顾无人，便把脚慢慢的停着些走，口里一长一短和坠儿说话，先问他："几岁了？名字叫什么？你父母在那一行？在宝叔房内几年了？渐渐入港。一个月多少钱？共总宝叔房内有几个女孩子？"那坠儿见问，一桩桩都告诉他了。贾芸又道："刚才那个与你说话的，他可是叫小红？"坠儿笑道："他倒叫小红。你问他作什么？"贾芸道："方才他问你什么手帕子，我倒拣了一块。"坠儿听了笑道："他问了我好几遍，可有看见他的帕子。我有那么大工夫管这些事！今儿他又问我，他说我替他找着了，"传"字正文，此处方露。他还谢我呢！才在蘅芜苑门口说的，二爷也听见了，不是我撒谎。好二爷，你既拣着了，给我罢。我看他拿什么谢我！"

原来上月贾芸进来种树之时，便拣了一块罗帕，便知是所在园内的人失落的，但不知是那一个人的，故不敢造次。今儿听见红玉问坠儿，便知是红玉的，心内不胜喜幸。又见坠儿追索，心中早已得了主意，便向袖内将自己的一块取了出来，向坠儿笑道："我给是给你，你若得了他的谢礼，可不许瞒着我。"坠儿满口里答应了，接了手帕子，送出贾芸，回来找红玉。不在话下。至此一顿，狡猾之甚，原非书中正文之人，写来间色耳。

如今且说宝玉打发了贾芸去后，意思懒懒的歪在床上，似有朦胧之态。袭人便走上来，坐在床沿上推他，说道："怎么又要睡觉？闷的很，出去逛逛不是？"宝玉见说，便拉他的手笑道："我要去，只是舍不得你。"袭人笑道："快起来罢！"不答的妙。　不答上文，妙极！一面说，一面拉了宝玉起来。宝玉道："可往那去呢？

怪腻腻烦烦的。”玉兄最得意之文，起笔却如此写。袭人道：“你出去了就好了。只管这么葳蕤，越发心里烦腻。”

宝玉无精打采的，只得依他。恍出了房门，在回廊上调弄了一回雀儿；出至院外，顺着沁芳溪，看了一回金鱼。只见那边山坡上两只小鹿箭也似的跑来，宝玉不解何意，余亦不解。正自纳闷，只见贾兰在后面拿着一张小弓儿追了下来，前文。　此等文可是人能意料的？一见宝玉在前面，便站住了，笑道：“二叔叔在家里呢？我只当出门去了。”宝玉道：“你又淘气了，好好的射他作什么？”贾兰笑道：“这会子不念书，闲着作什么？答的何其唐皇正大，何其坦然之至。所以演习演习骑射。”奇文奇语，默思之，方意会为玉兄毫无一正事，只知安富尊荣而写。宝玉道：“把牙栽了，那时才不演呢！”

说着，顺着脚，一径来至一个院门前，像无意。只见凤尾森森、龙吟细细。与后文“落叶萧萧、寒烟漠漠”一对，可伤可叹！举目望门上一看，无一丝心迹，反似初至者，故接有忘形忘情话来。　原无意。只见匾上写着“潇湘馆”三字。三字如此出，足见真出无意。宝玉信步走入，只见湘帘垂地，悄无人声。走至窗前，觉得一缕幽香，写得出，写得出。从碧纱窗中暗暗透出。宝玉便将脸贴在纱窗上，往里看时，耳内忽听未曾看见先听见，有神理。得细细的长叹了一声道：“‘每日家情思睡昏昏’！”用情忘情，神化之文。宝玉听了，不觉心内痒将起来，再看时，只见黛玉在床上伸懒腰。有神理，真真画出。宝玉在窗外笑道：“为什么‘每日家情思睡昏昏’？”一面说，一面掀帘进来了。

林黛玉自觉忘情，不觉红了脸，拿袖子遮了脸，翻身向里妆睡着了。宝玉才走上来要搬他的身子，只见黛玉的奶娘并两个婆子都跟了进来，一丝不漏，且避若干咬蜡之文。说：“妹妹睡觉呢，等醒了再请来。”刚说着，黛玉便翻身向外坐起来，笑道：“谁睡觉呢！”妙极，可知黛玉是怕宝玉去也。那两三个婆子见黛玉起来，便笑道：“我们只当姑娘睡着了。”说着，便叫紫鹃说：“姑娘醒了，进来伺候。”一面说一面都去了。

黛玉坐在床上，一面抬手整理鬓发，一面笑向宝玉道：“人家睡觉，你进来作什么？”宝玉见他星眼微饧，香腮带赤，不觉神魂早荡，一歪身坐在椅子上，笑道：“你才说什么？”黛玉道：“我没说什么。”宝玉笑道：“给你个榧子呢！我都听见了。”

二人正说话，只见紫鹃进来。宝玉笑道：“紫鹃，把你们的好茶倒碗我吃。”紫鹃道：“那里是好的呢？要好的，只是等袭人来。”黛玉道：“别理他，你先给我舀水去罢。”紫鹃笑道：“他是客，自然先倒了茶来再舀水去。”说着，倒茶去了。宝玉笑道：“好丫头，‘若共你多情小姐同鸳帐，怎舍得叠被铺床’？”真正无意忘情。　真正无意忘情，冲口而出之语。林黛玉登时撂下脸来，我也要恼。说道：“二哥哥，你说什么？”宝玉笑道：“我何尝说什么？”黛玉便哭道：“如今新兴的，外头听了村话来也说给我听，看了混账书，也来拿我取笑儿。我成了爷们解闷的了。”一面哭着，一面下床来往外就走。宝玉不知要怎样，心下慌了，忙赶上来：“好妹妹，我一时该死，你别告诉去。我再要敢，嘴上就长个疔，烂了舌头。”

方才见芸哥所拿之书，一定见是《西厢》，不然如何忘情至此？

正说着，只见袭人走来说道："快回去穿衣服，老爷叫你呢。"宝玉听了，不觉的打了个焦雷一般，也顾不得别的，急忙回来穿衣服。不止玉兄一惊，即阿颦亦不免一唬，作者只顾写来收拾二玉之文，忘却颦儿也。想作者亦似宝玉道《西厢》之句，忘情而出也。出园来，只见焙茗在二门前等着，宝玉便问道："是作什么？"焙茗道："爷快出来罢，横竖是见去的，到那里就知道了。"一面说，一面催着宝玉转过大厅，宝玉心里还自狐疑，只听墙角边一阵呵呵大笑，回头看时见是薛蟠拍着手跳了出来，如此戏弄，非呆兄无人。欲释二玉，非此戏弄不能立解，勿得泛泛看过，不知作者胸中有多少丘壑？　非呆兄行不出此等戏弄，但作者有多少丘壑在胸中，写来酷肖。笑道："要不说姨父叫你，你那里出来的这么快！"焙茗也笑着跪下了。宝玉怔了半天方解过来，是薛蟠哄他出来。薛蟠连忙打躬作揖陪不是，酷肖。又求："不要难为了小子，都是我逼他去的。"宝玉也无法了，只好笑，因说道："你哄我也罢了，怎么说我父亲呢？我告诉姨娘去，评评这个理，可使得么？"薛蟠忙道："好兄弟，我原为求你快些出来，就忘了忌讳这句话。改日你也哄我，说我的父亲就完了。"写粗豪无心人毕肖。真真乱话。宝玉道："嗳，嗳，越发该死了。"又向焙茗道："反叛肏的，还跪着作什么！"焙茗连忙叩头起来。

薛蟠道："要不是我也不敢惊动，只因明儿五月初三日是我的生日，谁知古董行的程日兴，他不知那里寻了来的这么粗这么长粉脆的鲜藕，如见如闻。这么大的大西瓜，这么长一尾新鲜的鲟鱼，这么大的一个暹罗国进贡的灵柏香熏的暹猪，你说，他这四样礼可难得不难得？那鱼、猪不过贵而难得，这藕和瓜亏他怎么种出来的！我连忙孝敬了母亲，赶着给你们老太太、姨父、姨母送了些去。如今留了些，我要自己吃，恐怕折福，呆兄亦有此语，批书人至此，诵往生咒至恒河沙数也。左思右想，除我之外，惟有你还配吃，此语令人哭不得笑不得，亦真心语也。所以特请你来。可巧唱曲儿的一个小子又才来了，我同你乐一日何如？”一面说，一面来至他书房里，只见詹光、程日兴、胡斯来、单聘仁等并唱曲儿的都在这里，见他进来，请安的，问好的，都彼此见过了。吃了茶，薛蟠即命人摆酒来。话犹未了，众小厮七手八脚，又一个写法。摆了半天，才停当归坐。宝玉果见瓜藕新异，因笑道：“我的寿礼还未送来，倒先扰了。”薛蟠道：“可是呢，明儿你送我什么？”逼真，酷肖。宝玉道：“我可有什么可送的？若论银钱吃穿等类的东西，谁说得出。经过者方说得出。叹叹！究竟还不是我的，惟有或写一张字，画一张画，才算是我的。”

薛蟠笑道：“你提画儿，我想起来了。昨儿我看人家一张春宫，阿呆兄所见之画也。画的着实好。上面还有许多的字，我也没细看，只看落的款，原来是‘庚黄’画的。奇文，奇文！真真好的了不得！”宝玉听说，心下猜疑道：“古今字画也都见过些，那里有个‘庚黄’？”想了半天，不觉笑将起来，命人取过笔来，在手心里写了两个字，又问薛蟠道：“你看真了是‘庚黄’？”薛蟠道：“怎么看不真？”宝玉将手一撒，与他看道：“别是这两个字罢？其实

闲事顺笔，将骂死不学之纨绔。叹叹！壬午雨窗。畸笏。

与‘庚黄’相去不远。”众人都看时，原来是“唐寅”两个字，都笑道：“想必是这两字，大爷一时眼花了也未可知！”薛蟠自觉没意思，实心人。笑道：“谁知他‘糖银’‘果银’的！”

正说着，小厮来回：“冯大爷来了。”宝玉便知是神武将军冯唐之子冯紫英来了。薛蟠等一齐都叫“快请”。话犹未了，只见冯紫英一路说笑，如见如闻。已进来，一派英气如在纸上，特为金闺润色也。众人忙起席让坐。冯紫英笑道：“好呀！也不出门了，在家里高乐罢。”如见其人于纸上。宝玉、薛蟠都笑道：“一向少会，老世伯身上康健？”紫英答道：“家父倒也托庇康健。近来家母偶着了些风寒，不好了两天。”

紫英豪侠小小一段，是为金闺间色之文。壬午雨窗。

薛蟠见他面上有些青伤，便笑道：“这脸上又和谁挥拳的？挂了幌子了。”冯紫英笑道：“从那一遭把仇都尉的儿子打伤了，我就记了再不怄气，如何又挥拳？这个脸上，是前日打围，在铁网山教兔鹘捎一翅膀。”如何着想，新奇字样。宝玉道：“几时的话？”紫英道：“三月二十八日去的，前儿也就回来了。”宝玉道：“怪道前儿初三四儿，我在世兄家赴席不见你呢。我要问，不知怎么就忘了。单你去了，还是老世伯也去了？”紫英道：“可不是家父去，我无法儿去罢了，难道我闲疯了，咱们几个人吃酒听唱不乐，寻那个苦恼去？这一次，大不幸之中又大幸。”似又伏一大事样，英侠人累累如是，令人猜摹。

薛蟠众人见他吃完了茶，都说道：“且入席，有话慢慢的说。”余文再述。冯紫英听说，便立起身来说道：“论礼，我该陪饮几杯才是，只是今儿有一件大大要紧事，回去还要见家父面回，实不敢领。”薛蟠、宝玉众人那里肯依，死拉着不放，冯紫英笑道：“这又奇了，如闻如见。你我这些年，那一回有这个道理的？果然不能遵命，若必定叫我领，拿大杯来，我领两杯就是了。”写豪爽人如此。众人听说，只得罢了，薛蟠执壶，宝玉把盏，遂斟了两大海。那冯紫英站着，一气而尽。令人快活煞。　爽快人如此，令人羡煞。

宝玉道：“你到底把这个‘不幸之幸’说完了再走。”冯紫英笑道：“今儿说的也不尽兴，我为这个还要特治一东，请你们去细谈一谈，二则还有所恳之处。”说着执手就走。薛蟠道：“越发说的人热剌剌的丢不下。多早晚才请我们？实心人如此，丝毫形迹俱无，令人痛快煞。告诉了，也免的人犹豫。”紫英道：“多者十日，少则八天。”一面说，一面出门上马去了。众人回来，依席又饮了一回方散。收拾得好。

宝玉回至园中，袭人正记挂他去见贾政，“生员切己之事”，时刻难忘。不知是祸是福，下文伏线。只见宝玉醉醺醺的回来，问其原故，宝玉一一向他说了。袭人道：“人家牵肠挂肚的等着，你且高乐去，也到底打发人来给个信儿。”宝玉道：“我何尝不要送信儿，只因冯世兄来了，就混忘了。”正说着，只见宝钗走进来笑道：“偏了我们新鲜东西了。”宝玉笑道：“姐姐家的东西，自然先偏了我们了！”宝钗摇头笑道：“昨儿哥哥倒特特的请我吃，我不吃，叫他留着送人请人罢。我知道我的命小福薄，暗对呆兄言宝玉配吃语。

不配吃那个。”说着丫鬟倒了茶来，吃茶说闲话儿，不在话下。

却说那林黛玉听见贾政叫了宝玉去了，一日不回来，心中也替他忧虑。本是切己事。至晚饭后，闻得宝玉来了，呆兄此席，的是合和筵也。一笑。这席东道是和事酒不是？心里要找他问是怎么样了。一步步行来，见宝钗进宝玉的院内去了，《石头记》是最好看处此等章法。自己也便随后走了来。刚到了沁芳桥，只见各色水禽都在池中浴水，也认不出名色来，但见一个个文彩炫耀，好看异常，因而站住看了一回，避难法。再往怡红院来，只见院门关着，黛玉便以手扣门。

谁知晴雯和碧痕正拌了嘴，没好气，忽见宝钗来了，那晴雯正把气移在宝钗身上，正在院内抱怨说：“有事没事犯宝钗如此写法。跑了来坐着，叫我们三更半夜不得睡觉！”指明人则暗写。忽听又有人叫门，晴雯越发动了气，也并不问是谁，犯黛玉如此写明。便说道：“都睡下了，不知人则明写。明儿再来罢！”林黛玉素知丫头们的情性，他们彼此顽耍惯了，恐怕院内的丫头没听真是他的声音，只当是别的丫头们了，所以不开门，因而又高声说道：想黛玉高声，亦不过你我平常说话一样耳，况晴雯素昔浮躁多气之人，如何辨得出？此刻须得批书人唱“大江东去”的喉咙，嚷着，“是我林黛玉”叫门方可。又想若开了门，如何有后面许多好字样，好文章。看官者意为是否？“是我，还不开么？”晴雯偏生还没听出来，便使性子说道：“凭你是谁，二爷吩咐的，一概不许放人进来呢！”

林黛玉听了，不觉气怔在门外，待要高声问他，逗起气来，自己又回思一番：“虽说是舅母家如同自己家一样，寄食者着眼，况颦儿何等人乎！到底是客边。如今父母双亡，无依无靠，现在他家依栖，如今认真淘气，也觉没趣。”一面想，一面又滚下泪珠来。正是回去不是，站着不是，正没主意，只听里面一阵笑语之声，细听了一听，竟是宝玉、宝钗二人，林黛玉心中益发动了气。左思右想，忽然想起早起的事来：“必竟是宝玉恼我告他的原故。但只我何尝告你去了，你也不打听打听，竟恼我到这步田地。你今儿不叫我进来，难道明儿就不见面了？”越想越伤感，也不顾苍苔露冷，花径风寒，独立墙角边花阴之下，可怜杀，可疼杀，余亦泪下。悲悲戚戚呜咽起来。

原来这林黛玉秉绝代姿容，具希世俊美，不期这一哭，那附近柳枝花朵上的宿鸟栖鸦，一闻此声，俱忒楞楞飞起远避，不忍再听。沉鱼落雁，闭月羞花，原来是哭出的。一笑！真是：

花魂默默无情绪，鸟梦痴痴何处惊。

因有一首诗道：

颦儿才貌世应希，独抱幽芳出绣闺。
呜咽一声犹未了，落花满地鸟惊飞。

那林黛玉正自啼哭，忽听“吱喽”一声，院门开处，不知是那一个来。且看下回。每阅此本，掩卷者十有八九，不忍下阅看完，想作者此时，泪下如豆矣。

此回乃颦儿正文，故借小红许多曲折琐碎之笔作引。

怡红院见贾芸，宝玉心内似有如无，贾芸眼中应接不暇。

“凤尾森森，龙吟细细”八字，“一缕幽香从碧纱窗中暗暗透出”，又“细细的长叹一声”等句方引出“每日家情思睡昏昏”仙音妙音，俱纯化工夫之笔。

二玉这回文字，作者亦在无意上写来，所谓“信手拈来无不是”是也。

收拾二玉文字，写颦儿无非哭玉、再哭、恸哭，玉只以陪事小心软求慢恳，二人一笑而止，且书内若此亦多多矣，未免有犯雷同之病。故险语结住，使二玉心中不得不将现事抛却，各怀以惊心意，再作下文。

前回倪二、紫英、湘莲、玉菡四样侠文，皆得传真写照之笔，惜“卫若兰射圃”文字迷失无稿，叹叹！

晴雯迁怒系常事耳，写于钗、颦二卿身上，与踢袭人、打平儿之文，令人于何处设想着笔。

黛玉望怡红之泣，是“每日家情思睡昏昏”上来。

喜相逢，三生注定；遗手帕，月老红丝。幸得人语说连理，又忽见他枝并蒂。难猜未解细追思、罔多疑，空向花枝哭月底。

第二十七回

滴翠亭杨妃戏彩蝶　埋香冢飞燕泣残红

《葬花吟》是大观园诸艳之归源小引，故用在饯花日诸艳毕集之期。饯花日不论其典与不典，只取其韵耳。

话说林黛玉正自悲泣，忽听院门响处，只见宝钗出来了，宝玉、袭人一群人送了出来。待要上去问着宝玉，又恐当着众人问羞了他倒不便，因而闪过一傍，让宝钗去了。宝玉等进去关了门，方转过来，犹望着门洒了几点泪。四字闪煞颦儿也。自觉无味，便转身回来，无精打采的卸了残妆。

紫鹃、雪雁素日知道他的情性：无事闷坐，不是愁眉，便是长叹，画美人之秘诀。且好端端的不知为了什么，便常常的就自泪自干。补写，却是避繁文法。先时还解劝，怕他思父母，想家乡，受了委屈，用话来宽慰解劝，谁知后来一年一月竟常常的如此，补潇湘馆常文也。把这个样儿看惯了，也都不理论了。所以也没人去理，所谓“久病床前少孝子”是也。由他去闷坐，只管睡觉去了。那林黛玉倚着床栏杆，两手抱着膝，眼睛含着泪，画美人秘诀。　前批的画美人秘诀，今竟画出《金闺夜坐图》来了。好似木雕泥塑的一般，木是旃檀，泥是金沙方可。直坐到三更多天方才睡了。一宿无话。

至次日乃是四月二十六日，原来这日未时交芒种节。尚古风俗：凡交芒种节的这日，都要设摆各色礼物，祭饯花神。言芒种一过，便是夏日了。众花皆卸，花神退位，须要饯行。无论事之有无，看去有理。然闺中更兴这件风俗，所以大观园中之人早起来了。那些女孩子，或用花瓣柳枝编成轿马的，或用绫锦纱罗叠成干旄旌幢的，都用彩线系了。每一棵树，每一枝花上，都系上了这些物事。满园中绣带飘飘，花枝招展，数句大观园景，倍胜省亲一回，在一园人俱得闲闲寻乐上看，彼时只有元春一人闲耳。　数句抵省亲一回文字，反觉闲闲有趣有味的领略。更又兼这些人打扮得桃羞杏让，燕妒莺惭，一时也道不尽。桃杏、燕莺是这样用法。

且说宝钗、迎春、探春、惜春、李纨、凤姐等并巧姐、大姐、香菱与众丫鬟们在园内顽耍，独不见林黛玉。迎春因说道："林妹妹怎么不见？好个懒丫头！这会子还睡觉不成？"宝钗道："你们等着，我去闹了他来。"说着，便丢下众人，一直的往潇湘馆来。正走着，只见文官等十二个女孩子也来了，见宝钗问了好，一人不漏。说了一回闲话。宝钗回身指道："他们都在那里呢，你们找去罢，我叫林姑娘去就来。"说着，便往潇湘馆来。安插一处，好写一处，正一张口难说两家话也。

写凤姐随大众一笔，不见红玉一段，则认为泛文矣，何一丝不漏若此。畸笏。

忽见宝玉进去了，宝钗便站住，低头想了一

想："宝玉合黛玉是从小儿一处长大，他二人间多有不避嫌疑之处，嘲笑喜怒无常；道尽二玉连日事。况且黛玉素习猜忌，好弄小性儿的。此刻自己也进去，一则宝玉不便，二则黛玉嫌疑。倒是回来的妙。"道尽黛玉每每小性，全不在宝钗身上。想毕，抽身要寻别的姊妹去，忽见面前一双玉色蝴蝶，大如团扇，一上一下的，迎风翩跹，十分有趣。宝钗意欲扑了来顽耍，可是一味知书识礼女夫子行止，写宝钗无不相宜。遂向袖中取出扇子来，向草地下来扑。只见那一双蝴蝶忽起忽落，来来往往，穿花度柳，将欲过河，倒引的宝钗蹑手蹑脚的，一直跟到池中的滴翠亭，香汗淋漓，娇喘细细。若玉兄在必有许多张罗。宝钗也无心扑了，原是无可无不可。刚欲回来，只听亭子里边嘁嘁喳喳有人说话。无闲纸闲笔之文如此。原来这亭子四面俱是游廊曲桥，盖在池中，周围都是雕镂槅子糊着纸。

宝钗在亭外听见说话，便站住往里听，只听说道："你瞧瞧这手帕子，果然是你丢的那块，你就拿着；要不是，就还芸二爷去。"又有一人道："可不是那块！拿来给我罢。"又听说道："你拿什么谢我呢？难道白寻了来不成？"又答道："我既许了谢你，自然不哄你。"又听说道："我寻了来给你，自然谢我，但只是拣的人，你就不拿什么谢他？"又回道："你别胡说。他是个爷们家，拣了我们的东西，

这桩风流案，又一体写法，甚当。己卯冬夜。

自然该还的，叫我拿什么给他呢？”又听说道：“你不谢他，我怎么回他呢？况且他再三再四的和我说了，若没谢的，不许我给你呢。”半晌，又听答道：“也罢，拿我这个给他，就算谢他的罢。你要告诉别人呢？须说个誓来。”又听道：“我要告诉一个人，就长一个疔，日后不得好死。”又听说道：“嗳哟！咱们只顾说话，看有人来悄悄的在外头听见，岂敢。不如把这槅子都推开了，贼起飞志，不假。便是有人见咱们在这里，他们只当我们说顽话呢。若走到跟前，咱们也看的见，就别说了。”

这是自难自法，好极好极！

惯用险笔如此。壬午夏，雨窗。

宝钗在外面听见这话，心中吃惊，四字写宝钗守身如此。想道：“怪道从古至今那些奸淫狗盗之人，心机都不错！道尽矣。这一开了，见我在这里，他们岂不臊了？况才说话的语音，大似宝玉房里的红儿。他素习眼空心大，最是个头等刁钻古怪的东西。今儿我听了他的短儿，一时人急造反，狗急跳墙，不但生事，而且我还没趣。如今便赶着躲了，料也躲不及，少不得要使个‘金蝉脱壳’的法子。”犹未想完，只听“咯吱”一声，宝钗便故意放重了脚步，闺中弱女，机变如此之便，如此之急。笑着叫道：“颦儿，我看你往那里藏！”一面说，一面故意往前赶。

此节实借红玉反写宝钗也，勿得认错作者章法。

那亭子里的红玉、坠儿刚一推窗，只见宝钗如此说着往前赶，两个人都唬怔了。宝钗反向他二人，笑道："你们把林姑娘藏在那里了？"像极，好煞，妙煞！焉得不拍案叫绝！坠儿道："何曾见林姑娘了。"宝钗道："我才在河那边看着他在这里蹲着弄水儿的。我要悄悄的唬他一跳，还没走到跟前，他倒看见我了，朝东一绕就不见了。必是藏在这里头了。"像极，是极。一面说，一面故意进去寻了一寻，像极。抽身就走，是极。口里说道："一定又是在那山子洞里去，遇见蛇，咬一口也罢了。"一面说一面走，心中又好笑：真弄婴儿，轻便如此，即余至此，亦要发笑。这件事算遮过去了，不知他二人是怎么样。

谁知红玉听了宝钗说的话，便信以为真，宝钗身分。 实有这一句的。让宝钗去远，便拉坠儿道："了不得了，林姑娘蹲在这里，一定听了话去了。"移东挪西，任意写去，却是真有的。坠儿听说，也半日不言语，红玉又道："这可怎么样呢？"二句系黛玉身分。坠儿道："便听见了，管谁筋疼，各人干各人的就完了。"勉强话。红玉道："若是宝姑娘听见，还倒罢了。林姑娘嘴里又爱刻薄人，心里又细，他一听见了，倘或走露了，怎么样呢？"

二人正说着，只见文官、香菱、司棋、侍书等上亭子来了。二人只得掩住这话，且和他们顽笑，只见凤姐站在山坡上招手叫红玉，红玉连忙弃了众人，跑至凤姐前，堆着笑问："奶奶使唤作什么？"凤姐打谅了一打谅，见他生的干净俏丽，说话知趣，因说道："我的丫头今儿没跟进来，我这会子想起一件事来，使唤个人出去，不知你能干不能干，说的齐全不齐全？"红玉道："奶奶有什么话，只管吩咐我说去，若说不齐全，误了奶奶的事，凭奶奶责罚罢了。"操必胜之券，红儿机括志量，自知能应阿凤使令意。凤姐笑道："你是谁房里的？反如此问。我使你出去，他回来找你，我好替你答应。”问那小姐为此。红玉道：“我是宝二爷房里的。”凤姐听了笑道：“嗳哟！你原来是宝玉房里的，怪道呢。“嗳哟”“怪道”四字，一是玉兄手下无能为者，前文打谅生的“干净俏丽”四字合而观之，小红则活现于纸上矣。夸赞语也。也罢了。你到我家，告诉你平姐姐，外头屋里桌子上汝窑盘子架儿底下放着一卷银子，那是一百二十两，给绣匠的工价，等张材家的来要，当面称给他瞧了，再给他拿去。一件。再里头屋里床上有个小荷包拿了来给我。”二件。

红玉听了，撤身去了。回来只见凤姐不在这山坡上了，因见司棋从山洞里出来，站着系裙子，小点缀。一笑！便上来问道：“姐姐，不知道二奶奶往那去了？”司棋道：“没理论。”妙极！红玉听了，又往四下里看，只见那边探春、宝钗在池边看鱼。红玉便走来陪笑问道：“姑娘们可看见二奶奶没有？”探春道：“往大奶奶院里找去。”红玉听了，才往稻香村来，顶头只见晴雯，又一折。绮霰、碧痕、紫绡、麝月、侍书、入画、莺儿等一群人来了。

晴雯一见了红玉，便说道：“你只是疯罢！花儿也不浇，必有此数句，方引出称心得意之语来。雀儿也不喂，茶炉子也不笼，再不用本院人见小红，此差只几分遂心。就在外头逛罢！”红玉道：“昨儿二爷说了，今儿不用浇花，过一日浇一回罢。我喂雀儿的时候，姐姐还睡觉呢！”碧痕道：岔一人问，俱是不受用意。“茶炉子呢？”红玉道：“今儿不是我烧的班儿，有茶没茶别问我。”绮霰道：“你听听他的嘴！你们别说了，让他逛去罢。”红玉道：“你们再问问我逛了没有。二奶奶才使唤我说话取东西去的。”非小红夸耀，系尔等逼出来的，离怡红意已定矣。说着，将荷包举给他们看，得意！称心如意，在此一举荷包。方不言语了。众女儿何苦自讨之。大家分路走开，晴雯冷笑道：“怪道呢！

原来爬上高枝儿去了，把我们不放在眼里。不知说了一句话半句话，名儿姓儿知道了不曾呢，就把他兴的这样。这一遭儿半遭儿的算不得什么，过了后儿还得听呵！有本事的从今儿出了这园子，长长远远的在高枝儿上虽是醋语，却与下无痕。才算得呢！”一面说着去了。

这里红玉听说，不便分证，只得忍着气来找凤姐。到了李氏房中，果见凤姐在那里说话呢。红玉便上来回道：“平姐姐说，奶奶刚出来了，交代不在盘架下了。他就把银子收起来了，才张材家的来取，当面称了给他拿去了。”说着将荷包递了上来。两件完了。又道：“平姐姐叫回奶奶说，旺儿进来讨奶奶的示下，好往那家子去。平姐姐就把这话按着奶奶的主意，打发他去了。”凤姐笑道：“他怎么按我的主意打发去了？”可知前红玉云，“就把那按奶奶的主意”，“主意”是欲俭，但恐累赘耳，故阿凤有是问，彼能细答。红玉道：“平姐姐说，我们奶奶问这里奶奶好。原是我们二爷不在家，虽然迟了两天，只管请奶奶放心。等五奶奶好些，我们奶奶还会了五奶奶来瞧奶奶呢！又一门。五奶奶前儿打发人来说，舅奶奶带了信来了，问奶奶好，还要和这里姑奶奶寻两丸延年神验万全丹。又一门。若有了，奶奶打发人来，只管送在我们奶奶这里。明儿有人去，又一门。就顺路给那边舅奶奶带去的。”

话未说完，李纨笑道：红玉今日方遂心如意，却为宝玉后伏线。又一润色。“嗳哟哟，这话我就不懂了，什么‘奶奶’‘爷爷’的一大堆。”凤姐笑道：“怨不得你不懂，这是四五门子的话呢。”说着又向红玉笑道：“好孩子，倒难为你说的齐全，别像他们扭扭捏捏蚊子似的。写死假斯文。嫂子你不知道，如今除了我随手使的这几个人之外，我就怕和别人说话。他们必定一句话拉长了作两三截儿，咬文咬字，拿着腔儿，哼哼唧唧的，急的我冒火。先时我们平儿也是这么着，我就问着他：必定装蚊子哼哼难道就是美人了？贬杀，骂杀！说了几遭才好些了。”李宫裁笑道：“都像你破落户才好！”凤姐又道：“这个丫头就好，红玉听见了么。方才说话虽不多，听那口气就简断。”红玉此刻心内想，可惜晴雯等不在旁。说着又向红玉笑道：“你明儿伏侍我去罢。我认你作女儿，我再调理调理你就出息了。”不假。

红玉听了，扑嗤一笑。凤姐道：“你怎么笑？你说我年轻，比你能大几岁，就作你的妈了？你别作春梦呢！你打听打听，这些人头比你大的大的，赶着我叫妈，我还不理呢！”红玉笑道：“我不是笑这个，我笑奶奶错认了辈数了。我妈是奶奶的女儿，所以说“比你大的大的”。这会子又认我作女儿。”凤姐道：“谁是你妈？”晴雯说过。李宫裁笑道：“你原来不认得他？他就是林之孝之女。”管家之女，而晴卿辈挤之，招祸之媒也。凤姐听了十分诧异，因说道：“哦！传神。原来是他的丫头！”又笑道：“林之孝两口子都是锥子扎不出一声儿来的。我成日家说，他们倒是配就了的一对夫妻，一双天聋地哑。用得是阿凤口角。那里承望养出这么个伶俐丫头来！你十几了？”红玉道：“十七了。”又问名字真真不知名，可叹！红玉道：“原叫红玉的，因为重了宝二爷，如今叫红儿了。”

凤姐听了，将眉一皱，把头一回，说道：“讨人嫌得很！得了玉的益似的，又一下针。你也玉，我也玉。”因说道：“既这么着，上月我还和他妈说，‘赖大家的如今事多，也不知这府里谁是谁，你替我好好的挑两个丫头我使’。他一般的答应，他饶不挑，倒把他这女孩子送了别处去。难道跟我必定不好？”李纨笑道：“你可是又多心了。他进来在先，你说话在后，怎么怨得他妈呢？”凤姐道：“既这么着，明儿我和宝玉说，有悌弟之心。叫他再要人，叫这丫头跟我去。可不知本人愿意不愿意？”总是追写红玉十分心事。红玉笑道：“愿意不愿意，我们也不敢说。好答，可知两处俱是主儿。　有话，好答。只是跟着奶奶，我们也学些眉眼高低，出入上下，大小的事且系本心本意，“狱神庙”回内方见。　千愿意万愿意之言。也得见识见识。”刚说着，截得真好。只见王夫人的丫头来请，凤姐便辞了李宫裁去了。红玉回怡红院，好，接得更好。不在话下。

奸邪婢岂是怡红应答者，故即逐之。前良儿，后篆儿，便是确证。作者又不得已也。己卯冬夜。

此系未见“抄没”“狱神庙”诸事，故有是批。丁亥夏，畸笏。

如今且说林黛玉因夜间失寐，次日起迟了，闻得众姊妹都在园中作饯花会，恐人笑他痴懒，连忙梳洗了出来。刚到了院中，只见宝玉进门来了，笑道：“好妹妹，昨儿可告我不曾？明知无是事，不得不作开谈。叫我悬了一夜心。”并不为告悬心。林黛玉便回头叫紫鹃道：倒像不曾听见的。　不见宝玉，阿颦断无此一段闲言，总在欲言不言难禁之意，了却“情情”之正文也。“把屋子收拾了，撂下一扇纱屉；看那大燕子回来，把帘子放下来，拿狮子倚住；烧了香就把炉罩上。”一面说一面仍往外走。宝玉见他这样，还认作是昨日中晌的事，毕真，不错。那知晚间的这段公案？还打恭作揖的。黛玉正眼也不看，各自出了院门，一直找别的姊妹去了。宝玉心中纳闷，自己猜疑：看起这个光景来，不像昨日的事。但只昨日我回来的晚了，又没见他，再没有冲撞了他的去处。毕真，不错。一面想，一面走，又由不得从后面追了来。

只见宝钗、探春正在那边看仙鹤，二玉文字岂是容易写的？故有此截。见黛玉来了，三个一同站着说话儿。又见宝玉来了，探春便笑道："宝哥哥，身上好！横云截岭，好极，妙极！二玉文原不易写，《石头记》得力处在兹。整整三天没见了。"宝玉笑道："妹妹身上好？我前儿还在大嫂子跟前问你呢。"探春道："哥哥往这里来，是移一处语。我和你说话。"宝玉听说，便跟了他，来到一棵石榴树下。探春因说道："这几天老爷可叫你没有？"宝玉道："没有叫。"探春道："昨儿我恍惚听见说老爷叫你出去的。"老爷叫宝玉再无喜事，故园中合宅皆知。宝玉笑道："那想是别人听错了，非谎也，避繁也。　怕文繁。并没叫。"探春又笑道："这几个月我又攒下有十来吊钱了。你还拿了去，明儿逛去的时候，或是好字画书籍卷册，轻巧顽意儿，给我带些来。"宝玉道："我这么城里城外、大廊小庙的逛，也没见个新奇精致东西，左不过是金玉铜器，没处搭的古董，再就是绸缎吃食衣服了。"探春道："谁要那些。像你上回买的那柳条儿编的小篮子，整竹子根抠的香盒子，胶泥垛的风炉儿，这就好。我喜

若无此一岔，二玉和合，则成嚼蜡文字。《石头记》得力处正此。丁亥夏，畸笏叟。

欢的什么似的，谁知他们都爱上了，都当宝贝似的抢了去了。”宝玉笑道：“原来要这个，这不值什么，拿五百钱出去不知物力艰难，公子口气也。给小子们，管拉两车来。”探春道：“小厮们知道什么？你拣那朴而不俗、直而不拙的，是论物，是论人？看官着眼。这些东西，你多多的替我带了来，我还像上回的鞋作一双你穿，比那双还加工夫如何呢？”

宝玉笑道：“你提起鞋来，我想起个故事：那一回我穿着，可巧遇见了老爷，老爷就不受用，补遗法。问是谁作的。我那里敢提‘三妹妹’三个字，我就回说是前儿我的生日，是舅母给的。老爷听了是舅母给的，才不好说什么，半日还说：‘何苦来！虚耗人力，作践绫罗，作这样的东西！’因而我回来告诉袭人，袭人说这还罢了，赵姨娘气的抱怨的了不得：‘正紧兄弟指环哥。鞋搭拉袜搭拉的，何至如此？写妒妇信口逗。没人看见，且作这些东西。’”探春听说，登时沉下脸来道：“你说这话糊涂到什么田地！怎么我是该做鞋的人么？环儿难道没有分例的？没有人的？衣裳是衣裳，鞋袜是鞋袜，丫头一屋子，怎么抱怨这些话，给谁听呢！我不过闲着没有事，做一双半双的，爱给那个哥哥兄弟，随我的心。谁敢管我不成！这也是他气的。”

宝玉听了点头笑道：“你不知道，他心里自然又有个想头了。”探春听说，一发动了气，将头一扭，说道：“连你也糊涂了，他那想头自然有的，不过是那阴微鄙贱的见识。他只管这么想，我只管认得老爷、太太两个人，别人我一概不管。就是姊妹兄弟跟前，谁和我好，我就和谁好。什么偏的庶的，我也不知道。论理我不该说他，但他忒昏愦的不像了！还有笑话儿呢，开一步，妙妙！就是这一节特为“兴利除弊”一回伏线。

上回我给你那钱，替我带那顽的东西，过了两天，他见了我，也是说没钱使，怎么难，我也不理论。谁知后来丫头们出去了，他就抱怨起我来，说我攒了钱，为什么给你使，倒不给环儿使了。我听见这话，又好笑又好气。我就出来往太太屋里去了。”正说着，只见宝钗那边笑道：截得好！“说完了？来罢，显见的是哥哥妹妹了，丢下别人，且说梯己去。我们听一句儿就使不得了！”说着，探春、宝玉二人方笑着来了。

宝玉因不见林黛玉，兄妹话虽久长，心事总未少歇。接得好。便知他是躲了别处去了，想了一想，越性迟两日，作书人调侃耶。等他的气消一消再去也罢了。因低头看见许多凤仙、石榴等各色落花，锦重重落了一地，因叹道：这是他心里生了气，也不收拾这花儿了。待我送了去，明儿再问他。至埋香冢方不牵强，好情理。说着，只见宝钗约着他们往外头去，收拾得干净。宝玉道：“我就来。”说毕，等他二人去远了，怕人笑说。便把那花兜了起来，登山渡水，过柳穿花，一直奔了那日同林黛玉葬桃花的去处。将已到了花冢，新鲜！犹未转过山坡只听山坡那边有呜咽之声，一行数落着，哭的好不伤感。奇文异文，俱出《石头记》上，且愈出愈奇文！宝玉心中想道：“这不知是那房里的丫头岔开线络，活泼之至。受了委屈，跑到这个地方来哭。”一面想，一面煞住脚步，听他哭道是：诗词歌赋，如此章法写于书上者乎。　诗词文章，试问有如此行笔者乎？

花谢花飞飞满天，红消香断有谁怜？

游丝软系飘春榭，落絮轻沾扑绣帘。

闺中女儿惜春暮，愁绪满怀无释处。

手把花锄出绣帘，忍踏落花来复去。

柳丝榆荚自芳菲，不管桃飘与李飞。

桃李明年能再发，明年闺中知有谁？

三月香巢已垒成，梁间燕子太无情！

明年花发虽可啄，却不道人去梁空巢也倾。

一年三百六十日，风刀霜剑严相逼。

明媚鲜妍能几时，一朝飘泊难寻觅。

花开易见落难寻，阶前闷杀葬花人。

独倚花锄泪暗洒，洒上花枝见血痕。

杜鹃无语正黄昏，荷锄归去掩重门。

青灯照壁人初睡，冷雨敲窗被未温。

怪奴底事倍伤神，半为怜春半恼春。

怜春忽至恼忽去，至又无言去不闻。

昨宵庭外悲歌发，知是花魂与鸟魂？

花魂鸟魂总难留，鸟自无言花自羞。

愿奴胁下生双翼，随花飞到天尽头。

天尽头，何处有香丘？

“开生面”“立新场”，是书多多矣，惟此回处生更新。非颦儿断无是佳吟，非石兄断无是情聆，难为了作者了，故留数字以慰之。

“开生面”“立新场”，是书不止《红楼梦》一回，惟是回更生更新，且读去非阿颦无是佳吟，非石兄断无是章法行文，愧杀古今小说家也。畸笏。

未若锦囊收艳骨，一抔净土掩风流。
质本洁来还洁去，强于污淖陷渠沟。
尔今死去侬收葬，未卜侬身何日丧？
侬今葬花人笑痴，他年葬侬知是谁？
试看春残花渐落，便是红颜老死时。
一朝春尽红颜老，花落人亡两不知！

余读《葬花吟》，至再至三四，其凄楚感慨，令人身世两忘，举笔再四，不能加批。有客曰："先生身非宝玉，何能下笔？即字字双圈，批词通仙，料难遂颦儿之意，俟看过玉兄之后文再批。"噫嘻！阻余者想亦《石头记》来的，故停笔以待。

宝玉听了不觉痴倒。要知端底，再看下回。

饯花辰不论典与不典，只取其韵致生趣耳。

池边戏蝶，偶而适兴，亭外急智脱壳，明写宝钗非拘拘然一迂女夫子。

凤姐用小红，可知晴雯等埋没其人久矣，无怪有私心私情，且红玉后有宝玉大得力处，此于千里外伏线也。

《石头记》用截法、岔法、突然法、伏线法、由近渐远法、将繁改俭法、重作轻抹法、虚敲实应法，种种诸法总在人意料之外，且不见一丝牵强。所谓"信手拈来无不是"是也。

不因见落花，宝玉如何突至埋香冢；不至埋香冢，又如何写《葬花吟》？

埋香冢葬花乃诸艳归源，《葬花吟》又系诸艳一偈也。

幸逢知己无回避，密语隔窗怕有人。总是关心浑不了，叮咛嘱咐为轻春。

心事将谁告，花飞动我悲。埋香吟哭后，日日敛双眉。

第二十八回

蒋玉菡情赠茜香罗　薛宝钗羞笼红麝串

话说林黛玉只因昨夜晴雯不开门一事，错疑在宝玉身上，至次日又可巧遇见饯花之期，正是一腔无明正未发泄，又勾起伤春愁思，因把些残花落瓣去掩埋，由不得感花伤己，哭了几声，便随口念了几句。不想宝玉在山坡上听见，是黛玉之声，先不过是点头感叹；听到“侬今葬花人笑痴，他年葬侬知是谁”“一朝春尽红颜老，花落人亡两不知”等句，不觉恸倒山坡之上，怀里兜的落花撒了一地。试想林黛玉的花颜月貌，将来亦到无可寻觅之时，宁不心碎肠断！既黛玉终归无可寻觅之时，推之于他人，如宝钗、香菱、袭人等亦可以到无可寻觅之时矣。宝钗等终归无可寻觅之时，则自己又安在哉？且自身尚不知何在何往，则斯处、斯园、斯花、斯柳又不知当属谁姓矣！因此一而二，二而三，反复推求了去，百转千回矣。真不知此时此际欲为何等蠢物，杳无所知，逃大造，出尘网，始可解释这段悲伤。非大善知识，说不出这句话

不言炼句炼字，词藻工拙，只想景想情，想事想理，反复追求，悲伤感慨，乃玉兄一生天性，真颦儿不知己，则实无再有者。昨阻余批《葬花吟》之客，嫡是玉兄之化身无疑。余几点金成铁之人。笨甚，笨甚！

来。正是：

花影不离身左右，鸟声只在耳东西。

二句作禅语参。

一大篇《葬花吟》，却如此收拾。真好机思笔伏，令人焉得不叫绝称奇。

那黛玉正自悲伤，忽听山坡上也有悲声，心下想道："人人都笑我有些痴病，难道还有一个痴子不成？"岂敢，岂敢。想着，抬头一看，见是宝玉。林黛玉看见便道："啐！我当是谁，原来是这个狠心短命的……"刚说到"短命"二字上，又把口掩住，"情情"不忍道出"的"字来。　情情。长叹一了声，不忍也。自己抽身便走了。

这里宝玉悲恸了一回，见黛玉去了，便知黛玉看见他躲开了。自己也觉无味，抖抖土起来，下山寻归旧路，折得好，誓不写开门见山文字。往怡红院来。可巧看见林黛玉在前头走，哄人字眼。连忙赶上去说道："你且站住。我知道你不理我，我只说一句话，从今已后撂开手。"非此三字，难留莲步，玉兄之机变如此。林黛玉回头见是宝玉，待要不理他，听他说"只说一句话，从今撂开手"，这话里有文章，少不得站住说道："有一句话，请说来。"宝玉笑道："两句话，相离尚远，用此句补空，好近阿颦。说了你听不听？"黛玉听说，回头就走。走的是。宝玉在身后面叹道："既有今日，何必当初！"自言自语，真是一句话。林黛玉听见这话，由不得站住，回头道："当初怎么样？今日怎么样？"宝玉叹道："当初姑娘来了，以下乃答言，非一句话也。那不是我陪着顽笑？我阿颦之恼，玉兄实摸不着，不得不将自幼之苦心实事一诉，方可明心，以白今日之故，勿作闲文看。凭我心爱的，姑娘要，就拿去；我爱吃的，听见姑娘也爱吃，连忙干干净净收着，等姑娘吃。一桌子吃饭，一床上睡觉。丫头们想不到的，我怕姑娘生气，我替丫头们想的到。我心里想着，姊妹们从小儿长大的，亲也罢，热也罢，和气到了头，才见得比人好。要紧语。如今谁承望姑娘人大心大，反派不是。不把我放在眼里，倒把外四路的什么宝姐姐、心事。凤姐姐的放在心坎儿上，用此瞒看官也，瞒颦儿也，心动阿颦在此数句也，一节颇似说闻，玉兄口中却是衷肠话。倒把我三日不理四日不见的。我又没个亲兄弟亲姊妹。虽然有两个，你难道不知道是和我隔母的？我也和你是独出，只怕同我的心一样。谁知我是白操了这个心，弄得我有冤无处诉！"说着不觉滴下泪来。

一节颇似说辞，在兄口中却是衷肠之语。己卯冬夜。

林黛玉耳内听了这话，眼内见了这形景，心内不觉灰了大半，也不觉滴下泪来，玉兄泪非容易有的。低头不语。宝玉见他这般形景，遂又说道："我也知道我如今不好了，但只凭着怎么不好，万不敢在妹妹跟前有错处。有是语。便有一二分错处，你倒是或教导我，戒我下次，可怜语。或骂我两句，打我两下，我都不灰心。谁知你总不理我，实难为情。叫我摸不着头脑，少魂失魄，不知怎么样才是。真是有事。就便死了，也是个屈死鬼，任凭高僧高道忏悔也不能超生。又瞒看官及批书人。还得你伸明了缘故，我才得托生呢！”

黛玉听了这话，不觉将昨晚的事都忘在九霄云外了，便说道："情情"本来面目也。　"情情"衷肠。“你既这么说，昨儿为什么我去了，正文，该问。你不叫丫头开门？”宝玉诧异道：“这话从那里说起？实实不知。我要是这么样，立刻就死了！”急了。林黛玉啐道：如闻。“大清早起死呀活的，也不忌讳。你说有呢就有，没有就没有，起什么誓呢。”宝玉道：“实在没有见你去。就是宝姐姐坐了一坐，就出来了。”不用兄言，彼已亲睹。林黛玉想了一想，笑道：“想必是你丫头们懒待动，丧声歪气的也是有的。”宝玉道：“想必是这个原故。等我回去问了是谁，教训教训他们就好了。”玉兄口气毕真。林黛玉道：“你的那些姑娘们不快活之称。也该教训教训。照样的妙！只是论理我不该说，今儿得罪了我的事小，倘或明儿宝姑娘来，也还一句，的是心坎上人。什么贝姑娘来，也得罪了，事情岂不大了。”至此心事全无矣。说着抿着嘴笑。宝玉听了，又是咬牙，又是笑。

二人正说话，只见丫头来请吃饭，收拾得干净。遂都往前头来了。王夫人见了林黛玉，因问道：“大姑娘，你吃那鲍太医的药可好些？”是新换了的口气。林黛玉道：“也不过这么着。老太太还叫我吃王大夫的药呢。”何如？宝玉道：“太太不知道，林妹妹是内症，先天生的弱，所以禁不住一点风寒，不过吃两剂煎药疏散了风寒，还是吃丸药的好。”引下文。王夫人道：“前儿大夫说了个丸药的名子，我也忘了。”宝玉道：“我知道那些丸药，不过叫他吃什么人参养荣丸。”王夫人道：“不是。”宝玉又道：“八珍益母丸？左归？右归？再不就是麦味地黄丸。”王夫人道：“都不是。我只记得有个‘金刚’两个字的。”奇文奇语。宝玉扎手笑道：慈母前放肆了。“从来也没听见有个什么‘金刚丸’。若有了‘金刚丸’，也自然有‘菩萨散’了。”宝玉因黛玉事完，一心无挂碍，故不知不觉手之舞之，足之蹈之。说的满屋里人都笑了。宝钗笑道：“想是天王补心丹。”慧心人自应知之。王夫人道：“是这个名儿，如今我也糊涂了。”宝玉道：“太太倒不糊涂，都是叫‘金刚’‘菩萨’支使糊涂了。”是语甚对，余幼时可闻之语合符。哀哉伤哉！王夫人道：“扯你娘的臊！又欠你老子捶你了。”伏线。宝玉笑道：“我老子再不为这个捶我的。”此语亦不假。王夫人又道：“既有了这个名儿，明日就叫人买些来。”宝玉道：“这些药都是不中用的。太太给我三百六十两银子，我给妹妹配一料丸药，包管一料不完就好了。”王夫人道：“放屁！什么药就这么贵？”宝玉道：“当真的呢！我这方子比别个不同。这个药名儿也古怪，一时也说不清。只讲那头胎紫河车，只闻名。人形带叶参，三百六十两六不足，龟大何首乌，听也不曾听过。千年松根茯苓胆，诸如此类的药都不算为奇，还有奇的。只在群药里算。那为君的药说起来吓人一跳。前儿薛大哥求了我一二年，我才给了他这个方子。他拿了方子去又寻了二三年，花了有上千的银子，

此写玉兄亦是释却心中一夜半日要事，故大大一泄。己卯冬夜。

写药案是暗度颦卿病势渐加之笔，非泛泛闲文也。丁亥夏，畸笏叟。

写得不犯冷香丸方子。

才配成了。太太不信，只问宝姐姐。”宝钗听说，笑着摇手儿道：“我不知道，也没听见。你别叫姨娘问我。”王夫人笑道：“到底是宝丫头，好孩子，不撒谎。”宝玉站在当地，听见如此说，一回身把手一拍，说道：“我说的倒是真话呢，倒说我撒谎。”说着一回身，只见黛玉坐在宝钗身后，抿着嘴笑，用手指在脸上画着羞他。好看煞，在颦儿必有之。

凤姐因在里间屋里看着人放桌子，听如此说，便走来笑道：且不接宝玉文字，妙！“宝兄弟不是撒谎，这倒是有的。上月薛大哥亲自和我寻珍珠，我问他作什么，他说是配药。他还抱怨说，不配也罢了，如今那里知道这么费事。我问他什么药，他说是宝兄弟的方子，说了多少药，我也没工夫听。他说，‘不然我就买几颗珍珠了，只是定要头上带过的，所以来和你寻。’他说，‘妹妹若没散的，花儿上也得，掐下来，过后儿我拣好的再给妹妹穿了来。’我没法儿，把两枝珠花现拆了给他。还要了一块三尺大红库纱去，乳钵乳了，隔面子呢。”凤姐说一句，那宝玉念一句佛，说：“太阳在屋里呢！”凤姐说完了，宝玉又道：“太太想，这不过是将就呢。正紧按那方子，这珍珠宝石定要古坟里的，有那古时富贵人家妆裹的头面，拿了来才好。如今那里为这个去偷坟掘墓，所以只要活人带过的，也可以使得。”王夫人随念：“阿弥陀佛！不当家花花的。就是坟里有这个，人家死了几百年，不止阿凤圆谎，今作者亦为圆谎了，看此数句则知矣。如今翻尸盗骨的，作了药也不灵！”宝玉向黛玉说道：“你听见了没有，难道二姐姐也跟着我撒谎不成？”脸望着黛玉说，却拿眼睛飘着宝钗。黛玉便拉王夫人道：“舅母听听，宝姐姐不替他圆谎，他直问着我。”王夫人也道：“宝玉很会欺负你妹妹。”宝玉笑道：“太太不知道原故。宝姐姐先在家里住着，那薛大哥的事，他就不知道。何况如今在里头住着呢，自然是越发不知道了。分析的是，不敢正犯。林妹妹才在背后，以为是我撒谎，就羞我。”

说着，只见贾母房里的丫头找宝玉、黛玉吃饭。林黛玉也不见宝玉走，便起身拉了那丫头就走。那丫头说：“等着宝二爷一块儿去。”林黛玉道：“他不吃饭了，咱们走。”说着便出去了。宝玉道：“我今儿还跟着太太吃罢。”王夫人道：“罢，罢，我今儿吃斋，你正紧吃去罢。”宝玉道：“我也跟着吃斋。”说着便叫那丫头“去罢”，自己先跑到炕上坐了。王夫人向宝钗道：“你们只管吃你们的去，由他罢。”宝钗因笑道：“你正紧去罢，吃不吃，陪着林妹妹走一趟，他心里打紧的不自在呢。”宝玉道：“理他呢，过一会子就好了。”后文方知。

一时吃过饭，宝玉一则怕贾母记挂，二则也记挂着黛玉，忙忙的要茶漱口。探春、惜春都笑道：“二哥哥，你成日家忙些什么？冷眼人自然了了。吃饭吃茶也是这么忙碌碌的。”宝钗笑道：“你叫他快吃了，瞧林妹妹去罢，叫他在这里胡羼些什么？”

宝玉吃了茶便出来，直往西院走。可巧走到凤姐院前，只见凤姐蹬着门槛子拿耳挖子剔牙，也才吃了饭，是阿凤身段。看着小子们挪花盆呢。见宝玉来了，笑道：“你来的好！进来，进来，如闻。替我写几个字儿。”宝玉只得跟了进来。到房里，命人取过笔砚来，向宝玉道：“大红妆缎四十匹，蟒缎四十匹，上用纱各色一百匹，金项圈四个。”宝玉道：“这算什么？又不是账，又不是礼物，怎么个写法？”凤姐道：“你只管写上，横竖我自己明白就罢了。”有是语，有是事。宝玉听说，只得写了。凤姐收起来笑道：“还有句话告诉你，不知你依不依？你屋里有个丫头叫红玉，我合你说说要叫了来使唤，也没说。今儿见你才想起来。”字眼。宝玉道：“我屋里的人也多的很，姐姐喜欢谁，只管叫了来，何必问我。”红玉接杯倒茶，自纱屉内不见，至回廊下再见。此处如此写来，可知玉兄除颦儿外，俱是行云流水，又了却怡红一孽冤。一叹！凤姐笑道：“既这么着，我就叫人带他去了。”宝玉道：“只管带去。”说着便要走。忙极！凤姐道：“你回来，我还有句话说。”宝玉道：“老太太叫我呢，非也，林妹妹叫我。一笑！有话等我回来罢。”说着便来至贾母这边，已经都吃完了饭。贾母因问他：“跟着你母亲吃什么好的了？”宝玉笑道：“也没什么好的，我倒多吃了一碗饭。”安慰祖母之心也。因问：“林妹妹在那里？”何如？余言不谬。贾母道：“里头屋里呢。”

宝玉进来，只见地下一个丫头吹熨斗，炕上三个丫头打粉线，黛玉弯着腰拿着剪子裁什么呢。宝玉走进来笑道：“哦，句。这是作什么呢？才吃了饭，这么空着头，一会子又头疼了。”黛玉并不理，只管裁他的。有一个丫头道：“那块绸子角儿还不好呢，再熨他一熨。”黛玉把剪子一撂，说道：“理他呢，过一会子就好了。”有意无意，暗合针对，无怪玉兄纳闷。宝玉听了，只是纳闷。

只见宝钗、探春等也来了，和贾母说了一会话。宝钗也进来问：“林妹妹作什么呢？”因见黛玉裁剪，因笑道：“越发能干了，连裁都会了。”黛玉笑道：“这也不过撒谎哄人罢了。”宝钗笑道：“我告诉你个笑话儿，才刚为那个药，我说了个不连重两遍前言，是颦、玉气味相仿，无非偶然暗合相符。勿认作有过言小人也。

知道，宝玉心里不受用了。”林黛玉道：“理他呢，过一会子就好了。”宝玉又向宝钗道：“老太太要抹骨牌，正没人，你抹骨牌去罢。”宝钗听说，便笑道：“我是为抹骨牌才来了？”说着便走了。

林黛玉道：“你倒是去罢，这里有老虎，看吃了你！”说着又裁。宝玉见他不理，只得还陪笑说道：“你也去逛逛再裁不迟。”黛玉总不理。宝玉便问丫头们：“这是谁叫裁的？”黛玉见问丫头们，便说道：“凭他谁叫裁，不管二爷的事！”宝玉听了，方欲说话，只见有人进来说，“外头有人请你呢”。宝玉听说，忙撤身出来。黛玉向外说道：仍丢不下，叹叹！“阿弥陀佛！赶你回来，我死了也罢了。”何苦来，余不忍听。

宝玉出来，到外头，只见焙茗说道：“冯大爷家请。”宝玉听了，知道是昨日的话，便说“要衣裳去”，自己便往书房里来。焙茗一直到了二门前等人，此门请出玉兄来，故信步又至书房，文人弄笔，虚点缀也。只见出来个老婆子，焙茗上去说道：“宝二爷在书房里等出门的衣裳，你老人家进去带个信儿。”那婆子道：“你妈的屄！活现活跳。倒好，宝二爷如今在园子里住着，与夜间叫人对看。跟他的人都在园子里，你又跑了这里来带信儿。”焙茗听了笑道：“骂的是，我也糊涂了。”说着一径往东边二门上来。可巧门上小厮在甬路底下踢球，焙茗将原故说了，有个小厮跑了进去，半日才抱了一个包袱出来，递与焙茗。回到书房里，宝玉换了，命人备马，只带着焙茗、锄药、双瑞、双寿四个小厮一径来到冯紫英门口，有人报与冯紫英，出来迎接进去。只见薛蟠早已在那里久候，还有许多唱曲儿的小厮，并唱小旦的蒋玉菡、锦香院的妓女云儿。大家都见过了，然后吃茶。

宝玉擎茶笑道："前儿所言幸与不幸之事，我昼悬夜想，今日一闻呼唤即至。"冯紫英笑道："你们令姑表弟兄倒都心实。前日不过是我的设辞，诚心请你们一饮，恐又推托，故说下这句话。今日一邀即至，谁知都信真了。"说毕大家一笑，然后摆上酒来，依次坐定。冯紫英先命唱曲儿的小厮过来让酒，然后命云儿也来敬。那薛蟠三杯下肚，不觉忘了情，拉着云儿的手笑道："你把那梯己新样儿的曲子唱个我听，我吃一坛如何？"云儿听说，只得拿起琵琶来，唱道：

若真有一事，则不成《石头记》文字矣。作者得三昧在兹，批书人得书中三昧亦在兹。

两个冤家，都难丢下，想着你来又记挂着他。两个人形容俊俏，都难描画，想昨宵幽期私订在荼蘼架。一个偷情，一个寻拿，拿住了三曹对案，我也无回话。此唱一曲，为直刺宝玉。

唱毕笑道："你喝一坛子罢。"薛蟠听说笑道："不值一坛，再唱好的来。"宝玉笑道："听我说来：如此滥饮，易醉而无味。我先吃一大海，发一新令，有不遵者，连罚十大海，逐出席外与人斟酒。"谁曾经过，叹叹！西堂故事。冯紫英、蒋玉菡等都道："有理有理！"宝玉拿起海来一气饮尽，说道："如今要说悲、愁、喜、乐四字，都要说出女儿来，还要注明这四字的原故。说完了，饮门杯。酒面要唱一个新鲜时样的曲子，酒底要席上生风一样东西，或古诗、旧对、《四书》、《五经》、成语。"薛蟠未等说完，先站起来拦住道：爽人爽语。"我不来，别算我，这竟是捉弄我呢！"岂敢。云儿便站起来，推他坐下，笑道："怕什么，这还亏你天天吃酒呢，难道连我也不如？我回来还说呢。说是了，罢；不是了，不过罚上几杯酒，那里就醉死了。你如今一乱令，倒喝十大海，下去给人斟酒不成？"有理。众人都拍手道妙。薛蟠听说，无法可治，只得坐了，听宝玉先说，宝玉便道：

大海饮酒，西堂产九台灵芝日也。批书至此，宁不悲乎？壬午重阳日。

女儿悲，青春已大守空闺。
女儿愁，悔教夫婿觅封侯。
女儿喜，对镜晨妆颜色美。
女儿乐，秋千架上春衫薄。

众人听了都道："说得有理。"薛蟠独扬着脸摇头说："不好，该罚！"众人问道："如何该罚？"薛蟠道："他说的我都不懂，怎么不该罚？"云儿便拧他一把，笑道："你悄悄的想你的罢。回来说不出，才是该罚呢。"于是拿琵琶听宝玉唱道：

滴不尽相思血泪抛红豆，开不完春柳春花满画楼。睡不稳纱窗风雨黄昏后，忘不了新愁与旧愁。咽不下玉粒金莼噎满喉，照不见菱花镜里形容瘦。展不开的眉头，捱不明的更漏。呀！恰便是遮不住的青山隐隐，流不断的绿水悠悠。

唱完，大家齐声喝彩，独薛蟠说无板。宝玉饮了门杯，便拈起一片梨来，说道："雨打梨花深闭门。"完了令。下该冯紫英，听冯紫英说道：

女儿悲，儿夫染病在垂危。
女儿愁，大风吹倒梳妆楼。
女儿喜，头胎养了双生子。
女儿乐，私向花园掏蟋蟀。紫英口中，应当如是。

说毕，端起酒来，唱道：

你是个可人，你是个多情，你是个刁钻古怪鬼灵精，你是个神仙也不灵。我说的话儿你全不信，只叫你去背地里细打听，才知道我疼你不疼！

唱完，饮了门杯，说道："鸡声茅店月。"令完，下该云儿了。云儿便说道：

女儿悲，将来终身指靠谁？道着了。

薛蟠叹道："我的儿，有你薛大爷呢，你怕什么。"众人都道："别混他，别混他。"云儿又道：

女儿愁，妈妈打骂何时休。

薛蟠道："前儿我见了你妈，还吩咐他不叫他打你呢。"众人都道："再多言者，罚酒十杯。"薛蟠连忙自己打了一个嘴巴子，说道："没耳性，再不许多说了。"云儿又道：

女儿喜，情郎不舍还家里。
女儿乐，住了箫管弄弦索。

说完了，又唱道：

豆蔻开花三月三，一个虫儿往里钻，钻了半日不得进去，爬到花儿上打秋千。肉儿小心肝，我不开了你怎么钻。双关妙！

唱毕，饮了门杯，说道："桃之夭夭。"令完了，下该薛蟠。薛蟠道："我可要说了。女儿悲……"说了半日，不见说底下的。冯紫英笑道："悲什么？快说来！"薛蟠登时急的眼睛铃铛一般，瞪了半日才说道："女儿悲——"咳嗽了两声，说道：受过此急者，大都不止呆兄一人耳。

女儿悲，嫁了个男人是乌龟。

众人听了，都大笑起来。薛蟠道："笑什么，难道我说的不是？一个女儿嫁了，汉子要当忘八，他怎么不伤心呢？"众人笑的弯腰，说道："你说的很是，快说底下的。"薛蟠瞪了瞪眼，说道："女儿愁——"说了这句，又不言语了。众人道："怎么愁？"薛蟠道：

此段与《金瓶梅》内西门庆、应伯爵在李桂姐家饮酒一回对看，未知孰家生动活泼。

女儿愁，绣房撺出个大马猴。

众人呵呵笑道："该罚，该罚！这句更不通，先还可恕。"说着，便要斟酒。不愁，一笑。宝玉笑道："押韵就好。"薛蟠道："令官都准了，你们闹什么。"众人听说，方罢了。云儿笑道："下两句越发难说了，我替你说罢。"薛蟠道："胡说！当真的我就没好的了？听我说罢：

女儿喜，洞房花烛朝慵起。

众人听了，都诧异道："这句何其太韵？"薛蟠又道：

女儿乐，一根䲠䲠往里戳。有前韵句，故有是句。

众人听了，都扭着脸说道："该死，该死！快唱了罢。"薛蟠便唱道：

一个蚊子哼哼哼。

众人都怔了，说道："这是个什么曲儿？"薛蟠还唱道：

两个苍蝇嗡嗡嗡。

众人都道："罢，罢，罢！"薛蟠道："爱听不听，这个新鲜曲儿，叫做哼哼韵。你们要懒待听，连酒底都免了，何尝呆！我就不唱。"众人都道："免了罢，倒别耽误了别人家。"于是蒋玉菡说道：

女儿悲，丈夫一去不回归。
女儿愁，无钱去打桂花油。
女儿喜，灯花并头结双蕊。佳谶也。
女儿乐，夫唱妇随真和合。

说毕，唱道：

可喜你天生成百媚娇，恰便似活神仙离云霄。度青春，年正小；配鸾凤，真也着。呀！看天河正高，听谯楼鼓敲，剔银灯同入鸳帏悄。

唱毕，饮了门杯，笑道："这诗词上我倒有限，幸而昨日见了一幅对子，可巧只记得这句，真巧。幸而席上还有这件东西。"瞒至众人。说毕，便饮干了酒，拿起一朵木樨来，念道："花气袭人知昼暖。"众人倒都依了，完令。薛蟠又跳了起来，喧嚷道："了不得，了不得！该罚，该罚！这席上又没有宝贝，奇谈。你怎么念起宝贝来？"蒋玉菡怔了，说道："何曾有宝贝？"薛蟠道："你还赖呢！你再念来。"蒋玉菡只得又念了一遍。薛蟠道："袭人可不是宝贝是什么！你们不信，只问他。"说着指着宝玉。宝玉没有意思起来，说道："薛大哥，你该罚多少？"薛蟠道："该罚，该罚！"说着端起酒来，一饮而尽。冯紫英与蒋玉菡等不知原故，犹问原故，云儿便告诉了出来。用云儿细说，的是章法。蒋玉菡忙起身陪罪。众人都道："不知者不作罪。"

云儿知怡红细事，可想玉兄之风情意也。壬午重阳。

少刻，宝玉席外解手，蒋玉菡便随了出来。二人站在廊檐底下，蒋玉菡又陪不是。宝玉见他妩媚温柔，心中十分留恋，便紧紧的搭着他的手，叫他："闲了往我们这里来。还有一句话借问，也是你们贵班中，有一个叫琪官的，他在那里？如今名驰天下，我独无缘一见。"蒋玉菡笑道："就是我的小名儿。"宝玉听说，不觉欣然跳足笑道："有幸，有幸！果然名不虚传。今儿初会，便怎么样呢？"想了一想，向袖中取出扇子，将一个玉玦扇坠解下来，递与琪官道："微物不堪，略表初见之谊。"琪官接了，笑道："无功受禄，何以克当！也罢，我这里也得了一件奇物，今日早起方系上，还是簇新的，聊可表我一点亲热之意。"说着，将系小衣儿一条大红汗巾子解下来，递与宝玉道："这汗巾是茜香国女国王进贡来的，夏天系着，肌肤生香，不生汗渍。昨日北静王给我的，今日才上身。若是别人，我断不肯相赠。二爷请把自己系的给我系着。"宝玉听说，喜不自禁，连忙接了，将自己一条松花汗巾解了下来，红绿牵巾是这样用法。一笑。递与琪官。

二人方束好，只听一声大叫，"我可拿住了！"只见薛蟠跳了出来，拉着二人道："放着酒不吃，俩人逃席出来干什么？快拿出来我瞧瞧！"二人都道："没什么。"薛蟠那里肯依，还是冯紫英出来才解开了。于是复又归座饮酒，至晚方散。

宝玉回至园中，宽衣吃茶。袭人见扇子上的扇坠儿没了，身上事。便问他："往那里去了？"宝玉道："马上丢了。"随口谎言。睡觉时只见腰里一条血点似的大红汗巾子，袭人便猜了八九分。因说道："你有了好的系裤子，把我那条还我罢。"宝玉听说，方想起那条汗巾子原是袭人的，不该给人才是，心里后悔，口里说不出来，只得笑道："我赔你一条罢。"袭人听了，点头叹道："我就知道，又干这些事！也不该拿着我的东西给那起混账人去。也难为你，心里没个算计儿。”再要说上几句，又恐怕怄上他的酒来，少不得睡了。一宿无话。

至次日天明起来，只见宝玉笑道：“夜里失了盗也不晓得，你瞧瞧裤子上。”袭人低头一看，只见昨日宝玉系的那条汗巾子系在自己腰里，便知是宝玉夜间换了，忙一顿把解下来，说道：“我不希罕这行子，趁早儿拿了去。”宝玉见他如此，只得委婉解劝了一回。袭人无法，只得系上。过后宝玉出去，终久解下来掷在个空箱子里，自己又换了一条系着。

宝玉并不理论，因问起昨日可有什么事情。袭人便回说道：“二奶奶打发了人叫了红儿去了。他原要等你来，我想什么要紧，我就作了主，打发他去了。”宝玉道：“很是。我已知道了，不必等我罢了。”袭人又道：“昨儿贵妃差了夏太监出来，送了一百二十两银子，叫在清虚观初一到初三打三天平安醮，唱戏献供，叫珍大爷领着众位爷们等跪香拜佛呢。还有端午儿的节礼也赏了。”说着，命小丫头来，将昨日的所赐之物取了出来。只见上等宫扇两柄，红麝香珠二串，凤尾罗二端，芙蓉簟一领。宝玉见了，喜不自胜。问道：“别人的也都是这个么？”袭人道：“老太太的多着一柄香如意，一个玛瑙枕。老爷、太太、姨太太的只多着一柄如意。你的同宝姑娘的一样。金姑玉郎，是这样写法。林姑娘同二姑娘、三姑娘、四姑娘只单有扇子同数珠儿，别人都没了。大奶奶、二奶奶他两个每人两匹纱，两匹罗，两个香袋儿，两个定子药。”

宝玉听了笑道：“这是怎么个原故？怎么林姑娘的倒不同我的

一样，倒是宝姐姐的同我一样。别是传错了罢？”袭人道：“昨儿拿出来，都是一分一分的写着签子，怎么就错了！你的是在老太太屋里来着，我去拿了来了。老太太说明儿叫你一个五更天，进去谢恩呢。”宝玉道：“自然要走一趟。”说着便叫紫绡来：“拿了这个到林姑娘那里去，就说是昨儿我得的，爱什么留下什么。”紫绡答应了，便拿了去，不一时回来说：“林姑娘说了，昨儿也得了，二爷留着罢。”宝玉听说，便命人收了。

刚洗了脸出来，要往贾母那边请安去，只见林黛玉顶头来了，宝玉赶上去笑道：“我的东西叫你拣，你怎么不拣？”林黛玉将昨日所恼宝玉的心事早又丢开，只顾今日的事了，因说道：“我没这么大福禁受，比不得宝姑娘，什么金什么玉的，我们不过是草木之人！”自道本是绛珠草也。宝玉听他提出“金玉”二字来，不觉心动疑猜，便说道：“除了别人说什么金什么玉，我心里要有这个想头，天诛地灭，万世不得人身！”林黛玉听他这话，便知他心里动了疑，忙又笑道：“好没意思，白白的说什么誓。管你什么金什么玉的呢！”宝玉道：“我心里的事也难对你们说，日后自然明白。除了老太太、老爷、太太这三个人，第四个就是妹妹了。要有第五个人，我也说个誓。”黛玉道：“你也不用说誓，我很知道你心里有‘妹妹’，但只是见了‘姐姐’，就把‘妹妹’忘了。”宝玉道：“那是你多心，我再不的。”黛玉道：“昨儿宝丫头不替你圆谎，为什么问着我呢？那要是我，你又不知怎么样了。”

正说着，只见宝钗从那边来了，二人便走开了。宝钗分明看见，只装看不见，低着头过去了。到了王夫人那里，坐了一回，然后到了贾母这边，只见宝玉在这里呢。

宝钗因往日宝钗往王夫人处去，故宝玉先在贾母处。一丝不乱。母亲对王夫人等曾提过“金锁是个和尚给的，等日后有玉的方可结为婚姻”等语，此处表明，以后二宝文章宜换眼看。所以总远着宝玉。昨日见了元春所赐的东西独他与宝玉一样，心里越发没意思起来。幸亏宝玉被一个黛玉缠绵住了，心心念念只记挂着黛玉，并不理论这事。此刻忽见宝玉笑问道：“宝姐姐，我瞧瞧你的那红麝串子。”可巧宝钗左腕上笼着串，见宝玉问他，少不得褪了下来。宝钗原生的肌肤丰泽，容易褪不下来。宝玉在旁边看着雪白一段酥臂，不觉动了羡慕之心，暗暗想道：“这个膀子要长在林妹妹身上，或者还得摸一摸，偏生长在他身上。”正是恨没福得摸，忽然想起“金玉”一事来，再看看宝钗形容，只见脸若银盆，太白所谓“清水出芙蓉”。眼似水杏，唇不点而红，眉不画而翠，比黛玉另具一种妩媚风流，不觉就呆了，忘情，非呆也。宝钗褪下串子来递与他也忘了接。宝钗见他怔了，自己倒不好意思的，丢下串子，回身才要走，只见黛玉蹬着门槛子，嘴里咬着手帕子笑呢。宝钗道：“你又禁不得风儿吹，怎么又站在那风口里呢？”黛玉笑道：“何曾不是在屋里呢，只因听见天上一声叫，出来瞧了一瞧，原来是个呆雁。”宝钗道：“呆雁在那里呢？我也瞧瞧。”黛玉道：“我才出来，他就‘忒儿’一声飞了。”口里说着，将手里的帕子一

峰峦全露，又用烟云截断，好文字。

甩，向宝玉脸上甩来，不妨正打在眼上，“嗳哟”了一声，再看下回分明。

茜香罗、红麝串写于一回，盖琪官虽系优人，后回与袭人供奉玉兄宝卿得同终始者，非泛泛之文也。

自“闻曲”回以后，回回写药方，是白描颦儿添病也。

前“玉生香”回中，颦云：“他有金，你有玉。他有冷香，你岂不该有暖香?”是宝玉无药可配矣。今颦儿之剂若许材料，皆系滋补热性之药，兼有许多奇物，而尚未拟名，何不竟以“暖香”名之，以代补宝玉之不足，岂不三人一体矣。倘若三人一体，固是美□，但又非《石头记》之本意也。

宝玉忘情，露于宝钗，是后回累累忘情之引。茜香罗暗系于袭人腰中，系伏线之文。

世间最苦是痴情，不遇知音休应声。盟誓已成了，莫迟误今生。

第二十九回

享福人福深还祷福　痴情女情重愈斟情

清虚观，贾母、凤姐原意大适意大快乐，偏写出多少不适意事来。此亦天然至情至理必有之事。

二玉心事，此回大书，是难了割，却用太君一言以定。是道悉通部书之大旨。

话说宝玉正自发怔，不想黛玉将手帕子甩了来，正碰在眼睛上，倒唬了一跳，问是谁。林黛玉摇着头儿笑道："不敢！是我失了手。因为宝姐姐要看呆雁，我比给他看，不想失了手。"宝玉揉着眼睛，待要说什么，又不好说的。

一时，凤姐儿来了，因说起初一日在清虚观打醮的事来，遂约着宝钗、宝玉、黛玉等看戏去。宝钗笑道："罢，罢，怪热的。什么没看过的戏，我就不去了。"凤姐儿道："他们那里凉快，两边又有楼。咱们要去，我头几天打发人去，把那些道士都赶出去，把楼打扫干净，挂起帘子来，一个闲人不许放进庙去，才是好呢！我已经回了太太，你们不去我去。这些日子也闷的很了，家里唱动戏，我又不得舒舒服服的看。"贾母听说，笑道："既这么着，我同你去。”凤姐听说，笑道：“老祖宗也去，敢情好了！就只是我又不得受用了。”贾母道：“到明儿，我在正面楼上，你在旁边楼上，你也不用到我这边来立规矩，可好不好？”凤姐儿笑道：“这就是老祖宗疼我了。”贾母因又向宝钗道：“你也去，连你母亲也去。长天老日的，在家里也是睡觉。”宝钗只得答应着。贾母又打发人去请了薛姨妈，顺路告诉王夫人，要带了他们姊妹去。王夫人因一则身上不好，二则预备着元春有人出来，早已回了不去的；听贾母如今这样说，笑道：“还是这么高兴。”因打发人去到园子里告诉：“有要逛的，只管初一跟了老太太逛去。”这句话一传开了，别人都还可以，只是那些丫头们，天天不得出门槛子，听了这话，谁不要去。便是各人的主子懒怠去，他也百般撺掇了去。因此李宫裁等都说去。贾母越发心中喜欢，早已吩咐人去打扫安置，都不必细说。

单表到了初一这一日，荣国府门前车辆纷纷，人马簇簇。那底下凡执事人等，闻得是贵妃作好事，贾母亲去拈香，正是初一日，乃月之首日，况是端阳节间，因此凡动用的什物，一色都是齐全的，不同往日。

少时，贾母等出来。贾母坐一乘八人大亮轿，李氏、凤姐儿、薛姨妈每人一乘四人轿，宝钗、黛玉二人共坐一辆翠盖珠缨八宝车，迎春、探春、惜春三人共坐一辆朱轮华盖车。然后贾母的丫头鸳鸯、鹦鹉、琥珀、珍珠，林黛玉的丫头紫鹃、雪雁、春纤，宝钗的丫头莺儿、文杏，迎春的丫头司棋、绣橘，探春的丫头侍书、翠墨，惜春的丫头入画、彩屏，薛姨妈的丫头同喜、同贵，外带着香菱，香菱的丫头臻儿，李氏的丫头素云、碧月，凤姐儿的丫头平儿、丰儿、小红，并王夫人两个丫头也要跟了凤姐去的金钏、彩云，奶子抱着大姐儿带着巧姐儿另在一车。还有两个丫头，一共又连上各房的老嬷嬷、奶娘并跟出门的家人媳妇子，乌压压的占了一街的车。

贾母等已经坐轿去了多远，这门前尚未坐完。这个说“我不同你在一处”，那个说“你压了我们奶奶的包袱”，那边车上又说“蹭了我的花儿”，这边又说“碰折了我的扇子”，咭咭呱呱，说笑不绝。周瑞家的走来过去的说道：“姑娘们，这是街上，看人笑话。”说了两遍，方觉好了。前头的全副执事摆开，早已到了清虚观了。宝玉骑着马，在贾母轿前，街上的人都站在两边。

将至观前，只听钟鸣鼓响，早有张法官执香披衣，带领众道士在路旁迎接。贾母的轿刚至山门以内，贾母在轿内因看见有守门大帅并千里眼、顺风耳、当方土地、本境城隍各位泥胎圣像，便命住轿。贾珍带领各子弟上来迎接。

凤姐儿知道鸳鸯等在后面，赶不上来搀贾母，自己下了轿，忙要上来搀。可巧有个十二三岁的小道士儿，拿着剪筒，照管剪各处蜡花，正欲得便且藏出去，不想一头撞在凤姐儿怀里。凤姐儿便一扬手，照脸一下，把那小孩子打了一个筋斗，骂道：“野牛禽的，胡朝那里跑！”那小道士也不顾拾烛剪，爬起来往外还要跑。正值宝钗等下车，众婆娘媳妇围随的风雨不透，但见一个小道士滚了出来，都喝声叫：“拿，拿，拿！打，打，打！”

贾母听了忙问：“是怎么了？”贾珍忙出来问。凤姐上去搀住贾母，就回说：“是一个小道士儿，剪灯花的，没躲出去，这会子混钻呢。”贾母听说，忙道：“快带了那孩子来，别唬着他。小门小户的孩子，都是娇生惯养的，那里见的这个势派。倘或唬着他，倒怪可怜见的，他老子娘岂不疼的慌？”说着，便叫贾珍去好生带了来。贾珍只得去拉了那孩子来。那孩子还一手拿着蜡剪，跪在地下乱战。贾母命贾珍拉起来，叫他别怕，问他几岁了。那孩子通说不出话来。贾母还说“可怜见的”，又向贾珍道：“珍哥儿，带他去罢。给他些钱买果子吃，别叫人难为了他。”贾珍答应，领他去了。这里贾母带着众人，一层一层的瞻拜观玩。外面小厮们见贾母等进入二层山门，忽见贾珍领了一个小道士出来，叫人来带去，给他几百钱，不要难为了他。家人听说，忙上来领了下去。

贾珍站在阶矶上，因问：“管家在那里？”底下站的小厮们见问，都一齐喝声说：“叫管家！”登时林之孝一手整理着帽子跑了来，到贾珍跟前。贾珍道：“虽说这里地方大，今儿不承望来这么些人。你使的人，你就带了往你那院里去；使不着的，打发到那院里去。把小幺儿们多挑几个在这二层门上同两边的角门上，伺候着要东西传话。你可知道不知道，今儿小姐奶奶们都出来，一个闲人也到不了这里。”林之孝忙答应“晓得”，又说了几个“是”。贾珍道：“去罢。”又问：“怎么不见蓉儿？”

一声未了，只见贾蓉从钟楼里跑了出来。贾珍道：“你瞧瞧他，我这里也还没热，他倒乘凉去了！”喝命家人啐他。那小厮们都知道贾珍素日的性子，违拗不得，有个小厮便上来向贾蓉脸上啐了一口。贾珍又道：“问着他！”那小厮便问贾蓉道：“爷还不怕热，哥儿怎么先乘凉去了？”贾蓉垂着手，一声不敢说。那贾芸、贾芹、贾萍等听见了，不但他们慌了，亦且连贾璜、贾㻞、贾琼等也都忙了，一个一个从墙根下慢慢的溜上来。贾珍又向贾蓉道：

“你站着作什么？还不骑了马跑到家里，告诉你娘母子去！老太太同姑娘们都来了，叫他们快来伺候。”贾蓉听说，忙跑了出来，一叠声要马，一面抱怨道：“早都不知作什么的，这会子寻趁我。”一面又骂小子：“捆着手呢？马也拉不来。”待要打发小子去，又怕后来对出来，说不得亲自走一趟，骑马去了。不在话下。

且说贾珍方要抽身进去，只见张道士站在旁边陪笑说道：“论理我不比别人，应该里头伺候，只因天气炎热，众位千金都出来了，法官不敢擅入，请爷的示下。恐老太太问，或要随喜那里，我只在这里伺候罢了。”贾珍知道这张道士虽然是当日荣国府国公的替身，曾经先皇御口亲呼为“大幻仙人”。如今现掌“道录司”印，又是当今封为“终了真人”，现今王公藩镇都称他为“神仙”，所以不敢轻慢。二则他又常往两个府里去，凡夫人小姐都是见的，今见他如此说，便笑道：“咱们自己，你又说起这话来。再多说，我把你这胡子还挦了呢！还不跟我进来！”那张道士呵呵大笑，跟了贾珍进来。

贾珍到贾母跟前，控身陪笑说：“这张爷爷进来请安。”贾母听了，忙道：“搀他来。”贾珍忙去搀了过来。那张道士先哈哈笑道：“无量寿佛！老祖宗一向福寿安康？众位奶奶小姐纳福！一向没到府里请安，老太太气色越发好了。”贾母笑道：“老神仙，你好！”张道士笑道：“托老太太万福万寿，小道还康健。别的倒罢，只记挂着哥儿，一向身上好？前日四月二十六日，我这里做遮天大王的圣诞，人也来的少，东西也很干净，我说请哥儿来逛逛，怎么说不在家？”贾母笑道：“果真不在家！”一面回头叫宝玉，谁知宝玉解手去了才来，忙上前问：“张爷爷好？”张道士忙抱住问了好，又向贾母笑道：“哥儿越发发福了。”贾母道：“他外头好，里头弱，又搭着他老子逼着他念书，生生的把个孩子逼出病来了。”张道士道：“前日我在好几处看见哥儿写的字、作的诗，都好的了不得。怎么老爷还抱怨说哥儿不大喜欢念书呢？依小道看来，也就罢了。”又叹道：“我看见哥儿的这个形容身段，言谈举动，怎么就同当日国公爷一个稿子！”说着，两眼流下泪来。贾母听说，也由不得满脸泪痕，说道：“正是呢，我养这些儿子、孙子，也没一个像他爷爷的，就只这玉儿像他爷爷。”

那张道士又向贾珍道：“当日国公爷的模样儿，爷们一辈的不用说，自然没赶上，大约连大老爷、二老爷也记不清楚了。”说毕，呵呵又一大笑，道：“前日在一个人家看见一位小姐，今年十五岁了，生的倒也好个模样儿。我想着哥儿也该寻亲事了，若论这个小姐模样儿，聪明智慧，根基家当，倒也配的过。但不知老太太怎么样，小道也不敢造次，等请了老太太的示下，才敢向人去说。”贾母道：“上回有和尚说了，这孩子命里不该早娶，等再大一大儿再定罢。你可如今打听着，不管他根基富贵，只要模样儿配的上就好，来告诉我。便是那家子穷，不过给他几两银子罢了。只是模样性格儿难得好的。”

说毕，只见凤姐儿笑道：“张爷爷，我们丫头的寄名符儿你也不换去。前儿亏你还有那么大脸，打发人和我要鹅黄缎子去，要不给你，又恐怕你那老脸上过不去。”张道士呵呵大笑道：“你瞧，我眼花了，也没看见奶奶在这里，也没道多谢。符早已有了，前日原要送去的，不指望娘娘来作好事，就混忘了，还在佛前镇着，待我取来。”说着跑到大殿上去，一时拿了一个茶盘，搭着大红蟒缎经袱子，托出符来。大姐儿的奶子接了符。张道士方欲抱过大姐儿来，只见凤姐儿笑道："你就手里拿出来罢了，又用个盘子托着。"张道士道："手里不干不净的，怎么拿，用盘子洁净些。"凤姐儿笑道："你只顾拿出盘子来，倒唬我一跳！我不说你是为送符，倒像是和我们化布施来了。"众人听说，哄然一笑。连贾珍也掌不住笑了。贾母回头道："猴儿，猴儿，你不怕下割舌头地狱？"凤姐儿笑道："我们爷儿们不相干。他怎么常常的说我该积阴骘，迟了就短命呢！"

张道士也笑道："我拿出盘子来一举两用，却不为化布施，倒要将哥儿的这玉请了下来，托出去给那些远来的道友并徒子徒孙们见识见识。"贾母道："既这么着，你老人家老天拔地的跑什么，就带他去瞧了，叫他进来，岂不省事？"张道士道："老太太不知道，看看小道是八十多岁的人，托老太太的福，倒也健壮；二则外面的人多，气味难闻，况是个暑热的天，哥儿受不惯。倘或哥儿受了腌臜气味，倒值多了。"贾母听说，便命宝玉摘下通灵玉来，放在盘内。那张道士兢兢业业的用蟒袱子垫着，捧了出去。

这里贾母与众人各处游玩了一回，方去上楼。只见贾珍回说："张爷爷送了玉来了。"刚说着，只见张道士捧了盘子，走到跟前笑道："众人托小道的福，见了哥儿的玉，实在可罕。都没什么敬贺之物，这是他们各人传道的法器，都愿意为敬贺之礼。哥儿便不稀罕，只留着在房里顽耍赏人罢。"贾母听说，向盘内看时，只见也有金璜，也有玉玦，或有事事如意，或有岁岁平安，皆是珠穿宝贯，玉琢金镂，共有三五十件。因说道："你也胡闹，他们出家人是那里来的，何必这样。这不能收。"张道士笑道："这是他们一点敬心，小道也不能阻挡。老太太若不留下，岂不叫他们看着小道微薄，不像是门下出身了。”贾母听如此说，方命人接下了。

宝玉笑道：“老太太，张爷爷既这么说，又推辞不得，我要这个也无用，不如叫小子们捧了这个，跟着我出去散给穷人罢。”贾母笑道：“这倒说的是。”张道士又忙拦道：“哥儿虽要行好，但这些东西虽说不甚希奇，到底也是几件器皿。若给了乞丐，一则与他们无益，二则反倒糟蹋了这些东西。要舍给穷人，何不就散钱与他们。”宝玉听说，便命收下，等晚间拿钱施舍罢了。说毕，张道士方退出去。

这里贾母与众人上了楼，在正面楼上归坐，凤姐等占了东楼，众丫头等在西楼，轮流伺候。贾珍一时来回：“神前拈了戏，头一本《白蛇记》。”贾母问：“《白蛇记》是什么故事？”贾珍道：“是汉高祖斩蛇方起首的故事。第二本是《满床笏》。”贾母笑道：“这倒是第二本上？也罢了。神佛要这样，也只得罢了。”又问第三本，贾珍道：“第三本是《南柯梦》。”贾母听了，便不言语。贾珍退了下来，至外边预备着申表、焚钱粮、开戏，不在话下。

且说宝玉在楼上，坐在贾母旁边，因叫个小丫头子捧着方才那一盘子贺物，将自己的玉戴上，用手翻弄寻拨，一件一件的挑与贾母看。贾母因看见有个赤金点翠的麒麟，便伸手拿了起来，笑道：“这件东西好像我看见谁家的孩子也带着这么一个的。”宝钗笑道：“史大妹妹有一个，比这个小些。”贾母道：“是云儿有这个。”宝玉道：“他这么往我们家去住着，我也没看见。”探春笑道：“宝姐姐有心，不管什么他都记得。”林黛玉冷笑道：“他在别的上还有限，惟有这些人带的东西上越发留心。”宝钗听说，便回头装没听见。

宝玉听见史湘云有这件东西，自己便将那麒麟忙拿起来揣在怀里。一面心里又想到怕人看见他听见史湘云有了，他就留这件，因此手里揣着，却拿眼睛飘人。只见众人都倒不大理论，惟有林黛玉瞅着他点头儿，似有赞叹之意。宝玉不觉心里没好意思起来，又掏了出来，向黛玉笑道：“这个东西倒好顽，我替你留着，到了家穿上你带。”林黛玉将头一扭，说道：“我不希罕。”宝玉笑道：“你果然不希罕？我少不得就拿着。”说着又揣了起来。

刚要说话，只见贾珍、贾蓉的妻子婆媳两个来了，彼此见过，贾母方说：“你们又来做什么？我不过没事来逛逛。”一句话没说了，只见人报：“冯将军家有人来了。”原来冯紫英家听见贾府在庙里打醮，连忙预备了猪羊香烛茶银之类的东西送礼。凤姐儿听了，忙赶过正楼来，拍手笑道：“嗳呀！我就不防这个。只说咱们娘儿们闲逛逛，人家只当咱们大摆斋坛的，来送礼，都是老太太闹的。这又不得预备赏封儿。”刚说了，只见冯家的两个管家娘子上楼来了。冯家两个未去，接着赵侍郎也有礼来了。于是接二连三，都听见贾府打醮，女眷都在庙里，凡一应远亲近友、世家相与，都来送礼。贾母才后悔起来，说：“又不是什么正紧斋事，我们不过闲逛逛，就想不到这礼上，没的惊动了人。”因此虽看了一天戏，至下午便回来了，次日便懒怠去。凤姐又说：“打墙也是动土，已经惊动了人，今儿乐得还去逛逛。”那贾母只因昨日张道士提起宝玉说亲的事来，谁知宝玉一日心中不自在，回家来生气，嗔着张道士与他说了亲，口口声声说从今以后不再见张道士了，别人也并不知为什么原故。二则林黛玉昨日回家又中了暑。因此二事，贾母便执意不去了。凤姐见不去，自己带了人去了，也不在话下。

且说宝玉因见林黛玉又病了，心里放不下，饭也懒去吃，不时来问。林黛玉又怕他有个好歹，因说道："你只管看你的戏去，在家里作什么？"宝玉因昨日张道士提亲，心中大不受用，今听见林黛玉如此说，心里因想道："别人不知道我的心还可恕，连他也奚落起我来。"因此心中更比往日的烦恼加了百倍。若是别人跟前，断不能动这肝火，只是林黛玉说了这话，倒比往日别人说这话不同，由不得立刻沉下脸来，说道："我白认得了你。罢了，罢了！"林黛玉听说，便冷笑了两声道："我也知道白认得了我，那里像人家，有什么配的上呢！"宝玉听了，便向前来直问到脸上："你这么说，是安心咒我天诛地灭？"林黛玉一时解不过这个话来。宝玉又道："昨儿还为这个赌了几回咒，今儿你到底又准我一句。我便天诛地灭，你又有什么益处？"林黛玉一闻此言，方想起上日的话来。今日原是自己说错了，又是着急，又是羞愧，便颤颤兢兢的说道："我要安心咒你，我也天诛地灭。何苦来！我知道，昨日张道士说亲，你怕阻了你的好姻缘，你心里生气，来拿我来煞性子。"

原来那宝玉自幼生成有一种下流痴病，况从幼时和黛玉耳鬓厮磨，心情相对；及如今稍明时事，又看了那些邪书僻传，凡远亲近友之家所见的那些闺英闱秀，皆未有稍及林黛玉者，所以早存了一段心事，只不好说出来，故每每或喜或怒，变尽法子暗中试探。那林黛玉偏生也是个有些痴病的，也每用假情试探。因你也将真心真意瞒了起来，只用假意，我也将真心真意瞒了起来，只用假意，如此两假相逢，终有一真。其间琐琐碎碎，难保不有口角之争。

即如此刻，宝玉的心内想的是："别人不知我的心，还有可恕，难道你就不想我的心里眼里只有你。你不能为我烦恼，反来以这话奚落堵我，可见我心里一时一刻白有你，你竟心里没我。"心里这意思，只是口里说不出来。那林黛玉心里想着："你心里自然有我，虽有'金玉相对'之说，你岂是重这邪说不重我的。我便时常提这'金玉'，你只管了然自若无闻的，方见得是待我重，而毫无此心了。如何我只一提'金玉'的事，你就着急，可知你心里时时有'金玉'。见我一提，你又怕我多心，故意着急，安心哄我。"

看来两个人原本是一个心，但都多生了枝叶，反弄成两个心了。那宝玉心中又想着："我不管怎么样都好，只要你随意，我便立刻因你死了也情愿。你知也罢，不知也罢，只由我的心。可见你方和我近，不和我远。"那林黛玉心里又想着："你只管你，你好我自好，你何必为我而自失。殊不知你失我自失。可见是你不叫我近你，有意叫我远你了。"如此看来，却都是求近之心，反弄成疏远之意。如此之话，皆他二人素习所存私心，也难备述。

如今只述他们外面的形容。那宝玉又听他说"好姻缘"三个字，越发逆了己意。心里干噎，口里说不出话来，便赌气向颈上抓下通灵宝玉，咬牙恨命往地下一摔，道："什么捞什骨子，我砸了你完事！"偏生那玉坚硬非常，摔了一下，竟文风没动。宝玉见没摔碎，便回身找东西来砸。林黛玉见他如此，早已哭起来，说道："何苦来，你摔砸那哑吧物件。有砸他的，不如来砸我。"二人闹着，紫鹃、雪雁等忙进来解劝。后来见宝玉下死力砸玉，忙上来夺，又夺不下来，见比往日闹的大了，少不得去叫袭人。袭人忙赶了来，才夺了下来。宝玉冷笑道："我砸我的东西，与你们什么相干！"

袭人见他脸都气黄了，眼眉都变了，从来没气的这样，便拉着他的手笑道："你同妹妹拌嘴，不犯着砸他。倘或砸坏了，叫他心里脸上怎么过的去？"林黛玉一行哭着，一行听了这话，说到自己心坎儿上来，可见宝玉连袭人不如，越发伤心大哭起来。心里一烦恼，方才吃的香薷饮解暑汤便承受不住，"哇"的一声，都吐了出来。紫鹃忙上来用手帕子接住，登时一口一口的把一块手帕子吐湿。雪雁忙上来捶。紫鹃道："虽然生气，姑娘到底也该保重着些。才吃了药好些，这会子因和宝二爷拌嘴，又吐出来，倘或犯了病，宝二爷怎么过的去呢？"宝玉听了这话，说到自己心坎儿上来，可见黛玉不如一紫鹃。

又见林黛玉脸红头胀，一行啼哭，一行气凑，一行是泪，一行是汗，不胜怯弱。宝玉见了这般，又自己后悔方才不该同他较证，这会子他这样光景，我又替不了他。心里想着，也不由的滴下泪来。袭人见他两个哭，由不得守着宝玉也心酸起来。又摸着宝玉的手冰凉，待要劝宝玉不哭罢，一则又恐宝玉有什么委曲闷在心里，二则又恐薄了林黛玉，不如大家一哭。就丢开手了，因此也流下泪来。紫鹃一面收拾了吐的药，一面拿扇子替林黛玉轻轻的扇着，见三个人都鸦雀无声，各人哭各人的，也由不得伤心起来，也拿手帕子擦泪。四个人都无言对泣。

一时，袭人勉强笑向宝玉道：“你不看别的，你看看这玉上穿的穗子，也不该同林姑娘拌嘴。”林黛玉听了，也不顾病，赶来夺过去，顺手抓起一把剪子来要剪。袭人、紫鹃刚要夺，已经剪了几段。林黛玉哭道：“我也是白效力。他也不稀罕，自有别人替他再穿好的去。”袭人忙接了玉，道：“何苦来，这是我才多嘴的不是了。”宝玉向林黛玉道：“你只管剪，我横竖不带他，也没什么。”

只顾里头闹，谁知那些老婆子们见林黛玉大哭大吐，宝玉又砸玉，不知道要闹到什么田地，倘或连累了他们，便一齐往前头回贾母、王夫人知道，好不干连了他们。那贾母、王夫人见他们忙忙的作一件正紧事来告诉，也都不知有了什么大祸，便一齐进园来瞧他兄妹。急的袭人抱怨紫鹃为什么惊动了老太太、太太；紫鹃又只当是袭人去告诉的，也抱怨袭人。那贾母、王夫人进来，见宝玉也无言，林黛玉也无话，问起来又没为什么事，便将这祸移到袭人、紫鹃两个人身上，说：“为什么你们不小心伏侍，这会子闹起来都不管了！”因此将他二人连骂带说教训了一顿。二人都没话，只得听着。还是贾母带出宝玉去了，方才平服。

过了一日，至初三日，乃是薛蟠生日，家里摆酒唱戏，来请贾府诸人。宝玉因得罪了林黛玉，二人总未见面，心中正自后悔，无精打采的，那里还有心肠去看戏，因而推病不去。林黛玉不过前日中了些暑溽之气，本无甚大病，听见他不去，心里想：“他是好吃酒看戏的，今日反不去，自然是因为昨儿气着了。再不然，他见我不去，他也没心肠去。只是昨儿千不该万不该剪了那玉上的穗子。管定他再不带了，还得我穿了他才带。”因而心中十分后悔。

那贾母见他两个都生了气，只说趁今儿那边看戏，他两个见了也就完了，不想又都不去。老人家急的抱怨说：“我这老冤家是那世里的孽障，偏生遇见了这么两个不省事的小冤家，没有一天不叫我操心。真是俗语说的，‘不是冤家不聚头’，几时我闭了这眼，断了这口气，凭着这两个冤家闹上天去，我眼不见心不烦，也就罢了，偏又不咽这口气。”自己抱怨着也哭了。这话传入宝、林二人耳内。原来他二人竟是从未听见过“不是冤家不聚头”的这句俗语，如今忽然得了这句话，好似参禅的一般，都低头细嚼此话的滋味，都不觉潸然泪下。虽不曾会面，然一个在潇湘馆临风洒泪，一个在怡红院对月长吁，却是人居两地，情发一心！

袭人因劝宝玉道：“千万不是，都是你的不是。往日家里小厮们和他们的姊妹拌嘴，或是两口子分争，你听见了，还骂小厮们蠢，不能体贴女孩儿们的心，今儿你也这么着了。明儿初五，大节下，你们两个再这么仇人似的，老太太越发要生气，一定弄的大家不安生。依我劝，你正紧下个气，陪个不是，大家还是照常一样，这么也好，那么也好。”那宝玉听见了，不知依与不依，要知端详，且听下回分解。

一片哭声，总因情重。金玉无言，何可为证？

第三十回

宝钗借扇机带双敲　龄官划蔷痴及局外

借扇敲双玉，是写宝钗金蝉脱壳。

银钗画“蔷”字，是痴女梦中说梦。

脚踢袭人，是断无是理，竟有是事。

话说林黛玉与宝玉角口后，也自后悔，但又无去就他之理，因此日夜闷闷，如有所失。紫鹃度其意，乃劝道：“若论前日之事，竟是姑娘太浮躁了些。别人不知宝玉那脾气，难道咱们也不知道的？为那玉也不是闹了一遭两遭了。”黛玉啐道：“你倒来替人派我的不是。我怎么浮躁了？”紫鹃笑道：“好好的，为什么又剪了那穗子？岂不是宝玉只有三分不是，姑娘倒有七分不是？我看他素日在姑娘身上就好，皆因姑娘小性儿，常要歪派他，才这么样。”

林黛玉正欲答话，只听院外叫门。紫鹃听了一听，笑道：“这是宝玉的声音，想必是来赔不是来了。”林黛玉听了道：“不许开门。”紫鹃道：“姑娘又不是了，这么热天毒日头地下，晒坏了他如何使得呢！”口里说着，便出去开门，果然是宝玉。一面让他进来，一面说道：“我只当是宝二爷再不上我们这门了，谁知这会子又来了。”宝玉笑道：“你们把极小的事倒说大了。好好的，为什么不来？我便死了，魂也要一日来一百遭。妹妹可大好了？”紫鹃道：“身上病好了，只是心里气不大好。”宝玉笑道：“我晓得有什么气。”一面说着，一面进来，只见林黛玉又在床上哭。

那林黛玉本不曾哭，听见宝玉来，由不得伤了心，止不住滚下泪来。宝玉笑着走近床来，道：“妹妹身上可大好了？”林黛玉只顾拭泪，并不答应。宝玉因便挨在床沿上坐了，一面笑道：“我知道妹妹不恼我。但只是我不来，叫旁人看着，倒像是咱们又拌了嘴的似的。若等他们来劝咱们，那时节岂不咱们倒觉生分了。不如这会子，你要打要骂，凭着你怎么样，千万别不理我。”说着，又把“好妹妹”叫了几万声。

林黛玉心里原是再不理宝玉的，这会子见宝玉说别叫人知道他们拌了嘴就生分了似的这一句话，又可见得比人原亲近，因又掌不住哭道：“你也不用哄我，从今以后，我也不敢亲近二爷，二爷也全当我去了。”宝玉听了笑道：“你往那去呢？”黛玉道：“我回家去。”宝玉笑道：“我跟了你去。”林黛玉道：“我死了。”宝玉道：“你死了，我做和尚！”林黛玉一闻此言，登时将脸放下来，问道：“想是你要死了，胡说的是什么，你家倒有几个亲姐姐亲妹妹呢，明儿都死了，你几个身子去作和尚？明儿我倒把这话告诉别人去评评。”

宝玉自知这话说的造次了，后悔不来，登时脸上红胀起来，低着头不敢则一声。幸而屋里没人。林黛玉直瞪瞪的瞅了他半天，气的一声儿说不出来。见宝玉憋的脸上紫胀，便咬着牙用指头狠命的在他额颅上戳了一下，“哼”了一声，咬牙说道：“你这——”

刚说了两个字，便又叹了一口气，仍拿起手帕子来擦眼泪。

宝玉心里原有无限的心事，又兼说错了话，正自后悔；又见黛玉戳他一下，要说又说不出来，自叹自泣，因此自己也有所感，不觉滚下泪来。要用帕子揩拭，不想又忘了带来，便用衫袖去擦。林黛玉虽然哭着，却一眼看见了。见他穿着簇新藕合纱衫，竟去拭泪，便一面自己拭着泪，一面回身将枕边搭的一方绡帕子拿起来，向宝玉怀里一摔，一语不发，仍掩面自泣。宝玉见他摔了帕子来，忙接住拭了泪，写尽宝、黛无限心曲，假使圣叹见之，正不知批出多少妙处。又挨近前些，伸手拉了林黛玉一只手，笑道："我的五脏都碎了，你还只是哭。走罢，我同你往老太太跟前去。"林黛玉将手一摔道："谁同你拉拉扯扯的。一天大似一天的，还这么涎皮赖脸的，连个道理也不知道。"

一句没说完，只听喊道："好了！"宝、林二人不防，都唬了一跳，回头看时，只见凤姐儿跳了进来，笑道："老太太在那里抱怨天抱怨地，只叫我来瞧瞧你们好了没有。我说不用瞧，过不了三天，他们自己就好了。老太太骂我，说我懒。我来了，果然应了我的话了。也没见你们两个人有些什么可拌的，三日好了，两日恼了，越大越成了孩子了。有这会子拉着手哭的，昨儿为什么又成了乌眼鸡呢？还不跟我走，到老太太跟前，叫老人家也放些心。"说着拉了林黛玉就走。林黛玉回头叫丫头们，一个也没有。凤姐道："又叫他们作什么，有我伏侍你呢！"一面说，一面拉了就走。宝玉在后面跟着出了园门。

到了贾母跟前，凤姐笑道："我说他们不用人费心，自己就会好的，老祖宗不信，一定叫我去说合。我及至到那里要说合，谁知两个人倒在一处对赔不是了。对哭对诉，倒像‘黄鹰抓住了鹞子的脚’，两个都扣了环了，那里还要人去说合！”说的满屋里都笑起来。

此时宝钗正在这里。那林黛玉只一言不发，挨着贾母坐下，宝玉没甚说的，便向宝钗笑道：“大哥哥好日子，偏生我又不好了，没别的礼送，连个头也不得磕去。大哥哥不知我病，倒像我懒，推故不去的。倘或明儿闲了，姐姐替我分辩分辩。”宝钗笑道：“这也多事，你便要去，也不敢惊动，何况身上不好。弟兄们日日一处，要存这个心倒生分了。”宝玉又笑道：“姐姐知道体谅我就好了。”又道：“姐姐怎么不看戏去？”宝钗道：“我怕热。看了两出，热的很。要走，客又不散，我少不得推身上不好，就来了。”宝玉听说，自己由不得脸上没意思，只得又搭讪笑道：“怪不得他们拿姐姐比杨妃，原来也体丰怯热。”

宝钗听说，不由的大怒，待要怎样，又不好怎样。回思了一回，脸红起来，便冷笑了两声，说道：“我倒像杨妃，只是没一个好哥哥、好兄弟可以作得杨国忠的。”二人正说着，可巧小丫头靛儿因不见了扇子，和宝钗笑道：“必是宝姑娘藏了我的。好姑娘，赏我罢！”宝钗指他道：“你要仔细，我和你顽过？你再疑我。和你素日嘻皮笑脸的那些姑娘们跟前，你该问他们去！”说的个靛儿跑了。宝玉自知又把话说造次了，当着许多人，更比才在林黛玉跟前更不好意思，便急回身又同别人搭讪去了。

林黛玉听见宝玉奚落宝钗，心中着实得意，才要搭言也趁势儿取个笑，不想靛儿因找扇子，宝钗又发了两句话，他便改口笑道：“宝姐姐，你听了两出什么戏？”宝钗因见林黛玉面上有得意之态，一定是听了宝玉方才奚落之言，遂了他的心愿，忽又见问他这话，便笑道："我看的是李逵骂了宋江，后来又赔不是。"宝玉便笑道："姐姐通今博古，色色都知道，怎么连这一出戏的名字也不知道，就说了这么一串子。这叫《负荆请罪》。"宝钗笑道："原来这叫作《负荆请罪》！你们通今博古，才知道'负荆请罪'，我不知道什么是'负荆请罪'！"一句话还未说完，宝玉、林黛玉二人心里有病，听了这话，早把脸羞红了。

凤姐于这些上虽不通达，但只看他三人形景，便知其意，便也笑着问人道："你们大暑天，谁还吃生姜呢？"众人不解其意，便说道："没有吃生姜。"凤姐故意用手摸着腮，诧异道："既没人吃生姜，怎么这么辣辣的？"宝玉、黛玉二人听见这话，越发不好过了。宝钗再要说话，见宝玉十分讨愧，形景改变，也就不好再说，只得一笑收住。别人总未解得他四个人的言语，因此付之流水。

一时宝钗、凤姐去了，林黛玉笑向宝玉道："你也试着比我利害的人了。谁都像我心拙口笨的，由着人说呢。"宝玉正因宝钗多了心，自己没趣，又见黛玉来问着他，越发没好气起来，待要说两句，又恐林黛玉多心，说不得忍着气，无精打采一直出来。

谁知目今盛暑之时，又当早饭已过，各处主仆人等多半都因日长神倦之时，宝玉背着手，到一处，一处鸦雀无闻。从贾母这里出来，往西走过了穿堂，便是凤姐的院落。到他们院门前，只见院门掩着。知道凤姐素日的规矩，每到天热，午间要歇一个时辰的，进去不便，遂进角门，来到王夫人上房内。只见几个丫头子手里拿着针线，却打盹儿呢。王夫人在里间凉榻上睡着，金钏儿坐在旁边捶腿，也乜斜着眼乱恍。宝玉轻轻的走到跟前，把他耳上带的坠子一扚。金钏儿睁开眼，见是宝玉。宝玉悄悄的笑道："就困的这么着？"金钏抿嘴一笑，摆手令他出去，仍合上眼。宝玉见了他，就有些恋恋不舍的，悄悄的探头瞧瞧王夫人合着眼，便自己向身边荷包里带的香雪润津丹掏了出来，便向金钏儿口里一送。金钏儿并不睁眼，只管噙了。宝玉上来便拉着手，悄悄的笑道："我明日和太太讨你，咱们在一处罢。"金钏儿不答。宝玉又道："不然，等太太醒了，我就讨。"金钏儿睁开眼，将宝玉一推，笑道："你忙什么！'金簪子掉在井里头，有你的只是有你的'，连这句话语难道也不明白？我倒告诉你个巧宗儿，你往东小院子里拿环哥儿同彩云去。"宝玉笑道："凭他怎么去罢，我只守着你。"

只见王夫人翻身起来，照金钏儿脸上就打了个嘴巴子，指着骂道："下作小娼妇，好好的爷们，都叫你教坏了。"宝玉见王夫人起来，早一溜烟去了。这里金钏儿半边脸火热，一声不敢言语。登时众丫头听见王夫人醒了，都忙进来。王夫人便叫玉钏儿："把你妈叫来，带出你姐姐去。"金钏儿听说，忙跪下哭道："我再不敢了。太太要打骂，只管发落，别叫我出去就是天恩了。我跟了太太十来年，这会子撵出去，我还见人不见人呢！"王夫人固然是个宽仁慈厚的人，从来不曾打过丫头们一下，今忽见金钏儿行此无耻之事，此乃平生最恨者，故气忿不过，打了一下，骂了几句。虽金钏儿苦求，亦不肯收留，到底唤了金钏儿之母白老媳妇来领了下去。那金钏儿含羞忍辱的出去了，不在话下。

且说那宝玉见王夫人醒来，自己没趣，忙进大观园来。只见赤日当空，树阴合地，满耳蝉声，静无人语。刚到了蔷薇花架，只听有人哽噎之声。宝玉心中疑惑，便站住细听，果然架下那边有人。如今五月之际，那蔷薇正是花叶茂盛之际，宝玉便悄悄的隔着篱笆洞儿一看，只见一个女孩子蹲在花下，手里拿着根绾头的簪子在地下抠土，一面悄悄的流泪。

宝玉心中想道："难道这也是个痴丫头，又像颦儿来葬花不成？"因又自叹道："若真也葬花，可谓'东施效颦'，不但不为新特，且更可厌了。"想毕，便要叫那女孩子，说："你不用跟着那林姑娘学了。"话未出口，幸而再看时，这女孩子面生，不是个侍儿，倒像是那十二个学戏的女孩子之内的，却辨不出他是生旦净丑那一个角色来。宝玉忙把舌头一伸，将口掩住，自己想道："幸而不曾造次。上两次皆因造次了，颦儿也生气，宝儿也多心，如今再得罪了他们，越发没意思了。"一面想，一面又恨认不得这个是谁。再留神细看，只见这女孩子眉蹙春山，眼颦秋水，面薄腰纤，袅袅婷婷，大有林黛玉之态。宝玉早又不忍弃他而去，只管痴看。只见他虽然用金簪划地，并不是掘土埋花，竟是向土上画字。宝玉用眼随着簪子的起落，一直一画，一点一勾的看了去，数一数，十八笔。自己又在手心里，用指头按着他方才下笔的规矩写了，猜是个什么字。写成一想，原来就是蔷薇花的"蔷"字。

宝玉想道："必定是他也要作诗填词，这会子见了这花，因有所感，或者偶成了两句，一时兴至恐忘，在地下画着推敲，也未可知。且看他底下再写什么。"一面想，一面又看，只见那女孩子还在那里画呢。画来画去，还是个"蔷"字。再看，还是个"蔷"

字。里面的原是早已痴了，画完一个又画一个，已经画了有几十个“蔷”。外面的不觉也看痴了，两个眼睛珠儿只管随着簪子动，心里却想：“这女孩子一定有什么话说不出来的大心事，才这样个形景。外面既是这个形景，心里不知怎么熬煎。看他的模样儿这般单薄，心里那里还搁的住熬煎。可恨我不能替你分些过来。”

伏中阴晴不定，扇云可致雨，忽一阵凉风过了，唰唰的落下一阵雨来。宝玉看着那女子头上滴下水来，纱衣裳登时湿了。宝玉想道：“这时下雨，他这个身子，如何禁得骤雨一激。”因此禁不住便说道：“不用写了，你看下大雨，身上都湿了。”那女孩子听说，倒唬了一跳，抬头一看，只见花外一个人叫他不要写了，下大雨了。一则宝玉脸面俊秀；二则花叶繁茂，上下俱被枝叶隐住，刚露着半边脸，那女孩子只当是个丫头，再不想是宝玉，因笑道：“多谢姐姐提醒了我，难道姐姐在外头有什么遮雨的？”一句提醒了宝玉，“嗳哟”了一声，才觉得浑身冰凉。低头一看，自己身上也都湿了。说声“不好”，只得一气跑回怡红院去了，心里却还记挂着那女孩子没处避雨。

原来明日是端阳节，那文官等十二个女子都放了学，进园来各处顽耍。可巧小生宝官、正旦玉官两个女孩子，正在怡红院和袭人顽笑，被大雨阻住。大家把沟堵了，水积在院内，把些绿头鸭、花瀵鶒、彩鸳鸯，捉的捉，赶的赶，缝了翅膀，放在院内顽耍，将院门关了。袭人等都在游廊上嘻笑。

宝玉见关着门，便以手扣门，里面诸人只顾笑，那里听见。叫了半日，拍的门山响，里面方听见了，估谅着宝玉这会子再不回来的，袭人笑道：“谁这会子叫门，没人开去。”宝玉道：“是我。”麝月道：“是宝姑娘的声音。”晴雯道：“胡说！宝姑娘这会子做什么来。”袭人道：“让我隔着门缝儿瞧瞧，可开就开，要不可开，叫他淋着去。”说着，便顺着游廊到门前，往外一瞧，只见宝玉淋的雨打鸡一般。袭人见了，又是着忙又是可笑，忙开了门，笑的弯着腰拍手道：“你这么大雨地里跑什么？那里知道爷回来了。”

宝玉一肚子没好气，满心里要把开门的踢几脚，及开了门，并不看真是谁，还只当是那些小丫头子们，便抬腿踢在肋上。袭人“嗳哟”了一声。宝玉还骂道：“下流东西们，我素日担待你们得了意，一点儿也不怕，越发拿我取笑儿了！”口里说着，一低头见是袭人哭了，方知踢错了。忙笑道：“嗳哟，是你来了！踢在那里了？”袭人从来不曾受过大话的，今儿忽见宝玉生气，踢他一下，又当着许多人，又是羞，又是气，又是疼，真一时置身无地。待要怎么样，料着宝玉未必是安心踢他，少不得忍着说道：“没有踢着。还不换衣裳去。”

宝玉一面进房来解衣，一面笑道：“我长了这么大，今日是头一遭生气打人，不想就偏遇见了你！”袭人一面忍痛换衣裳，一面笑道：“我是个起头儿的人，不论事大事小，事好事歹，自然也该从我起。但只是别说打了我，明儿顺了手，也打起别人来。”宝玉道：“我才也不是安心。”袭人道：“谁说你是安心了！素日开门关门，都是那起小丫头子们的事，他们是憨皮惯了的，早已恨的人牙痒痒，他们也没个怕惧儿。你当是他们，踢一下子，唬唬他们也好些。才刚是我淘气，不叫开门的。”

说着，那雨已住了，宝官、玉官也早去了。袭人只觉肋下疼的心里发闹，晚饭也不曾好生吃。至晚间洗澡时，脱了衣服，只见肋上青了碗大一块，自己倒唬了一跳，又不好声张。

一时睡下，梦中作痛，由不得“嗳哟”之声从睡中哼出。宝玉虽说不是安心，因见袭人懒懒的，也睡不安稳。忽夜间听得“嗳哟”，便知踢重了，自己下床悄悄的秉灯来照。刚到床前，只见袭人嗽了两声，吐出一口痰来，“嗳哟”一声，睁开眼，见了宝玉，倒唬了一跳，道：“作什么？”宝玉道：“你梦里‘嗳哟’，必定踢重了，我瞧瞧。”袭人道：“我头上发晕，嗓子里又腥又甜，你倒照一照地下罢。”宝玉听说，果然持灯向地下一照，只见一口鲜血在地。宝玉慌了，只说：“了不得了！”袭人见了，也就心冷了半截。要知端的，且听下回分解。

爱众不常，多情不寿。风月情怀，醉人如酒。

第三十一回

撕扇子作千金一笑　因麒麟伏白首双星

“撕扇子”是以不知情之物，供娇嗔不知情事之人一笑，所谓“情不情”。

“金玉姻缘”已定，又写一金麒麟，是间色法也。何颦儿为其所惑？故颦儿谓“情情”。

话说袭人见了自己吐的鲜血在地，也就冷了半截，想着往日常听人说，“少年吐血，年月不保，纵然命长，终是废人了”。想起此言，不觉将素日想着后来争荣夸耀之心尽皆灰了，眼中不觉滴下泪来。宝玉见他哭了，也不觉心酸起来，因问道：“你心里觉的怎么样？”袭人勉强笑道：“好好的，觉怎么呢？”宝玉的意思，即刻便要叫人烫黄酒，要山羊血黎洞丸来。袭人拉了他的手，笑道：“你这一闹不打紧，闹起多少人来，倒抱怨我轻狂。分明人不知道，倒闹的人知道了，你也不好，我也不好。正经明儿你打发小子问问王太医去，弄点子药吃吃就好了。人不知鬼不觉的，可不好？”

宝玉听了有理，也只得罢了，向案上斟了茶来，给袭人漱了口。袭人知道宝玉心内是不安稳的，待要不叫他伏侍，他又必不依；二则定要惊动别人，不如由他去罢，因此只在榻上由宝玉去伏侍。一交五更，宝玉也顾不的梳洗，忙穿衣出来，将王济仁叫来，亲至确问。王济仁问其原故，不过是伤损，便说了个丸药的名字，怎么服，怎么敷。宝玉记了，回园依方调治。不在话下。

这日正是端阳佳节，蒲艾簪门，虎符系臂。午间，王夫人治了酒席，请薛家母女等赏午。宝玉见宝钗淡淡的，也不和他说话，自知是昨儿的原故。王夫人见宝玉没精打采，也只当是金钏儿昨日之事，他没好意思的，越发不理他。林黛玉见宝玉懒懒的，只当是他因为得罪了宝钗的原故，心中不自在，形容也就懒懒的。凤姐昨日晚间王夫人就告诉了他宝玉、金钏的事，知道王夫人不自在，自己如何敢说笑，也就随着王夫人的气色行事，更觉淡淡的。贾迎春姊妹见众人无意思，也都无意思了。因此，大家坐了一坐就散了。

林黛玉天性喜散不喜聚。他想的也有个道理。他说："人有聚就有散，聚时欢喜，到散时岂不清冷？既清冷则生伤感，所以不如倒是不聚的好。比如那花开时令人爱慕，谢时则增惆怅，所以倒是不开的好。"故此，人以为喜之时，他反以为悲。那宝玉的情性，只愿常聚，生怕一时散了添悲；那花只愿常开，生怕一时谢了没趣；只到筵散花谢，虽有万种悲伤，也就无可如何了。因此，今日之筵，大家无兴散了，林黛玉倒不觉得，倒是宝玉心中闷闷不乐，回至自己房中，长吁短叹。

偏生晴雯上来换衣服，不防又把扇子失了手跌在地下，将股子跌折。宝玉因叹道："蠢才，蠢才！将来怎么样？明日你自己当家立事，难道也是这么顾前不顾后的？”晴雯冷笑道：“二爷近来气大的很，行动就给脸子瞧。前儿连袭人都打了，今儿又来寻我们的不是。要踢要打凭爷去。就是跌了扇子，也是平常的事。先时连那么样的玻璃缸、玛瑙碗，不知弄坏了多少，也没见个大气儿，这会子一把扇子就这么着了，何苦来！要嫌我们，就打发我们，再挑好的使。好离好散的，倒不好？”宝玉听了这些话，气的浑身乱战，因说道：“你不用忙，将来有散的日子！”

袭人在那边早已听见，忙赶过来，向宝玉道：“好好的，又怎么了？可是我说的，‘一时我不到，就有事故儿’。”晴雯听了冷笑道：“姐姐既会说，就该早来，也省了爷生气。自古以来，就是你一个人伏侍爷的，我们原没伏侍过。因为你伏侍的好，昨日才挨窝心脚；我们不会伏侍的，到明儿还不知是个什么罪呢。”袭人听了这话，又是恼，又是愧，待要说几句话，又见宝玉已经气的黄了脸，少不得自己忍了性子，推晴雯道：“好妹妹，你出去逛逛，原是我们的不是。”

晴雯听他说“我们”两个字，自然是他和宝玉了，不觉又添了酸意，冷笑几声，道：“我倒不知道你们是谁。别教我替你们害臊了。便是你们鬼鬼祟祟干的那事儿，也瞒不过我去。那里就称起‘我们’来了！明公正道，连个姑娘还没挣上去呢，也不过和我似的，那里就称上‘我们’了！”袭人羞的脸紫胀起来，想一想，原是自己把话说错了。宝玉一面说：“你们气不忿，我明儿偏抬举他。”袭人忙拉了宝玉的手道：“他一个糊涂人，你和他分证什么？况且你素日又是有担待的，比这大的过去了多少，今儿是怎么了？”晴雯冷笑道：“我原是糊涂人，那里配和我说话呢！”袭人听说道："姑娘倒是和我拌嘴呢，是和二爷拌嘴呢？要是心里恼我，你只和我说，不犯着当着二爷吵；要是恼二爷，不该这么吵的万人知道。我才也不过是为了事，进来劝开了，大家保重，姑娘倒寻上我的晦气。又不像是恼我，又不像是恼二爷，夹枪带棒，终久是个什么主意？我就不多说，让你说去。"说着便往外走。

宝玉向晴雯道："你也不用生气，我也猜着你的心事了。我回太太去，你也大了，打发你出去好不好？"晴雯听了这话，不觉又伤起心来，含恨说道："为什么我出去？要嫌我，变着法儿打发我出去，也不能够！"宝玉道："我何曾经过这个吵闹？一定是你要出去了，不如回了太太，打发你去罢。"说着，站起就要走。袭人忙回身拦住，笑道："往那里去？"宝玉道："回太太去。"袭人笑道："好没意思！真个的去回，你也不怕臊了？便是他认真的要去，也等把这气下去了，等无事中说话儿回了太太也不迟。这会子急急的当作一件正经事去回，岂不叫太太犯疑？"宝玉道："太太必不犯疑，我只明说是他闹着要去的。"晴雯哭道："我多早晚闹着要去了？饶生了气，还拿话压派我。只管去回，我一头碰死了也不出这门儿。"宝玉道："这也奇了。你又不去，你又闹些什么？我经不起这吵，不如去了倒干净。"说着一定要去回。

袭人见拦不住，只得跪下了。碧痕、秋纹、麝月等众丫鬟见吵闹，都鸦雀无闻的在外头听消息，这会子听见袭人跪下央求，便一齐进来都跪下了。宝玉忙把袭人扶起来，叹了一声，在床上坐下，叫众人起去，向袭人道："叫我怎么样才好！这个心使碎了，也没人知道。"说着不觉滴下泪来。袭人见宝玉流下泪来，自己也就哭了。

晴雯在旁哭着，方欲说话，只见林黛玉进来，便出去了。林黛玉笑道："大节下，怎么好好的哭起来？难道是为争粽子吃争恼了不成？"宝玉和袭人"嗤"的一笑。黛玉道："二哥哥不告诉我，我问你就知道了。"一面说，一面拍着袭人的肩，笑道："好嫂子，你告诉我，必定是你两个拌了嘴了，告诉妹妹，替你们和劝和劝。"袭人推他道："林姑娘你闹什么？我们一个丫头，姑娘只是混说。"黛玉笑道："你说你是丫头，我只拿你当嫂子待。"宝玉道："你何苦来替他招骂名儿。饶这么着，还有人说闲话，还搁的住你来说他。"袭人笑道："林姑娘，你不知道我的心事，除非一口气不来死了倒也罢了。"林黛玉笑道："你死了，别人不知怎么样，我先就哭死了。"宝玉笑道："你死了，我作和尚去。"袭人笑道："你老实些罢，何苦还说这些话。"林黛玉将两个指头一伸，抿嘴笑道："作了两个和尚了。我从今以后，都记着你作和尚的遭数儿。"宝玉听得，知道是他点前儿的话，自己一笑也就罢了。

一时黛玉去后，就有人说"薛大爷请！"宝玉只得去了。原来是吃酒，不能推辞，只得尽席而散。晚间回来，已带了几分酒，踉跄来至自己院内。只见院中早把乘凉枕榻设下，榻上有个人睡着。宝玉只当是袭人，一面在榻沿上坐下，一面推他，问道："疼的好些了？"只见那人翻身起来，说："何苦来，又招我！"宝玉一看，原来不是袭人，却是晴雯。宝玉将他一拉，拉在身旁坐下，笑道："你的性子越发惯娇了。早起就是跌了扇子，我不过说了那两句，你就说上那些话。说我也罢了，袭人好意来劝，你又括上他，你自己想想，该不该？"晴雯道："怪热的，拉拉扯扯作什么！叫人来看见像什么！我这身子也不配坐在这里。"宝玉笑道：

“你既知道不配，为什么睡着呢？”晴雯没的话，“嗤”的又笑了，说道：“你不来便使得，你来了就不配了。起来，让我洗澡去。袭人、麝月都洗了澡，我叫了他们来。”宝玉笑道：“我才又吃了好些酒，还得洗一洗。你既没有洗，拿了水来咱们两个洗。”

晴雯摇手笑道：“罢，罢，我不敢惹爷。还记得碧痕打发你洗澡，足有两三个时辰，也不知道作什么呢，我们也不好进去的。后来洗完了，进去瞧瞧，地下的水淹着床腿，连席子上都汪着水，也不知是怎么洗了，笑了几天。我也没那工夫收拾，也不用同我洗去。今儿也凉快，那会子洗了，可以不用再洗。我倒舀一盆水来，你洗洗脸通通头。才刚鸳鸯送了好些果子来，都湃在那水晶缸里呢，叫他们打发你吃。”

宝玉笑道：“既这么着，你也不许洗去，只洗洗手，来拿果子来吃罢。”晴雯笑道：“我慌张的很，连扇子还跌折了，那里还配打发吃果子。倘或再打破了盘子，还更了不得呢。”宝玉笑道：“你爱打就打，这些东西原不过是借人所用，你爱这样，我爱那样，各自性情不同。比如那扇子，原是扇的，你要撕着玩，也可以使得，只是不可生气时拿他出气。就如杯盘，原是盛东西的，你喜听那一声响，就故意的碎了，也可以使得，只是别在生气时拿他出气。这就是爱物了。”晴雯听了，笑道：“既这么说，你就拿了扇子来我撕。我最喜欢撕的。”宝玉听了，便笑着递与他。晴雯果然接过来，“嗤”的一声，撕了两半，接着“嗤嗤”又听几声。宝玉在旁笑着说：“响的好，再撕响些。”

正说着，只见麝月走过来，笑道：“少作些孽罢！”宝玉赶上来，一把将他手里的扇子也夺了，递与晴雯。晴雯接了，也撕了几半子，二人都大笑。麝月道："这是怎么说，拿我的东西开心儿。"宝玉笑道："打开扇子匣子你拣去，什么好东西！"麝月道："既这么说，就把匣子搬了出来，让他尽力的撕，岂不好？"宝玉笑道："你就搬去。"麝月道："我可不造这孽，他也没折了手，叫他自己搬去。"晴雯笑着，倚在床上说道："我也乏了，明儿再撕罢！"宝玉笑道："古人云，'千金难买一笑'。几把扇子能值几何？"一面说着，一面叫袭人。袭人才换了衣服走出来，小丫头佳蕙过来拾去破扇，大家乘凉，不消细说。

至次日午间，王夫人、薛宝钗、林黛玉众姊妹正在贾母房内坐着，就有人回："史大姑娘来了。"一时果见史湘云带领众多丫鬟、媳妇走进院来。宝钗、黛玉等忙迎至阶下相见。青年姊妹间经月不见，一旦相逢，其亲密自不必细说。

一时进入房中，请安问好，都见过了。贾母因说："天热，把外头的衣服脱脱罢。"史湘云忙起身宽衣。王夫人因笑道："也没见穿上这些作什么！"史湘云笑道："都是二婶婶叫穿的，谁愿意穿这些！"宝钗一旁笑道："姨娘不知道，他穿衣裳还更爱穿别人的衣裳。可记得旧年三四月里，他在这里住着，把宝兄弟的袍子穿上，靴子也穿上，额子也勒上，猛一瞧，倒像是宝兄弟，就是多两个坠子。他站在那椅子后边，哄的老太太只是叫：'宝玉，你过来，仔细那上头挂的灯穗子招下灰来迷了眼。'他只是笑，也不过去。后来大家掌不住笑了，老太太才笑了，说：'倒扮上男人好看了。'"林黛玉道："这算什么。惟有前年正月里接了他来，住了没两日，就下起雪来。老太太和舅母那日想是才拜了影回来，老太太的一个新新的大红猩猩毡斗篷放在那里，谁知眼错不见他就披了，又大又长。他就拿了个汗巾子拦腰系上，和丫头们在后院子扑雪人儿去，一跤栽到沟跟前，弄了一身泥水。”说着，大家想着前情，都笑了。

宝钗笑向那周奶妈道：“周妈，你们姑娘还是那么淘气不淘气了？”周奶娘也笑了。迎春笑道：“淘气也罢了，我就嫌他爱说话。也没见睡在那里还是咭咭呱呱，笑一阵，说一阵，也不知那里来的那些话。”王夫人道：“只怕如今好了。前日有人家来相看，眼见有婆婆家了，还是那么着。”贾母因问：“今儿还是住着，还是家去呢？”周奶娘笑道：“老太太没有看见衣服都带了来，可不住两天。”史湘云问道：“宝玉哥哥不在家么？”宝钗笑道：“他再不想着别人，只想宝兄弟，两个人好憨的。这可见还没改了淘气。”贾母道：“如今你们大了，别提小名儿了。”

刚只说着，只见宝玉来了，笑道：“云妹妹来了，怎么前儿打发人接你去，怎么不来？”王夫人道：“这里老太太才说这一个，他又来提名道姓的了。”林黛玉道：“你哥哥得了好东西，等着你呢！”史湘云道：“什么好东西？”宝玉笑道：“你信他呢！几日不见，越发高了。”湘云笑道：“袭人姐姐好？”宝玉道：“多谢你记挂。”湘云道：“我给他带了好东西来了。”说着，拿出手帕子来，挽着一个疙瘩。宝玉道：“什么好的？你倒不如把前儿送来的那种绛纹石戒指儿带两个给他。”湘云笑道：“这是什么？”说着便打开。众人看时，果然就是上次送来的那绛纹戒指，一包四个。

林黛玉笑道：“你们瞧瞧他这主意，前儿一般的打发人给我们送了来，你就把他的带来岂不省事？今儿巴巴的自己带了来，我当又是什么新奇东西，原来还是他。真真你是糊涂人！”史湘云笑道：“你才糊涂呢！我把这理说出来，大家评评谁糊涂。给你们送东西，就是使来的不用说话，拿进来一看，自然就知是送姑娘们的了；若带他们的东西，这得我先告诉来人，这是那一个丫头的，那是那一个丫头的，那使来的人明白还好，再糊涂些，丫头的名字他也不记得，混闹胡说的，反连你们的东西都搅糊涂了。若是打发个女人，素日知道的还罢了，偏生前儿又打发小子来，可怎么说丫头们的名字呢？横竖我来给他们带来，岂不清白？”说着，把四个戒指放下，说道：“袭人姐姐一个，鸳鸯姐姐一个，金钏儿姐姐一个，平儿姐姐一个：这倒是四个人的。难道小子们也记得这么清白？”

众人听了都笑道：“果然明白。”宝玉笑道：“还是这么会说话，不让人。”林黛玉听了，冷笑道：“他不会说话，他的金麒麟会说话。”一面说着，便起身走了。幸而诸人都不曾听见，只有薛宝钗抿嘴一笑。宝玉听见了，倒自己后悔又说错了话，忽见宝钗一笑，由不得也笑了。宝钗见宝玉笑了，忙起身走开，找了林黛玉去说话。

贾母向湘云道：“吃了茶歇一歇，瞧瞧你的嫂子们去。园里也凉快，同你姐姐们去逛逛。”湘云答应了，将三个戒指儿包上。歇了一歇，便起身要瞧凤姐等人去。众奶娘、丫头跟着，到了凤姐那里，说笑了一回，出来便往大观园来。见过了李宫裁，少坐片时，便往怡红院来找袭人。因回头说道：“你们不必跟着，只管瞧你们的朋友亲戚去，留下翠缕伏侍就是了。”众人听了，自去寻姑觅嫂，单剩下湘云、翠缕两个人。

翠缕道："这荷花怎么还不开？"史湘云道："时候没到。"翠缕道："这也和咱们家池子里的一样，也是楼子花？"湘云道："他们这个还不如咱们的。"翠缕道："他们那边有棵石榴，接连四五枝，真是楼子上起楼子，这也难为他长。"史湘云道："花草也是同人一样，气脉充足，长的就好。"翠缕把脸一扭，说道："我不信这话。若说同人一样，我怎么不见头上又长出一个头来的人？"

湘云听了，由不得一笑，说道："我说你不用说话，你偏好说，这叫人怎么好答言？天地间都赋阴阳二气所生，或正或邪，或奇或怪，千变万化，都是阴阳顺逆。多少一生出来，人罕见的就奇，究竟理还是一样。"翠缕道："这么说起来，从古至今，开天辟地，都是些阴阳了。"湘云笑道："糊涂东西，越说越放屁。什么'都是些阴阳'？难道还有两个阴阳不成！'阴''阳'两个字，还只是一字。阳尽了就成阴，阴尽了就成阳。不是阴尽了又有个阳生出来，阳尽了又有个阴生出来。"翠缕道："这糊涂死了我！什么是个阴阳？没影没形的。我只问姑娘，这阴阳是怎么个样儿？"湘云道："阴阳可有什么样儿，不过是个气，器物赋了成形。比如天是阳，地就是阴；水是阴，火就是阳；日是阳，月就是阴。"翠缕听了，笑道："是了，是了，我今儿可明白了。怪道人都管着日头叫'太阳'呢。算命的管着月亮叫什么'太阴星'，就是这个理了。"湘云笑道："阿弥陀佛！刚刚的明白了。"

翠缕道："这些大东西有阴阳也罢了，难道那些蚊子、虼蚤、蠓虫儿、花儿、草儿、瓦片儿、砖头儿也有阴阳不成"？湘云道："怎么没有阴阳的呢，比如那一个树叶儿还分阴阳呢！那边向上朝阳的便是阳，这边背阴覆下的便是阴。"翠缕听了，点头笑道：

“原来这样！我可明白了。只是咱们这手里的扇子，怎么是阳，怎么是阴呢？”湘云道：“这边正面就是阳，那边反面就为阴。”

翠缕又点头笑了，还要拿几件东西问，因想不起个什么来，猛低头就看见湘云宫绦上系的金麒麟，便提起来问道：“姑娘，这个难道也有阴阳？”湘云道：“走兽飞禽，雄为阳，雌为阴；牝为阴，牡为阳。怎么没有呢？”翠缕道：“这是公的，到底是母的呢？”湘云道：“这连我也不知道。”翠缕道：“这也罢了，怎么东西都有阴阳，咱们人倒没有阴阳呢。”湘云照脸啐了一口，道：“下流东西，好生走罢！越问越问出好的来了。”翠缕笑道：“这有什么不告诉我的呢？我也知道了，不用难我。”湘云笑道：“你知道什么？”翠缕道：“姑娘是阳，我就是阴。”说着，湘云拿手帕子握着嘴，呵呵的笑起来。翠缕道：“说是了，就笑的这样了。”湘云道：“很是，很是！”翠缕道：“人规矩主子为阳，奴才为阴。我连这个大道理也不懂得？”湘云笑道：“你很懂得。”

一面说，一面走，刚到蔷薇架下，湘云道：“你瞧那是谁掉的首饰，金晃晃在那里。”翠缕听了，忙赶上拾在手里攥着，笑道：“可分出阴阳来了！”说着，先拿史湘云的麒麟瞧。湘云要他拣的瞧，翠缕只管不放手，笑道：“是件宝贝，姑娘瞧不得。这是从那里来的？好奇怪！我从来在这里没见有人有这个。”湘云笑道：“拿来我看。”翠缕将手一撒，笑道：“请看。”

湘云举目一验，却是文彩辉煌的一个金麒麟。比自己佩的又大又有文彩。湘云伸手擎在掌上，只是默默不语。正自出神，忽见宝玉从那边来了，笑问道：“你两个在这日头底下作什么呢？怎么不找袭人去？”史湘云连忙将那麒麟藏起，道：“正要去呢，咱们一处走。”说着，大家进入怡红院来。

袭人正在阶下倚槛追风，忽见湘云来了，连忙迎下来，携手笑说一向久别情况。一时进来归坐，宝玉因笑道：“你该早来，我得了一件好东西，专等你呢！”说着，一面在身上摸掏，掏了半天，“呵呀”了一声，便问袭人：“那个东西你收起来了么？”袭人道：“什么东西？”宝玉道：“前儿得的麒麟。”袭人道：“你天天带在身上的，怎么问我？”宝玉听了，将手一拍，说道：“这可丢了，往那里找去！”就要起身自己寻去。湘云听了，方知是他遗落的，便笑问道：“你几时又有了麒麟了？”宝玉道：“前儿好容易得的呢，不知多早晚丢了，我也糊涂了。”湘云笑道：“幸而是顽的东西，还是这么慌张。”说着，将手一撒，“你瞧瞧，是这个不是？”宝玉一见，由不得欢喜非常，因说道……不如是如何，且听下回分解。

后数十回，若兰在射圃所佩之麒麟，正此麒麟也。提纲伏于此回中，所谓“草蛇灰线，在千里之外”。

第三十二回

诉肺腑心迷活宝玉　含耻辱情烈死金钏

前明显祖汤先生有怀人诗一截，读之堪合此回，故录之以待知音：

无情无尽却情多，情到无多得尽么？

解到多情情尽处，月中无树影无波。

话说那宝玉见那麒麟，心中甚是欢喜，便伸手来拿，笑道："亏你拣着了。你是那里拣的？"史湘云笑道："幸而是这个，明儿倘或把印也丢了，难道也就罢了不成！"宝玉笑道："倒是丢了印平常，若丢了这个，我就该死了。"

袭人斟了茶来与史湘云吃。一面笑道："大姑娘，听见前儿你大喜了。"史湘云红了脸，吃茶不答。袭人道："这会子又害臊了。你还记得十年前，咱们在西边暖阁住着，晚上你同我说的话儿？那会子不害臊，这会子怎么又害臊了？"史湘云笑道："你还说呢，那会子咱们那么好，后来我们太太没了，我家去住了一程子，怎么就把你派了跟二哥哥？我来了，你就不像先待我了。"袭人笑道："你还说呢。先姐姐长姐姐短，哄着我替你梳头洗脸，作这个，弄那个，大家风范，情景逼真。如今大了，就拿出小姐的款来。

你既拿小姐的款，我怎敢亲近呢？”史湘云道：“阿弥陀佛，冤枉冤哉！我要这样，就立刻死了。你瞧瞧，这么大热天，我来了，必定赶来先瞧瞧你。不信你问问缕儿，我在家时时刻刻，那一回不念你几声。”话未了，忙的袭人和宝玉都劝道：“顽话你又认真了，还是这么性急。”史湘云道：“你不说你的话噎人，倒说人性急。”一面说，一面打开手帕子，将戒指递与袭人。心中意中，多少情致。

袭人感谢不尽，因笑道：“你前儿送你姐姐们的，我已得了；今儿你亲自又送来，可见是没忘了我。只这个就试出你来了。戒指儿能值多少，可见你的心真。”史湘云道：“是谁给你的？”袭人道：“是宝姑娘给我的。”湘云笑道：“我只当是林姐姐给你的，原来是宝钗姐姐给了你。我天天在家里想着，这些姐姐们再没一个比宝姐姐好的。可惜我们不是一个娘养的。感知己之一叹。我但凡有这么个亲姐姐，就是没了父母，也是没妨碍的。”说着，眼睛圈儿就红了。千古同慨。宝玉道：“罢，罢，罢！不用提这个话。”史湘云道：“提这个便怎么？我知道你的心病，恐怕你的林妹妹听见，又怪嗔我赞了宝姐姐。可是为这个不是？”袭人在旁“嗤”的一笑，说道：“云姑娘，你如今大了，越发心直口快了。”宝玉笑道：“我说你们这几个人难说话，果然不错。”史湘云道：“好哥哥，你不必说话教我恶心。只会在我们跟前说话，见了你林妹妹，又不知怎么了！”豪爽情形如画。

袭人道：“且别说顽话，我正有一件事还要求你呢。”史湘云便问：“什么事？”袭人道：“有一双鞋，抠了垫心子。我这两日身上不好，不得做，你可有工夫替我做做？”史湘云笑道：“这又奇了！你家放着这些巧人不算，还有什么针线上的，裁剪上的，怎么教我做起来？你的活计叫谁做，谁好意思不做呢？”袭人笑道：“你又糊涂了！你难道不知道？我们这屋里的针线，“我们这屋里”等字，精神活跳。是不要那些针线上的人做的。”史湘云听了，便知是宝玉的鞋了，因笑道：“既这么说，我就替你做了罢。只是一件，你的我才作，别人的我可不能。”袭人笑道：“又来了，我是个什么，就烦你做鞋了。实告诉你，可不是我的。你别管是谁的，横竖我领情就是了。”史湘云道：“论理，你的东西也不知烦我做了多少了，今儿我倒不做了的原故，你必定也知道。”袭人道：“倒也不知道。”反衬叠起，灵活之至。

史湘云冷笑道：“前儿我听见把我做的扇套子拿着和人家比，赌气又铰了。我早就听见了，你还瞒我。这会子又叫我做，我成了你们的奴才了。”宝玉忙笑道：“前儿的那事，本不知是你做的。”袭人也笑道：“他本不知是你做的。是我哄他的话，说是新近外头有个会做活的女孩子，说扎的出奇的花，我叫他拿了一个扇套子试试看好不好。他就信了。拿出去给这个瞧给那个看的，不知怎么又惹恼了林姑娘，铰了两段。回来他还叫赶着做去，我才说了是你作的，他后悔的什么似的。”描神。史湘云道：“越发奇了，林姑娘他也犯不上生气，他既会剪，就叫他做！”袭人道：“他可不做呢。饶这么着，老太太还怕他劳碌着了。大夫又说，好生静养才好，谁还烦他做？旧年好一年的工夫，做了个香袋儿；今年半年，还没见拿针线呢。”

正说着，有人来回说：“兴隆街的大爷来了，老爷叫二爷出去会。”宝玉听了，便知是贾雨村来了，心中好不自在。袭人忙去拿衣服。宝玉一面蹬着靴子，一面抱怨道："有老爷和他坐着就罢了，回回定要见我。"原本烦俗。史湘云一边摇着扇子，笑道："自然你能会宾接客，老爷才叫你出去呢。"宝玉道："那里是老爷，都是他自己要请我去见的。"湘云笑道："主雅客来勤。自然你有些警他的好处，他才只要会你。"宝玉道："罢，罢，我也不敢称雅，俗中又俗的一个俗人，我也不知宝玉是雅是俗，请诸同类一拟。并不愿同这些人往来。"

湘云笑道："还是这个情性不改。如今大了，你就不愿读书，去考举人进士的，也该常常的会会这些为官做宰的人们，谈谈讲讲些仕途经济的学问，也好将来应酬世务，日后也有个朋友。没见你成年家只在我们队里搅些什么！"宝玉听了道："姑娘请别的姊妹屋里坐坐，我这里仔细污了你知经济学问的！"袭人道："云姑娘快别说这话。此际不同湘云一语，湘云也实难出一语。上回也是宝姑娘也说过一回，他也不管人脸上过的去过不去，他就咳了一声，拿起脚来走了。这里宝姑娘的话也没说完，见他走了，登时羞的脸通红。说又不是，不说又不是。幸而是宝姑娘，那要是林姑娘，不知又闹到怎么样，哭的怎么样呢。提起这个话来，真真的宝姑娘叫人敬重，自己讪了一会子去了。我倒过不去，只当他恼了。谁知过后还是照旧一样，袭人善解忿。真真有涵养，心地宽大。谁知这一个反倒同他生分了。那林姑娘见你赌气不理他，你得赔多少不是呢！"宝玉道："林妹妹从来说过这些混账话不曾？花爱水清明，水怜花色鲜。浮落虽同流，空惹鱼龙涎。若他也说过这些混账话，我早和他生分了。"袭人和湘云都点头笑道："这原是混账话。"写足憨宝玉，殊可发一大笑。

原来林黛玉知道史湘云在这里，宝玉一定又赶来说麒麟的原故。因此心下忖度着，近日宝玉弄来的外传野史，多半才子佳人都因小巧玩物上撮合，或有鸳鸯，或有凤凰，或玉环金佩，或鲛帕鸾绦，皆因小物而遂终身。今忽见宝玉又有麒麟，便恐借此生隙，同史湘云也做出那些风流佳事来。因而悄悄走来，见机行事，以察二人之意。不想刚走来，正听见史湘云说经济一事，宝玉又说："林妹妹不说这样混账话，若说这话，我也和他生分了。"林黛玉听了这话，不觉又喜又惊，又悲又叹。所喜者，果然自己眼力不错，素日认他是个知己，果然是个知己。所惊者，他在人前一片私心称扬于我，其亲热厚密，竟不避嫌疑。所叹者，你既为我之知己，自然我亦可为你之知己矣；既你我为知己，则又何必有金玉之论哉；既有金玉之论，亦该你我有之，则又何必来一宝钗哉！所悲者，父母早逝，虽有铭心刻骨之言，无人为我主张。况近日每觉神思恍惚，病已渐成，医者更云气弱血亏，恐致劳怯之症。你我虽为知己，但恐自不能久待。你纵为我知己，奈我薄命何！想到此间，不禁滚下泪来。普天下才子佳人，英雄侠士都同来一哭！我虽愚浊，也愿同声一哭！待进去相见，自觉无味，便一面拭泪，一面抽身回去了。

这里宝玉忙忙的穿了衣裳出来，忽见林黛玉在前面慢慢的走着，似有拭泪之状，便忙赶上来，关心情致。笑道："妹妹往那里去？怎么又哭了？又是谁得罪了你？"林黛玉回头见是宝玉，便勉强笑道："好好的，我何曾哭了。"宝玉笑道："你瞧瞧，眼睛上的泪珠儿未干，还撒谎呢。"一面说，一面禁不住抬起手来替他拭泪。林黛玉忙向后退了几步，说道："你又要死了，作什么这么动手动脚的！”娇羞态。宝玉笑道：“说话忘了情，不觉的动了手，也就顾不的死活。”林黛玉道：“你死了倒不值什么，只是丢下了什么金，又是什么麒麟，可怎么样呢？”一句话，又把宝玉说急了，赶上来问道：“你还说这话，到底是咒我还是气我呢！”林黛玉见问，方想起前日的事来，遂后悔自己又说造次了，忙笑道：“你别着急，我原说错了。这有什么的，筋都暴起来，急的一脸汗。”一面说，一面禁不住近前伸手替他拭面上的汗。痴情态。

宝玉瞅了半天，方说道“你放心”三个字。连我今日看之也不懂。是何等文章！林黛玉听了，怔了半天，方说道：“我有什么不放心的？我不明白这话，你倒说说怎么放心不放心？”宝玉叹一口气，问道：“你果不明白这话？难道我素日在你身上的心都用错了？连你的意思若体贴不着，就难怪你天天为我生气了。”林黛玉道：“果然我不明白这放心不放心的话。”宝玉点头叹道：“好妹妹，你别哄我。果然不明白这话，不但我素日之意白用了，且连你素日待我之意也都辜负了。第二层。你皆因总是不放心的原故，才弄了一身病，但凡宽慰些，这病也不得一日重似一日。”真疼真爱、真怜真惜中，每每生出此等心病来。

林黛玉听了这话，如轰雷掣电，细细思之，竟比自己肺腑中掏出来的还觉恳切，竟有万句言语，满心要说，只是半个字也不能吐，何等神佛开慧眼，照见众生业障，为现此锦绣文章，说此上乘功德法。却怔怔的望着他。此时宝玉心中也有万句言语，不知从那一句上说起，却也怔怔的望着黛玉。两个人怔了半天，林黛玉只咳了一声，两眼不觉滚下泪来，回身便要走。下笔时用一“走”，文之大力，孟贲不若也。宝玉忙上前拉住，说道：“好妹妹，且略站住，我说一句话再走。”

林黛玉一面拭泪，一面将手推开，说道：“有什么可说的，你的话我早知道了！”口里说着，却头也不回竟去了。宝玉站着，只管发起呆来。儿女之情毕露，至此极矣。

原来方才出来慌忙，不曾带得扇子，袭人怕他热，忙拿了扇子赶来送与他。忽抬头见了林黛玉和他站着，一时黛玉走了，他还站着不动，因而赶上来说道：“你也不带了扇子去，亏我看见，赶了送来。”宝玉出了神，见袭人和他说话，并未看出是何人来，便一把拉住，说道：“好妹妹，我的这心事，从来也不敢说，今儿我大胆说出来，死也甘心！我为你也弄了一身的病在这里，又不敢告诉人，只好掩着。只等你的病好了，只怕我的病才得好呢！睡里梦里也忘不了你！”袭人听了这话，吓得魄消魂散，只叫“神天菩萨，坑死我了！”便推他道：“这是那里的话！敢是中了邪，还不快去！”宝玉一时醒过来，方知是袭人送扇子来，羞的满面紫涨，夺了扇子，便忙忙的抽身跑了。

这里袭人见他去了，自思方才之言，一定是因黛玉而起，如此看来，将来难免不才之事，令人可惊可畏。想到此间，也不觉怔怔的滴下泪来，心下暗度如何处治方免此丑祸。正裁疑间，忽有宝钗从那边走来，笑道：“大毒日头地下，出什么神呢？”这袭人见问，忙笑道：“那边两个雀儿打架，倒也好玩，我就看住了。”宝钗道：“宝兄弟这会子穿了衣服，忙忙的那去了？我才看见走过去，倒要叫住问他呢。他如今说话越发没了经纬，我故此没叫他了，由他过去罢。”袭人道：“老爷叫他出去。”宝钗听了，忙道：“嗳哟！这么黄天暑热的，叫他做什么！别是想起什么来生了气，叫出去教训一场。”偏是近。袭人笑道：“不是这个，想是有客要会。”宝钗笑道：“这个客也没意思。这么热天，不在家里凉快，还跑些什么！”袭人笑道：“倒是你说说罢。”

宝钗因而问道：“云丫头在你们家做什么呢？”袭人笑道：“才说了一会子闲话。你瞧，我前儿粘的那双鞋，明儿叫他做去。”宝钗听见这话，便两边回头，看无人来往，便笑道：“你这么个明白人，怎么一时半刻的就不会体谅人情。我近来看着云丫头神情，再风里言风里语的听起来，那云丫头在家里竟一点儿作不得主。他们家嫌费用大，竟不用那些针线上的人，差不多的东西多是他们娘儿们动手。为什么这几次他来了，他和我说话儿，见没人在跟前，他就说家里累的很。我再问他两句家常过日子的话，他就连眼圈儿都红了，口里含含糊糊待说不说的。想其形景来，自然从小儿没爹娘的苦。真是知己，不枉湘云前言。我看着他，也不觉的伤起心来。”袭人见说这话，将手一拍，说：“是了，是了。怪道上月我烦他打十根蝴蝶结子，过了那些日子才打发人送来，还说‘打的粗，且在别处能着使罢；要匀净的，等明儿来住着再好生打罢’。如今听宝姑娘这话，想来我们烦他，他不好推辞，不知他在家里怎么三更半夜的做呢。可是我也糊涂了，早知是这样，我也不烦他了。”宝钗道：“上次他就告诉我，在家里做活做到三更天，若是替别人做一点半点，他家的那些奶奶太太们还不受用呢。”袭人道：“偏生我们那个牛心左性的小爷，凭着小的大的活计，一概不要家里这些活计上的人作。多情的常有这样“牛心左性”之癖。我又弄不开这些。”宝钗笑道：“你理他呢，只管叫人做去，只说是你做的就是了。”袭人笑道：“那里哄的信他，他才是认得出来呢！说不得我只好慢慢的累去罢了。”痴心的情愿。宝钗笑道：“你不必忙，我替你作些如何？”袭人笑道：“当真的这样，就是我的福了。晚上我亲自送过来。”

一句话未了，忽见一个老婆子忙忙走来，说道：“这是那里说起！金钏儿姑娘好好的投井死了！”袭人唬了一跳，忙问：“那个金钏儿？”那老婆子道：“那里还有两个金钏儿呢！就是太太屋里的。前儿不知为什么撵他出去，在家里哭天哭地的，也都不理会他，谁知找他不见了。刚才打水的人在那东南角上井里打水，见一个尸首，赶着叫人打捞起来，谁知是他。他们家里还只管乱着要救活，那里中用了！”宝钗道：“这也奇了。”袭人听说，点头赞叹，想素日同气之情，不觉落下泪来。又一哭法。宝钗听这话，忙向王夫人处来道安慰。这里袭人回去不提。

却说宝钗来至王夫人处，只见鸦雀无闻，独有王夫人在里间房内坐着垂泪。又一哭法。宝钗便不好提这事，只得一旁坐了。王夫人便问：“你从那里来？”宝钗道：“从园里来。”王夫人道：“你从园里来，可见你宝兄弟？”世人多是凡事欲瞒人，偏不意中将要着逗露。理之所无而事则多有，何也？宝钗道：“才倒看见了。他穿了衣服出去了，不知那里去。”王夫人点头哭道：“你可知道一桩奇事？金钏儿忽然投井死了！”宝钗见说，道：“怎么好好的投井？这也奇了。”王夫人道：“原是前儿他把我一件东西弄坏了，我一时生气，打了他几下，撵了他下去。我只说气他两天，还叫他上来，谁知他这么气性大，就投井死了。岂不是我的罪过！”宝钗叹道：“姨娘是慈善人，故然这么想。据我看来，他并不是赌气投井，多半他下去住着，或是在井跟前憨顽，失了脚掉下去的。他在上头拘束惯了，这一出去，自然要到各处去顽顽逛逛，岂有这样大气的理！纵然有这样大气，也不过是个糊涂人，也不为可惜。”善劝人，大见解。惜乎不知其情，虽金美玉之言，不中奈何。王夫人点头叹道：“这话虽然如此说，到底我心不安。”宝钗叹道：“姨娘也不必念念于兹，十分过不去，不过多赏他几两银子发送他，也就尽主仆之情了。”

王夫人道：“刚才我赏了他娘五十两银子，原要还把你妹妹们的新衣服拿两套给他妆裹。谁知凤丫头说，可巧都没什么新做的衣服，只有你林妹妹作生日的两套。我想你林妹妹那个孩子素日是个有心的，况且他也三灾八难的，既说了给他过生日，这会子又给人妆裹去，岂不忌讳。因为这么样，我现叫裁缝赶两套给他。要是别的丫头，赏他几两银子也就完了，只是金钏儿虽然是个丫头，素日在我跟前比我的女儿也差不多。”口里说着，不觉泪下。宝钗忙道：“姨娘这会子又何用叫裁缝赶去，我前儿倒做了两套，拿来给他岂不省事。况且他活着的时候也穿过我的旧衣服，身量又相对。”王夫人道：“虽然这样，难道你不忌讳？”宝钗笑道：“姨娘放心，我从来不计较这些。”一面说，一面起身就走。王夫人忙叫了两个人来跟宝姑娘去。

一时宝钗取了衣服回来，只见宝玉在王夫人旁边坐着垂泪。王夫人正才说他，因宝钗来了，却掩了口不说了。云龙现影法，可爱煞人。宝钗见此光景，察言观色，早知觉了八分。于是将衣服交割明白。王夫人将他母亲叫来拿了去。再看下回便知。

世上无情空大地，人间少爱景何穷。其中世界其中了，含笑同归造化功。

袭人、湘云、黛玉、宝钗等之爱之哭，各具一心，各具一见。而宝玉、黛玉之痴情、痴性，行文如绘，真是现身说法。岂三家村老学究之可能梦见者！不禁炷香再拜。

第三十三回

手足耽耽小动唇舌　不肖种种大承笞挞

富贵公子，侯王应袭，容易在红粉场中作罪。风流情性，诗赋文词，偏只为莺花路间留滞。笑嘻嘻，哭啼啼，总是一般情事。

却说王夫人唤他母亲上来，拿几件簪环当面赏与，又吩咐请几众僧人念经超度。他母亲磕头谢了出来。

原来宝玉会过雨村回来听见了，便知金钏儿含羞赌气自尽，心中早又五内摧伤，进来被王夫人数落教训，他也无可回说。见宝钗进来，方得便出来，茫然不知何往。背着手，低头一面感叹，一面慢慢的走着，信步来至厅上。

刚转过屏门，不想对面来了一人，正往里走，可巧儿撞了个满怀。只听那人喝一声“站住！”宝玉唬了一跳，抬头一看，不是别人，却是他父亲。不觉的倒抽了一口气，只得垂手一旁站了。贾政道：“好端端的，你垂头丧气嗐些什么？方才雨村来了要见你，叫你那半天你才出来。既出来了，全无一点慷慨挥洒谈吐，仍是葳葳蕤蕤。我看你脸上一团思欲愁闷气色，这会子又咳声叹气。你那些还不足，还不自在？无故这样，却是为何？”宝玉素日虽是口角伶俐，只是此时一心总为金钏儿感伤，恨不得此时也身亡命殒，跟了金钏儿去。真有此情，真有此理。如今见了他父亲说这些话，究竟不曾听见，只是怔呵呵的站着。

贾政见他惶悚，应对不似往日，原本无气的，这一来倒生了三分气。方欲说话，忽有回事人来回："忠顺亲王府里有人来，要见老爷。"贾政听了，心下疑惑，暗暗思忖道："素日并不和忠顺府来往，为什么今日打发人来？"一面想，一面令"快请"，急走出来看时，却是忠顺府长史官，忙接进厅上坐了献茶。

未及叙谈，那长史官先就说道："下官此来，并非擅造潭府，皆因奉王命而来，有一件事相求。看王爷面上，敢烦老大人作主，不但王爷知情，且连下官辈亦感谢不尽。"贾政听了这话，抓不住头脑，忙陪笑起身问道："大人既奉王命而来，不知有何见谕，望大人宣明，学生好遵谕承办。"那长史官便冷笑道："也不必承办，只用大人一句话就完了。我们府里有一个做小旦的琪官，一向好好在府里，如今竟三日五日不见回去。各处去找，又摸不着他的道路，因此各处访察。这一城内，十停人倒有八停人都说，他近日和衔玉的那位令郎相与甚厚。下官辈等听了，尊府不比别家，可以擅入索取，因此启明王爷。王爷亦云：'若是别的戏子呢，一百个也罢了，只是这琪官随机应答，谨慎老成，甚合我老人家的心，竟断断少不得此人。'故此求老大人转谕令郎，请将琪官放回，一则可慰王爷淳淳奉恳，二则下官辈也可免操劳求觅之苦。"说毕，忙打一躬。

贾政听了这话，又惊又气，即命唤宝玉来。宝玉也不知是何原故，忙赶来时，贾政便问："该死的奴才，你在家不读书也罢了，怎么又做出这些无法无天的事来！那琪官现是忠顺王爷驾前承奉的人，你是何等草芥，无故引逗他出来，如今祸及于我！”宝玉听了，唬了一跳，忙回道：“实在不知此事，究竟连‘琪官’两个字不知为何物，岂更又加以‘引逗’二字。”说着便哭了。

贾政未及开言，只见那长史官冷笑道：“公子也不必掩饰。或隐藏在家，或知其下落，早说了出来，我们也少受些辛苦，岂不念公子之德？”宝玉连说不知，“恐是讹传，也未见得”。那长史官冷笑道：“现有据证，何必还赖？必定当着老大人说了出来，公子岂不吃亏？既云不知此人，那红汗巾子怎么到了公子腰里？”宝玉听了这话，不觉轰去魂魄，目瞪口呆，心下自思：“这话他如何得知！他既连这样机密事都知道了，大约别的瞒他不过，不如打发他去了，免的再说出别的事来。”因说道：“大人既知他的底细，如何连他置买房舍这样大事倒不晓得了？听得说他如今在京东郊离城二十里有个什么紫檀堡，他在那里置了几亩田地几间房舍。想是在那里也未可知。”那长史官听了，笑道：“这样说，一定是在那里。我且去找一回，若有了便罢，若没有，还要来请教。”说着，便忙忙的走了。宝玉其人，爱之有余，岂可挞者！用此等文章逼之，能不使人肝胆愤烈，以成下文之严酷耶？

贾政此时气的目瞪口歪，一面送那长史官，一面回头命宝玉：“不许动！回来有话问你！”一直送那官员去了。才回身，忽见贾环带着几个小厮一阵乱跑，贾政喝令小厮：“快打，快打！”贾环见了他父亲，唬的骨软筋酥，忙低头站住。贾政便问：“你跑什么？带着你的那些人都不管你，不知往那里逛去，由你野马一般！”喝令叫跟上学的人来。贾环见他父亲盛怒，便乘机说道：“方才原不曾跑，只因从那井边一过，那井里淹死了一个丫头，我看见人头这样大，身子这样粗，泡的实在可怕，所以才赶着跑了过来。”

贾政听了惊疑，问道：“好端端的，谁去跳井？我家从无这样事情，自祖宗以来，皆是宽柔以待下人。大约我近年于家务疏懒，自然执事人操克夺之权，致使生出这暴殄轻生的祸患。若外人知道，祖宗颜面何在！”喝令：“快叫贾琏、赖大来！”

小厮们答应了一声，方欲叫去，贾环忙上前拉住贾政的袍襟，贴膝跪下道：“父亲不用生气。此事除太太房里的人，别人一点也不知道，我听见我母亲说……”说到这里，便回头四顾一看。如画。贾政知意，将眼一看众小厮，小厮们明白，都往两边后面退去。贾环便悄悄说道：“我母亲告诉我说，宝玉哥哥前日在太太屋里，拉着太太的丫头金钏儿强奸不遂，打了一顿，再逼下文，有不得不尽情苦打之势。那金钏儿便赌气投井死了。”

话未说完，把个贾政气的面如金纸，大喝：“快拿宝玉来！”一面说，一面便往里边书房里去，喝令：“今日再有人劝我，我把这冠带家私一应交与他与宝玉过去！我免不得做个罪人，把这几根烦恼鬓毛剃去，寻个干净去处自了，也免得上辱先人，下生逆子之罪！”一激再激，实文实事。众门客仆从见贾政这个形景，便知又是为宝玉了，一个个都是啖指咬舌，连忙退出。那贾政喘吁吁直挺挺坐在椅子上，满面泪痕，为天下父母一哭。一叠声：“拿宝玉！拿大棍，拿索子捆上！把各门都关上！有人传信往里头去，立刻打死！”众小厮们只得齐声答应，有几个来找宝玉。

那宝玉听见贾政吩咐他“不许动”，早知多凶少吉，那里承望贾环又添了许多的话。正在厅上干转，怎得个人来往里头去捎信，偏生没个人，连焙茗也不知在那里。正盼望时，只见一个老姆姆出来，宝玉如得了珍宝，便赶上来拉他，说道："快进去告诉：老爷要打我呢！快去，快去！要紧，要紧！"宝玉一则急了，说话不明白；二则老婆子偏生又聋，竟不曾听见是什么话，把"要紧"二字只听作"跳井"二字，便笑道："跳井让他跳去，二爷怕什么？"宝玉见是个聋子，便着急道："你出去叫我的小厮来罢。"那婆子道："有什么不了的事？老早的完了，太太又赏了衣服，又赏了银子，怎么不了事的！"写老婆子爱说无要紧的话，真如见其人，如闻其声。

宝玉急的跺脚，正没抓寻处，只见贾政的小厮走来，逼着他出去了。贾政一见，眼都红紫了，也不暇问他在外流荡优伶，表赠私物，在家荒疏学业，淫辱母婢等语，了结得灵活。只喝令："堵起嘴来，着实打死！"小厮们不敢违拗，只得将宝玉按在凳上，举起大板打了十来下。贾政犹嫌打轻了，一脚踢开掌板的，自己夺过来，咬着牙狠命盖了三四十下。众门客见打的不祥了，忙上前夺劝。贾政那里肯听，说道："你们问问他干的勾当可饶不可饶！素日皆是你们这些人把他酿坏了，到这步田地还来解劝，明日酿到他弑君杀父，你们才不劝不成！"

众人听这话不好听，知道气急了，忙又退出，只得觅人进去给信。王夫人不敢先回贾母，只得忙穿衣出来，也不顾有人没人，忙忙赶往书房中来，为天下慈母一哭。慌的众门客小厮等避之不及。王夫人一进房来，贾政更如火上浇油一般，那板子越发下去的又狠又快。按宝玉的两个小厮忙松了手走开，宝玉早已动弹不得了。

贾政还欲打时，早被王夫人抱住板子。贾政道："罢了，罢了！今日必定要气死我才罢！”王夫人哭道：“宝玉虽然该打，老爷也要自重，况且炎天暑日的，老太太身上也不大好，打死宝玉事小，倘或老太太一时不自在了，岂不事大！”贾政冷笑道：“倒休提这话。我养了这不肖的孽障，已经不孝；父母之心，昊天罔极。贾政、王夫人易地则皆然。教训他一番，又有众人护持，不如趁今日一发勒死了，以绝将来之患！”说着，便要绳索来勒死。

王夫人连忙抱住哭道：“老爷虽然应当管教儿子，也要看夫妻分上。我如今已将五十岁的人，只有这个孽障，必定苦苦的以他为法，我也不敢深劝。今日越发要他死，岂不是有意绝我！既要勒死他，快拿绳子来先勒死我，再勒死他。我们娘儿们不敢含怨，到底在阴司里得个依靠。”未丧母者来细玩，既丧母者来痛哭。说毕，爬在宝玉身上大哭起来。使人读之，声哽咽而泪雨下。

贾政听了此话，不觉长叹一声，向椅上坐了，泪如雨下。王夫人抱着宝玉，只见他面白气弱，底下穿着一条绿纱小衣皆是血渍，禁不住解下汗巾一看，由臀至胫，或青或紫，或整或破，竟无一点好处，不觉失声大哭起来，“苦命的儿吓！”因哭出“苦命儿”来，忽又想起贾珠来，便叫着贾珠哭道：“若有你活着，便死一百个我也不管了！”此时里面的人闻得王夫人出来，那李宫裁、王熙凤与迎春姊妹早已出来了。王夫人哭着贾珠的名字，慈母如画。别人还可，惟有宫裁禁不住也放声哭了。贾政听了，那泪珠更似滚瓜一般滚了下来。

正没开交处，忽听丫鬟来说：“老太太来了！”一句话未了，只听窗外颤巍巍的声气说道：老人家形影活现。“先打死我，再打死他，岂不干净了！”贾政见他母亲来了，又急又痛，连忙迎接出来。只见贾母扶着丫头，喘吁吁的走来。

贾政上前躬身陪笑道："大暑热天，母亲有何生气亲自走来？有话只该叫了儿子进去吩咐。"贾母听说，便止住步喘息一回，厉声说道：大家规模，一丝不乱。"你原来是和我说话！我倒有话吩咐，只是可怜我一生没养个好儿子，却教我和谁说去！"贾政听这话不像，忙跪下含泪说道："为儿的教训儿子，也为的是光宗耀祖。母亲这话，我做儿的如何禁得起？"贾母听说，便啐了一口，说道："我说了一句话，你就禁不起，你那样下死手的板子，难道宝玉就禁得起了？偏是有理。你说教训儿子是光宗耀祖，当初你父亲怎么教训你来！"如此碍犯文字，随景生情，毫无牵滞。说着，不觉就滚下泪来。

贾政又陪笑道："母亲也不必伤感，皆是作儿的一时性起，从此以后再不打他了。"贾母便冷笑道："你也不必和我使性子赌气的，你的儿子，我也不该管你打不打。我猜着你也厌烦我们娘儿们，不如我们赶早儿离了你，大家干净！"说着便令人去看轿马，"我和你太太、宝玉立刻回南京去。"家下人只得干答应着。

贾母又叫王夫人道："你也不必哭了，如今宝玉年纪小，你疼他，他将来长大成人，为官作宰的，也未必想着你是他母亲了。你如今倒不要疼他，只怕将来还少生一口气呢！"贾政听说，忙叩头哭道："母亲如此说，贾政无立足之地。"贾母冷笑道："你分明使我无立足之地，你反说起你来！只是我们回去了，你心里干净，看有谁来许你打！"一面说，一面只令快打点行李车轿回去。贾政苦苦叩求认罪。

贾母一面说话，一面又记挂宝玉。忙进来看时，只见今日这顿打不比往日，又是心疼，又是生气，也抱着哭个不了。王夫人与凤姐等解劝了一会，方渐渐的止住。早有丫鬟媳妇等上来要搀宝玉，凤姐便骂道：能事者自不凡。“糊涂东西，也不睁开眼瞧瞧！打的这么个样儿，还要搀着走！还不快进去把那藤屉子春凳抬出来呢。”众人听说连忙进去，果然抬出春凳来，将宝玉抬放在凳上，随着贾母、王夫人等进去，送至贾母房中。

彼时，贾政见贾母气未全消，不敢自便，也跟了进去。看看宝玉，果然打重了。再看看王夫人，“儿”一声“肉”一声，“你替珠儿早死了，留着珠儿，免你父亲生气，我也不白操这半世的心了。这会子你倘或有个好歹，丢下我，叫我靠那一个！”数落一场，又哭“不争气的儿”。贾政听了，也就灰心，自悔不该下毒手，打到如此地步。天下作父兄者教子弟时，亦当留意。先劝贾母，贾母含泪说道：“你不出去，还在这里做什么！难道于心不足，还要眼看着他死了才去不成！”遣之有法。贾政听说，方退了出来。

此时薛姨妈同宝钗、香菱、袭人、史湘云也都在这里。袭人满心委屈，只不好十分使出来。见众人围着，灌水的灌水，打扇的打扇，自己插不下手去，便越性走出来到二门前，令小厮们找了焙茗来细问：各自有各自一番作用。“方才好端端的，为什么打起来？你也不早来透个信儿！”焙茗急的说：“偏生我没在跟前，打到半中间我才听见了。忙打听原故，却是为琪官金钏姐姐的事。”袭人道：“老爷怎么得知道的？”焙茗道：“那琪官的事，多半是薛大爷素日吃醋，没法儿出气，不知在外头唆挑了谁来，在老爷跟前下的火。那金钏儿的事是三爷说的，我也是听见老爷的人说的。”袭人听了这两件事都对景，心中也就信了八九分。然后回来，只见众人都替宝玉疗治，调停完备，贾母令“好生抬到他房内去”。众人答应，七手八脚，忙把宝玉送入怡红院内自己床上卧好。又乱了半日，众人渐渐散去，袭人方进前来经心扶侍，问他端的。且听下回分解。

严酷其刑以教子，不情中十分用情。牵连不断以思婢，有恩处一等无恩。严父慈母，一般爱子。亲优溺婢，总是乖淫。蒙头花柳，谁解春光？跳出樊笼，一场笑话。

第三十四回

情中情因情感妹妹　错里错以错劝哥哥

两条素帕，一片真心；三首新诗，万行珠泪。袭卿高见动夫人，薛家兄妹空争气。自古道情是苦根苗，慧性灵心的，回头须早。

话说袭人见贾母、王夫人等去后，便走来宝玉身边坐下，含泪问他："怎么就打到这步田地？"宝玉叹气说道："不过为那些事，问他做什么！只是下半截疼的很，你瞧瞧打坏了那里。"袭人听说，便轻轻的伸手进去，将中衣褪下。宝玉略动一动，便咬着牙叫"嗳哟"，袭人连忙停住手，如此三四次才褪了下来。

袭人看时，只见腿上半段青紫，都有四指宽的僵痕高了起来。袭人咬着牙说道："我的娘，怎么下这般的狠手！你但凡听我一句话，也不得到这步地位。幸而没动筋骨，倘或打出个残疾来，可叫人怎么样呢！"

正说着，只听丫鬟们说："宝姑娘来了。"袭人听见，知道穿不及中衣，便拿了一床袷纱被替宝玉盖了。只见宝钗手里托着一丸药走进来，请问是关心不是关心？向袭人说道："晚上把这药用酒研开，替他敷上，把那淤血的热毒散开，可以就好了。"说毕，递与袭人，又问道："这会子可好些？"宝玉一面道谢说："好些了。"又让坐。宝钗见他睁开眼说话，不像先时，心中也宽慰了好些，便点头叹道："早听人一句话，同袭人语。也不至今日。别说老太太、太太心疼，就是我们看着，心里也……"刚说了半句，又忙咽住，自悔说的话急了，不觉的就红了脸，行云流水语，微露半含时。低下头来。宝玉听得这话如此亲切稠密，大有深意。忽见他又咽住不往下说，红了脸，低下头只管弄衣带，那一种娇羞怯怯，非可形容得出者，不觉心中大畅，将疼痛早丢在九霄云外，心中自思："我不过捱了几下打，他们一个个就有这些怜惜悲感之态露出，令人可玩可观，可怜可敬。假若我一时竟遭殃横死，他们还不知是何等悲感呢！得遇知己者，多生此等痴思痴喜。既是他们这样，我便一时死了，得他们如此，一生事业纵然尽付东流，亦无足叹惜。冥冥之中若不怡然自得，亦可谓糊涂鬼祟矣！"

想着，只听宝钗问袭人道："怎么好好的动了气，就打起来了？"袭人便把焙茗的话说了出来。宝玉原来还不知道贾环的话，听见袭人说出，方才知道。因又拉上薛蟠，惟恐宝钗沉心，忙又止住袭人道："薛大哥哥从来不这样的，你们不可混猜度。"宝钗听说，便知道是怕他多心，用话相拦袭人，因心中暗暗想道："打的这个形像，疼还顾不过来，还是这样细心，怕得罪了人。可见在我们身上也算是用心了。天下古今英雄，同一感慨。你既这样用心，何不在外头大事上做工夫，老爷也欢喜了，也不能吃这样亏。但你固然怕我沉心，所以拦袭人的话，难道我就不知我的哥哥素日恣心纵欲，毫无防范的那种心性。当日为一个秦钟，还闹的天翻地覆，自然如今比先又更利害了。"想毕，因笑道："你们也不必怨这个，怨那个。据我想，到底宝兄弟素日不正，肯和那些人来往，老爷才生气。就是我哥哥说话不防头，一时说出宝兄弟来，也不是有心调唆。一则也是本来的实话，二则他原不理论这些防嫌小事。袭姑娘从小儿只见宝兄弟这么样细心的人，心头口头不觉透露。你何尝见过天不怕地不怕，心里有什么口里就说什么的人。”

袭人因说出薛蟠来，见宝玉拦他的话，早已明白自己说造次了，恐宝钗没意思，听宝钗如此说，更觉羞愧无言。宝玉又听宝钗这番话，一半是堂皇正大，一半是去己疑心，更觉比先畅快了。方欲说话时，只见宝钗起身说道：“明儿再来看你，你好生养着罢。方才我拿了药来交给袭人，晚上敷上，何等关心。管就好了。”说着便走出门去。袭人赶着送出院外，说：“姑娘倒费心了。改日宝二爷好了，亲自来谢。”宝钗回头笑道：“有什么谢处！你只劝他好生静养，别胡思乱想的就好了。要想什么吃的顽的，你悄悄的往我那里取去，的确真心。不必惊动老太太、太太众人，倘或吹到老爷耳朵里，虽然彼时不怎样，将来对景，终是要吃亏的！”要紧。说着，一面去了。

袭人抽身回来，心内着实感激宝钗。进来见宝玉沉思默默，似睡非睡的模样，因而退出房外，自去栉沐。宝玉默默的躺在床上，无奈臀上作痛，如针挑刀挖一般，更又热如火炙，略展转时，禁不住“嗳哟”之声。那时天色将晚，因见袭人去了，却有两三个丫鬟伺候，此时并无呼唤之事，因说道：“你们且去梳洗，等我叫时再来。”众人听了，也都退出。

这里宝玉昏昏默默，只见蒋玉菡走了进来，诉说忠顺府拿他之事；又见金钏儿进来，哭说为他投井之情。宝玉半梦半醒，都不在意。忽又觉有人推他，恍恍惚惚听得有人悲戚之声。宝玉从梦中惊醒，睁眼一看，不是别人，却是林黛玉。

宝玉犹恐是梦，忙又将身子欠起来，向脸上细细一认，只见两个眼睛肿的桃儿一般，满面泪光，不是黛玉，却是那个？宝玉还欲看时，怎奈下半截疼痛难忍，支持不住，便“嗳哟”一声，仍就倒下，叹了一声，说道：“你又做什么跑来！虽说太阳落下去，那地上的余热未散，走两趟又要受了暑。我虽然捱了打，并不觉疼痛，我这个样儿，只装出来哄他们，好在外头布散与老爷听，其实是假的，你不可认真。”有这样一段语，方不没灭颦儿之痛哭眼肿。英雄失足，每每至死不改，皆犹此耳。此时林黛玉虽不是嚎啕大哭，然越是这等无声之泣，气噎喉堵，更觉得厉害。听了宝玉这番话，心中虽然有万句言词，只是不能说得，半日，方抽抽噎噎的说道：“你从此可都改了罢！”心血淋漓，酿成此数字。宝玉听说，便长叹一声，道：“你放心，别说这样话。就便为这些人死了，也是情愿的！”

一句话未了，文气斩截。只听院外人说：“二奶奶来了！”林黛玉便知是凤姐来了，连忙立起身来说道：“我从后院子去罢，回来再来。”宝玉一把拉住道：“这可奇了，好好的怎么怕起他来？”林黛玉急的跺脚，悄悄的说道：“你瞧瞧我的眼睛，不避嫌疑，不惜声名，破格牵连，诚为可叹，着实可怜。又该他取笑开心呢。”宝玉听说，连忙的放手。林黛玉三步两步转过床后，出后院而去。凤姐儿从前头已进来了，问宝玉：“可好些了？想什么吃，叫人往我那里取去！”

接着，薛姨妈又来了。一时贾母又打发了人来。至掌灯时分，宝玉只喝了两口汤，便昏昏沉沉的睡去。接着，周瑞媳妇、吴新登媳妇、郑好时媳妇，这几个有年纪常往来的，听见宝玉捱了打，也都进来。袭人忙迎出来，悄悄的笑道："婶婶们来迟了一步，二爷才睡着了。"袭卿善词令，会周旋。说着，一面带他们到那边房里坐了，倒茶与他们吃。那几个媳妇子都悄悄的坐了一回，向袭人说："等二爷醒了，你替我们说罢。"袭人答应了，送他们出去。刚要回来，只见王夫人使个婆子来，口称"太太叫一个跟二爷的人呢"。袭人见说，想了一想，便回身悄悄告诉晴雯、麝月、檀云、秋纹等说："太太叫人，你们好生在房里，我去了就来。"说毕，同那婆子一径出了园子，身任其责，不惮劳烦。来至上房。

王夫人正坐在凉榻上摇着芭蕉扇子，见他来了，说："不管叫个谁来也罢了。你又丢下他来了，谁伏侍他呢？"袭人见说，连忙陪笑回道："二爷才睡安稳了，那四五个丫头如今也好了，会伏侍二爷了，太太请放心。恐怕太太有什么话吩咐，打发他们来，一时听不明白，倒耽误了。"能事解事，能了事。王夫人道："也没甚话，白问问他这会子疼的怎么样。"袭人道："宝姑娘送去的药，我给二爷敷上了，补足。比先好些了。先疼的躺不稳，这会子都睡沉了，可见好些了。"

王夫人又问："吃了什么没有？"袭人道："老太太给的一碗汤，喝了两口，只嚷干渴，要吃酸梅汤。我想着酸梅是个收敛的东西，才刚捱了打，又不许叫喊，自然急的那热毒热血未免不存在心里，倘或吃下这个去。激在心里，再弄出大病来，可怎么样呢！因此我劝了半天才没吃，能事处。只拿那糖腌的玫瑰卤子和了吃，吃了半碗，又嫌吃絮了，不香甜。"王夫人道："嗳哟，你不该早来和我说。前儿有人送了两瓶子香露来，原要给他点子的，我怕他胡糟蹋了，就没给。既是他嫌那些玫瑰膏子絮烦，把这个拿两瓶子去。一碗水里只用挑一茶匙儿，就香的了不得呢！”说着就唤彩云来：“把前儿的那几瓶香露拿了来。”袭人道：“只拿两瓶来罢，多了也白糟蹋。等不够再要，再来取也是一样。”

彩云听说，去了半日，果然拿了两瓶来，付与袭人。袭人看时，只见两个玻璃小瓶，却有三寸大小，上面螺丝银盖，鹅黄笺上写着“木樨清露”，那一个上写着“玫瑰清露”。袭人笑道：“好金贵东西！这么个小瓶儿，能有多少？”王夫人道：“那是进上的，你没看见鹅黄笺子？你好生替他收着，别糟蹋了。”

袭人答应着，方要走时，王夫人又叫：“站着，我想起一句话来问你。”袭人忙又回来。王夫人见房内无人，便问道：“我恍惚听见宝玉今儿捱打，是环儿在老爷跟前说了什么话，你可听见这个了？你要听见，告诉我听听，我也不吵出来教人知道是你说的。”袭人道：“我倒没听见这话，为二爷霸占着戏子，人家来和老爷要，为这个打的。”王夫人摇头说道：“也为这个，还有别的原故。”袭人道：“别的原故实在不知道了。我今儿在太太跟前大胆说句不知好歹的话，论理……”说了半截，忙又咽住。王夫人道：“你只管说。”袭人笑道：“太太别生气，我就说了。”王夫人道：“我有什么生气的，你只管说来。”袭人道：“论理，我们二爷也须得老爷教训两顿，若老爷再不管，将来不知做出什么事来呢！”王夫人一闻此言，便合掌念声“阿弥陀佛”，能了事处。由不得赶着袭人叫了一声：“我的儿！亏了你也明白，这话和我的心一样。袭卿之心，所谓“良人所仰望而终身也”。今若此，能不痛哭流泣，以成此语？我何曾不知道管儿子，先时你珠大爷在，我是怎么样管他，难道我如今倒不知管儿子了？只是有个原故：如今我想，我已经快五十岁的人，通共剩了他一个，他又长的单弱，况且老太太宝贝似的。若管紧了他，倘或再有个好歹，或是老太太气坏了，那时上下不安，岂不倒坏了，所以就纵坏了他。我常常掰着口儿劝一阵，说一阵，气的骂一阵，哭一阵，彼时他好，过后儿还是不相干，端的吃了亏才罢了！若打坏了，将来我靠谁呢！”变转之句，勉强之言，真体贴尽溺爱之心。说着，由不得滚下泪来。

袭人见王夫人这般悲感，自己也不觉伤了心，陪着落泪。又道：“二爷是太太养的，岂不心疼。便是我们做下人的，伏侍一场，大家落个平安，也算是造化了。要这样起来，连平安都不能了。那一日那一时我不劝二爷，只是再劝不醒。偏生那些人又肯亲近他，也怨不得他这样，总是我们劝的倒不好了。今儿太太提起这话来，我还记挂着一件事，每要来回太太，讨太太个主意，只是我怕太太疑心，不但我的话白说了，且连葬身之地都没了。”打进一层。非有前项如许讲究，这一层即为唐突了。王夫人听了这话内有因，忙问道：“我的儿，你有话只管说。近来我因听见众人背前背后都夸你，我只说你不过是在宝玉身上留心，或是诸人跟前和气，这些小意思好，所以将你和老姨娘一体行事。谁知你方才和我说的话全是大道理，正和我的想头一样，你有什么只管说什么，只别教别人知道就是了。”

袭人道：“我也没什么别的说，我只想着讨太太一个示下，怎么变个法儿，以后竟还叫二爷搬出园外来就好了。”王夫人听了，吃一大惊，忙拉了袭人的手问道：“宝玉难道和谁作怪了不成？”袭人忙回道：“太太别多心，并没有这话。这不过是我的小见识。如今二爷也大了，里头姑娘们也大了，况且林姑娘、宝姑娘又是两姨姑表姊妹，虽说是姊妹们，到底是男女之分，日夜一处起坐不方便，由不得叫人悬心。便是外人看着也不像。远忧近虑，言言字字，真是可人。一家子的事，俗语说的，'没事常思有事'，世上多少无头脑的事，多半因为无心中做出，有心人看见，当做有心事，反说坏了。只是预先不防着，断然不好。二爷素日性格，太太是知道的。他又偏好在我们队里闹，倘或不防，前后错了一点半点，不论真假，人多口杂，那起小人的嘴有什么避讳，心顺了，说的比菩萨还好，心不顺，就贬的连畜牲不如。二爷将来倘或有人说好，不过大家直过没事；若叫人说出一个不好字来，我们不用说，粉身碎骨，罪有万重，都是平常小事，但后来二爷一生的声名品行岂不完了。袭卿爱人以德，竟至如此，字字逼来，不觉令人敬听。看官自省，切不可阔略，戒之。二则太太也难见老爷。俗语又说，'君子防不然'，不如这会子防避的为是。太太事情多，一时固然想不到，我们想不到则可，既想到了，若不回明太太，罪越重了。近来我为这事日夜悬心，又不好说与人，惟有灯知道罢了。"

王夫人听了这话，如雷轰电掣一般，正触了金钏儿之事，心内越发感爱袭人不尽，忙笑道："我的儿，你竟有这个心胸，想的这样周全！我何曾又不想到这里，只是这几次有事就忘了。你今儿这一番话提醒了我，难为你成全我娘儿两个声名体面，真真我竟不知道你这样好。罢了，你且去罢，我自有道理。溺爱者偏会如此说。只是还有一句话：你如今既说了这样的话，我就把他交给你了，好歹留心，保全了他，就是保全了我。我自然不辜负你。"袭人连连答应着去了。

回来正值宝玉睡醒，袭人回明香露之事。宝玉喜不自禁，即令调来尝试，果然香妙非常。因心下记挂着黛玉，满心里要打发人去，只是怕袭人，便设一法，先使袭人往宝钗那里去借书。

袭人去了，宝玉便悄命晴雯前文晴雯放肆，原有把柄所持也。吩咐道："你到林姑娘那里去看看他做什么呢。他要问我，只说我好了。"晴雯道："白眉赤眼，做什么去呢？到底说句话儿，也像一件事。"宝玉道："没有什么可说的。"晴雯道："若不然，或是送件东西，或是取件东西，不然我去了怎么搭讪呢？"宝玉想了一想，便伸手拿了两条手帕子撂与晴雯，笑道："也罢，就说我叫你送这个给他去了。"晴雯道："这又奇了，他要这半新不旧的两条手帕子？他又要恼了，说你打趣他。"宝玉笑道："你放心，他自然知道。"

晴雯听了，只得拿了帕子往潇湘馆来。只见春纤正在栏杆上晾手帕子，送的是手帕，晾的是手帕，妙文。见他进来，忙摆手儿，说："睡下了。"晴雯走进来，满屋魆黑，并未点灯。黛玉已睡在床上，问是谁。晴雯忙答道："晴雯。"黛玉道："做什么？"晴雯道："二爷送手帕子来给姑娘。"黛玉听了，心中发闷："做什么送手帕子来给我？"因问："这帕子是谁送他的？必是上好的，叫他留着送别人罢，我这会子不用这个。"晴雯笑道："不是新的，就是家常旧的。"林黛玉听见，越发闷住，着实细心搜求，思忖一时，方大悟过来，连忙说："放下，去罢。"晴雯听了，只得放下，抽身回去，一路盘算，不解何意。

这里林黛玉体贴出手帕子的意思来，不觉神魂驰荡："宝玉这番苦心，能领会我这番苦意，又令我可喜；我这番苦意，不知将来如何，又令我可悲；忽然好好的送两块旧帕子来，若不是领我深意，单看了这帕子，又令我可笑；再想令人私相传递与我，又可惧；我自己每每好哭，想来也无味，又令我可愧。”如此左思右想，一时五内沸然炙起。黛玉由不得余意绵缠，令掌灯，也想不起嫌疑避讳等事，便向案上研墨蘸笔，便向那两块旧帕上走笔写道：

眼空蓄泪泪空垂，暗洒闲抛却为谁？
尺幅鲛绡劳解赠，教人焉得不伤悲！

二

抛珠滚玉只偷潸，镇日无心镇日闲。
枕上袖边难拂拭，任他点点与斑斑。

其三

彩线难收面上珠，湘江旧迹已模糊。
窗前亦有千竿竹，不识香痕渍也无？

林黛玉还要往下写时，觉得浑身火热，面上作烧，走至镜台揭起锦袱一照，只见腮上通红，自羡压倒桃花，却不知病由此萌。一时方上床睡去，犹拿着那帕子思索，不在话下。

却说袭人来见宝钗，谁知宝钗不在园内，往他母亲那里去了，袭人便空手回来。

等至二更，宝钗方回来。原来宝钗素知薛蟠情性，心中已有一半疑是薛蟠调唆了人来告宝玉的，谁知又听袭人说出来，越发信了。究竟袭人是听焙茗说的，那焙茗也是私心窥度，并未据实，竟认准是他说的。那薛蟠都因素日有这个名声，其实这一次却不是他干的，被人生生的一口咬死是他，有口难分。

这日正从外头吃了酒回来，见过母亲，只见宝钗在这里，说了几句闲话，因问："听见宝兄弟吃了亏，是为什么？"薛姨妈正为这个不自在，见他问时，便咬着牙道："不知好歹的东西，都是你闹的，你还有脸来问！"薛蟠见说，便怔了，忙问道："我何尝闹什么？"薛姨妈道："你还装憨呢，人人都知道是你说的，还赖呢！"薛蟠道："人人说我杀了人，也就信了罢？"薛姨妈道："连你妹妹都知道是你说的，难道他也赖你不成？"宝钗忙劝道："妈和哥哥且别叫喊，消消停停的，就有个青红皂白了。"因向薛蟠道："是你说的也罢，不是你说的也罢，事情也过去了，不必较证，倒把小事儿弄大了。我只劝你从此以后在外头少去胡闹，少管别人的事。天天一处大家胡逛，你是个不防头的人，过后儿没事就罢了，倘或有事，不是你干的，人人都也疑惑是你干的，不用说别人，我就先疑惑。"

薛蟠本是个口直心快的人，一生见不得这样藏头露尾的事。又见宝钗劝他不要逛去，他母亲又说他犯舌，宝玉之打是他治的，早已急的乱跳，赌身发誓的分辩，又骂众人："谁这样赃派我，我把那囚攮的牙敲了才罢！分明是为打了宝玉，没的献勤儿，拿我来作幌子。难道宝玉是天王？他父亲打他一顿，一家子定要闹几天。那一回为他不好，姨爹打了他两下子，过后老太太不知怎么知道了，说是珍大哥哥治的，好好的叫了去骂了一顿。今儿越发拉上我了！既拉上，我也不怕，越性进去把宝玉打死了，我替他偿了命，大家干净。”一面嚷，一面抓起一根门闩来就跑。慌的薛姨妈一把抓住，骂道：“作死的孽障，你打谁去？你先打我来！”

薛蟠急的眼似铜铃一般，嚷道：“何苦来！又不叫我去，又好好的赖我。将来宝玉活一日，我担一日的口舌，不如大家死了清净。”宝钗忙也上前劝道：“你忍耐些儿罢！妈急的这个样儿，你不说来劝妈，你还反闹的这样。别说是妈，便是旁人来劝你，也为你好，倒把你的性子劝上来了！”薛蟠道：“你这会子又说这话。都是你说的！”宝钗道：“你只怨我说，再不怨你顾前不顾后的形景。”薛蟠道：“你只会怨我顾前不顾后，你怎么不怨宝玉外头招风惹草的那个样子！别说多的，只拿前儿琪官的事比给你们听：那琪官我们见过十来次的，我并未和他说一句亲热话，怎么前儿他见了，连姓名还不知道，就把汗巾子给他了？难道这也是我说的不成？”薛姨妈和宝钗急的说道：“还提这个，可不是为这个打他呢。可见是你说的了。”薛蟠道：“真真气死了人了！赖我说的我不恼，我只为一个宝玉闹的这么天翻地覆的。”宝钗道：“谁闹了？你先持刀动杖的闹起来，倒说别人闹！”

薛蟠见宝钗说的句句有理，难以驳正，比母亲的话反难回答，因此便要设法拿话堵回他去，就无人敢拦自己的话了。也因正在气头儿上，未曾想话之轻重，便说道：“好妹妹，你不用和我闹，我早知道你的心了。从先妈和我说，你这金要拣有玉的，才可正配。你留了心，见宝玉有那劳什骨子，你自然如今行动护着他。”话未说了，把个宝钗气怔了，拉着薛姨妈哭道：“妈妈你听，哥哥说的是什么话！”插写薛蟠，不过要补足宝钗告袭人前项之言。薛蟠见妹妹哭了，便知自己冒撞了，便赌气走到自己房里安歇不提。

这里薛姨妈气的乱战，一面又劝宝钗道：“你素日知那孽障说话没道理，明儿我叫他给你陪不是。”宝钗满心委屈气忿，待要怎样，又怕他母亲不安。少不得含泪别了母亲，各自回来，到房里整哭了一夜。次日早起来，也无心梳洗，胡乱整理整理，便出来瞧母亲。可巧遇见林黛玉独立在花阴之下，问他那里去。薛宝钗因说“家去”，口里说着，便只管走。黛玉见他无精打采的去了，又见眼上有哭泣之状，大非往日可比，便在后面笑道：“姐姐自己保重些儿。就是哭出两缸眼泪来，也医不好棒疮。”自己眼肿为谁？偏是以此笑人，世间人多犯此症。不知薛宝钗如何答对，且听下回分解。

人有百折不回之真心，方能成旷世稀有之事业。宝玉意中诸多辐辏，所谓“求仁得仁，又何怨”。凡人作臣、作子，出入家庭廊庙，能推此心此志，何患忠孝之不全，事业之不立耶？

第三十五回

白玉钏亲尝莲叶羹　黄金莺巧结梅花络

情因相爱反相伤，何事人多不揣量。黛玉徘徊还自苦，莲羹甘受使儿狂。

话说宝钗分明听见林黛玉刻薄他，因记挂着母亲哥哥，并不回头，一径去了。这里林黛玉还自立于花阴之下，远远的却向怡红院内望着。只见李宫裁、迎春、探春、惜春并各项人等都向怡红院内去过之后，一起一起的散尽了。只不见凤姐儿来，心里自己盘算道："如何他不来瞧宝玉？便是有事缠住了，他必定也是要来打个花胡哨，讨老太太和太太的好儿才是。今儿这早晚不来，必有原故。"一面猜疑，一面抬头再看时，只见花花簇簇一群人又向怡红院内来了。定睛看时，只见贾母搭着凤姐儿的手，后头邢夫人、王夫人跟着周姨娘并丫鬟媳妇等人都进院去了。黛玉看了，不觉点头，想起有父母的人的好处来，早又珠泪满面。

少顷，只见宝钗、薛姨妈等也进去了。忽见紫鹃从背后走来，说道："姑娘吃药去罢，开水又冷了。"黛玉道："你到底要怎么样。只是催，我吃不吃，管你什么相干！"紫鹃笑道："咳嗽的才好了些，又不吃药了。如今虽然是五月里，天气热，闺中相怜之情，令人羡慕之至。到底也该还小心些。大清早起，在这个潮地方站了半日，也该回去歇息歇息了。”一句话提醒了黛玉，方觉有点腿酸，呆了半日，方慢慢的扶着紫鹃回潇湘馆来。

一进院门，只见满地下竹影参差、苔痕浓淡，不觉又想起《西厢记》中所云“幽僻处可有人行，点苍苔白露泠泠”二句来，因暗暗的叹道：“双文，双文，诚为命薄人矣。然你虽命薄，尚有孀母弱弟；今日林黛玉之命薄，一并连孀母弱弟俱无。古人云‘佳人薄命’，然我又非佳人，何命薄胜于双文哉！”一面想，一面只管走，不防廊上的鹦哥见林黛玉来了，“嘎”的一声扑了下来，倒吓了一跳，因说道：“作死的！又扇了我一头灰。”那鹦哥仍飞上架去，便叫：“雪雁，快掀帘子，姑娘来了！”林黛玉便止住步，以手扣架道：“添了食水不曾？”那鹦哥便长叹一声，竟大似林黛玉素日吁嗟音韵，接着念道：“侬今葬花人笑痴，他年葬侬知是谁？试看春尽花渐落，便是红颜老死时。一朝春尽红颜老，花落人亡两不知！”哭成的句子，到今日听了，竟作一场笑话。黛玉、紫鹃听了都笑起来。紫鹃笑道：“这都是素日姑娘念的，难为他怎么记了。”黛玉便令将架摘下来，另挂在月洞窗外的钩上。于是进了屋子，在月洞窗内坐了。吃毕药，只见窗外竹影映入纱来，满屋内阴阴翠润，几簟生凉。黛玉无可释闷，便隔着纱窗调逗鹦哥作戏，又将素日所喜的诗词也教与他念，这且不在话下。

且说薛宝钗来至家中，只见母亲正自梳头呢。一见他来了，便说道：“你大清早起跑来作什么？”宝钗道：“我瞧瞧妈身上好不好。昨儿我去了，不知他可又过来闹了没有？”一面说，一面在他母亲身旁坐了，由不得哭将起来，薛姨妈见他一哭，自己掌不住，也就哭了一场，一面又劝他："我的儿，你别委曲了，你等我处分他。你要有个好歹，我指望那一个来！"

薛蟠在外边听见，连忙跑了过来，对着宝钗，左一个揖，右一个揖，只说："好妹妹！恕我这次罢！原是我昨儿吃了酒，回来的晚了，路上撞客着了，来家未醒，不知胡说了什么，连我自己也不知道，怨不得你生气。"薛宝钗原是掩面哭的，听如此说，由不得又好笑了，遂抬头向地下啐了一口，说道："你不用做这些像生儿，我知道你的心里多嫌我们娘儿两个，是要变着法儿叫我们离了你，你就心净了。"薛蟠听说，连忙笑道："妹妹这话从那里说起来的，这样我连立足之地都没了。妹妹从来不是这样多心说歪话的人。"薛姨妈忙又接着道："你只会听见你妹妹的歪话，难道昨儿晚上你说的那话就应该的不成？当真是你发昏了。"薛蟠道："妈也不必生气了，妹妹也不用烦恼，从今以后我再不同他们一处吃酒闲逛如何？"宝钗笑道："这不明白过来了！"亲生兄妹，形景逼真贴切。薛姨妈道："你要有这个横劲，那龙也下蛋了。"薛蟠道："我若再和他们一处逛，妹妹听见了只管啐我，再叫我畜生，不是人，如何？何苦来，为我一个人，娘儿两个天天操心，妈为我生气还有可恕，若只管叫妹妹为我操心，我更不是人了。如今父亲没了，我不能多孝顺妈多疼妹妹，反教娘生气妹妹烦恼，真连个畜生也不如了。"口里说着，眼睛里禁不起也滚下泪来。又是一样哭法，不过是情之所至。

薛姨妈本不哭了，听他一说，又勾起伤心来。宝钗勉强笑道："你闹够了，这会子又招着妈哭起来了。"薛蟠听说，忙收了泪，笑道："我何曾招妈哭来！罢，罢，罢，丢下这个别提了，叫香菱来倒茶妹妹吃。"宝钗道："我也不吃茶，等妈洗了手，我们就过去了。"薛蟠道："妹妹的项圈我瞧瞧，只怕该炸一炸去了。"宝钗道："黄澄澄的，又炸他作什么？"薛蟠又道："妹妹如今也该添补些衣裳了，要什么颜色花样，告诉我。"宝钗道："连那些衣服我还没穿遍了，又做什么！"一写骨肉悔过之情，一写本等贞静之女。一时薛姨妈换了衣裳，拉着宝钗进去，薛蟠方出去了。

这里薛姨妈和宝钗进园来瞧宝玉。到了怡红院中，只见抱厦里外回廊上许多丫鬟老婆站着，便知贾母等都在这里。母女两个进来，大家见过了，只见宝玉躺在榻上。薛姨妈问他可好些。宝玉忙欲欠身，口里答应着"好些"，又说："只管惊动姨娘、姐姐，我禁不起。"薛姨妈忙扶他睡下，又问他："想什么，只管告诉我。"宝玉笑道："我想起来自然和姨娘要去的。"

王夫人又问："你想什么吃，回来好给你送来的。"宝玉笑道："也倒不想什么吃，倒是那一回做的那小荷叶儿小莲蓬儿的汤还好些。"凤姐一旁笑道："听听，口味不算高贵，只是太磨牙了。巴巴的想这个吃了。"贾母便一叠连声的叫人做去。凤姐儿笑道："老祖宗别急，等我想一想这模子谁收着呢。"因回头吩咐个婆子去问管厨房的要去。那婆子去了半天，来回说："管厨房的说，四副汤模子都交上来了。"凤姐儿听说，想了一想，道："我记得交上来了，就不记得交给谁了，多半在茶房里。"一面又遣人去问管茶房的，也不曾收。次后还是管金银器皿的送了来。

薛姨妈先接过来瞧时，原来是个小匣子，里面装着四副银模子，都有一尺多长，一寸见方，上面凿着有豆子大小，也有菊花的，也有梅花的，也有莲蓬的，也有菱角的，共有三四十样，打的十分精巧。因笑向贾母、王夫人道："你们府上也都想绝了，吃碗汤，还有这些样子，若不说出来，我见了这个，也不认得这是作什么用的。"凤姐儿也不等人说话，便笑道："姑妈那里晓得，这是旧年备膳，他们想的法儿。不知弄些什么面印出来，借点新荷叶的清香，全仗着好汤，究竟没意思，谁家常吃他了！那一回呈样的作了一回，他今日怎么想起来了。"说着，接了过来，递与个妇人，吩咐厨房里立刻拿几只鸡，另外添了东西，做出十来碗来。王夫人道："要这些做什么？"凤姐儿笑道："有个原故，这一宗东西家常不大作，今儿宝兄弟提起来了，单做给他吃，老太太、姑妈、太太都不吃，似乎不大好。不如借势儿弄些大家吃，托赖连我也上个俊儿。"贾母听了，笑道："猴儿，把你乖的！拿着官中的钱你做人。"说的大家笑了。凤姐也忙笑道："这不相干，这个小东道我还孝敬的起。"便回头吩咐妇人，"说给厨房里，只管好生添补着做了，在我的账上来领银子。"妇人答应着去了。

宝钗一旁笑道："我来了这么几年，留神看起来，凤丫头凭他怎么巧，再巧不过老太太去。"贾母听说，便答道："我如今老了，那里还巧什么。当日我像凤哥儿这么大年纪，比他还来得呢。他如今虽说不如我们，也就算好了，比你姨娘强远了。你姨娘可怜见的，不大说话，和木头似的，在公婆跟前就不大显好。凤儿嘴乖，怎么怨得人疼他。"宝玉笑道："若这么说，不大说话的就不疼了？"贾母道："不大说话的又有不大说话的可疼之处。嘴乖的也有一宗可嫌的，倒不如不说话的好。"宝玉笑道："这就是了。我说大嫂子倒不大说话呢，老太太也是和凤姐姐的一样看待。若是单是会说话的可疼，这些姊妹里头，也只是凤姐姐和林妹妹可疼了。”贾母道：“提起姊妹，不是我当着姨太太的面奉承，千真万真，从我们家四个女孩儿算起，全不如宝丫头。”薛姨妈听说，忙笑道：“这话是老太太说偏了。”王夫人忙又笑道：“老太太时常背地里和我说宝丫头好，这倒不是假话。”宝玉勾着贾母，原为赞林黛玉的，不想反赞起宝钗来，倒也意出望外，便看着宝钗一笑。宝钗早扭过头去和袭人说话去了。

忽有人来请吃饭，贾母方立起身来，命宝玉好生养着，又把丫头们嘱咐了一回，方扶着凤姐儿，让着薛姨妈，大家出房去了。因问汤好了不曾，又问薛姨妈等：“想什么吃，只管告诉我，我有本事叫凤丫头弄了来咱们吃。”薛姨妈笑道：“老太太也会怄他的。时常他弄了东西孝敬，究竟又吃不了多少。”凤姐儿笑道：“姑妈倒别这样说，我们老祖宗只是嫌人肉酸，若不嫌人肉酸，早已把我还吃了呢！”一句话没说了，引的贾母众人都哈哈的笑起来。

宝玉在房里也掌不住笑了。袭人笑道：“真真的二奶奶的这张嘴怕死人！”宝玉伸手拉着袭人笑道：“你站了这半日，可乏了？”一面说，一面拉他身旁坐了。袭人笑道：“可是又忘了。趁宝姑娘在院子里，你和他说，烦他莺儿来打上几根络子。”宝玉笑道：“亏你提起来。”说着，便仰头向窗外道：“宝姐姐，吃过饭叫莺儿来，烦他打几根络子，可得闲儿？”宝钗听见，回头道：“怎么不得闲，一会叫他来就是了。”贾母等尚未听真，都止住步问宝钗。宝钗说明了，大家方明白。贾母又说道：“好孩子，叫他来替你兄弟作几根，你要无人使唤，我那里闲着的丫头多呢，你喜欢谁，只管叫了来使唤。”薛姨妈、宝钗等都笑道：“只管叫他来作就是了，有什么使唤的去处，他天天也是闲着淘气。”大家说着，往前迈步正走，忽见史湘云、平儿、香菱等在山石边掐凤仙花呢。见了他们走来，都迎上来了。

少顷，至园外。王夫人恐贾母乏了，便欲让至上房内坐，贾母也觉腿酸，便点头依允。王夫人便令丫头忙先去铺设坐位。那时赵姨娘推病，只有周姨娘同众婆娘丫头们忙着打帘子，立靠背，铺褥子。贾母扶着凤姐儿进来，与薛姨妈分宾主坐了。薛宝钗、史湘云坐在下面，王夫人亲捧了茶奉与贾母，李宫裁奉与薛姨妈。贾母向王夫人道：“让他们小妯娌伏侍，你在那里坐了，好说话儿。”王夫人方向一张小杌子上坐了，便吩咐凤姐儿道：“老太太的饭在这里放，添了东西来。”凤姐答应出去，便令人去贾母那边告诉。那边的婆娘忙往外传了，丫头们忙都赶过来。王夫人便令“请姑娘们去”，请了半天，只见探春、惜春两个来了；迎春身上不耐烦，不吃饭；林黛玉自不消说，平素十顿饭只好吃五顿，众人也不着意了。

少顷，饭至，众人调放了桌子。凤姐儿用手巾裹着一把牙箸站在地下，笑道：“老祖宗和姑妈不用让，还听我说就是了。”贾母笑向薛姨妈道：“我们就是这样。”薛姨妈笑着应了。于是凤姐放了四双：上面两双是贾母、薛姨妈，两边是薛宝钗、史湘云的。王夫人、李宫裁等都站在地下看着放菜。凤姐儿先忙着要干净家伙来，替宝玉拣菜。家庭之间，亦复如此。

少顷，荷叶汤来，贾母看过了，王夫人回头见玉钏儿在那边，便令玉钏与宝玉送去。凤姐道：“他一个人拿不去。”可巧莺儿和喜儿都来了。宝钗知道他们已吃了饭，便向莺儿道：“宝兄弟正叫你去打络子，你们两个一同去罢。”莺儿答应，同着玉钏儿出来。莺儿道：“这么远，怪热的，怎么端了去？”玉钏笑道：“你放心，我自有道理。”说着，便令一个婆子来，将汤饭等物放在一个捧盒里，大家气象。令他端了跟着，他两个却空着手走。一直到了怡红院门内，玉钏儿方接了过来，同莺儿进入宝玉房中。

袭人、麝月、秋纹三个人正和宝玉顽笑呢，见他两个来了，都忙起来，笑道：“你两个怎么来的这么碰巧，一齐来了。”一面说，一面接了下来。玉钏便向一张杌子上坐了，莺儿不敢坐下。两人不一样写，真是各进其文于后。袭人便忙端了个脚踏来，宝卿之婢，自应与众不同。莺儿还不敢坐。宝玉见莺儿来了，却倒十分欢喜。忽见了玉钏儿，便想到他姐姐金钏儿身上，又是伤心，又是惭愧，便把莺儿丢下，且和玉钏儿说话。袭人见把莺儿不理，恐莺儿没好意思的，能事者。又见莺儿不肯坐，便拉了莺儿出来，到那边房里去吃茶说话儿去了。

这里麝月等预备了碗箸来伺候吃饭。宝玉只是不吃，问玉钏儿道：“你母亲身子好？”玉钏儿满脸怒色，正眼也不看宝玉，半日，方说了一个“好”字。宝玉便觉没趣，半日，只得又陪笑问道：“谁叫你给我送来的？”何等涵度。玉钏儿道：“不过是奶奶、太太们。”宝玉见他还是这样哭丧，便知他是为金钏儿的原故，待要虚心下气磨转他，又见人多，不好下气的，金钏儿如若有知，敢何等感激。因而变尽方法，将人都支出去，然后又陪笑问长问短。

那玉钏儿先虽不悦，只管见宝玉一些性子没有，凭他怎么丧谤，他还是温存和气，自己倒不好意思的了，脸上方有三分喜色。我看到此处，也着实不过意。宝玉便笑求他：“好姐姐，你把那汤拿了来我尝尝。”玉钏儿道：“我从不会喂人东西，等他们来了再吃。”宝玉笑道：“我不是要你喂我。我因为走不动，你递给我吃了，你好赶早儿回去交代了，你好吃饭的。我只管耽误时候，你岂不饿坏了。你要懒待动，我少不了忍了疼下去取来。”说着，便要下床来，扎挣起来，禁不住“嗳哟”之声。

玉钏儿见他这般，忍不住起身说道：“躺下罢，那世里造了来的业，这会子现世现报，教我那一个眼睛看的上。”偏于此间写此不情之态，以表白多情之苦。一面说，一面“哧”的一声又笑了，端过汤来。宝玉笑道：“好姐姐，你要生气，只管在这里生罢！见了老太太、太太可放和气些，若还这样，你就又捱骂了。”玉钏儿道：“吃罢，吃罢！不用和我甜嘴蜜舌的，我可不信这样话。”说着，催宝玉喝了两口汤。宝玉故意说：“不好吃，不吃了。”玉钏儿道：“阿弥陀佛，这还不好吃，什么好吃？”宝玉道：“一点味儿也没有。你不信，尝一尝就知道了。”玉钏儿真就赌气尝了一尝。宝玉笑道：“这可好吃了！”玉钏儿听说，方解过意来，原是宝玉哄他吃一口，便说道：“你既说不好吃，这会子说好吃也不给你吃了。”宝玉只管央求陪笑要吃，写尽多情人无限委屈柔肠。玉钏儿又不给他，一面又叫人打发吃饭。

丫头方进来时，忽有人来回话：“傅二爷家的两个嬷嬷来请安，来见二爷。”宝玉听说，便知是通判傅试家的嬷嬷来了。那傅试原是贾政的门生，历年来都赖贾家的名势得意，贾政也着实看待，故与别个门生不同。他那里常遣人来走动。宝玉素习是最厌勇男蠢妇的，今日却如何又令两个婆子过来？其中原来有个原故：只因那宝玉闻得傅试有个妹子，名唤傅秋芳，也是个琼闺秀玉，常闻人传说才貌俱全，虽自未亲睹，然遐思遥爱之心十分诚敬。不命他们进来，恐薄了傅秋芳，痴想。因此连忙命让进来。大抵诸色非情不生，非情不合，情之表见于爱，爱众则心无定象，心不定则诸幻丛生，诸魔蜂起，则汲汲乎流于无情。此宝玉之多情而不情之案，凡我同人其留意。那傅试原是暴发的，因傅秋芳有几分姿色，聪明过人，那傅试安心仗着妹妹要与豪门贵族结姻，不肯轻易许人，所以耽误到如今。目今傅秋芳已二十三岁，尚未许人。争奈那些豪门贵族又嫌他穷酸，根基浅薄，不肯求配。那傅试与贾家亲密，也自有一段心事。今日遣来的两个婆子偏生是极无知识的，闻得宝玉要见，进来只刚问了好，说了没两句话。

那玉钏见生人来，也不和宝玉厮闹了，手里端着汤只顾听话。宝玉又只顾和婆子说话，一面吃饭，一面伸手去要汤。两个人的眼睛都看着人，不想伸猛了手，便将碗碰翻，将汤泼了宝玉手上。玉钏儿倒不曾烫着，唬了一跳，忙笑了："这是怎么说！"慌的丫头们忙上来接碗。宝玉自己烫了手倒不觉得，却只管问玉钏儿："烫了那里了？疼不疼？"玉钏儿和众人都笑了。多情人每于苦恼时不自觉，反说彼家苦恼，爱之至、惜之深之故也。玉钏儿道："你自己烫了，只管问我。"宝玉听说，方觉自己烫了。众人上来连忙收拾。宝玉也不吃饭了，洗手吃茶，又和那两个婆子说了两句话，然后两个婆子告辞出去，晴雯等送至桥边方回。

那两个婆子见没人了，一行走，一行谈论。这一个笑道："怪道有人说他家宝玉是外像好，里头糊涂，中看不中吃的，果然有些呆气。他自己烫了手，倒问人疼不疼，这可不是个呆子？"那一个又笑道："我前一回来，听见他家里许多人抱怨，千真万真的有些呆气。大雨淋的水鸡似的，他反告诉别人：'下雨了，快避雨去罢。'你说可笑不可笑？时常没人在跟前，就自哭自笑的，看见燕子，就和燕子说话；河里看见了鱼，就和鱼说话；见了星星月亮，不是长吁短叹，就是咕咕哝哝的。且是连一点刚性也没有，连那些毛丫头的气都受的。爱惜东西，连个线头儿都是好的；糟蹋起来，那怕值千值万的，都不管了。"如人饮水，冷暖自知，其中深意味，岂能持告君？两个人一面说，一面走出园来，辞别诸人回去，不在话下。宝玉之为人，非此一论，亦描写不尽。宝玉之不肖，非此一鄙，亦形容不到。试问作者，是丑宝玉乎，是赞宝玉乎？试问观者，是喜宝玉乎，是恶宝玉乎？

如今且说袭人见人去了，便携了莺儿过来，问宝玉打什么络子。宝玉笑向莺儿道："才只顾说话，就忘了你，烦你来不为别的，却为替我打几根络子。"莺儿道："装什么的络子？"宝玉见问，便笑道："不管装什么的，你都每样打几个罢。"富家子弟，每多有如是语，只不自觉耳。莺儿拍手笑道："这还了得，要这样，十年也打不完了。"宝玉笑道："好姐姐，你闲着也没事，都替我打了罢。"

袭人笑道："那里一时都打得完，如今先拣要紧的打两个罢。"莺儿道："什么要紧，不过是扇子、香坠儿、汗巾子。"宝玉道："汗巾子就好。"莺儿道："汗巾子是什么颜色的？"宝玉道："大红的。"莺儿道："大红的须是黑络子才好看的，或是石青的，才压的住颜色。"宝玉道："松花色配什么？"莺儿道："松花配桃红。"宝玉笑道："这才娇艳。再要雅淡之中带些娇艳。"莺儿道："葱绿柳黄是我最爱的。"宝玉道："也罢了，也打一条桃红，再打一条葱绿。"莺儿道："什么花样呢？"宝玉道："共有几样花样？"莺儿道："一炷香、朝天凳、象眼块儿、方胜、连环、梅花、柳叶。"

宝玉道："前儿你替三姑娘打的那花样是什么？"莺儿道："那是攒心梅花。"宝玉道："就是那样好。"

一面说，一面叫袭人，刚拿了线来，窗外婆子说："姑娘们的饭都有了。"宝玉道："你们吃饭去，快吃了来罢。"袭人笑道："有客在这里，我们怎好去的。"人情物理，一丝不乱。莺儿一面理线，一面笑道："这话又打那里说起？正经快吃了来罢。"袭人等听说，方去了，只留下两个小丫头听呼唤。

宝玉一面看莺儿打络子，一面说闲话，因问他："十几岁了？"莺儿手里打着，一面答话说："十六岁了。"宝玉道："你本姓什么？"莺儿道："姓黄。"宝玉笑道："这个名姓倒对了，果然是个黄莺儿。"莺儿笑道："我的名字本来是两个字，叫作金莺，姑娘嫌拗口，就单叫莺儿，如今就叫开了。"宝玉道："宝姐姐也算疼你了。明儿宝姐姐出阁，少不得是你跟去了。"

莺儿抿嘴一笑。宝玉笑道："我常常和袭人说，明儿不知那一个有福的消受你们主子奴才两个呢。"是有心，是无心？莺儿笑道："你还不知道我们姑娘有几样世人都没有的好处呢，模样儿还在次。"宝玉见莺儿娇憨婉转，语笑如痴，早不胜其情了，那更提起宝钗来，便问他道："好处在那里？好姐姐，你细细告诉我听。"莺儿笑道："我告诉你，你可不许又告诉他去。"闺房闲话，着实幽韵。宝玉笑道："这个自然的。"

正说着，只听外头说道："怎么这样静悄悄的？"二人回头看时，不是别人，正是宝钗来了。宝玉忙让坐。宝钗坐了，因问莺儿："打什么呢？"一面问，一面向他手里去瞧，才打了半截。宝钗笑道："这有什么趣儿，倒不如打个络子把玉络上呢。"一句话提醒了宝玉，便拍手笑道："倒是姐姐说的是，我就忘了，只是配个什么颜色才好？"宝钗道："若用杂色断然使不得，大红又犯了色，黄的又不起眼，黑的又过暗。等我想个法儿。把那金线拿来，配着黑珠儿线，一根一根的拈上，打成络子，这才好看。"宝玉听说，喜之不尽，一叠声便叫袭人来取金线。

正值袭人端了两碗菜走进来，告诉宝玉道："今儿奇怪！才刚太太打发人给我送了两碗菜来。"宝玉笑道："必定是今儿菜多，送来给你们大家吃的。"袭人道："不是，是指名给我送来的，还不叫我过去磕头，这可是奇了。"宝钗笑道："给你的，你就吃了。这有什么可猜疑的。"袭人笑道："从来没有的事，倒叫我不好意思的。"宝钗抿嘴一笑，说道："这就不好意思了？宝钗之慧性灵心。明儿比这个更叫你不好意思的还有呢！"袭人听了话内有因，素知宝钗不是轻嘴薄舌奚落人的，自己方想起上日王夫人的意思来，便不再提，将菜与宝玉看了，说："洗了手来拿线。"说毕，便一直的出去了。吃过饭，洗了手，进来拿金线与莺儿打络子。此时宝钗早被薛蟠遣人来请出去了。

这里宝玉正看着打络子，忽见邢夫人那边遣了两个丫鬟送了两样果子来与他吃，问他"可走得了？若走得动，叫哥儿明儿过来散散心，太太着实记挂着呢"。宝玉忙道："若走得了，必请太太的安去。疼的比先好些，请太太放心罢。"一面叫他两个坐下，一面又叫秋纹来，把才拿来的那果子拿一半送与林姑娘去。秋纹答应了，刚欲去时，只听黛玉在院内说话，宝玉忙叫"快请"。要知端的，且听下回分解。

此回是以情说法，警醒世人。黛玉因情凝思默度，忘其有身，忘其有病。而宝玉千屈万折，因情忘其尊卑，忘其痛苦，并忘其性情。爱河之深无底，何可泛滥，一溺其中，非死不止。且泛爱者不专，新旧叠增，岂能尽了？其多情之心，不能不流于无情之地，究其立意，倏忽千里而自不觉，诚可悲夫！

第三十六回

绣鸳鸯梦兆绛芸轩　识分定情悟梨香院

绛芸轩梦兆，是金针暗度法。夹写月钱，是为袭人渐入金屋地步。梨香院是明写大家蓄戏，不免奸淫之陋。可不慎哉，慎哉！

造物何尝作主张，任人禀受福修长。划蔷亦自非容易，解得臣忠子也良。

话说贾母自王夫人处回来，见宝玉一日好似一日，心中自是欢喜。因怕将来贾政又叫他，遂命人将贾政的亲随小厮头儿唤来，吩咐他："以后倘有会人待客诸样的事，你老爷要叫宝玉，你不用上来传话，就回他说我说了：一则打重了，得着实将养几个月才走得；二则他的星宿不利，祭了星不见外人，过了八月才许出二门。"那小厮头儿听了，领命而去。贾母又命李嬷嬷、袭人等来，将此话说与宝玉，使他放心。

那宝玉本就懒与士大夫诸男人接谈，又最厌峨冠礼服贺吊往还等事，今日得了这句话，越发得了意，不但将亲戚朋友一概杜绝了，而且连家庭中晨昏定省亦发都随他的便了。日日只在园中游卧，不过每日一清早到贾母、王夫人处走走就回来了，却每每甘心为诸丫鬟充役，竟也得十分闲消日月。或如宝钗辈，有时见机导劝，反生起气来，只说“好好的一个清净洁白女儿，也学的钓名沽誉，入了国贼禄鬼之流。这总是前人无故生事，立言竖辞，原为导后世的须眉浊物。不想我生不幸，亦且琼闺绣阁中亦染此风，真真有负天地钟灵毓秀之德。”因此祸延古人，除《四书》外，竟将别的书焚了。宝玉何等心思，作者何等意见，此文何等笔墨！众人见他如此疯颠，也都不向他说这些正经话了。独有林黛玉自幼不曾劝他去立身扬名等语，所以深敬黛玉。

闲言少述。如今且说凤姐自见金钏死后，忽见几家仆人常来孝敬他些东西，为当涂人一笑。又不时的来请安奉承，自己倒生了疑惑，不知何意。这日又见人来孝敬他东西，至晚间无人时，笑问平儿道：“这几家人不大管我的事，为什么忽然这么和我贴近？”平儿冷笑道：“奶奶连这个都想不起来了？我猜他们的女儿都必是太太房里的丫头。如今太太房里有四个大的，一个月一两银子的分例，下剩的都是一个月几百钱。如今金钏儿死了，必定他们要弄这两银子的巧宗儿呢。”凤姐儿听了，笑道：“是了，是了，倒是你提醒了。我看这些人也太不知足，钱也赚够了，苦事情又侵不着，弄个丫头搪塞着身子也就罢了，又还想这个。也罢了，他们几家的钱容易也不能花到我跟前，这是他们自寻的。送什么来，我就收什么，横竖我有主意。”确见高论，而其心思则不可问矣。任事者戒之。凤姐儿安下这个心，所以自管迁延着，等那些人把东西送足了，然后乘空方回王夫人。

这日午间，薛姨妈母女两个与林黛玉等正在王夫人房里，大家吃东西呢，凤姐儿得便回王夫人道："自从玉钏儿姐姐死了，太太跟前少着一个人。太太或看准了那个丫头好，就吩咐，下月好发放月钱的。"王夫人听了，想了一想，道："依我说，什么是例，必定四个五个的，够使就罢了，竟可以免了罢。"凤姐笑道："论理，太太说的也是。这原是旧例，别人屋里还有两个呢，太太倒不按例了。况且省下一两银子也有限。"王夫人听了，又想一想，道："也罢，这个分例只管关了来，不用补人，就把这一两银子给他妹妹玉钏儿罢。他姐姐伏侍了我一场，没个好结果，剩下他妹妹跟着我，吃个双分子，不为之过了。"凤姐答应着，回头找玉钏儿，笑道："大喜，大喜。"玉钏儿过来磕了头。

王夫人问道："正要问你，如今赵姨娘、周姨娘的月例多少？"凤姐道："那是定例，每人二两，赵姨娘有环兄弟的二两，共是四两，另外四串钱。"王夫人道："可都按数给他们？"凤姐见问的奇怪，忙道："怎么不按数给！"王夫人道："前日我恍惚听见有人抱怨，说短了一吊钱，是什么原故？"凤姐忙笑道："姨娘们的丫头月例，原是人各一吊，从旧年他们外头商议的，姨娘们每位的丫头分例减半，人各五百钱。每位两个丫头，所以短了一吊钱。这也抱怨不着我，我倒乐得给他们呢，他们外头又扣着，难道我添上不成。这个事我不过是接手儿，怎么来，怎么去，由不得我作主。我倒说了两三回，仍旧添上这两分的。他们说，只有这个项数，叫我也难再说了。如今我手里每月连日子都不错给他们呢。先时在外头关，那个月不打饥荒，何曾顺顺溜溜的得过一遭儿！"能事能言。

王夫人听说，也就罢了。半日又问："老太太屋里几个一两的？"凤姐道："八个。如今只有七个，那一个是袭人。"王夫人道："这就是了。你宝兄弟也并没有一两的丫头，袭人还算是老太太房里的人。"凤姐笑道："袭人原是老太太的人，不过给了宝兄弟使，他这一两银子还在老太太的丫头分例上领。如今说因为袭人是宝玉的人，裁了这一两银子，断然使不得。若说再添一个人给老太太，这个还可以裁他的。若不裁他的，须得环兄弟屋里也添上一个，才公道均匀了。就是晴雯、麝月等七个大丫头，每月人各月钱一吊，佳蕙等八个小丫头，每月人各月钱五百，还是老太太的话，别人如何恼得气得呢。"薛姨妈笑道："你们只听凤丫头的嘴，倒像倒了核桃车子的，只听他的账也清楚，理也公道。"凤姐笑道："姑妈，难道我说错了不成？"薛姨妈笑道："说的何尝错！只是你慢些说，岂不省力？"凤姐才要笑，忙又忍住了，听王夫人示下。

王夫人想了半日，向凤姐儿道："明儿挑一个好丫头送去老太太使，补袭人。把袭人的一分裁了，把我每月的月例二十两银子里，拿出二两银子一吊钱来给袭人。写尽慈母苦心。以后凡事有赵姨娘、周姨娘的，也有袭人的，只是袭人的这一分，都从我的分例上匀出来，不必动官中的就是了。"凤姐一一的答应了，又笑推薛姨妈道："姑妈听见了，我素日说的话如何，今儿果然应了我的话。"薛姨妈道："早就该如此。模样儿自然不用说的，他的那一种行事大方，说话见人和气里头带着刚硬要强，这个实在难得。"王夫人含泪道："你们那里知道袭人那孩子"孩子"二字，愈见亲热，故后文连呼二声"我的儿"。的好处？比我的宝玉强十倍！忽加"我的宝玉"四字，愈令人堕泪。加“我的”二字者，是明显袭人是“彼的”，然彼的何如此好？我的何如此不好？又气又愧，宝玉罪有万重矣。作者有多少眼泪写此一句，观者又不知有多少眼泪也。宝玉果然是有造化的，能够得他长长远远的伏侍他一辈子，也就罢了。”真好文字，此批得出者。凤姐道：“既这么样，就开了脸，明放他在屋里岂不好？”王夫人道：“那就不好了，一则都年轻，二则老爷也不许，三则那宝玉见袭人是个丫头，纵有放纵的事，倒能听他的劝，如今作了跟前人，那袭人该劝的也不敢十分劝了。苦心。作子弟的读此等文章，能不坠泪？如今且浑着，等再过二三年再说。”

说毕半日，凤姐见无话，便转身出来。刚至廊檐上，只见有几个执事的媳妇子正等他回事呢，见他出来，都笑道：“奶奶今儿回什么事，这半天？可是要热着了。”凤姐把袖子挽了几挽，跐着那角门的门槛子，笑道：能事得意之人，如画。“这里过门风倒凉快，吹一吹再走。”又告诉众人道：“你们说我回了这半日的话，太太把二百年头里的事都想起来问我，难道我不说罢！”又冷笑道：“我从今以后倒要干几样尅毒事了。抱怨给太太听，我也不怕！糊涂油蒙了心，烂了舌头，不得好死的下作东西，别作娘的春梦！明儿一裹脑子扣的日子还有呢。的真话现。如今裁了丫头的钱，就抱怨了咱们，也不想一想是奴几，也配使两三个丫头！”一面骂，一面方走了。自去挑人回贾母话去，不在话下。

却说王夫人等这里吃毕西瓜，又说了一回闲话，各自方散去。宝钗与黛玉等回至园中，宝钗因约黛玉往藕香榭去，黛玉回说立刻要洗澡，便各自散了。

宝钗独自行来，顺路进了怡红院，意欲寻宝玉谈讲以解午倦。不想一入院来，鸦雀无闻，一并连两只仙鹤在芭蕉下都睡着了。宝钗便顺着游廊来至房中，只见外间床上横三竖四都是丫头们睡觉。转过十锦槅子，来至宝玉的房内。宝玉在床上睡着了，袭人坐在身旁，手里做针线，旁边放着一柄白犀麈。宝钗走近前来，悄悄的笑道："你也过于小心了，这个屋里那里还有苍蝇蚊子，还拿蝇帚子赶什么？"袭人不防，猛抬头见是宝钗，忙放下针线，起身悄悄笑道："姑娘来了，我倒也不防，唬了一跳。闲情闲景，随便拈来，便是佳文佳话。姑娘不知道，虽然没有苍蝇蚊子，谁知有一种小虫子，从这纱眼里钻进来，人也看不见，只睡着了，咬一口，就像蚂蚁夹的。"宝钗道："怨不得，这屋子后头又近水，又都是香花儿，这屋子里头又香，这种虫子都是花心里长的，闻香就扑。"

说着，一面又瞧他手里的针线，原来是个白绫红里的兜肚，上面扎着鸳鸯戏莲的花样，红莲绿叶，五色鸳鸯。宝钗道："嗳哟，好鲜亮活计！这是谁的，也值的费这么大工夫？"袭人向床上努嘴儿。妙形景。宝钗笑道："这么大了，还带这个？"袭人笑道："他原是不带，所以特特的做的好了，叫他看见由不得不带。如今天气热，睡觉都不留神，哄他带上了，便是夜里纵盖不严些儿，也就不怕了。你说这一个就用了工夫，还没看见他身上现带的那一个呢。"宝钗笑道："也亏你奈烦。"袭人道："今儿做的工夫大了，脖子低的怪酸的。"随便写来，有神有理，生出下文多少故事。又笑道："好姑娘，你略坐一坐，我出去走走就来。"说着便走了。宝钗只顾看着活计，便不留心，一蹲身，刚刚的也坐在袭人方才坐的所在，因又见那活计实在可爱，不由的拿起针来，替他代刺。

不想林黛玉因遇见史湘云约他来与袭人道喜，二人来至院中，见静悄悄的，湘云便转身先到厢房里去找袭人。林黛玉却来至窗外，隔着纱窗往里一看，只见宝玉穿着银红纱衫子，随便睡着在床上，宝钗坐在身旁做针线，旁边放着蝇帚子。林黛玉见了这个景儿，连忙把身子一藏，手握着嘴，不敢笑出来，招手儿叫湘云。湘云一见他这般景况，只当有什么新闻，忙也来一看，也要笑时，忽然想起宝钗素日待他厚道，便忙掩住口。知道林黛玉不让人，怕他言语之中取笑，便忙拉过他来道："走罢。我想起袭人来，他说午间要到池子里去洗衣裳，想必去了，咱们那里找他去。"林黛玉心下明白，冷笑了两声，只得随他走了。触眼偏生碍，多心偏是痴。万魔随事起，何日是完时。

这里宝钗只刚做了两三个花瓣，忽见宝玉在梦里喊骂说："和尚道士的话，如何信得？什么是金玉姻缘，我偏说是木石姻缘！"薛宝钗听了这话，不觉怔了。请问此"怔了"是呓语之故，还是呓语之意不妥之故？猜猜。忽见袭人走过来，笑道："还没有醒呢？"宝钗摇头，袭人又笑道："我才碰见林姑娘史大姑娘，他们可曾进来？"宝钗道："没见他们进来。"因向袭人笑道："他们没告诉你什么话？"袭人笑道："左不过是他们那些玩话，有什么正紧说的。"宝钗笑道："他们说的可不是玩话，我正要告诉你呢，你又忙忙的出去了。"

一句话未完，只见凤姐儿打发人来叫袭人。宝钗笑道："就是为那话了。"袭人只得唤起两个丫鬟来，一同宝钗出怡红院，自往凤姐这里来。果然是告诉他这话，又叫他与王夫人叩头，且不必去见贾母，倒把袭人不好意思的，见过王夫人，急忙回来。宝玉已醒了，问起原故，袭人且含糊答应，至夜间人静，袭人方告诉。

“夜深人静”时，不减长生殿风味。何等告法，何等听法？人生不遇此等景况，实辜负此一生。宝玉喜不自禁，又向他笑道：“我可看你回家去不去了！那一回往家里走了一趟，回来就说你哥哥要赎你，又说在这里没着落，终久算什么！说了那么些无情无义的生分话唬我。“唬”字妙！尔果系明决男子，何得畏女子唬哉！从今以后，我可看谁来敢叫你去！”袭人听了，便冷笑道：“你倒别这么说，从此以后我是太太的人了，我要走，连你也不必告诉，只回了太太就走。”宝玉笑道：“就便算我不好，你回了太太竟去了，叫别人听见说我不好，你去了你也没意思。”袭人笑道：“有什么没意思，难道作了强盗贼，我也跟着罢？再不然，还有一个死呢。人活百岁，横竖要死，这一口气不在，听不见看不见就罢了。”自古及今，大凡大英雄、大豪杰、忠臣孝子，至其真极，不过一死。呜呼哀哉！宝玉听见这话，便忙握他的嘴，说道：“罢，罢，罢，不用说这些话了。”

袭人深知宝玉性情古怪，听见奉承吉利话又厌虚而不实，听了这些尽情实话，又生悲感，便悔自己说冒撞了，连忙笑着用话截开，只拣那宝玉素喜谈者问之。先问他春花秋月，再谈及粉淡脂莹，然后谈到女儿如何好，又谈到女儿死，袭人忙掩住口。宝玉谈至浓快时，见他不说了，便笑道：“人谁不死，只要死的好。那些个须眉浊物，只知道文死谏，武死战，这二死是大丈夫死名死节，竟何如不死的好！必定有昏君他方谏，他只顾邀名，猛拚一死，将来弃君于何地？必定有刀兵他方战，猛拚一死，他只顾图汗马之名，将来弃国于何地？所以这皆非正死。”袭人道：“忠臣良将，出于不得已他才死。”宝玉道：“那武将不过仗血气之勇，疏谋少略，他自己无能，送了性命，这难道也是不得已！那文官更不可比武官了，他念两句书汙在心里，若朝廷少有疵瑕，他就胡谈乱劝，只顾他邀忠烈之名，浊气一涌，即时拚死，这难道也是不得已！还要知道，那朝廷是受命于天，他不圣不仁，那天地断不把这万几重任与他了。可知那些死的都是沽名，并不知大义。此一段议论文武之死，真真确确，的非凡常可能道者。比如我此时若果有造化，该死于此时的，趁你们在，我就死了，再能够你们哭我的眼泪流成大河，把我的尸首漂起来，送到那鸦雀不到的幽僻之处，随风化了，自此再不要托生为人，就是我死的得时了。”袭人忽见说出这些疯话来，忙说困了，不理他，那宝玉方合眼睡着，至次日也就丢开了。

一日，宝玉因各处游的烦腻，便想起《牡丹亭》曲来，自己看了两遍，犹不惬怀，因闻得梨香院的十二个女孩子中有小旦龄官最是唱的好，因着意出角门来找时，只见宝官、玉官都在院内，见宝玉来了，都笑嘻嘻的让坐。宝玉因问“龄官独在那里？”众人都告诉他说：“在他房里呢。”宝玉忙至他房内，只见龄官独自倒在枕上，见他进来，文风不动。另有风味。宝玉素习与别的女孩子顽惯了的，只当龄官也同别人一样，因进前来身旁坐下，又陪笑央他起来唱“袅晴丝”一套。不想龄官见他坐下，忙抬身起来躲避，正色说道：“嗓子哑了。前儿娘娘传进我们去，我还没有唱呢！”宝玉见他坐正了，再一细看，原来就是那日蔷薇花下划“蔷”字的那一个。又见如此景况，从来未经过这番被人弃厌，自己便讪讪的红了脸，只得出来了。

宝官等不解何故，因问其所以，宝玉便说了，遂出来。非龄官不能如此作势，非宝玉不能如此忍。其文冷中浓，其意韵而诚，有“富贵不能移，威武不能屈”之意。宝官便说道：“只略等一等，蔷二爷来了叫他唱，是必唱的。”宝玉听了，心下纳闷，因问：“蔷哥儿那去了？”宝官道：“才出去了，一定还是龄官要什么，他去变弄去了。”宝玉听了，以为奇特。少站片时，果见贾蔷从外头来了，手里又提着个雀儿笼子，上面扎着个小戏台，并一个雀儿，兴兴头头的往里走着找龄官。见了宝玉，只得站住。宝玉问他：“是个什么雀儿，会衔旗串戏台？”贾蔷笑道：“是个玉顶金豆。”宝玉道：“多少钱买的？”贾蔷道：“一两八钱银子。”一面说一面让宝玉坐，自己往龄官房里来。

宝玉此刻把听曲子的心都没了，且要看他和龄官是怎样。只见贾蔷进去笑道：“你起来，瞧这个顽意儿！”龄官起身问：“是什么？”贾蔷道：“买了个雀儿你顽，省得天天闷闷的，无个开心，我先顽个你看。”说着，便拿些谷子哄的那个雀儿在戏台上乱串，衔鬼脸旗帜。众女孩子都笑道“有趣”，独龄官冷笑了两声，赌气仍睡去了。贾蔷还只管陪笑，问他好不好，龄官道：“你们家把好好的人弄了来，关在这牢坑里，学这劳什子还不算，你这会子又弄个雀儿来，也偏生干这个。你分明是弄了他来打趣形容我们，还问我好不好！”贾蔷听了，不觉慌起来，连忙赌身立誓，又道：“今儿我那里的香脂油蒙了心！费了一二两银子买他来，原说解闷，就没有想到这上头。罢，罢，放了生，免免你的灾病。”此一番文章，从“划蔷”而来。“蔷”之划为不谬矣。说着，果然将雀儿放了，一顿把将笼子拆了。

龄官还说：“那雀儿虽不如人，他也有个老雀儿在窝里，你拿了他来弄这个劳什子也忍得！我今日咳嗽出两口血来，太太叫大夫来瞧，不说替我细问问，你且弄这个来取笑，偏生我这没人管没人理的，又偏病。”说着又哭起来。贾蔷忙道：“昨儿晚上我问了大夫，他说不相干。他说吃两剂药，后儿再瞧。谁知今儿又吐了，这会子请他去。”说着，便要请去。龄官又叫：“站住，这会子大毒日头地下，你赌气子去请了来我也不瞧。”贾蔷听如此说，只得又站住。

宝玉见了这般景况，不觉痴了，这才领会了划“蔷”深意。点明。自己站不住，便抽身走了。贾蔷一心都在龄官身上，也不顾送，倒是别的女孩子送了出来。

那宝玉一心裁夺盘算，痴痴的回至怡红院中，正值林黛玉和袭人坐着说话儿呢。宝玉一进来，就和袭人长叹，说道：“我昨晚上的话竟说错了，怪道老爷说我是‘管窥蠡测’。昨夜说你们的眼泪单葬我，这就错了，我竟不能全得了。从此后只是各人各得眼泪罢了。”这样悟了，才是真悟。袭人昨夜不过是些顽话，已经忘了，不想宝玉今又提起来，便笑道：“你可真真有些疯了。”宝玉默默不对，自此深悟人生情缘，各有分定。只是每每暗伤，“不知将来葬我洒泪者为谁？”此皆宝玉心中所怀，也不可十分妄拟。

且说林黛玉当下见了宝玉如此形像，便知是又从那里着了魔来，也不便多问。因向他说道：“我才在舅母跟前听的明儿是薛姨妈的生日，叫我顺便来问你出去不出去，你打发人前头说一声去。”宝玉道：“上回连大老爷的生日我也没去，这会子我又去，倘或碰见了人呢？我一概都不去。这么怪热的，又穿衣裳，我不去姨妈也未必恼。”袭人忙道：“这是什么话！他比不得大老爷，这里又住的近，又是亲戚，你不去，岂不叫他思量。你怕热，只清早起到那里磕个头，吃钟茶再来，岂不好看。”宝玉未说话，黛玉便先笑道：“你看着人家赶蚊子分上，也该去走走。”宝玉不解，忙问：“怎么赶蚊子？”袭人便将昨日睡觉无人作伴，宝姑娘坐了一坐的话说了出来。宝玉听了，忙说：“不该。我怎么睡着了，亵渎了他。”一面又说：“明日必去。”

正说着，忽见史湘云穿的齐齐整整走来，辞说家里打发人来接他。宝玉林黛玉听说，忙站起来让坐。史湘云也不坐，宝林两个只得送他至前面。那史湘云只是眼泪汪汪的，见有他家人在跟前，又不敢十分委屈。少时薛宝钗赶来，愈觉缱绻难舍。还是宝钗心内明白，他家人若回去告诉了他婶娘，待他家去，又恐受气，因此倒催他走了。众人送至二门前，宝玉还要往外送，每逢此时就忘却严父，可知前云“为你们死也情愿”不假。倒是湘云拦住了。一时回身又叫宝玉到跟前，悄悄的嘱道：“便是老太太想不起我来，你时常提着打发人接我去。”宝玉连连答应了。眼看着他上车去了，大家方才进来。要知端的，且听下回分解。

第三十七回

秋爽斋偶结海棠社　蘅芜苑夜拟菊花题

海棠名诗社，林史傲秋闺。纵有才八斗，不如富贵儿。

美人用别号，亦新奇花样。且韵且雅，呼去觉满口生香。结社出自探春意，作者已伏下回“兴利除弊”之文也。

此回才放笔写诗、写词、作札，看他诗复诗、词复词、札又札，总不相犯。

湘云，诗客也，前回写之。其今才起社。后用不即不离闲人数语数折，仍归社中，何巧活之笔如此。

这年贾政又点了学差，择于八月二十日起身。是日拜过宗祠及贾母起身，宝玉诸子弟等送至洒泪亭。却说贾政出门去后，外面诸事不能多记。单表宝玉每日在园中任意纵性的旷荡，真把光阴虚度，岁月空添。这日正无聊之际，只见翠墨进来，手里拿着一副花笺送与他。宝玉因道：“可是我忘了，才说要瞧瞧三妹妹去的，可好些了，你偏走来。”翠墨道：“姑娘好了，今儿也不吃药了，不过是凉着一点儿。”宝玉听说，便展开花笺看时，上面写道：

娣探谨奉

二兄文几：前夕新霁，月光如洗，因惜清景难逢，讵忍就卧，时漏已三转，犹徘徊于桐槛之下。未防风露所欺，致获采薪之患。昨蒙亲劳抚嘱，复又数遣侍儿问切，兼以鲜荔并真卿墨迹见赐，何痌瘝惠爱之深哉！今因伏几凭床处默之时，因思及历来古人中，处名攻利敌之场，犹置一些山滴水之区，远招近揖，投辖攀辕，务结二三同志者盘桓于其中，或竖词坛，或开吟社，虽一时之偶兴，遂成千古之佳谈。娣虽不才，窃同叨栖处于泉石之间，而兼慕薛林之技。风庭月榭，惜未宴集诗人；帘杏溪桃，或可醉飞吟盏。孰谓莲社之雄才，独许须眉；直以东山之雅会，让余脂粉。若蒙棹雪而来，娣则扫花以待。此谨奉。

宝玉看了，不觉喜的拍手笑道："倒是三妹妹的高雅，我如今就去商议。"一面说，一面就走，翠墨跟在后面。

刚到了沁芳亭，只见园中后门上值日的婆子手里拿着一个字帖走来，见了宝玉，便迎上去，口内说道："芸哥儿请安，在后门只等着呢，叫我送来的。"宝玉打开看时，写道是：

不肖男芸恭请

父亲大人万福金安。男思自蒙天恩，认于膝下，日夜思一孝顺，竟无可孝顺之处。前因买办花草，上托大人金福，竟认得许多花儿匠，直欲喷饭，真好新鲜文字。并认得许多名园。因忽见有白海棠一种，不可多得，故变尽方法，只弄得两盆。大人若视男是亲男一般，皆千古未有之奇文。初读令人不解，思之则喷饭。便留下赏玩。因天气暑热，恐园中姑娘们不便，故不敢面见。奉书恭启，并叩台安。接连二启，字句因人而施，诚作者之妙。　　一笑。

男芸跪书

宝玉看了，笑道："独他来了，还有什么人？"婆子道："还有两盆花儿。"宝玉道："你出去说，我知道了，难为他想着。你便把花儿送到我屋里去就是了。"一面说，一面同翠墨往秋爽斋来，只见宝钗、黛玉、迎春、惜春已都在那里了。却因芸之一字工夫，已将诸艳请来，省却多少闲文。不然必云如何请如何来，则必至有犯宝玉，终成重复之文矣。

众人见他进来，都笑说："又来了一个。"探春笑道："我不算俗，偶然起个念头，写了几个帖儿试一试，谁知一招皆到。"宝玉笑道："可惜迟了，早该起个社的。"黛玉道："你们只管起社，可别算上我，我是不敢的。"迎春笑道："你不敢谁还敢呢？"必得如此，方是妙文。若也如宝玉说兴头话，则不是黛玉矣。宝玉道："这是一件正紧大事，大家鼓舞起来，不要你谦我让的。各有主意，自管说出来大家平章。这是"正紧大事"已妙，且曰"平章"，更妙。的是宝玉口角。宝姐姐也出个主意，林妹妹也说个话儿。"宝钗道："你忙什么？人还不全呢！"妙！宝钗自有主见，真不诬也。

一语未了，李纨也来了，进门笑道："雅的紧！要起诗社，我自荐我掌坛。前儿春天，我原有这个意思的。我想了一想，我又不会作诗，瞎乱些什么，因而也忘了，就没有说得。既是三妹妹高兴，我就帮你作兴起来。”看他又是一篇文字，分叙单传之法也。

黛玉道：“既然定要起诗社，咱们都是诗翁了，先把这些姐妹叔嫂的字样改了才不俗。”看他写黛玉，真可人也！李纨道：“极是！何不大家起个别号，彼此称呼则雅。未起诗社，先起别号。我是定了‘稻香老农’，再无人占的。”最妙！一个花样。

探春笑道：“我就是‘秋爽居士’罢。”宝玉道：“‘居士’‘主人’到底不恰，且又瘰赘。这里梧桐、芭蕉尽有，或指梧桐芭蕉起个倒好。”探春笑道：“有了，我最喜芭蕉，就称‘蕉下客’罢。”众人都道别致有趣。黛玉笑道：“你们快牵了他去，炖了脯子吃酒。”众人不解。黛玉笑道：“古人曾云‘蕉叶覆鹿’，他自称‘蕉下客’，可不是一只鹿了？快做了鹿脯来。”众人听了都笑起来。

探春因笑道：“你别忙使巧话来骂人，我已替你想了个极当的美号了。”又向众人道：“当日娥皇女英洒泪在竹上成斑，故今斑竹又名湘妃竹。如今他住的是潇湘馆，他又爱哭，将来他想林姐夫，那些竹子也是要变成斑竹的。以后都叫他作‘潇湘妃子’就完了。”大家听说，都拍手叫妙。林黛玉低了头方不言语。妙极，趣极！所谓“夫人必自侮，然后人侮之”。看因一谑，便勾出一美号来，何等妙文哉。另一花样。李纨笑道：“我替薛大妹妹也早已想了个好的，也只三个字。”惜春、迎春都问是什么。妙文。迎春、惜春故不能答言，然不便置之不叙，故插他二人问。试思近日诸豪宴集，雄语伟辩之时，座上或有一二愚夫不敢接谈，然偏好问，亦真可厌之事也。李纨道：“我是封他为‘蘅芜君’了，不知你们如何？”探春笑道：“这个封号极好！”宝玉道：“我呢？你们也替我想一个！”必有是问。宝钗笑道：“你的号早有了，‘无事忙’三字恰当的很。”真恰当，形容的尽。李纨道：“你还是你的旧号‘绛洞花王’就好。”妙极，又点前文。通部中从首至末，前文已过者，恐去之冷落，使人忘怀。得便一点，未来者恐来之突然，或先伏一线，皆行文之妙诀也。宝玉笑道：“小时候干的营生，还提他作什么！”赧言如闻，不知大时又有何营生。探春道：“你的号多的很，又起什么。我们爱叫你什么，你就答应着就是了。”更妙！若只管挨次一个一个乱起，则成何文字？　另一花样。宝钗道：“还得我送你个号罢。有最俗的一个号，却于你最当。天下难得的是富贵，又难得的是闲散，这两样再不能兼有，不想你兼有了，就叫你‘富贵闲人’也罢了。”宝玉笑道：“当不起，当不起！倒是随你们混叫去罢。”李纨道：“二姑娘、四姑娘起个什么号？”迎春道：“我们又不大会诗，白起个号作什么！”假斯文、守钱虏，来看这句。探春道：“虽如此，也起个才是。”宝钗道：“他住的是紫菱洲，就叫他‘菱洲’；四丫头在藕香榭，就叫他‘藕榭’就完了。”

李纨道：“就是这样好。但序齿我大，你们都要依我的主意，管情说了大家合意。我们七个人起社，我和二姑娘、四姑娘都不会作诗，须得让出我们三个人去。我们三个各分一件事。”探春笑道：“已有了号，还只管这样称呼，不如不有了。以后错了，也要立个罚约才好。”李纨道：“立定了社，再定罚约。我那里地方大，竟在我那里作社。我虽不能作诗，这些诗人竟不厌俗客，我作个东道主人，我自然也清雅起来了。若是要推我作社长，我一个社长自然不够，必要再请两位副社长，就请菱洲、藕榭二位学究来，一位出题限韵，一位誊录监场。亦不可拘定了我们三个不作，若遇见容易些的题目韵脚，我们也随便作一首。你们四个却是要限定的。若如此便起，若不依我，我也不敢附骥了。”

迎春、惜春本性懒于诗词，又有薛、林在前，听了这话，便深合己意，二人皆说："极是。"探春等也知此意，见他二人悦服，也不好强，只得依了。因笑道："这话也罢了，只是自想好笑，好好的我起了个主意，反叫你们三个来管起我来了。"宝玉道："既这样，咱们就往稻香村去。"李纨道："都是你忙，今日不过商议了，等我再请。"宝钗道："也要议定几日一会才好。"探春道："若只管会的多，又没趣了。一月之中，只可两三次才好。"宝钗点头道："一月只要两次就够了，拟定日期，风雨无阻。除这两日外，倘有高兴的，他情愿加一社的，或情愿到他那里去，或附就了来，亦可使得，岂不活泼有趣。"众人都道："这个主意更好。"

探春道："只是原系我起的意，我须得先作个东道主人，方不负我这兴。"李纨道："既这样说，明日你就先开一社如何？"探春道："明日不如今日，此刻就很好。你就出题，菱洲限韵，藕榭监场。"迎春道："依我说，也不必随一人出题限韵，竟是拈阄公道。"李纨道："方才我来时，看见他们抬进两盆白海棠来，倒是好花。你们何不就咏起他来？"真正好题目，妙在未起诗社，先得了题目。迎春道："都还未赏，先倒作诗。"宝钗道："不过是白海棠，又何必定要见了才作。古人的诗赋，也不过都是寄兴写情耳。若都是等见了作，如今也没这些诗了。"真诗人语。

迎春道："既如此，待我限韵。"说着，走到书架前，抽出一本诗来，随手一揭，这首竟是一首七言律，递与众人看了，都该作七言律。迎春掩了诗，又向一个小丫头道："你随口说一个字来。"那丫头正倚门立着，便说了个"门"字。迎春笑道："就是门字韵，'十三元'了。头一个韵定要这'门'字。"说着，又要了韵牌匣子过来，抽出"十三元"一屉，又命那小丫头随手拿四块。那丫头便拿了“盆”“魂”“痕”“昏”四块来。宝玉道：“这‘盆’‘门’两个字不大好作呢。”

侍书一样预备下四份纸笔，便都悄然各自思索起来。独黛玉或抚梧桐，或看秋色，或又和丫鬟们嘲笑。看他单写黛玉。迎春又令丫鬟炷了一支“梦甜香”。原来这“梦甜香”只有三寸来长，有灯草粗细，以其易烬，故以此烬为限，如香烬未成便要罚。好香。专能撰此新奇字样。一时探春便先有了，自提笔写出，又改抹了一回，递与迎春。因问宝钗：“蘅芜君，你可有了？”宝钗道：“有却有了，只是不好。”宝玉背着手，在回廊上踱来踱去，因向黛玉说道：“你听，他们都有了。”黛玉道：“你别管我。”宝玉又见宝钗已誊写出来，因说道：“了不得！香只剩了一寸了，我才有了四句。”又向黛玉道：“香就完了，只管蹲了那潮地下作什么？”黛玉也不理。宝玉道：“我可顾不得你了，好歹也写出来罢。”说着，也走在案前写了。

李纨道：“我们要看诗了，若看完了还不交卷是必罚的。”宝玉道：“稻香老农虽不善作却善看，又最公道，理岂不公。你就评阅优劣，我们都服的。”众人都道：“自然。”于是先看探春的稿上写道是：

咏白海棠 限门盆魂痕

斜阳寒草带重门，苔翠盈铺雨后盆。

玉是精神难比洁，雪为肌骨易消魂。

芳心一点娇无力，倩影三更月有痕。

莫谓缟仙能羽化，多情伴我咏黄昏。

大家看了，称赏一回。又看宝钗的道：

珍重芳姿昼掩门，宝钗诗全是自写身分，讽刺时事，只以品行为先，才技为末，纤巧流荡之词、绮靡秾艳之语，一洗皆尽。非不能也，屑而不为也。最恨近日小说中，一百美人诗词语气，只得一个艳稿。自携手瓮灌苔盆。

胭脂洗出秋阶影，冰雪招来露砌魂。看他清洁自厉，终不肯作一轻浮语。

淡极始知花更艳，好极！高情巨眼，能几人哉。正"一鸟不鸣山更幽"也。愁多焉得玉无痕。看他讽刺林、宝二人，省手。

欲偿白帝凭清洁，看他自己收到身上来。是何等身分。不语婷婷日又昏。

李纨笑道："倒的是蘅芜君。"说着，又看宝玉的，道是：

秋容浅淡映重门，七节攒成雪满盆。

出浴太真冰作影，捧心西子玉为魂。

晓风不散愁千点，这句直是自己一生心事。宿雨还添泪一痕。妙在终不忘黛玉。

独倚画栏如有意，清砧怨笛送黄昏。宝玉再细心作，只怕还有好的，只是一心挂着黛玉，故平妥不警也。

大家看了，宝玉说探春的好，李纨才要推宝钗这诗有身分，因又催黛玉。黛玉道："你们都有了？"说着，提笔一挥而就，掷与众人。李纨等看他的写道是：

半卷湘帘半掩门，且不说花，且说看花的人，起的突然别致。

碾冰为土玉为盆。极妙，料定他自与别人不同。

看了这句，宝玉先喝起彩来，只说："从何处想来！"又看下面道：

偷来梨蕊三分白，借得梅花一缕魂。

众人看了，也都不禁叫好，说："果然比别人又是一样心肠。"又看下面道是：

月窟仙人缝缟袂，秋闺怨女拭啼痕。虚敲旁比，真逸才也。且不脱落自己。

娇羞默默同谁诉，倦倚西风夜已昏。看他终结道自己，一人是一人口气。逸才仙品，固让颦儿；温雅沉着，终是宝钗。今日之作，宝玉自应居末。

众人看了，都道是这首为上。李纨道："若论风流别致，自是这首；若论含蓄浑厚，终让蘅稿。"探春道："这评的有理，潇湘妃子当居第二。"李纨道："怡红公子是压尾，你服不服？"宝玉道："我的那首原不好了，这评的最公。"话内细思，则似有不服先评之意。又笑道："只是蘅、潇二首还要斟酌。"李纨道："原是依我评论，不与你们相干，再有多说者必罚。"宝玉听说，只得罢了。

李纨道："从此后我定于每月初二、十六这两日开社，出题限韵，都要依我。这其间你们有高兴的，你们只管另择日子补开。那怕一个月每天都开社，我只不管。只是到了初二、十六的这两日，是必往我那里去。"宝玉道："到底要起个社名才是。"探春道："俗了又不好，特新了，刁钻古怪也不好。可巧才是海棠诗开端，就叫个海棠社罢。虽然俗些，因真有此事，也就不碍了。"说毕大家又商议了一回，略用些酒果，方各自散去。也有回家的，也有往贾母王夫人处去的，当下别人无话。一路总不大写薛、林兴头，可见他二人并不着意于此。　　不写薛、林，正是大手笔。独他二人长于诗，必使他二人为之，则板腐矣。全是错综法。

且说袭人忽然写到袭人，真令人不解。看他如何终此诗社之文。因见宝玉看了字帖儿，便慌慌张张同翠墨去了，也不知是何事。后来又见后门上婆子送了两盆海棠花来。袭人问是那里来的，婆子们便将宝玉前一番缘故说了。袭人听说，便命他们摆好，让他们在下房里坐了。自己走到自己房内，秤了六钱银子封好，又拿了三百钱走来，都递与那两个婆子道："这银子赏那抬花来的小子们，这钱你们打酒吃罢。"那婆子们站起来，眉开眼笑，千恩万谢的不肯受，见袭人执意不收，方领了。

袭人又道："后门上外头可有该班的小子们？"婆子忙应道："天天有四个，原预备里面差使的。姑娘们有什么差使，我们吩咐去。"袭人笑道："有什么差使？今儿宝二爷要打发人到小侯爷家与史大姑娘送东西去，可巧你们来了，顺便出去叫后门小子们雇辆车来。回来你们就往这里拿钱，不用叫他们又往前头混碰去。"

婆子答应着去了。

袭人回至房中，拿碟子盛东西与史湘云送去，线头却牵出，观者犹不理会。　不知是何碟何物，令人犯思夺。却见槅子上碟槽空着，妙极细极，因此处系依古董式样抠成槽子，故无此件，此槽遂空。若忘却前文，此句不解。因回头见晴雯、秋纹、麝月等都在一处做针黹。袭人问道："这一个缠丝白玛瑙碟子那去了？"众人见问，都你看我我看你，都想不起来。半日，晴雯笑道："给三姑娘送荔枝去的，还没送来呢。"袭人道："家常送东西的家伙也多，巴巴的拿这个去。"晴雯道："我何尝不也这样说。他说这个碟子配上鲜荔枝才好看。自然好看，原该如此。可恨今之有一二好花者，不背像景而用。我送去，三姑娘见了也说好看，叫连碟子放着，就没带来。你再瞧，那槅子尽上头的一对联珠瓶还没收来呢。"

秋纹笑道："提起瓶来，我又想起笑话。我们宝二爷说声孝心一动，也孝敬到二十分。因那日见园里桂花，折了两枝，原是自己要插瓶的，忽然想起来，说这是自己园里的才开的新鲜花，不敢自己先顽，巴巴的把那一对瓶拿下来，亲自灌水插好了，叫个人拿着，亲自送一瓶进老太太，又进一瓶与太太。谁知他孝心一动，连跟的人都得了福了。可巧那日是我拿去的，老太太见了这样，喜的无可无不可，见人就说，'到底是宝玉孝顺我，连一枝花儿也想的到，别人还只抱怨我疼他'。你们知道，老太太素日不大同我说话的，有些不入他老人家的眼的。那日竟叫人拿几百钱给我，又说我可怜见的，生的单柔。这可是再想不到的福气。几百钱是小事，难得这个脸面。及至到了太太那里，太太正和二奶奶、赵姨奶奶、周姨奶奶好些人翻箱子，找太太当日年轻的颜色衣裳，不知给那一个。一见了，连衣裳也不找了，且看花儿。又有二奶奶在旁边凑趣儿，夸宝玉又是怎么孝敬，又是怎样知好歹，有的没的说了两车话。当着众人，太太自为又增了光，堵了众人的嘴。太太越发喜欢了，现成的衣裳就赏了我两件。衣裳也是小事，年年横竖也得，却不像这个彩头。”

晴雯笑道：“呸！没见世面的小蹄子！那是把好的给了人，挑剩下的才给你，你还充有脸呢。”秋纹道：“凭他给谁剩的，到底是太太的恩典。”晴雯道：“要是我，我就不要。若是给别人剩下的给我也罢了，一样这屋里的人，难道谁又比谁高贵些？把好的给他，剩下的才给我，我宁可不要，冲撞了太太，我也不受这口软气。”秋纹忙问：“给这屋里谁的？我因为前儿病了几天家去了，不知是给谁的。好姐姐，你告诉我知道知道。”晴雯道：“我告诉了你，难道你这会退还太太去不成？”秋纹笑道：“胡说，我白听了喜欢喜欢。那怕给这屋里的狗剩下的，我只领太太的恩典，也不犯管别的事。”众人听了都笑道：“骂的巧，可不是给了那西洋花点子哈巴儿了。”袭人笑道：“你们这起烂了嘴的！得了空就拿我取笑打牙儿，一个个不知怎么死呢！”秋纹笑道：“原来姐姐得了，我实在不知道，我陪个不是罢。”

袭人笑道：“少轻狂罢，你们谁取了碟子来是正紧。”看他忽然夹写女儿喁喁一段，总不脱落正事。所谓此书一回是两段，两段中却有无限事体，或有一语透至下回者，或有反补上回者，错综穿插，从不一气直起直泻，至终为了。麝月道：“那瓶得空儿也该收来了。老太太屋里还罢了，太太屋里人多手杂，别人还可以，赵姨奶奶一伙的人，见是这屋里的东西，又该使黑心弄坏了才罢。太太也不大管这些，不如早些收来正紧。”晴雯听说，便掷下针黹道：“这话倒是，等我取去。”秋纹道：“还是我取去罢，你取你的碟子去。”晴雯笑道：“我偏取一遭儿去。是巧宗儿你们都得了，难道不许我得一遭儿。”麝月笑道：“通共秋丫头得了一遭儿衣裳，那里今儿又巧，你也遇见找衣裳不成？”晴雯冷笑道：“虽然碰不见衣裳，或者太太看见我勤谨，一个月也把太太的公费里分出二两银子来给我，也定不得。”说着，又笑道：“你们别和我装神弄鬼的，什么事我不知道。”一面说，一面往外跑了。秋纹也同他出来，自去探春那里取了碟子来。

袭人打点齐备东西，叫过本处的一个老宋妈妈来，宋，送也。随事生文，妙！向他说道：“你先好生梳洗了，换了出门的衣裳来，如今打发你与史大姑娘送东西去。”那宋嬷嬷道：“姑娘只管交给我，有话说与我，我收拾了就好一顺去的。”袭人听说，便端过两个小掐丝盒子来，先揭开一个，里面装的是红菱和鸡头妙！两样鲜果。又那一个，是一碟子桂花糖蒸新栗粉糕。又说道：“这都是今年咱们这里园里新结的果子，宝二爷送来与姑娘尝尝。再前日姑娘说这玛瑙碟子好，姑娘就留下顽罢。妙！隐这一件公案，余想袭人必要玛瑙碟子盛去，何必骄奢轻发如是耶。固有此一案，则无怪矣。这绢包儿里头是姑娘上日叫我作的活计，姑娘别嫌粗糙，能着用罢。替我们请安，替二爷问好就是了。”宋嬷嬷道：“宝二爷不知还有什么说的，姑娘再问问去，回来又别说忘了。”袭人因问秋纹：“方才可见在三姑娘那里？”秋纹道：“他们都在那里商议起什么诗社呢，又都作诗，想来没话，你只去罢。”宋嬷嬷听了，便拿了东西出去，另外穿戴了。袭人又嘱咐他：“从后门出去，有小子和车等着呢。”宋妈去后，不在话下。

一时宝玉回来，先忙着看了一回海棠，至房内告诉袭人起诗社的事。袭人也把打发宋妈妈与史湘云送东西去的话告诉了宝玉。宝玉听了，拍手道："偏忘了他。我自觉心里有件事，只是想不起来，亏你提起来，正要请他去。这诗社里若少了他还有什么意思！"袭人劝道："什么要紧，不过玩意儿。他比不得你们自在，家里又作不得主儿。告诉他，他要来，又由不得他；不来，他又牵肠挂肚的，没的叫他不受用。"宝玉道："不妨事，我回老太太，打发人接他去。"正说着，宋妈妈已经回来，回复道生受，与袭人道乏。又说："问二爷作什么呢，我说，和姑娘们起什么诗社作诗呢。史姑娘说，他们作诗也不告诉他去，急的了不的。"宝玉听了，立身便往贾母处来，立逼着叫人接去。贾母因说："今儿天晚了，明日一早再去。"宝玉只得罢了，回来闷闷的。

次日一早，便又往贾母处来，催逼人接去。直到午后，史湘云才来，宝玉方放了心。见面时就把始末原由告诉他，又要与他诗看，李纨等因说道："且别给他诗看，先说与他韵。他后来，先罚他和了诗：若好，便请入社；若不好，还要罚他一个东道再说。"史湘云道："你们忘了请我，我还要罚你们呢。就拿韵来，我虽不能，只得勉强出丑。容我入社，扫地焚香我也情愿。"众人见他这般有趣，越发喜欢，都埋怨昨日怎么忘了他，遂忙告诉他韵。史湘云一心兴头，等不得推敲删改，一面只管和人说着话，心内早已和成，即用随便的纸笔录出，可见越是好文字，不管怎样就有了。越用工夫，越讲究笔墨，终成涂鸦。先笑说道："我却依韵和了两首，更奇。想前四律已将形容尽矣，一首犹恐重犯，不知二首又从何处着笔。好歹我却不知，不过应命而已。"说着递与众人。众人道："我们四首也算想绝了，再一首也不能了，你倒弄了两首。那里有许多话说，必要重了我们。”一面说，一面看时，只见那两首诗写道：

其一

神仙昨日降都门，落想便新奇，不落彼四套。种得蓝田玉一盆。好。“盆”字押得更稳，总不落彼三套。

自是霜娥偏爱冷，又不脱自己将来形景。非关倩女亦离魂。

秋阴捧出何方雪，拍案叫绝！压倒群芳，在此一句。雨渍添来隔宿痕。

却喜诗人吟不倦，岂令寂寞度朝昏。真好。

其二

蘅芷阶通萝薜门，也宜墙角也宜盆。更好。

花因喜洁难寻偶，人为悲秋易断魂。

玉烛滴干风里泪，晶帘隔破月中痕。

幽情欲向嫦娥诉，无奈虚廊夜色昏。二首真可压卷。　诗是好诗，文是奇奇怪怪之文，总令人想不到，忽有二首未压卷。

众人看一句，惊讶一句，看到了，赞到了。都说：“这个不枉作了海棠诗，真该起这海棠社了。”史湘云道：“明日先罚我个东道，就让我先邀一社可使得？”众人道：“这更妙了。”因又将昨日的与他评论了一回。

至晚，宝钗将湘云邀往蘅芜苑安歇去。湘云灯下计议如何设东拟题，宝钗听他说了半日，皆不妥当，却于此刻，方写宝钗。因向他说道："既开社，便要作东，虽然是顽意儿，也要瞻前顾后，又要自己便宜，又要不得罪了人，然后方大家有趣。你家里你又作不得主，一个月通共那几串钱，你还不够盘缠呢！这会子又干这没要紧的事，你婶子听见了，越发抱怨你了。况且你就都拿出来，做这个东道也是不够。难道为这个家去要不成？还是往这里要呢？"一席话提醒了湘云，倒踌蹰起来。

宝钗道："这个我已经有个主意。我们当铺里有个伙计，他家田上出的很好的肥螃蟹，前儿送了几斤来。现在这里的人，从老太太起连上园里的人，有多一半都是爱吃螃蟹的。前日姨娘还说要请老太太在园里赏桂花吃螃蟹，因为有事，还没有请呢。你如今且把诗社别提起，只管普通一请，等他们散了，咱们有多少诗作不得的！我和我哥哥说，要几篓极肥极大的螃蟹来，再往铺子里取上几坛好酒，再备上四五桌果碟，岂不又省事，又大家热闹了。"湘云听了，心中自是感服，极赞他想的周到。

宝钗又笑道："我是一片真心为你的话。你千万别多心，想着我小看了你，咱们两个就白好了。你若不多心，我就好叫他们办去的。"湘云忙笑道："好姐姐，你这样说，倒多心待我了。凭他怎么糊涂，连个好歹也不知，还成个人了？我若不把姐姐当亲姐姐一样看，上回那些家常话烦难事，也不肯尽情告诉你了。"宝钗听说，便叫一个婆子来："出去和大爷说，像前日的大螃蟹要几篓来，明日饭后请老太太、姨娘赏桂花。你说大爷好歹别忘了，我今儿已请下人了。"必得如此叮咛，阿呆兄方记得。那婆子出去说明，回来无话。

这里宝钗又向湘云道："诗题也不要过于新巧了。你看古人诗中那些刁钻古怪的题目和那极险的韵了，若题过于新巧，韵过于险，再不得有好诗，终是小家气。诗固然怕说熟话，更不可过于求生，只要头一件立意清新，自然措词就不俗了。究竟这也算不得什么，还是纺绩针黹是你我的本等。一时闲了，倒是于你我深有益的书看几章是正经。"

湘云只答应着，因笑道："我如今心里想着，昨日作了海棠诗，我如今要作个菊花诗如何？"宝钗道："菊花倒也合景，只是前人太多了。"湘云道："我也是如此想着，恐怕落套。"宝钗想了一想，说道："有了，如今以菊花为宾，以人为主，竟拟出几个题目来，都是两个字：一个虚字，一个实字。实字便用'菊'字，虚字就用通用门的。如此又是咏菊，又是赋事，前人也没作过，也不能落套，赋景咏物两关着，又新鲜，又大方。"

湘云笑道："这却很好。只是不知用何等虚字才好。你先想一个我听听。"宝钗想了一想，笑道："《菊梦》就好。"湘云笑道："果然好。我也有一个，《菊影》可使得？"宝钗道："也罢了，只是也有人作过。若题目多，这个也夹的上。我又有了一个。"湘云道："快说出来。"宝钗道："《问菊》如何？"湘云拍案叫妙，因接说道："我也有了，《访菊》如何？"宝钗也赞有趣，因说道："越性拟出十个来，写上再来。"说着，二人研墨蘸笔，湘云便写，宝钗便念，一时凑了十个。湘云看了一遍，又笑道："十个还不成幅，越性凑成十二个便全了，也如人家的字画册页一样。"

宝钗听说，又想了两个，一共凑成十二。又说道："既这样，越性编出他个次序先后来。"湘云道："如此更妙，竟弄成个菊谱了。”宝钗道：“起首是《忆菊》；忆之不得，故访，第二是《访菊》；访之既得，便种，第三是《种菊》；种既盛开，故相对而赏，第四是《对菊》；相对而兴有余，故折来供瓶为玩，第五是《供菊》；既供而不吟，亦觉菊无彩色，第六便是《咏菊》；既入词章，不可不供笔墨，第七便是《画菊》；既为菊如是碌碌，究竟不知菊有何妙处，不禁有所问，第八便是《问菊》；菊如解语，使人狂喜不禁，第九便是《簪菊》；如此人事虽尽，犹有菊之可咏者，《菊影》《菊梦》二首续在第十第十一。末卷便以《残菊》总收前题之盛。这便是三秋的妙景妙事都有了。”

湘云依说将题录出，又看了一回，又问：“该限何韵？”宝钗道：“我平生最不喜限韵的，分明有好诗，何苦为韵所缚。咱们别学那小家派，只出题不拘韵。原为大家偶得了好句取乐，并不为那般难人。”湘云道：“这话很是。这样大家的诗还进一层，但只咱们五个人，这十二个题目，难道每人作十二首不成？”宝钗道：“那也太难人了。将这题目誊好，都要七言律，明日贴在墙上。他们看了，谁作那一个就作那一个。有力量者，十二首都作也可；不能的，一首不成也可。高才捷足者为尊。若十二首已全，便不许他后赶着又作，罚他就完了。”湘云道：“这倒也罢了。”二人商议妥贴，方才息灯安寝。要知端的，且听下回分解。

薛家女子何贞侠，总因富贵不须夸。发言行事何其嘉，居心用意不狂奢。世人若肯平心度，便解云钗两不暇。

第三十八回

林潇湘魁夺菊花诗　薛蘅芜讽和螃蟹咏

题曰“菊花诗”“螃蟹咏”，偏自太君前阿凤若许诙谐中不失体、鸳鸯平儿宠婢中多少放肆之迎合取乐写来，似难入题，却轻轻用弄水、戏鱼、看花等游玩事，及王夫人云“这里风大”一句收住入题，并无纤毫牵强。此重作轻抹法也。妙极！好看煞！

话说宝钗、湘云二人计议已妥，一宿无话。湘云次日便请贾母等赏桂花。贾母等都说道：“是他有兴头，须要扰他这雅兴。”若在世俗小家，则云：“你是客，在我们舍下怎么反扰你的。”一何可笑。至午，果然贾母带了王夫人、凤姐，兼请薛姨妈等进园来。贾母因问：“那一处好？”必如此问方好。王夫人道：“凭老太太爱在那一处，就在那一处。”必是王夫人如此答方妙。凤姐道：“藕香榭已经摆下了，那山坡下两颗桂花开的又好，河里的水又碧清，坐在河当中亭子上，岂不敞亮。看着水眼也清亮。”智者乐水，岂其然乎？贾母听了，说：“这话很是。”说着，引了众人往藕香榭来。

原来这藕香榭盖在池中，四面有窗，左右有曲廊可通，亦是跨水接岸，后面又有曲折竹桥暗接。众人上了竹桥，凤姐忙上来搀着贾母，口里说：“老祖宗只管迈大步走，不相干的，这竹子桥规矩是咯吱咯喳的。”如见其势，如临其上，非走过者必形容不到。

一时进入榭中，只见栏杆外另放着两张竹案，一个上面设着杯箸酒具，一个上头设着茶筅茶盂各色茶具。那边有两三个丫头煽风炉煮茶，这一边另外几个丫头也煽风炉烫酒呢。贾母喜的忙问：“这茶想的到，且是地方，东西都干净。”湘云笑道：“这是宝姐姐帮着我预备的。”贾母道：“我说这个孩子细致，凡事想的妥当。”一面说，一面又看见柱上挂的黑漆嵌蚌的对子，命人念。湘云念道：

芙蓉影破归兰桨，菱藕香深写竹桥。妙极！此处忽又补出一处，不入贾政“试才”一回，皆错综其事，不作一直笔也。

贾母听了，又抬头看匾，因回头向薛姨妈道：“我先小时，家里也有这么一个亭子，叫做什么‘枕霞阁’。我那时也只像他们这么大年纪，同姊妹们天天顽去。那日谁知我失了脚掉下去，几乎没淹死，好容易救了上来，到底那木钉把头碰破了。如今这鬓角上那指头顶大一块窝儿就是那残破了。众人都怕经了水，又怕冒了风，都说活不得了，谁知竟好了。”

凤姐不等人说，先笑道：“那时要活不得，如今这大福可叫谁享呢？可知老祖宗从小儿的福寿就不小。神差鬼使碰出那个窝儿来，好盛福寿的。寿星老儿头上原是一个窝儿，因为万福万寿盛满了，所以倒凸高出些来了。”未及说完，贾母与众人都笑软了。看他忽用贾母数语，闲闲又补出此书之前似已有一部《十二钗》的一般，令人遥忆不能一见。余则将欲补出枕霞阁中十二钗来，岂不又添一部新书？贾母笑道：“这猴儿惯的了不得了，只管拿我取笑起来，恨的我撕你那油嘴。”凤姐笑道：“回来吃螃蟹，恐积了冷在心里，讨老祖宗笑一笑，开开心，一高兴多吃两个就无妨了。”贾母笑道：“明日叫你日夜跟着我，我倒常笑笑觉的开心，不许回家去。”王夫人笑道：“老太太因为喜欢他，才惯的他这样。还这样说，他明儿越发无礼了。”贾母笑道：“我喜欢他这样，况且他又不是那不知高低的孩子。家常没人，娘儿们原该这样，横竖礼体不错就罢，没的倒叫他从神儿似的作什么。”近之暴发专讲礼法，竟不知礼法，此似无礼而礼法井井。所谓“整瓶不动半瓶摇”，又曰“习惯成自然”，真不谬也。

说着，一齐进入亭子，献过茶，凤姐忙着搭桌子，要杯箸。上面一桌，贾母、薛姨妈、宝钗、黛玉、宝玉；东边一桌，史湘云、王夫人、迎、探、惜；西边靠门一桌，李纨和凤姐的，虚设坐位，二人皆不敢坐，只在贾母、王夫人两桌上伺候。凤姐吩咐：“螃蟹不可多拿来，仍旧放在蒸笼里，拿十个来，吃了再拿。”一面又要水洗了手，站在贾母跟前剥蟹肉。头次让薛姨妈，薛姨妈道：“我自己掰着吃香甜，不用人让。”凤姐便奉与贾母，二次的便与宝玉，又说：“把酒烫的滚热的拿来。”又命小丫头们去取了菊花叶儿桂花蕊熏的绿豆面子来，预备着洗手。

史湘云陪着吃了一个，就下座来让人，又出至外头，令人盛两盘子与赵姨娘、周姨娘送去。又见凤姐走来道：“你不惯张罗，你吃你的去，我先替你张罗，等散了我再吃。”湘云不肯，又命人在那边廊上摆了两桌，让鸳鸯、琥珀、彩霞、彩云、平儿去坐。鸳鸯因向凤姐笑道：“二奶奶在这里伺候，我们可吃去了。”凤姐儿道：“你们只管去，都交给我就是了。”说着，史湘云仍入了席，凤姐和李纨也胡乱应个景儿。

凤姐仍是下来张罗，一时出至廊上，鸳鸯等正吃的高兴，见他来了，鸳鸯等站起来道：“奶奶又出来作什么？让我们也受用一会子。”凤姐笑道：“鸳鸯小蹄子越发坏了，我替你当差，倒不领情，还抱怨我。还不快斟一钟酒来我喝呢。”鸳鸯笑着忙斟了一杯酒，送到凤姐唇边，凤姐也吃了。琥珀、彩霞二人也斟上一杯，送到凤姐唇边，那凤姐也吃了。平儿早剔了一壳黄子送来，凤姐道：“多倒些姜醋。”一面也吃了，笑道：“你们坐着吃罢，我可去了。”

鸳鸯笑道：“好没脸，吃我们的东西。”凤姐儿笑道：“你和我少作怪，你知道你琏二爷爱上了你，要和老太太讨了你作小老婆呢。”鸳鸯道：“啐！这也是做奶奶说出来的话。我不拿腥手抹你一脸算不得。”说着赶来就要抹，凤姐儿央道：“好姐姐，饶我这一遭儿罢。”琥珀笑道：“鸳丫头要去了，平丫头还饶他？你们看看他，没有吃了两个螃蟹，倒喝了一碟子醋，他也算不会揽酸了。”平儿手里正掰了个满黄的螃蟹，听如此奚落他，便拿着螃蟹照着琥珀脸上抹来，口内笑骂“我把你这嚼舌根的小蹄子！”琥珀也笑着往旁边一躲，平儿使空了，往前一撞，正恰恰的抹在凤姐儿腮上。凤姐儿正和鸳鸯嘲笑，不防唬了一跳，“嗳哟”了一声，众人掌不住都哈哈的大笑起来。凤姐也禁不住笑骂道：“死娼妇！吃离了眼了，混抹你娘的。”平儿忙赶过来替他擦了，亲自去端水。鸳鸯道：“阿弥陀佛！这是个报应！”

贾母那边听见，一叠声问：“见了什么这样乐？告诉我们也笑笑。”鸳鸯等忙高声笑回道：“二奶奶来抢螃蟹吃，平儿恼了，抹了他主子一脸的螃蟹黄子。主子奴才打架呢。”贾母和王夫人等听了，也笑起来。贾母笑道：“你们看他可怜见的，把那小腿子脐子给他点子吃也就完了。”鸳鸯等笑着答应了，高声又说道：“这满桌子的腿子，二奶奶只管吃就是了。”凤姐洗了脸走过来，又伏侍贾母等吃了一回。黛玉独不敢多吃，只吃了一点儿夹子肉就下来了。

贾母一时不吃了，大家方散，都洗了手。也有看花的，也有弄水看鱼的，游玩了一回。王夫人因回贾母说：“这里风大，才又吃了螃蟹，老太太还是回房去歇歇罢了。若高兴，明日再来逛逛。”贾母听了，笑道：“正是呢，我怕你们高兴，我走了又怕扫了你们的兴。既这么说，咱们就都去罢。”回头又嘱咐湘云：“别让你宝哥哥、林姐姐多吃了。”湘云答应着。又嘱咐湘云宝钗二人说：“你两个也别多吃，那东西虽好吃，不是什么好的，吃多了肚子疼。”二人忙应着送出园外，仍旧回来，令将残席收拾了另摆。宝玉道：“也不用摆，咱们且作诗，把那大团圆桌就放在当中，酒菜都放着。也不必拘定坐位，有爱吃的大家去吃，散坐岂不便宜。”宝钗道：“这话极是。”湘云道：“虽如此说，还有别人。”因又命另摆一桌，拣了热螃蟹来，请袭人、紫鹃、司棋、侍书、入画、莺儿、翠墨等一处共坐。山坡桂树底下铺下两条花毡，命答应的婆子并小丫头等也都坐了，只管随意吃喝，等使唤再来。

湘云便取了诗题，用针绾在墙上。众人看了，都说：“新奇固新奇，只怕作不出来。”湘云又把不限韵的原故说了一番。宝玉道：“这才是正理，我也最不喜限韵。”林黛玉因不大吃酒，又不吃螃蟹，自令人掇了一个绣墩，倚栏杆坐着，拿着钓竿钓鱼。宝钗手里拿着一枝桂花，玩了一回，俯在窗槛上，爬了桂蕊掷向水面，引的游鱼浮上来唼喋。湘云出了一回神，又让一回袭人等，又招呼山坡下的众人，只管放量吃。探春和李纨、惜春立在垂柳阴中看鸥鹭。迎春又独在花阴下拿着花针穿茉莉花。看他各人各式，亦如画家有孤耸独出，则有攒三聚五，疏疏密密，直是一幅《百美图》。宝玉又看了一回黛玉钓鱼，一回又俯在宝钗旁边说笑两句，一回又看袭人等吃螃蟹，自己也陪他饮两口酒，袭人又剥一壳肉给他吃。

黛玉放下钓竿，走至座间，拿起那乌银梅花自斟壶来。写壶非写壶，正写黛玉。拣了一个小小的海棠冻石蕉叶杯，妙杯！非写杯，正写黛玉。“拣”字有神理，盖黛玉不善饮，此任兴也。丫鬟看见，知他要饮酒，忙着走上来斟。黛玉道：“你们只管吃去，让我自斟，这才有趣儿。”说着，便斟了半盏，看时却是黄酒，因说道：“我吃了一点子螃蟹，觉得心口微微的疼，须得热热的喝口烧酒。”宝玉忙道：“有烧酒。”便令将那合欢花浸的酒烫一壶来。伤哉，作者犹记矮䫜舫前以合欢花酿酒乎？屈指二十年矣！黛玉也只吃了一口，便放下了。

宝钗也走过来，另拿了一只杯来，也饮了一口，便蘸笔至墙上，把头一个《忆菊》勾了，底下又赘一个“蘅”字。妙极，韵极！宝玉忙道：“好姐姐，第二个我已经有了四句了，你让我作罢。”宝钗笑道：“我好容易有了一首，你就忙的这样。”黛玉也不说话，接过笔来把第八个《问菊》勾了，接着把第十一个《菊梦》也勾了，也赘一个“潇”字。这两个妙题，料定黛卿必喜。岂让他人作去哉！宝玉也拿起笔来，将第二个《访菊》也勾了，也赘上一个“绛”字。探春走来看看道：“竟没有人作《簪菊》，让我作这《簪菊》。”又指着宝玉笑道：“才宣过总不许带出闺阁字样来，你可要留神。”

说着，只见史湘云走来，将第四第五《对菊》《供菊》一连两个都勾了，也赘上一个“湘”字。探春道：“你也该起个号。”湘云笑道：“我们家如今虽有几处轩馆，我又不住着，借了来也没趣。”近之不读书暴发户偏爱起一别号。一笑。宝钗笑道：“方才老太太说，你们家也有这个水亭，叫‘枕霞阁’。难道不是你的？如今虽没了，你到底是旧主人。”众人都道有理。宝玉不待湘云动手，便代将“湘”字抹了，改了一个“霞”字。又有顿饭工夫，十二题已全，各自誊出来，都交与迎春。另拿了一张雪浪笺过来，一并誊录出来，某人作的底下赘明某人的号。李纨等从头看起：

忆菊　蘅芜君真用此号，妙极！

怅望西风抱闷思，蓼红苇白断肠时。

空离旧圃秋无迹，瘦损清霜梦有知。

念念心随归雁远，寥寥坐听晚砧痴。

谁怜我为黄花病，慰语重阳会有期。

访菊　怡红公子

闲趁霜晴试一游，酒杯药盏莫淹留。

霜前月下谁家种，槛外篱边何处秋。

蜡屐远来情得得，冷吟不尽兴悠悠。

黄花若解怜诗客，休负今朝挂杖头。

种菊　怡红公子

携锄秋圃自移来，篱畔庭前故故栽。

昨夜不期经雨活，今朝犹喜带霜开。
冷吟秋色诗千首，醉酹寒香酒一杯。
泉溉泥封勤护惜，好知井径绝尘埃。

对菊　枕霞旧友

别圃移来贵比金，一丛浅淡一丛深。
萧疏篱畔科头坐，清冷香中抱膝吟。
数去更无君傲世，看来惟有我知音。
秋光荏苒休辜负，相对原宜惜寸阴。

供菊　枕霞旧友

弹琴酌酒喜堪俦，几案婷婷点缀幽。
隔座香分三径露，抛书人对一枝秋。
霜清纸帐来新梦，圃冷斜阳忆旧游。
傲世也因同气味，春风桃李未淹留。

咏菊　潇湘妃子

无赖诗魔昏晓侵，绕篱欹石自沉音。
毫端蕴秀临霜写，口齿噙香对月吟。
满纸自怜题素怨，片言谁解诉秋心。
一从陶令平章后，千古高风说到今。

画菊　蘅芜君

诗余戏笔不知狂，岂是丹青费较量。

聚叶泼成千点墨，攒花染出几痕霜。
淡浓神会风前影，跳脱秋生腕底香。
莫认东篱闲采掇，粘屏聊以慰重阳。

问菊　潇湘妃子

欲讯秋情众莫知，喃喃负手叩东篱。
孤标傲世偕谁隐，一样开花为底迟？
圃露庭霜何寂寞，鸿归蛩病可相思？
休言举世无谈者，解语何妨片语时。

簪菊　蕉下客

瓶供篱栽日日忙，折来休认镜中妆。
长安公子因花癖，彭泽先生是酒狂。
短鬓冷沾三径露，葛巾香染九秋霜。
高情不入时人眼，拍手凭他笑路旁。

菊影　枕霞旧友

秋光叠叠复重重，潜度偷移三径中。
窗隔疏灯描远近，篱筛破月锁玲珑。
寒芳留照魂应驻，霜印传神梦也空。
珍重暗香休踏碎，凭谁醉眼认朦胧。

菊梦　潇湘妃子

篱畔秋酣一觉清，和云伴月不分明。

登仙非慕庄生蝶，忆旧还寻陶令盟。
睡去依依随雁断，惊回故故恼蛩鸣。
醒时幽怨同谁诉，衰草寒烟无限情。

残菊　蕉下客

露凝霜重渐倾欹，宴赏才过小雪时。
蒂有余香金淡泊，枝无全叶翠离披。
半床落月蛩声病，万里寒云雁阵迟。
明岁秋风知再会，暂时分手莫相思。

众人看一首，赞一首，彼此称扬不已。李纨笑道："等我从公评来。"通篇看来，各有各人的警句，今日公评：《咏菊》第一，《问菊》第二，《菊梦》第三。题目新，诗也新，立意更新。恼不得要推潇湘妃子为魁了。然后《簪菊》《对菊》《供菊》《画菊》《忆菊》次之。"宝玉听说，喜的拍手叫："极是，极公道。"黛玉道："我那首也不好，到底伤于纤巧些。"李纨道："巧的却好，不露堆砌生硬。"黛玉道："据我看来，头一句好的是'圃冷斜阳忆旧游'，这句背面傅粉。'抛书人对一枝秋'已经妙绝，将供菊说完，没处再说，故翻回来，想到未折未供之先，意思深透。"李纨笑道："固如此说，你的'口齿噙香'句也敌的过了。"探春又道："到底要算蘅芜君沉着，'秋无迹''梦有知'，把个'忆'字竟烘染出来了。"宝钗笑道："你的'短鬓冷沾''葛巾香染'，也就把簪菊形容的一个缝儿也没了。"湘云道："'偕谁隐''为底迟'，真个把个菊花问的无言可对。"李纨笑道："你的'科头坐''抱膝吟'，竟一时也不能别开，菊花有知，也必腻烦了。”说的大家都笑了。

宝玉笑道：“我又落第，难道‘谁家种’‘何处秋’‘蜡屐远来’‘冷吟不尽’，都不是访？‘昨夜雨’‘今朝霜’，都不是种不成？但恨敌不上‘口齿噙香对月吟’‘清冷香中抱膝吟’‘短鬓’‘葛巾’‘金淡泊’‘翠离披’‘秋无迹’‘梦有知’这几句罢了。”总写宝玉不及，妙极！又道：“明儿闲了，我一个人作出十二首来。”李纨道：“你的也好，只是不及这几句新巧就是了。”

大家又评了一回，复又要了热蟹来，就在大圆桌子上吃了一回。宝玉笑道：“今日持螯赏桂，亦不可无诗，全是他忙，全是他不及，妙极！我已吟成，谁还敢作呢？”说着，便忙洗了手，提笔写出。且莫看诗，只看他偏于如许一大回诗后，又写一回诗，岂世人想的到的？众人看道：

持螯更喜桂阴凉，泼醋擂姜兴欲狂。
饕餮王孙应有酒，横行公子却无肠。
脐间积冷馋忘忌，指上沾腥洗尚香。
原为世人美口腹，坡仙曾笑一生忙。

黛玉笑道：“这样的诗，要一百首也有。”看他这一说。宝玉笑道：“你这会子才力已尽，不说不能作了，还贬人家。”黛玉听了并不答言，也不思索，提起笔来一挥，已有了一首。众人看道：

铁甲长戈死未忘，堆盘色相喜先尝。
螯封嫩玉双双满，壳凸红脂块块香。
多肉更怜卿八足，助情谁劝我千觞。不脱自己身分。

对斯佳品酬佳节，桂拂清风菊带霜。

宝玉看了正喝彩，黛玉便一把撕了，命人烧去。因笑道：“我的不及你的，我烧了他。你那个很好，比方才的菊花诗还好，你留着他给人看。”宝钗接着笑道：“我也勉强了一首，未必好，写出来取笑儿罢。”说着也写了出来，大家看时，写道是：

桂霭桐阴坐举觞，长安涎口盼重阳。
眼前道路无经纬，皮里春秋空黑黄。

看到这里，众人不禁叫绝。宝玉道：“写得痛快！我的诗也该烧了。”又看底下道：

酒未敌腥还用菊，性防积冷定须姜。
于今落釜成何益，月浦空余禾黍香。

众人看毕，都说：“这是食螃蟹绝唱。这些小题目，原要寓大意才算是大才，只是讽刺世人太毒了些。”说着，只见平儿复进园来。不知作什么，且听下回分解。

请看此回中，闺中儿女能作此等豪情韵事，且笔下各能自尽其性情，毫无乖舛。作者之锦心绣口，无庸赘渎，其用意之深，奖劝之勤，读此文者亦不得轻忽。戒之。

第三十九回

村姥姥是信口开河　情哥哥偏寻根究底

只为贫寒不拣行，富家趋入且逢迎。岂知着意无名利，便是三才最上乘。

话说众人见平儿来了，都说："你们奶奶作什么呢？怎么不来了？"平儿笑道："他那里得空儿来。因为说没有好生吃得，又不得来，所以叫我来问还有没有，叫我要几个拿了家去吃罢。"湘云道："有，多着呢！"忙令人拿了十个极大的。平儿道："多拿几个团脐的。"众人又拉平儿坐，平儿不肯。李纨拉着他笑道："偏要你坐。"拉着他身旁坐下，端了一杯酒送到他嘴边。平儿忙喝了一口就要走。李纨道："偏不许你去，显见得只有凤丫头，就不听我的话了。"说着又命嬷嬷们："先送了盒子去，就说我留下平儿了。"

那婆子一时拿了盒子回来说："二奶奶说，叫奶奶和姑娘们别笑话要嘴吃。这个盒子里是方才舅太太那里送来的菱粉糕和鸡油卷儿，给奶奶姑娘们吃的。"又向平儿道："说使你来，你就贪住顽不去了，劝你少喝一杯儿罢。"平儿笑道："多喝了又把我怎么样？"一面说，一面只管喝，又吃螃蟹。

李纨揽着他笑道："可惜这么个好体面模样儿，命却平常，只落得屋里使唤。不知道的人，谁不拿你当作奶奶太太看。"平儿一面和宝钗、湘云等吃喝，一面回头笑道："奶奶，别只摸的我怪痒的。"李氏道："嗳哟！这硬的是什么？"平儿道："钥匙。"李氏道："什么钥匙，要紧梯己东西，怕人偷了去，却带在身上。我成日家和人说笑，有个唐僧取经，就有个白马来驮他；刘智远打天下，就有个瓜精送盔甲；有个凤丫头，就有个你。你就是你奶奶的一把总钥匙，还要这钥匙作什么。"平儿笑道："奶奶吃了酒，又拿了我来打趣着取笑儿了。"

宝钗笑道："这倒是真话。我们没事评论起人来，你们这几个都是百个里头挑不出一个来，妙在各人有各人的好处。"李纨道："大小都有个天理。比如老太太屋里，要没那个鸳鸯如何使得？从太太起，那一个敢驳老太太的回？现在他敢驳回。偏老太太只听他一个人的话。老太太那些穿戴的，别人不记得，他都记得。要不是他经管着，不知叫人诓骗了多少去呢！那孩子心也公道，虽然这样，倒常替人说好话儿，还倒不依势欺人的。"惜春笑道："老太太昨儿还说呢，他比我们还强呢。"平儿道："那原是个好的，我们那里比的上他。"宝玉道："太太屋里的彩霞，是个老实人。"探春道："可不是，外头老实，心里有数儿。太太是那么佛爷似的，事情上不留心，他都知道。凡百一应事都是他提着太太行，连老爷在家出外去的一应大小事，他都知道。太太忘了，他背地里告诉太太。"李纨道："那也罢了。"指着宝玉道："这一个小爷屋里要不是袭人，你们度量到个什么田地。凤丫头就是楚霸王，也得这两只膀子好举千斤鼎。他不是这丫头，就得这么周到了！"

平儿笑道："先时陪了四个丫头，死的死，去的去，只剩下我一个孤鬼了。"李纨道："你倒是有造化的，凤丫头也是有造化的。想当初你珠大爷在日，何曾也没两个人，你们看我还是那容不下人的？天天只见他两个不自在，所以你珠大爷一没了，趁年轻我都打发了。若有一个守得住，我倒有个膀臂。"说着滴下泪来。众人都道："又何必伤心，不如散了倒好。"说着便都洗了手，大家约往贾母、王夫人处问安。

众婆子丫头打扫亭子，收拾杯盘。袭人和平儿同往前去，袭人因让平儿到房里坐坐，再喝一杯茶。平儿说："不喝茶了，再来罢。"说着便要出去。袭人又叫住问道："这个月的月钱，连老太太和太太还没放呢，是为什么？"平儿见问，忙转身至袭人跟前，见方近无人，才悄悄说道："你快别问，横竖再迟几天就放了。"袭人笑道："这是为什么？唬得你这样。"平儿悄悄告诉他道："这个月的月钱，我们奶奶早已支了，放给人使呢。等别处的利钱收了来，凑齐了才放呢。因为是你，我才告诉你，你可不许告诉一个人去。"袭人道："难道他还短钱使？还没个足厌，何苦还操这心！"平儿道："何曾不是呢。这几年拿着这一项银子，翻出有几百来了。他的公费月例又使不着，十两八两零碎攒了放出去。只他这梯己利钱，一年不到，上千的银子呢。"

袭人笑道："拿着我们的钱，你们主子奴才赚利钱，哄的我们呆呆地等着。"平儿道："你又说没良心的话，你难道还少钱使。"袭人道："我虽不少，只是我也没地方使去，就只预备我们那一个。"平儿道："你倘若有要紧的事用钱使时，我那里还有几两银子，你先拿来使，明儿我扣下你的就是了。"袭人道："此时也用不着，怕一时要用起来不够了，我打发人取去就是了。”平儿答应着，一径出了园门，来至家内。

只见凤姐儿不在房里，忽见上回来打抽丰的那刘姥姥和板儿又来了，坐在那边屋里，还有张材家的、周瑞家的陪着，又有两三个丫头在地下倒口袋里的枣子、倭瓜并些野菜。众人见他进来，都忙站起来了。妙文！上回是先见平儿，后见凤姐。此则先见凤姐，后见平儿也。何错综巧妙，得情得理之至耶。刘姥姥因上次来过，知道平儿的身分，忙跳下地来问“姑娘好”。又说：“家里都问好，早要来请姑奶奶的安看姑娘来的，因为庄家忙，好容易今年多打了两石粮食，瓜果菜蔬也丰盛。这是头一起摘下来的，并没敢卖呢，留的尖儿孝敬姑奶奶姑娘们尝尝。姑娘们天天山珍海味的也吃腻了，这个吃个野意儿，也算是我们的穷心。”平儿忙道：“多谢费心。”又让坐，自己也坐了。又让“张婶子、周大娘坐”，又令小丫头子倒茶去。

周瑞、张材两家的因笑道：“姑娘今儿脸上有些春色，眼圈儿都红了。”平儿笑道：“可不是。我原是不吃的，大奶奶和姑娘们只是拉着死灌，不得已喝了两盅，脸就红了。”张材家的笑道：“我倒想着要吃呢，又没人让我。明儿再有人请姑娘，可带了我去罢。”说着大家都笑了。周瑞家的道：“早起我就看见那螃蟹了，一斤只好秤两个三个。这么三大篓，想是有七八十斤呢。”周瑞家的道：“若是上上下下只怕还不够。”平儿道：“那里够，不过都是有名儿的吃两个子。那些散众的，也有摸得着的，也有摸不着的。”刘姥姥道：“这样螃蟹，今年就值五分一斤。十斤五钱，五五二两五，三五一十五，再搭上酒菜，一共倒有二十多两银子。

阿弥陀佛，这一顿的钱，够我们庄家人过一年了。”

平儿因问：“想是见过奶奶了？”写平儿伶俐如此。刘姥姥道：“见过了，叫我们等着呢。”说着又往窗外看天气，是八月中，当开窗时，细致之甚。说道：“天好早晚了，我们也去罢，别出不去城，才是饥荒呢。”周瑞家的道：“这话倒是，我替你瞧瞧去。”说着一径去了，半日方来，笑道：“可是你老的福来了，竟投了这两个人的缘了。”

平儿等问怎么样，周瑞家的笑道：“二奶奶在老太太的跟前呢。我原是悄悄的告诉二奶奶，‘刘姥姥要家去呢，怕晚了赶不出城去’。二奶奶说：‘大远的，难为他扛了那些沉东西来，晚了就住一夜明儿再去。’这可不是投上二奶奶的缘了。这也罢了，偏生老太太又听见了，问刘姥姥是谁。二奶奶便回明白了。老太太说：‘我正想个积古的老人家说话儿，请了来我见一见。’这可不是想不到天上的缘分了？”说着，催刘姥姥下来前去。刘姥姥道：“我这生像儿怎好见的！好嫂子，你就说我去了罢。”平儿忙道：“你快去罢，不相干的。我们老太太最是惜老怜贫的，比不得那个狂三诈四的那些人。想是你怯上，我和周大娘送你去。”说着，同周瑞家的引了刘姥姥往贾母这边来。二门口该班的小厮们见了平儿出来，都站了起来，又有两个跑上来，赶着平儿叫“姑娘”。想这一个“姑娘”，非下称上之“姑娘”也。按北俗以“姑母”曰“姑姑”，南俗曰“娘娘”。此“姑娘”定是“姑姑”“娘娘”之称。每见大家风俗，多有小童称少主妾曰“姑姑”“娘娘”者。按此书中若干人说话语气及动用器物饮食诸类，皆东西南北互相兼用，此“姑娘”之称，亦南北相兼而用无疑矣。平儿问：“又说什么？”那小厮笑道：“这会子也好早晚了，我妈病了，等着我去请大夫。好姑娘，我讨半日假可使的？”平儿道：“你们倒好，都商议定了，一天一个告假，又不回奶奶，只和我胡缠。前儿住儿去了，二爷偏生叫他叫不着，我应起来了，还说我作了情，你今儿又来了。”分明几回没写到贾琏，今忽闲中一语，便补得贾琏这边天天闹热，令人却如看见听见一般。所谓不写之写也，刘姥姥眼中耳中又一番识面。奇妙之甚。周瑞家的道：“当真的他妈病了，姑娘也替他应着，放了他罢。”平儿道：“明儿一早来。听着，我还要使你呢，再睡的日头晒着屁股再来！你这一去，带个信儿给旺儿，就说奶奶的话，问着他那剩的利钱。明儿若不交了来，奶奶也不要了，就越性送他使罢。”交代过袭人的话，看他如此说，真比凤姐又甚一层，李纨之语不谬也。不知阿凤何福，得此一人。那小厮欢天喜地答应去了。

平儿等来至贾母房中，彼时大观园中姊妹们都在贾母前承奉。妙极，连宝玉一并算入姊妹队中了。刘姥姥进去，只见满屋里珠围翠绕，花枝招展的，并不知都系何人。只见一张榻上歪着一位老婆婆，身后坐着一个纱罗裹的美人一般的一个丫鬟在那里捶腿，凤姐儿站着正说笑。奇奇怪怪文章，在刘姥姥眼中，以为阿凤至尊至贵，普天下人都该站着说，阿凤独坐才是，如何今见阿凤独站哉？真妙文字。刘姥姥便知是贾母了，忙上来陪着笑，福了几福，口里说：“请老寿星安。”更妙，贾母之号何其多耶！在诸人口中则曰“老太太”，在阿凤口中则曰“老祖宗”，在僧尼口中则曰“老菩萨”，在刘姥姥口中则曰“老寿星”，看去似有数人，想去则皆贾母。难得如此各尽其妙。刘姥姥亦善应接。贾母亦欠身问好，又命周瑞家的端过椅子来坐着。那板儿仍是怯人，不知问候。“仍”字妙，盖有上文故也，不知教训者来看此句。

贾母道：“老亲家，你今年多大年纪了？”神妙之极，看官至此，必愁贾母以何相称，谁知公然曰“老亲家”！何等现成，何等大方，何等有情理！若云作者心中编出，余断断不信，何也？盖编得出者，断不能有这等情理。刘姥姥忙立身答道："我今年七十五了。"贾母向众人道："这么大年纪了，还这么健朗，比我大好几岁呢。我要到这么大年纪，还不知怎么动不得呢。"刘姥姥笑道："我们生来是受苦的人，老太太生来是享福的。若我们也这样，那些庄家活也没人作了。"贾母道："眼睛牙齿都还好？"刘姥姥道："都还好，就是今年左边的槽牙活动了。"贾母道："我老了，都不中用了，眼也花，耳也聋，记性也没了。你们这些老亲戚，我都不记得了。亲戚们来了，我怕人笑我，我都不会。不过嚼的动的吃两口，睡一觉，闷了时和这些孙子孙女儿顽笑一回就完了。"刘姥姥笑道："这正是老太太的福了。我们想这么着也不能。"贾母道："什么福，不过是个老废物罢了。"说的大家都笑了。

贾母又笑道："我才听见凤哥儿说，你带了好些瓜菜来，我叫他快收拾去了，我正想个地里现撷的瓜儿菜儿吃。外头买的，不像你们田地里的好吃。"刘姥姥笑道："这是野意儿，不过吃个新鲜，依我们想鱼肉吃，只是吃不起。"贾母又道："今儿既认着了亲，别空空儿的就去，不嫌我这里，就住一两天再去。我们也有个园子，园子里头也有果子，你明日也尝尝，带些家去，你也算看亲戚一趟。"凤姐儿见贾母喜欢，也忙留道："我们这里虽不比你们的场院大，空屋子还有两间。你住两天罢，把你们那里的新闻故事儿说些与我们老太太听听。"

贾母笑道："凤丫头，别拿他取笑儿。他是乡屯里的人，老实，那里搁的住你打趣他。"说着，又命人去先抓果子与板儿吃。板儿见人多了，又不敢吃。贾母又命拿些钱给他，叫小幺儿们带他外头顽去。刘姥姥吃了茶，便把些乡村中所见所闻的事情说与贾母，贾母亦发得了趣味。正说着，凤姐儿便令人来请刘姥姥吃晚饭。贾母又将自己的菜拣了几样，命人送过去与刘姥姥吃。凤姐知道合了贾母的心，吃了饭便又打发过来。鸳鸯忙令老婆子带了刘姥姥去洗了澡，自己挑了两件随常的衣服令给刘姥姥换上。一段鸳鸯身分、权势、心机，只写贾母也。那刘姥姥那里见过这般行事，忙换了衣裳出来，坐在贾母榻前，又搜寻些话出来说。

彼时宝玉姊妹们也都在这里坐着，他们何曾听见过这些话，自觉比那些瞽目先生说的书还好听。那刘姥姥虽是个村野人，却生来的有些见识，况且年纪老了，世情上经历过的。见头一个贾母高兴，第二见这些哥儿姐儿们都爱听，便没了说的也编出些话来讲。因说道："我们村庄上种地种菜，每年每日，春夏秋冬，风里雨里，那里有个坐着的空儿，天天都是在那地头子上作歇马凉亭，什么奇奇怪怪的事不见呢！就像去年冬天，接连下了几天雪，地下压了三四尺深。我那日起的早，还没出房门，只听外头柴草响。我想着必定是有人偷柴草来了。我爬着窗户眼儿一瞧，却不是我们村庄上的人。"贾母道："必定是过路的客人们冷了，见现成的柴，抽些烤火去也是有的。"刘姥姥笑道："也并不是客人。所以说来奇怪，老寿星当个什么人？原来是一个十七八岁的极标致的一个小姑娘，梳着溜油光的头，穿着大红袄儿、白绫裙子——"刘姥姥口气如此。刚说到这里，忽听外面人吵嚷起来，又说："不相干的，别唬着老太太。"贾母等听了，忙问怎么了，丫鬟回说："南院马棚里走了水，不相干，已经救下去了。"贾母最胆小的，听了这个话，忙起身扶了人，出至廊上来瞧，只见东南上火光犹亮。贾母唬的口内念佛，忙命人去火神跟前烧香。王夫人等也忙都过来请安，又回说：“已经下去了，老太太请进房去罢。”贾母足的看着火光息了，方领众人进来。一段为后回作引，然偏于宝玉爱听时截住。

宝玉且忙着问刘姥姥：“那女孩儿大雪地里作什么抽柴草？倘或冻出病来呢？”贾母道：“都是才说抽柴草惹出火来了，你还问呢。别说这个了，再说别的罢。”宝玉听说，心内虽不乐，也只得罢了。刘姥姥便又想了一篇，说道：“我们庄子东边庄上有个老奶奶子，今年九十多岁了。他天天吃斋念佛，谁知就感动了观音菩萨，夜里来托梦说：‘你这样虔心，原本你该绝后的，如今奏了玉皇，给你个孙子。’原来这老奶奶只有一个儿子，这儿子也只一个儿子，好容易养到十七八岁上死了，哭的什么似的。后果然又养了一个，今年才十三四岁，生的雪团儿一般，聪明伶俐非常，可见这些神佛是有的。”这一席话，暗合了贾母王夫人的心事，连王夫人也都听住了。

宝玉心中只记挂着抽柴的故事，因闷闷的心中筹画。探春因问他：“昨日扰了史大妹妹，咱们回去商议邀一社，又还了席，也请老太太赏菊花，何如？”宝玉笑道：“老太太说了，还要摆酒还史妹妹的席，叫咱们作陪呢。等着吃了老太太的，咱们再请不迟。”探春道：“越往前去越冷了，老太太未必高兴。”宝玉道：“老太太又喜欢下雨下雪的，不如咱们等下头场雪，请老太太赏雪岂不好？咱们雪下吟诗，也更有趣了。”林黛玉忙笑道：“咱们雪下吟诗？依我说，还不如弄一捆柴火，雪下抽柴，还更有趣儿呢！”说着，宝钗等都笑了。宝玉瞅了他一眼，也不答话。一时散了，背地里宝玉足的拉了刘姥姥，细问那女孩儿是谁。刘姥姥只得编了告诉他道：“那原是我们庄北沿地埂子上有一个小祠堂里供的，不是神佛，当先有个什么老爷。”说着又想名姓。宝玉道：“不拘什么名姓，你不必想了，只说原故就是了。”刘姥姥道：“这老爷没有儿子，只有一位小姐，名叫茗玉。小姐知书识字，老爷太太爱如珍宝。可惜这茗玉小姐生到十七岁，一病死了。”宝玉听了，跌足叹惜，又问后来怎么样。刘姥姥道：“因为老爷太太思念不尽，便盖了这祠堂，塑了这茗玉小姐的像，派了人烧香拨火。如今日久年深的，人也没了，庙也烂了，那个像就成了精。”宝玉忙道：“不是成精，规矩这样人是虽死不死的。”刘姥姥道：“阿弥陀佛！原来如此。不是哥儿说，我们都当他成精。他时常变了人出来，各村庄店道上闲逛，我才说这抽柴火的就是他了。我们村庄上的人还商议着要打了这塑像，平了庙呢。”宝玉忙道：“快别如此，若平了庙，罪过不小。”刘姥姥道：“亏了哥儿告诉我，我明儿回去告诉他们就是了。”

宝玉道：“我们老太太、太太都是善人，合家大小也都好善喜舍，最爱修庙塑神的。我明儿做一个疏头，替你化些布施。你就做香头，攒了钱，把这庙修盖，再装潢了泥像，每月给你香火钱烧香岂不好？”刘姥姥道：“若这样，我托那小姐的福，也有几个钱使了。”

宝玉又问他地名庄名，来往远近，坐落何方，刘姥姥便顺口胡诌了出来。宝玉信以为真，回至房中，盘算了一夜。次日一早便出来，给了茗烟几百钱，按着刘姥姥说的方向地名，着茗烟去先踏看明白，回来再做主意。那茗烟去后，宝玉左等也不来，右等也不来，急的热锅上的蚂蚁一般。好容易等到日落，方见茗烟兴兴头头的回来了。宝玉忙道：“可有庙了？”茗烟笑道：“爷听的不明白，叫我好找。那地名座落不似爷说的一样，所以找了一日，找到东北上田埂子上，才有一个破庙。”宝玉听说，喜的眉开眼笑，忙说道：“刘姥姥有年纪的人，一时错记了也是有的。你且说你见的。”

茗烟道：“那庙门却倒是朝南开，也是稀破的。我找的正没好气，一见这个，我说‘可好了’，连忙进去。一看泥胎，唬的我跑出来了，活似真的一般。”宝玉喜的笑道：“他能变化人了，自然有些生气。”茗烟拍手道：“那里是什么女孩儿，竟是一位青脸红发的瘟神爷！”宝玉听了，啐了一口，骂道：“真是一个无用的杀才，这点子事也干不来。”茗烟道：“二爷又不知看了什么书，或者听了谁的混话，信真了，把这件没头脑的事派我去碰头，怎么倒说我没用呢？”宝玉见他急了，忙抚慰他道：“你别急。改日闲了你再找去。若是他哄我们呢，自然没了，若真是有的，你岂不也积了阴骘。我必重重的赏你。”正说着，只见二门上的小厮来说：“老太太房里的姑娘们站在二门口找二爷呢。”

此回第一写势利之好财，第二写穷苦趋势之求财。且文章不得雷同，先既有诗社，而今不得不用套坡公听鬼之遗事，以振其余响。即此以点染宝玉之痴。其文真如环转，无端倪可指。

第四十回

史太君两宴大观园　金鸳鸯三宣牙牌令

两宴不觉已深秋，惜春只如画春游。可怜富贵谁能保，只有恩情得到头。

话说宝玉听了，忙进来看时，只见琥珀站在屏风跟前说："快去吧，立等你说话呢。"宝玉来至上房，只见贾母正和王夫人、众姊妹商议给史湘云还席。宝玉因说道："我有个主意，既没有外客，吃的东西别定了样数。谁素日爱吃的拣样儿做几样，也不要按桌席，每人跟前摆一张高几，各人爱吃的东西一两样，再一个什锦攒心盒子，自斟壶，岂不别致。"贾母听了，说"很是！"忙命传与厨房："明日就拣我们爱吃的东西作了，按着人数再装了盒子来，早饭也摆在园里吃。"商议之间早又掌灯，一夕无话。

次日清早起来，可喜这日天气清朗。李纨侵晨先起，看着老婆子丫头们扫那些落叶，是八月尽。并擦抹桌椅，预备茶酒器皿。只见丰儿带了刘姥姥、板儿进来，说："大奶奶倒忙的紧。"李纨笑道："我说你昨儿去不成，只忙着要去。"刘姥姥笑道："老太太留下我，叫我也热闹一天去。"丰儿拿了几把大小钥匙，说道："我们奶奶说了，外头的高几恐不够使，不如开了楼，把那收着的拿下来使一天罢。奶奶原该亲自来的，因和太太说话呢，请大奶奶开了，带着人搬罢。”

李氏便令素云接了钥匙，又令婆子出去把二门上的小厮叫几个来。李氏站在大观楼下往上看，令人上去开了缀锦阁，一张一张往下抬。小厮、老婆子、丫头一齐动手，抬了二十多张下来。李纨道：“好生着，别慌慌张张鬼赶来似的，仔细碰了牙子。”又回头向刘姥姥笑道：“姥姥，你也上去瞧瞧。”刘姥姥听说，巴不得一声儿，便拉了板儿登梯上去。进里面，只见乌压压的堆着些围屏、桌椅、大小花灯之类，虽不大认得，只见五彩炫耀，各有奇妙。念了几声佛，便下来了。然后锁上门，一齐才下来。李纨道：“恐怕老太太高兴，越性把船上划子、篙桨、遮阳幔子都搬了下来预备着。”众人答应，复又开了，色色的搬了下来。命小厮传驾娘们到船坞里撑出两只船来。

正乱着安排，只见贾母已带了一群人进来了。李纨忙迎上去，笑道：“老太太高兴，倒进来了。我只当还没梳头呢，才撷了菊花要送去。”一面说，一面碧月早捧过一个大荷叶式的翡翠盘子来，里面盛着各色的折枝菊花。贾母便拣了一朵大红的簪于鬓上。因回头看见了刘姥姥，忙笑道：“过来带花儿。”一语未完，凤姐便拉过刘姥姥，笑道：“让我打扮你。”说着，将一盘子花横三竖四的插了一头。贾母和众人笑的了不得。刘姥姥笑道：“我这头也不知修了什么福，今儿这样体面起来。”众人笑道：“你还不拔下来摔到他脸上呢，把你打扮的成了个老妖精了。”刘姥姥笑道：“我虽老了，年轻时也风流，爱个花儿粉儿的，今儿老风流才好。”

说笑之间，已来至沁芳亭子上。丫鬟们抱了一个大锦褥子来，铺在栏杆榻板上。贾母倚柱坐下，命刘姥姥也坐在旁边。因问他："这园子好不好？"刘姥姥念佛说道："我们乡下人到了年下，都上城来买画儿贴。时常闲了，大家都说，怎么得也到画儿上去逛逛。想着那个画儿也不过是假的，那里有这个真地方呢。谁知我今儿进了这园里一瞧，竟比那画儿还强十倍。怎么得有人也照着这个园子画一张，我带了家去，给他们见见，死了也得好处。"贾母听说，便指着惜春笑道："你瞧我这个小孙女儿，他就会画。等明儿叫他画一张如何？"刘姥姥听了，喜的忙跑过来，拉着惜春说道："我的姑娘，你这么大年纪儿，又这么个好模样，还有这个能干，别是神仙托生的罢。"

贾母少歇一回，自然领着刘姥姥都见识见识。先到了潇湘馆。一进门，只见两边翠竹夹路，土地下苍苔布满，中间羊肠一条石子漫的路。刘姥姥让出路来与贾母众人走，自己却趄走土地。琥珀拉着他说道："姥姥，你上来走，仔细苍苔滑了。"刘姥姥道："不相干的，我们走熟了的，姑娘们只管走罢。可惜你们的那绣鞋，别沾脏了。"他只顾上头和人说话，不防底下果踩滑了，咕咚一跤跌倒，众人都拍手哈哈的大笑起来。贾母忙笑骂道："小蹄子们，还不搀起来，只站着笑。"说话时，刘姥姥已爬了起来，自己也笑了，说道："才说嘴就打了嘴。"贾母问他："可扭了腰了不曾？叫丫头们捶一捶。"刘姥姥道："那里说的我这么娇嫩了，那一天不跌两下子，都要捶起来，还了得呢。"

紫鹃早打起湘帘，贾母等进来坐下。林黛玉亲自用小茶盘捧了一盖碗茶来奉与贾母。王夫人道："我们不吃茶，姑娘不用倒了。"林黛玉听说，便命个丫头把自己窗下常坐的一张椅子挪到下首，请王夫人坐了。刘姥姥因见窗下案上设着笔砚，又见书架上磊着满满的书，刘姥姥道："这必定是那位哥儿的书房了。"贾母笑指黛玉道："这是我这外孙女儿的屋子。"刘姥姥留神打量了林黛玉一番，方笑道："这那里像个小姐的绣房，竟比那上等的书房还好。"贾母因问："宝玉怎么不见？"众丫头们答说："在池子里船上呢！"贾母道："谁又预备下船了？"李纨忙回说："才开楼拿几，我恐怕老太太高兴，就预备下了。"

贾母听了方欲说话时，有人回说："姨太太来了。"贾母等刚站起来，只见薛姨妈早进来了。一面归坐，笑道："今儿老太太高兴，这早晚就来了。"贾母笑道："我才说来迟了的要罚他，不想姨太太就来迟了。"说笑一会，贾母因见窗上纱的颜色旧了，便和王夫人说道："这个纱新糊上好看，过了后来就不翠了。这个院子里头又没有个桃杏树，这竹子已是绿的，再拿这绿纱糊上反不配。我记得咱们先有四五样颜色糊窗的纱呢，明儿给他把这窗上的换了。"凤姐儿忙道："昨儿我开库房，看见大板箱里还有好些匹银红蝉翼纱，也有各样折枝花样的，也有流云卍福花样的，也有百蝶穿花花样的，颜色又鲜，纱又轻软，我竟没见过这样的。拿了两匹出来，作两床绵纱被，想来一定是好的。"贾母听了笑道："呸！人人都说你没有不经过不见过，连这个纱还不认得呢，明儿还说嘴。"薛姨妈等都笑说："凭他怎么经过见过，如何敢比老太太呢？老太太何不教导了他，我们也听听。"凤姐儿也笑说："好祖宗，教给我罢。"

贾母笑向薛姨妈众人道："那个纱比你们年纪还大呢。怪不得他认作蝉翼纱，原也有些像。不知道的，都认作蝉翼纱。正紧名字叫作‘软烟罗’。”凤姐儿道：“这个名儿也好听，只是我这么大了，纱罗也见过几百样，从没听见过这个名色。”贾母笑道：“你能够活了多大，见过几样没处放的东西，就说嘴来了。那个软烟罗只有四样颜色：一样雨过天晴，一样秋香色，一样松绿的，一样就是银红的。若是做了帐子，糊了窗屉，远远的看着，就似烟雾一样，所以叫作‘软烟罗’。那银红的又叫作‘霞影纱’，如今上用的府纱也没有这样软厚轻密的了。”薛姨妈笑道：“别说凤丫头没见，连我也没听见过。”

凤姐儿一面说话，早命人取了一匹来了。贾母说：“可不是这个！先时原不过是糊窗屉，后来我们拿这个作被作帐子，试试也竟好。明儿就找出几匹来，拿银红的替他糊窗子。”凤姐答应着，众人都看了，称赞不已。刘姥姥也觑着眼看个不了，念佛说道：“我们想他作衣裳也不能，拿着糊窗子岂不可惜？”贾母道：“倒是做衣裳不好看。”凤姐忙把自己身上穿的一件大红绵纱袄子襟儿拉了出来，向贾母、薛姨妈道：“看我的这袄儿。”贾母、薛姨妈都说：“这也是上好的了，这是如今的上用内造呢，竟比不上这个。”凤姐儿道：“这个薄片子，还说是上用内造呢。竟连官用的也比不上了。”贾母道：“再找一找，只怕还有青的。若有时都拿出来送这刘亲家两匹，做一个帐子我挂，下剩的添上里子，做些夹背心子给丫头们穿，白收着霉坏了。”凤姐忙答应了，仍命人送去。

贾母起身笑道：“这屋里窄，再往别处逛去。”刘姥姥念佛道：“人人都说大家子住大房，昨儿见了老太太正房，配上大箱、大柜、大桌子、大床，果然威武。那柜子比我们那一间房子还大还高。怪道后院子里有个梯子。我想并不上房晒东西，预备个梯子作什么？后来我想起来，定是为开顶柜收放东西，非离了那梯子，怎么上得去呢。如今又见了这小屋子，更比大的越发齐整了。满屋里的东西都只好看，都不知叫什么，我越看越舍不得离了这里。”凤姐道：“还有好的呢，我都带你去瞧瞧。”

说着，一径离了潇湘馆，远远望见池中一群人在那里撑船。贾母道：“他们既预备下船，咱们就坐。”一面说着，便向紫菱洲、蓼溆一带走来。未至池前，只见几个婆子手里都捧着一色捏丝戗金五彩大盒子走来。凤姐忙问王夫人早饭在那里摆。王夫人道：“问老太太在那里，就在那里罢了。”贾母听说，便回头说：“你三妹妹那里就好。你就带了人摆去，我们从这里坐了船去。”

凤姐听说，便回身同了探春、李纨、鸳鸯、琥珀带着端饭的人等，抄着近路到了秋爽斋，就在晓翠堂上调开桌案。鸳鸯笑道：“天天咱们说外头老爷们吃酒吃饭都有一个篾片相公，拿他取笑儿，咱们今儿也得了一个女篾片了。”李纨是个厚道人，听了不解，凤姐儿却知是说的刘姥姥了，也笑说道：“咱们今儿就拿他取个笑儿。”二人便如此这般的商议。李纨笑劝道：“你们一点好事也不做，又不是个小孩儿，还这么淘气，仔细老太太说。”鸳鸯笑道：“很不与你相干，有我呢。”

正说着，只见贾母等来了，各自随便坐下。先有丫鬟端过两盘茶来，大家吃毕。凤姐手里拿着块西洋布手巾，裹着一把乌木三镶银箸，战敠人位，按席摆下。贾母因说：“把那一张小楠木桌子抬过来，让刘亲家近我这边坐着。”众人听说，忙抬了过来。凤姐一面递眼色与鸳鸯，鸳鸯便拉了刘姥姥出来，悄悄的嘱咐了刘姥姥一席话，又说：“这是我们家的规矩，若错了我们就笑话呢。”

调停已毕，然后归坐。

薛姨妈是吃过饭来的，不吃，只坐在一边吃茶。妙，若只管写薛姨妈来则吃饭，则成何文理？贾母带着宝玉、湘云、黛玉、宝钗一桌，王夫人带着迎春姊妹三个人一桌，刘姥姥傍着贾母一桌。贾母素日吃饭，皆有小丫鬟在旁边，拿着漱盂、麈尾、巾帕之物。如今鸳鸯是不当这差的了，今日鸳鸯偏接过麈尾来拂着。丫鬟们知道他要撮弄刘姥姥，便躲开让他。鸳鸯一面侍立，一面悄向刘姥姥说道："别忘了。"刘姥姥道："姑娘放心。"那刘姥姥入了坐，拿起箸来，沉甸甸的不伏手。原是凤姐和鸳鸯商议定了，单拿一双老年四楞象牙镶金的筷子与刘姥姥。刘姥姥见了，说道："这叉爬子比俺那里铁掀还沉，那里犟的过他。"说的众人都笑起来。只见一个媳妇端了一个盒子站在当地，一个丫鬟上来揭去盒盖，里面盛着两碗菜。李纨端了一碗放在贾母桌上，凤姐儿偏拣了一碗鸽子蛋放在刘姥姥桌上。贾母这边说声"请"，刘姥姥便站起身来，高声说道："老刘，老刘，食量大似牛，吃一个老母猪，不抬头！"自己却鼓着腮不语。

众人先是发怔，后来一听，上上下下都哈哈的大笑起来。史湘云掌不住，一口饭都喷了出来；林黛玉笑岔了气，伏着桌子"嗳哟"；宝玉早滚到贾母怀里，贾母笑的搂着宝玉叫"心肝"；王夫人笑的用手指着凤姐儿，只说不出话来；薛姨妈也掌不住，口里茶喷了探春一裙子；探春手里的饭碗都合在迎春身上；惜春离了坐位，拉着他奶母叫揉一揉肠子。地下的无一个不弯腰屈背，也有躲出去蹲着笑去的，也有忍着笑上来替他姊妹换衣裳的。独有凤姐、鸳鸯二人掌着，还只管让刘姥姥。

刘姥姥拿起箸来，只觉不听使，又说道：“这里的鸡儿也俊，下的这蛋也小巧，怪俊的，我且肏攮一个。”众人方住了笑，听见这话又笑起来。贾母笑的眼泪出来，琥珀在后捶着。贾母笑道：“这定是凤丫头促狭鬼儿闹的，快别信他的话了。”那刘姥姥正夸鸡蛋小巧，要肏攮一个。凤姐儿笑道：“一两银子一个呢，你快尝尝罢，那冷了就不好吃了。”刘姥姥便伸箸子要夹，那里夹的起来，满碗里闹了一阵，好容易撮起一个来，才伸着脖子要吃，偏又滑下来滚在地下，忙放下箸子要亲自去捡，早有地下的人捡了出去了。刘姥姥叹道：“一两银子，也没听见个响声儿就没了。”

众人已没心吃饭，都看着他笑。贾母又说：“这会子又把那个筷子拿了出来，又不请客摆大筵席，都是凤丫头支使的。还不换了呢！”地下的人原不曾预备这牙箸，本是凤姐和鸳鸯拿了来的，听如此说，忙收了过去，也照样换上一双乌木镶银的。刘姥姥道：“去了金的，又是银的，到底不及俺们那个伏手。”凤姐儿道：“菜里若有毒，这银子下去了就试的出来。”刘姥姥道：“这个菜里若有毒，俺们那菜都成了砒霜了。那怕毒死了也要吃尽了。”贾母见他如此有趣，吃的又香甜，把自己的也都端过来与他吃。又命一个老嬷嬷来，将各样的菜给板儿夹在碗上。

一时吃毕，贾母等都往探春卧室中去说闲话。这里收拾过残桌，又放了一桌。刘姥姥看着李纨与凤姐儿对坐着吃饭，叹道：“别的罢了，我只爱你们家这行事，怪道说‘礼出大家’。”凤姐儿忙笑道：“你可别多心，才刚不过大家取笑儿。”一言未了，鸳鸯也进来笑道：“姥姥别恼，我给你老人家赔个不是。”刘姥姥笑道：“姑娘说那里话，咱们哄着老太太开个心儿，可有什么恼的！你先嘱咐我，我就明白了，不过大家取个笑儿。我要心里恼，也就不说了。”鸳鸯便骂人：“为什么不倒茶给姥姥吃？”刘姥姥忙道：“才刚那个嫂子倒了茶来，我吃过了。姑娘也该用饭了。”凤姐儿便拉鸳鸯：“你坐下和我们吃了罢，省的回来又闹。”鸳鸯便坐下了。婆子们添上碗箸来，三人吃毕。

刘姥姥笑道：“我看你们这些人，都只吃这一点儿就完了，亏你们也不饿。怪只道风儿都吹的倒。”鸳鸯便问：“今儿剩的菜不少，都那去了？”婆子们道：“都还没散呢，在这里等着一齐散与他们吃。”鸳鸯道：“他们吃不了这些，挑两碗给二奶奶屋里平丫头送去。”凤姐儿道：“他早吃了饭了，不用给他。”鸳鸯道：“他不吃了，喂你们的猫。”婆子听了，忙拣了两样拿盒子送去。鸳鸯道：“素云那去了？”李纨道：“他们都在这里一处吃，又找他作什么？”鸳鸯道：“这就罢了。”凤姐儿道：“袭人不在这里，你倒是叫人送两样给他去。”鸳鸯听说，便命人也送两样去后，鸳鸯又问婆子们：“回来吃酒的攒盒可装上了？”婆子道：“想必还得一会子。”鸳鸯道：“催着些儿。”婆子应喏了。

凤姐儿等来至探春房中，只见他娘儿们正说笑。探春素喜阔朗，这三间屋子并不曾隔断。当地放着一张花梨大理石大案，案上磊着各种名人法帖，并十数方宝砚，各色笔筒，笔海内插的笔如树林一般。那一边设着斗大的一个汝窑花囊，插着满满的一囊水晶球儿的白菊。西墙上当中挂着一大幅米襄阳《烟雨图》，左右挂着一副对联，乃是颜鲁公墨迹，其词云：

烟霞闲骨格，泉石野生涯。

案上设着大鼎。左边紫檀架上放着一个大观窑的大盘，盘内盛着数十个娇黄玲珑的大佛手。右边洋漆架上悬着一个白玉比目磬，旁边挂着小捶。那板儿略熟了些，便要摘那锤子要击，丫鬟们忙拦住他。他又要那佛手吃，探春拣了一个与他说："顽罢，吃不得的。"东边便设着卧榻，拔步床上悬着葱绿双绣花卉草虫的纱帐。板儿又跑过来看，说："这是蝈蝈，这是蚂蚱。"刘姥姥忙打了他一巴掌，骂道："下作黄子，没干没净的乱闹。倒叫你进来瞧瞧，就上脸了。"打的板儿哭起来，众人忙劝解方罢。贾母因隔着纱窗往后院内看了一回，说道："后廊檐下的梧桐也好了，就只细些。"

正说话，忽一阵风过，隐隐听得鼓乐之声。贾母问道："是谁家娶亲呢？这里临街倒近。"王夫人等笑回道："街上的那里听的见，这是咱们那十几个女孩子们演习吹打呢！"贾母便笑道："既是他们演，何不叫他们进来演习？他们也逛一逛，咱们可又乐了。"凤姐听说，忙命人出去叫来，又一面吩咐摆下条桌，铺上红毡子。贾母道："就铺排在藕香榭的水亭子上，借着水音更好听。回来咱们就在缀锦阁底下吃酒，又宽阔，又听的近。"众人都说那里好，贾母向薛姨妈笑道："咱们走罢。他们姊妹们都不大喜欢人来坐着，怕脏了屋子。咱们别没眼色，正经坐一回子船喝酒去。"说着大家起身便走。探春笑道："这是那里的话，求着老太太、姨太太来坐坐还不能呢！"贾母笑道："我的这三丫头却好，只有两个玉儿可恶。回来吃醉了，咱们偏往他们屋里闹去。"说着，众人都笑了。一齐出来，走不多远，已到了荇叶渚。那姑苏选来的几个驾娘早把两只棠木舫撑来。众人扶了贾母、王夫人、薛姨妈、刘姥姥、鸳鸯、玉钏儿上了这一只。落后李纨也跟上去，凤姐儿也上去，立在船头上，也要撑船。贾母在舱内道："这不是顽的，虽不是河里，也有好深的，你快不给我进来。"凤姐儿笑道："怕什么！老祖宗只管放心。"说着，便一篙点开。到了池当中，船小人多，凤姐只觉乱晃，忙把篙子递与驾娘，方蹲下了。然后迎春姊妹等并宝玉上了那只，随后跟来。其余老嬷嬷、散众丫鬟俱沿河随行。

宝玉道："这些破荷叶可恨，怎么还不叫人来拔去。"宝钗笑道："今年这几日，何曾饶了这园子闲了，天天逛，那里还有叫人来收拾的工夫。"林黛玉道："我最不喜欢李义山的诗，只喜他这一句'留得残荷听雨声'。偏你们又不留着残荷了。"宝玉道："果然好句，以后咱们就别叫人拔去了。"

说着已到了花溆的萝港之下，觉得阴森透骨，两滩上衰草残菱，更助秋情。贾母因见岸上的清厦旷朗，便问："这是你薛姑娘的屋子不是？"众人道："是。"贾母忙命拢岸，顺着云步石梯上去，一同进了蘅芜苑。只觉异香扑鼻，那些奇草仙藤愈冷愈苍翠，都结了实，似珊瑚豆子一般，累垂可爱。及进了房屋，雪洞一般，一色玩器全无，案上只有一个土定瓶中供着数枝菊花，并两部书、茶奁茶杯而已。床上只吊着青纱帐幔，衾褥也十分朴素。

贾母叹道："这孩子太老实了，你没有陈设，何妨和你姨娘要些。我也不理论，也没想到，你们的东西自然在家里没带了来。"说着，命鸳鸯去取些古董来，又嗔着凤姐儿："不送些玩器来与你妹妹，这样小器。"王夫人、凤姐儿等都笑回说："他自己不要的，我们原送了来，他都退回去了。"薛姨妈也笑说："他在家里也不大弄这些东西的。”贾母摇头道：“使不得。虽然省事，倘或来一个亲戚，看着不像；二则年轻的姑娘们房里这样素净，也忌讳。我们这老婆子，越发该住马圈去了。你们听那些书上戏上说的，小姐们的绣房，精致的还了得呢。他们姊妹们虽不敢比那些小姐们，也不要很离了格儿。有现成的东西，为什么不摆？若很爱素净，少几样倒使得。我最会收拾屋子的，如今老了，没有这些闲心了。他们姊妹们也还学着收拾的好，只怕俗气，有好东西也摆坏了。我看他们还不俗。如今让我替你收拾，包管又大方又素净。我的梯己两件，收到如今，没给宝玉看见过，若经了他的眼，也没了。”说着，叫过鸳鸯来，亲吩咐道：“你把那石头盆景儿和那架纱桌屏，还有个墨烟冻石鼎，这三样摆在这案上就够了。再把那水墨字画、白绫帐子拿来，把这帐子也换了。”鸳鸯答应着，笑道：“这些东西都搁在东楼上的不知那个箱子里，还得慢慢找去，明儿再拿去也罢了。”贾母道：“明日后日都使得，只别忘了。”说着，坐了一回方出来，一径来至缀锦阁下。文官等上来请过安，因问演习何曲。贾母道：“只拣你们生的演习几套罢。”文官等下来，往藕香榭去不提。

这里凤姐儿已带着人摆设整齐，上面左右两张榻，榻上都铺着锦裀蓉簟。每一榻前两张雕漆几，也有海棠式的，也有梅花式的，也有荷叶式的，也有葵花式的，也有方的，也有圆的，其式不一。一个上面放着炉瓶，一分攒盒；一个上面空设着，预备放人所喜食物。上面二榻四几，是贾母、薛姨妈；下面一椅两几是王夫人的，余者都是一椅一几。东边是刘姥姥，刘姥姥之下便是王夫人。西边便是史湘云，第二便是宝钗，第三便是黛玉，第四迎春、探春、惜春，挨次下去，宝玉在末。李纨、凤姐二人之几设于三层槛内，二层纱厨之外。攒盒式样，亦随几之式样。每人一把乌银洋錾自斟壶，一个十锦珐琅杯。

大家坐定，贾母先笑道："咱们先吃两杯，今日也行一令才有意思。"薛姨妈等笑说道："老太太自然有好酒令，我们如何会呢，安心要我们醉了。我们都多吃两杯就有了。"贾母笑道："姨太太今儿也过谦起来，想是厌我老了。"薛姨妈笑道："不是谦，只怕行不上来，倒是笑话了。"王夫人忙笑道："便说不上来，就便多吃一杯酒，醉了睡觉去，还有谁笑话咱们不成。"薛姨妈点头笑道："依令，老太太到底吃一杯令酒才是。"贾母笑道："这个自然。"说着，便吃了一杯。

凤姐儿忙走至当地，笑道："既行令，还叫鸳鸯姐姐来行更好！"众人都知贾母所行之令必得鸳鸯提着，故听了这话，都说很是。凤姐儿便拉了鸳鸯过来。王夫人笑道："既在令内，没有站着的理儿。"回头命小丫头子："端一张椅子放在你二位奶奶的席上。"鸳鸯也半推半就，谢了坐，便坐下，也吃了一钟酒，笑道："酒令大如军令，不论尊卑，惟我是主。违了我的话，是要受罚的。"王夫人等都笑道："一定如此，快些说来。"鸳鸯未开口，刘姥姥便下了席，摆手道："别这样捉弄人家，我家去了。"众人都笑道："这却使不得。"鸳鸯喝命小丫头子们："拉上席去。"小丫头子们也笑着，果然拉入席中。刘姥姥只叫："饶了我罢！"鸳鸯道："再多言的罚一壶！"刘姥姥方住了声。

鸳鸯道："如今我说骨牌副儿，从老太太起，顺领说下去，至刘姥姥止。比如我说一副儿，将这三张牌拆开，先说头一张，次说第二张，再说第三张，说完了，合成这一副儿的名字。无论诗词歌赋，成语俗话，比上一句，都要叶韵。错了的罚一杯。”众人笑道：“这个令好，就说出来。”

鸳鸯道：“有了一副了。左边是张‘天’。”贾母道：“头上有青天。”众人道：“好。”鸳鸯道：“当中是个‘五与六’。”贾母道：“六桥梅花香彻骨。”鸳鸯道：“剩得一张‘六与幺’。”贾母道：“一轮红日出云霄。”鸳鸯道：“凑成便是个‘蓬头鬼’。”贾母道：“这鬼抱住钟馗腿。”说完，大家笑说：“妙极。”贾母饮了一杯。

鸳鸯又道：“有了一副。左边是个‘大长五’。”薛姨妈道：“梅花朵朵风前舞。”鸳鸯道：“右边还是个‘大五长’。”薛姨妈道：“十月梅花岭上香。”鸳鸯道：“当中‘二五’是杂七。”薛姨妈道：“织女牛郎会七夕。”鸳鸯道：“凑成‘二郎游五岳’。”薛姨妈道：“世人不及神仙乐。”说完，大家称赏，饮了酒。

鸳鸯又道：“有了一副。左边‘长幺’两点明。”湘云道：“双悬日月照乾坤。”鸳鸯道：“右边‘长幺’两点明。”湘云道：“闲花落地听无声。”鸳鸯道：“中间还得‘幺四’来。”湘云道：“日边红杏倚云栽。”鸳鸯道：“凑成‘樱桃九熟’。”湘云道：“御园却被鸟衔出。”说完，饮了一杯。

鸳鸯道：“有了一副。左边是‘长三’。”宝钗道：“双双燕子语梁间。”鸳鸯道：“右边是‘三长’。”宝钗道：“水荇牵风翠带长。”鸳鸯道：“当中‘三六’九点在。”宝钗道：“三山半落青天外。”鸳鸯道：“凑成‘铁锁练孤舟’。”宝钗道：“处处风波处处愁。”说完，饮毕。

鸳鸯又道：“左边一个‘天’。”黛玉道：“良辰美景奈何天。”

宝钗听了，回头看着他。黛玉只顾怕罚，也不理论。鸳鸯道："中间'锦屏'颜色俏。"黛玉道："纱窗也没有红娘报。"鸳鸯道："剩了'二六'八点齐。"黛玉道："双瞻玉座引朝仪。"鸳鸯道："凑成'篮子'好采花。"黛玉道："仙杖香挑芍药花。"说完，饮了一口。

鸳鸯道："左边'四五'成花九。"迎春道："桃花带雨浓。"众人道："该罚，错了韵，而且又不像。"迎春笑着饮了一口。原是凤姐儿和鸳鸯都要听刘姥姥的笑话，故意都令说错，都罚了。至王夫人，鸳鸯代说了个。下便该刘姥姥。

刘姥姥道："我们庄家人闲了，也常会几个人弄这个，但不如说的这么好听，少不得我也试一试。"众人都笑道："容易说的，你只管说，不相干。"鸳鸯笑道："左边'四四'是个人。"刘姥姥听了，想了半日，说道："是个庄家人罢。"众人哄堂笑了。贾母笑道："说的好，就是这样说。"刘姥姥也笑道："我们庄家人，不过是现成的本色，众位别笑。"鸳鸯道："中间'三四'绿配红。"刘姥姥道："大火烧了毛毛虫。"众人笑道："这是有的，还说你的本色。"鸳鸯道："右边'幺四'真好看。"刘姥姥道："一个萝卜一头蒜。"众人又笑了。鸳鸯笑道："凑成便是'一枝花'。"刘姥姥两只手比着，说道："花儿落了结个大倭瓜。"众人大笑起来。只听外面乱嚷——

写贫贱辈低首豪门，凌辱不计，诚可悲夫。此故作者以警贫贱，而富室贵豪，亦当于其间着意。

第四十一回

栊翠庵茶品梅花雪　怡红院劫遇母蝗虫

此回栊翠品茶，怡红遇劫，盖妙玉虽以清净无为自守，而怪洁之癖未免有过。老妪只污得一杯，见而勿用，岂似玉兄日享洪福，竟至无以复加而不自知。故老妪眠其床、卧其席、酒屁熏其屋，却被袭人遮过。则仍用其床、其席、其屋，亦作者特为转眼不知身后事写来作戒。纨绔公子可不慎哉！

话说刘姥姥两只手比着说道："花儿落了结个大倭瓜。"众人听了哄堂大笑起来。于是吃过门杯，因又逗趣笑道："实告诉说罢，我的手脚子粗笨，又喝了酒，仔细失手打了这磁杯，有木头的杯取个子来，我便失了手掉了地下也无碍。"众人听了，又笑起来。凤姐儿听如此说，便忙笑道："果真要木头的，我就取了来。可有一句先说下，这木头的可比不得磁的，他都是一套，定要吃遍一套方使得。"刘姥姥听了，心下战敠道："我方才不过是趣话取笑儿，谁知他果真竟有。我时常在村庄乡绅大家也赴过席，金杯银杯倒都也见过，从来没见有木头杯之说。哦，是了。想必是小孩子们使的木碗儿，不过诓我多喝两碗。别管他，横竖这酒蜜水儿似的，多喝点子也无妨。"为登厕伏脉。想毕，便说："取来再商量。”

凤姐乃命丰儿：“到前面里间，屋里书架子上有十个竹根套杯取来。”丰儿听了答应才然要去，鸳鸯笑道：“我知道你这十个杯还小，况且你才说是木头的，这会子又拿了竹根子的来，倒不好看。不如把我们那里的黄杨根整抠的那十个大套杯拿来，灌他十下子。”凤姐儿笑道：“更好了。”鸳鸯果命人取来。刘姥姥一看，又惊又喜：惊的是一连十个，挨次大小分下来，那大的足似个小盆子，第十个极小的还有手里的杯子两个大；喜的是雕镂奇绝，一色山水树木人物，并有草字以及图印。因忙说道：“拿了那小的来就是了，怎么这样多。”凤姐儿笑道：“这个杯没有喝一个的理。我们家因没有这大量的，所以没人敢使他。姥姥既要，好容易寻了出来，必定要挨次吃一遍才使得。”刘姥姥唬的忙道：“这个不敢，好姑奶奶，饶了我罢。”挟炎的苦恼。贾母、薛姨妈、王夫人知道他上了年纪的人，禁不起，忙笑道：“说是说，笑是笑，不可多吃了，只吃这头一杯罢。”刘姥姥道：“阿弥陀佛，我还是小杯吃罢。把这大杯收着，我带了家去慢慢的吃罢。”说的众人又笑起来。鸳鸯无法，只得命人满斟了一大杯，刘姥姥两手捧着喝。

贾母、薛姨妈都道：“慢些，不要呛了。”薛姨妈又命凤姐儿布了菜。凤姐笑道：“姥姥要吃什么，说出名儿来，我搛了喂你。”刘姥姥道：“我知道什么名儿，样样都是好的。”贾母笑道：“你把茄鲞搛些喂他。”凤姐儿听说，依言搛些茄鲞送入刘姥姥口中。因笑道：“你们天天吃茄子，也尝尝我们的茄子，弄的可口不可口。”刘姥姥笑道：“别哄我了，茄子跑出这个味儿来了，我们也不用种粮食，只种茄子了。”众人笑道：“真是茄子，我们再不哄你。”刘姥姥诧异道："真是茄子？我白吃了半日。姑奶奶你再喂我些，这一口我细嚼嚼。"

凤姐儿果又搛了些放入口内。刘姥姥细嚼了半日，笑道："虽有一点茄子香，只是还不像是茄子。告诉我是个什么法子弄的，我也弄着吃去。"凤姐儿笑道："这也不难，你把才下来的茄子把皮劉了，只要净肉，切成碎钉子，用鸡油炸了，再用鸡脯子肉并香菌、新笋、蘑菇、五香腐干、各色干果子，俱切成钉子，用鸡汤煨干，将香油一收，外加糟油一拌，盛在磁罐子里封严。要吃时拿出来，用炒的鸡瓜一拌就是。"刘姥姥听了，摇头吐舌说道："我的佛祖！倒得十来只鸡来配他，怪道这个味儿！"一面说笑，一面慢慢的吃完了酒，还只管细玩那杯。

凤姐笑道："还是不足兴，再吃一杯罢。"刘姥姥忙道："了不得！那就醉死了。我因为爱这样范，亏他怎么作了。"鸳鸯笑道："酒吃完了，到底这杯子是什么木的？"刘姥姥笑道："怨不得姑娘不认得，你们在这金门绣户的，如何认得木头。我们成日家和树林子作街坊，好充懂得的来看。困了枕着他睡，乏了靠着他坐，荒年间饿了还吃他，眼睛里天天见他，耳朵里天天听他，口儿里天天讲他。所以好歹真假，我是认得的，让我认一认。"一面说，一面细细端详了半日，道："你们这样人家断没有那贱东西，那容易得的木头，你们也不收着了。我掂着这杯体重，断乎不是杨木，这一定是黄松的。"众人听了，哄堂大笑起来。

只见一个婆子走来请问贾母说："姑娘们都到了藕香榭，请示下，就演罢还是再等一会子？"贾母忙笑道："可是倒忘了他们，就叫他们演罢。"那个婆子答应去了。不一时，只听得箫管悠扬，笙笛并发。正值风清气爽之时，那乐声穿林度水而来，自然使人神怡心旷。作者似曾在座。

宝玉先禁不住，拿起壶来斟了一杯，一口饮尽。复又斟上，才要饮，只见王夫人也要饮，命人换暖酒，宝玉连忙将自己的杯捧了过来，送到王夫人口边。妙极！忽写宝玉如此，便是天地间母子之至情至性，献芹之民之意，令人酸鼻。王夫人便就他手内吃了两口。一时暖酒来了，宝玉仍归旧坐，王夫人提了暖壶下席来，众人皆都出了席，薛姨妈也立起来。贾母忙命李、凤二人接过壶来："让你姨妈坐了，大家才便。"王夫人见如此说，方将壶递与凤姐，自己归坐。贾母笑道："大家吃上两杯，今日着实有趣。"说着擎杯让薛姨妈，又向湘云、宝钗道："你姐妹两个也吃一杯。你林妹妹虽不大会吃，也别饶他。"说着自己已干了。湘云、宝钗、黛玉也都干了。当下刘姥姥听见这般音乐，且又有了酒，越发喜的手舞足蹈起来。宝玉因下席过来向黛玉笑道："你瞧刘姥姥的样子。"黛玉笑道："当日圣乐一奏，百兽率舞，如今才一牛耳。"随笔写来，趣极。众姐妹都笑了。须臾乐止，薛姨妈出席笑道："大家的酒想也都有了，且出去散散再坐罢。"

贾母也正要散散，于是大家出席，都随着贾母游玩。贾母因要带着刘姥姥散闷，遂携了刘姥姥至山前树下盘桓了半晌，又说与他这是什么树，这是什么石，这是什么花。刘姥姥一一的领会，又向贾母道："谁知城里不但人尊贵，连雀儿也是尊贵的。偏这雀儿到了你们这里，他也变俊了，也会说话了。"众人不解，因问什么雀儿变俊了，会讲话。刘姥姥道："那廊下金架子上站的绿毛红嘴的是鹦哥儿，我是认得的。那笼子里黑老鸹子，怎么又长出凤头来，也会说话呢。”众人听了又都笑将起来。

一时只见丫鬟们来请用点心。贾母道：“吃了两杯酒，倒也不饿。也罢，就拿了这里来，大家随便吃些罢。”丫鬟便去抬了两张几来，又端了两个小捧盒。揭开看时，每个盒内两样：这盒内一样是藕粉桂糖糕，一样是松穰鹅油卷；那盒内一样是一寸来大的小饺儿。贾母因问什么馅儿，婆子们忙回：“是螃蟹的。”贾母听了，皱眉道：“这油腻腻的，谁吃这个！”那一样是奶油炸的各色小面果，也不喜欢。因让薛姨妈吃，薛姨妈只拣了一块糕，贾母拣了一个卷子，只尝了一尝，剩的半个递与丫鬟了。

刘姥姥因见那小面果子都玲珑剔透，便拣了一朵牡丹花样的笑道：“我们乡里最巧的姐儿们，也不能铰出这么个纸的来。我又爱吃，又舍不得吃，世上竟有这样人。包些家去给他们做花样子去倒好。”众人都笑了。贾母道：“家去，我送你一坛子，你先趁热吃这个罢。”别人不过拣各人爱吃的一两点就罢了。刘姥姥原不曾吃过这些东西，且都作的小巧，不显盘堆的，他和板儿每样吃了些，就去了半盘子。剩的，凤姐又命攒了两盘并一个攒盒，与文官等吃去。

忽见奶子抱了大姐儿来，大家哄他顽了一会。那大姐儿因抱着一个大柚子顽的，忽见板儿抱着一个佛手，便也要佛手。小儿常情，遂成千里伏线。丫鬟哄他取去，大姐儿等不得，便哭了。众人忙把柚子与了板儿，伏线千里。将板儿的佛手哄过来与他才罢。那板儿因顽了半日佛手，此刻又两手抓着些果子吃，又忽见这柚子又香又圆，更觉好顽，且当球踢着顽去，也就不要佛手了。柚子，即今香团之属也，应与“缘”通。佛手者，正指迷津者也。以小儿之戏，暗透前后通部脉络，隐隐约约，毫无一丝漏泄。岂独为刘姥姥之俚言博笑而有此一大回文字哉？

当下贾母等吃过茶，又带了刘姥姥至栊翠庵来。妙玉忙接了进去。至院中见花木繁盛，贾母笑道："到底是他们修行的人，没事常常修理，比别处越发好看。"一面说，一面便往东禅堂来。妙玉笑往里让，贾母道："我们才都吃了酒肉，你这里头有菩萨，冲了罪过，我们在这里坐坐。把你的好茶拿来，我们吃一杯就去了。"妙玉听了，忙去烹了茶来。宝玉留神看他是怎么行事。只见妙玉亲自捧了一个海棠花式雕漆填金云龙献寿的小茶盘，里面放一个成窑五彩小盖钟，捧与贾母。贾母道："我不吃六安茶。"妙玉笑说："知道，这是老君眉。"贾母接了，又问是什么水。妙玉笑回："是旧年蠲的雨水。"贾母便吃了半盏，便笑着递与刘姥姥说："你尝尝这个茶。"刘姥姥便一口吃尽，笑道："好是好，就只淡些，再熬浓些更好了。"贾母众人都笑起来。然后众人都是一色官窑脱胎填白盖碗。

那妙玉便把宝钗与黛玉的衣襟一拉，二人随他出去，宝玉悄悄的随后跟了来。只见妙玉让他二人在耳房内，宝钗坐在榻上，黛玉便坐在妙玉的蒲团上，妙玉自向风炉上扇滚了水，另泡了一壶茶。宝玉便走了进来，笑道："偏你们吃梯己茶呢！"二人都笑道："你又赶了来餮茶吃。这里并没你的。"妙玉刚要去取杯，只见道婆收了上面的茶盏来。妙玉忙命："将那成窑的茶杯别收了，搁在外头去罢。"宝玉会意，知为刘姥姥吃了，他嫌脏不要了。

又见妙玉另拿出两只杯来。一个旁边有一耳，杯上镌着"𤫩瓟斝"三个隶字，后有一行小真字是"晋王恺珍玩"，又有"宋元丰五年四月眉山苏轼见于秘府"一行小字。妙玉便斟了一斝，递与宝钗。那一只形似钵而小，也有三个垂珠篆字，镌着“杏犀𤫩”。妙玉斟了一𤫩与黛玉。仍将前番自己常日吃茶的那只绿玉斗来斟与宝玉。宝玉笑道：“常言‘世法平等’，他两个就用那样古玩奇珍，我就是个俗器了。”妙玉道：“这是俗器？不是我说狂话，只怕你家里未必找的出这么一个俗器来呢。”宝玉笑道：“俗说，‘随乡入乡’，到了你这里，自然把那金玉珠宝一概贬为俗器了。”妙玉听如此说，十分欢喜，遂又寻出一只九曲十环一百二十节蟠虬整雕竹根的一个大𥫗出来，笑道：“就剩了这一个，你可吃的了这一海？”宝玉喜的忙道：“吃的了！”妙玉笑道：“你虽吃的了，也没这些茶糟蹋。茶下“糟蹋”二字，成窑杯已不屑再要。妙玉真清洁高雅，然亦怪谲孤僻甚矣。实有此等人物，但罕耳。岂不闻‘一杯为品，二杯即是解渴的蠢物，三杯便是饮牛饮骡’了。你吃这一海便成什么！”说的宝钗、黛玉、宝玉都笑了。妙玉执壶，只向海内斟了约有一杯，宝玉细细吃了，果觉轻浮无比，赏赞不绝。妙玉正色道：“你这遭吃的茶是托他两个福，独你来了，我是不给你吃的。”宝玉笑道：“我深知道的，我也不领你的情，只谢他二人便是了。”妙玉听了方说：“这话明白。”

黛玉因问：“这也是旧年的雨水？”妙玉冷笑道：“你这么个人，竟是大俗人，连水也尝不出来。这是五年前我在玄墓蟠香寺住着，收的梅花上的雪，共得了那一鬼脸青的花瓮一瓮。总舍不得吃，妙手，层层叠起，竟能以他人所画之天王作众神矣。埋在地下，今年夏天才开了。我只吃过一回，这是第二回了，你怎么尝不出来？隔年蠲的雨水，那有这样轻浮，如何吃得？”黛玉知他天性怪僻，不好多话，亦不好多坐，吃完茶，便约着宝钗走了出来。

宝玉和妙玉陪笑道："那茶杯虽然脏了，白撂了岂不可惜！依我说，不如就给那贫婆子罢，他卖了也可以度日。你道可使得？"妙玉听了，想了一想，点头说道："这也罢了。幸而那杯子是我没吃过的，若我使过，我就砸碎了也不能给他，更奇，世上我也见过此等人。你要给他，我也不管你，只交给你，快拿了去罢。"宝玉笑道："自然如此，你那里和他说话授受去，人若忘形，最喜此等言语。越发连你也脏了。只交与我就是了。"妙玉便命人拿来，递与宝玉。宝玉接了，又道："等我们出去了，我叫几个小幺儿来河里打几桶水来洗地如何？"妙玉笑道："这更好了，只是你嘱咐他们，抬了水只搁在山门外头墙根下，别进门来。"偏于无可写处，深入一层。宝玉道："这是自然的。"说着，便袖着那杯，递与贾母房中小丫头拿着，说："明日刘姥姥家去，给他带去罢。"交代明白，贾母已经出来要回去。妙玉亦不甚留，送出山门，回身便将门闭了。不在话下。

且说贾母因觉身上乏倦，便命王夫人和迎春姊妹陪了薛姨妈去吃酒，自己便往稻香村来歇息。凤姐忙命人将小竹椅抬来，贾母坐上，两个婆子抬起，凤姐、李纨和众丫鬟婆子围随去了，不在话下。

这里薛姨妈也就辞出。王夫人打发文官等出去，将攒盒散与众丫鬟们吃去，自己便也乘空歇着，随便歪在方才贾母坐的榻上，命一个小丫头放下帘子来，又命他捶着腿，吩咐他："老太太那里有信，你就叫我。"说着也歪着睡着了。

宝玉、湘云等看着丫鬟们将攒盒搁在山石上，也有坐在山石上的，也有坐在草地下的，也有靠着树的，也有傍着水的，倒也十分热闹。一时又见鸳鸯来了，要带着刘姥姥各处去逛，又另是一番气象。众人也都赶着取笑。

一时来至“省亲别墅”的牌坊底下，刘姥姥道：“嗳哟，这里还有个大庙呢！”说着，便爬下磕头，众人笑弯了腰。刘姥姥道：“笑什么？这牌楼上的字我都认得。我们那里这样的庙宇最多，都是这样的牌坊，那字就是庙的名字。”众人笑道：“你认得这是什么庙？”刘姥姥便抬头指那字道：“这不是‘玉皇宝殿’四字？”众人笑的拍手打脚，还要拿他取笑。刘姥姥觉得腹内一阵乱响，忙的拉着一个小丫头，要了两张纸就解衣。众人又是笑，又忙喝他：“这里使不得！”忙命一个婆子带了东北上去了。那婆子指与地方，便乐得走开去歇息。

那刘姥姥因喝了些酒，他的脾气不与黄酒相宜，且吃了许多油腻饮食，发渴多喝了几碗茶，不免通泻起来，蹲了半日方完。及出厕来，酒被风禁，且年迈之人，蹲了半天，忽一起身，只觉眼花头眩，辨不出路径。四顾一望，皆是树木山石、楼台房舍，却不知那一处是往那里去的了。只得认着一条石子路慢慢的走去。及至到了房舍跟前，又找不着门，再找了半日，忽见一带竹篱，刘姥姥心中自忖道：“这里也有扁豆架子。”一面想，一面顺着花障走了来。得了一个月洞门进去，只见迎面忽有一带水池，只有七八尺宽，石头砌岸，里面碧浏清水借刘姥姥醉中，写境中景。流往那边去了。上面有一块白石横架在上面，刘姥姥便度石过去，顺着石子甬路走去。转了两个弯子，只见有一房门，于是进了房门。只见迎面一个女孩儿，满脸是笑迎了出来，刘姥姥忙笑道：“姑娘们把我丢下来了，要我碰头碰到这里来。”说了，只觉那女孩儿不答。刘姥姥便赶来拉他的手。"咕咚"一声便撞到板壁上，把头碰的生疼。细瞧了一瞧，原来是一幅画儿。刘姥姥自忖道："原来画儿有这样活凸出来的。"一面想，一面看，一面又用手摸去，却是一色平的，点头叹了两声。一转身方得了一个小门，门上挂着葱绿撒花软帘。

刘姥姥掀帘进去，抬头一看，只见四面墙壁玲珑剔透，琴剑瓶炉皆贴在墙上，锦笼纱罩，金彩珠光，连地下踩的砖，皆是碧绿凿花，竟越发把眼花了。找门出去，那里有门？左一架书，右一架屏。刚从屏后得了一门转去，只见他亲家母也从外面迎了进来。刘姥姥诧异，忙问道："你想是见我这几日没家去，亏你找我来。那一位姑娘带你进来的？"他亲家只是笑，不还言。刘姥姥笑道："你好没见世面，见这园里的花好，你就没死活带了一头。"他亲家也不答。便心下忽然想起来，说："我常听大富贵人家有一种穿衣镜，这别是我在镜子里头呢罢。"想毕，伸手一摸，再细一看，可不是，四面雕空紫檀板壁将镜子嵌在中间。因说："这已经拦住，如何走出去呢？"一面说，一面只管用手摸，这镜子原是西洋机括，可以开合，不意刘姥姥乱摸之间，其力巧合，便撞开消息，掩过镜子，露出门来，刘姥姥又惊又喜，迈步出来。忽见有一副最精致的床帐。他此时又带了七八分醉，又走乏了，便一屁股坐在床上，只说歇歇，不承望身不由己，前仰后合的，朦胧着两眼，一歪身就睡熟在床上。

且说众人等他不见，板儿见没了他姥姥，急的哭了。众人都笑道："别是掉在茅厕里了？快叫人去瞧瞧。"因命两个婆子去找，回来说没有。众人各处搜寻不见。袭人掇其道路："是他醉了迷了路，顺着这一条路往我们后院子里去了。若进了花障子，到后房门进去，虽然碰头，还有小丫头们知道；若不进花障子，再往西南上去，若绕出去还好，若绕不出去，可够他绕回子好的。我且瞧瞧去。”一面想，一面回来，进了怡红院便叫人，谁知那几个房子里小丫头已偷空顽去了。

袭人一直进了房门，转过集锦槅子，就听的鼾齁如雷，忙进来，只闻见酒屁臭气。满屋一瞧，只见刘姥姥扎手舞脚的仰卧在床上。袭人这一惊不小，慌忙赶上来，将他没死活的推醒。那刘姥姥惊醒，睁眼见了袭人，连忙爬起来道：“姑娘，我失错了，并没弄脏了床帐。”一面说，一面用手去掸。袭人恐惊动了人，被宝玉知道了，只向他摇手，不叫他说话。忙将鼎内贮了三四把百合香，仍用罩子罩上。些须收拾收拾，所喜不曾呕吐，忙悄悄的笑道：“不相干，有我呢。这方是袭人的平素，笔至此不得不屈，再增支派则累矣。你随我出来。”刘姥姥跟了袭人出至小丫头们房中。命他坐了，向他说道：“你只说你醉倒在山子石上打了个盹儿。”刘姥姥答应“知道”。又与他两碗茶吃，方觉酒醒了，因问道：“这是那个小姐的绣房，这样精致？我就像到了天宫里的一样。”袭人微微笑道：“这个么，是宝二爷的卧室。”那刘姥姥吓的不敢作声。袭人带他从前面出去，见了众人，只说他在草地下睡着了，带了他来的。众人都不理会，也就罢了。

一时贾母醒了，就在稻香村摆晚饭，贾母因觉懒懒的，也不吃饭，便坐了竹椅小敞轿，回至房中歇息，命凤姐儿等去吃饭。他姊妹们方复进园来。要知端的——

刘姥姥之憨从利，妙玉尼之怪图名，宝玉之奇，黛玉之妖，亦自敛迹。是何等画工，能将他人之天王，作我卫护之神祇。文技至此，可为至矣！

第四十二回

蘅芜君兰言解疑癖　潇湘子雅谑补余香

钗、玉名虽二个，人却一身，此幻笔也。今书至三十八回时，已过三分之一有余，故写是回，使二人合而为一。请看黛玉逝后宝钗之文字，便知余言不谬矣。

谁说诗书解误人，豪华相尚失天真。见得古人原立意，不正心身总莫论。

话说他姊妹复进园来，吃过饭，大家散出，都无别话。

且说刘姥姥带着板儿，先来见凤姐儿，说："明日一早定要家去了。虽住了两三天，日子却不多，把古往今来没见过的，没吃过的，没听见过的，都经验了。难得老太太和姑奶奶并那些小姐们，连各房里的姑娘们，都这样怜贫惜老照看我，我这一回去后没别的报答，惟有请些高香天天给你们念佛，保佑你们长命百岁的，就算我的心了。"

凤姐儿笑道："你别喜欢。都是为你，老太太也被风吹病了，睡着说不好过；我们大姐儿也着了凉，在那里发热呢。"刘姥姥听了，忙叹道："老太太有年纪的人，不惯十分劳乏的。"凤姐儿道：

"从来没像昨儿高兴。往常也进园子逛去，不过到一二处坐坐就来了。昨儿因为你在这里，要叫你逛逛，一个园子倒走了多半个。大姐儿因为找我去，太太递了一块糕给他，谁知风地里吃了，就发起热来。"

刘姥姥道："小姐儿只怕不大进园子，生地方儿，小人儿家原不该去。比不得我们的孩子，会走了，那个坟圈子里不跑去。一则风扑了也是有的；二则只怕他身上干净，眼睛又净，或是遇见什么神了。依我说，给他瞧瞧祟书本子，仔细撞客着了。"一语提醒了凤姐儿，便叫平儿拿出《玉匣记》，叫彩明念。彩明翻了一回念道："八月二十五日，病者在东南方得遇花神。用五色纸钱四十张，向东南方四十步送之，大吉。"凤姐儿笑道："果然不错，园子里头可不是花神。只怕老太太也是遇见了。"一面命人请两分纸钱来。着两个人来，一个与贾母送祟，一个与大姐儿送祟。果见大姐儿安稳睡了。岂真送了就安稳哉？盖妇人之心意皆如此。即不送，岂有一夜不睡之理？作者正描愚人之见耳。

凤姐儿笑道："到底是你们有年纪的人经历的多。我这大姐儿时常肯病，也不知是个什么原故。"刘姥姥道："这也有的事。富贵人家养的孩子太娇嫩，自然禁不得一些儿委屈；再他小人儿家，过于尊贵了，也禁不起。以后姑奶奶少疼他些就好了。"凤姐道："这也有理。我想起来，他还没个名字，你就给他起个名字。一则借借你的寿；二则你们是庄家人，不怕你恼，到底贫苦些，你贫苦人起个名字，只怕还压的住他。"一篇愚妇无理之谈，实是世间必有之事。刘姥姥听说，便想了一想，笑道："不知他几时生的？"凤姐儿道："正是生日的日子不大好呢，可巧是七月初七日。"刘姥姥忙笑道：

"这个正好，就叫他巧哥儿。这叫作'以毒攻毒，以火攻火'的法子。姑奶奶定要依我这名字，他必长命百岁。日后大了，各人成家立业，或一时有不遂心的事，作谶语，以影射后文。必然是遇难成祥，逢凶化吉，却从这'巧'字上来。"

凤姐儿听了，自是欢喜，忙道谢，又笑道："只保佑他应了你的话就好了。"伏后文。说着叫平儿来吩咐道："明儿咱们有事，恐怕不得闲儿。你这空儿把送姥姥的东西打点下，他明儿一早就好走的便宜了。"刘姥姥忙说："不敢多破费了。已经遭扰了几日，又拿着走，世俗常态逼真。越发心里不安起来。"凤姐儿道："也没有什么，不过是随常的东西。好也罢，歹也罢，带了去，你们街坊邻舍看着也热闹些，也是上城一次。"只见平儿走来说："姥姥过这边瞧瞧。"

刘姥姥忙跟了平儿到那边屋里，只见堆着半炕东西。平儿一一的拿与他瞧着，说道："这是昨日你要的青纱一匹，奶奶另外送你一个实地子月白纱作里子。这是两个茧绸，作袄儿裙子都好。这包袱里是两匹绸子，年下做件衣裳穿。这是一盒子各样内造点心，也有你吃过的，也有你没吃过的，拿去摆碟子请客，比你们买的强些。这两条口袋是你昨日装瓜果来的，如今这一个里头装了两斗御田粳米，熬粥是难得的；这一条里头是园子里果子和各样干果子。这一包是八两银子，这都是我们奶奶给的。这两包，每包里头五十两，共是一百两，是太太给的，叫你拿去或者作个小本买卖，或者置几亩地，以后再别求亲靠友的。"说着又悄悄笑道："这两件袄儿和两条裙子，还有四块包头，一包绒线，可是我送姥姥的。衣裳虽是旧的，我也没大狠穿，你要弃嫌我就不敢说了。”

平儿说一样，刘姥姥就念一句佛，已经念了几千声佛了。又见平儿也送他这些东西，又如此谦逊，忙念佛道：“姑娘说那里话？这样好东西我还弃嫌，我便有银子也没处去买这样的呢。只是我怪臊的，收了又不好，不收又辜负了姑娘的心。”平儿笑道：“休说外道话，咱们都是自己，我才这样。你放心收了罢，我还和你要东西呢。到年下，你只把你们晒的那个灰条菜干子和豇豆、扁豆、茄子、葫芦条儿各样干菜带些来，我们这里上上下下都爱吃。这些个就算了，别的一概不要，别枉费了心。”刘姥姥千恩万谢的答应了。平儿道：“你只管睡你的去。我替你收拾妥当了，就放在这里，明儿一早打发小厮们雇辆车装上，不用你费一点心的。”刘姥姥越发感激不尽，过来又千恩万谢的辞了凤姐，过贾母这一边。睡了一夜，次早梳洗了，就要告辞。因贾母欠安，众人都过来请安，出去传请大夫。一时婆子回大夫来了。老妈妈请贾母进幔子去坐，贾母道：“我也老了，那里养不出那阿物儿来，还怕他不成。不要放幔子，就这样瞧罢。”众婆子听了，便拿过一张小桌来，放下一个小枕头，便命人请。

一时只见贾珍、贾琏、贾蓉三个人将王太医领来。王太医不敢走甬路，只走旁阶，跟着贾珍到了阶矶上。早有两个婆子在两边打起帘子。两个婆子在前导引进去，又见宝玉迎了出来。只见贾母穿着青绉绸一斗珠的羊皮褂子，端坐在榻上，两边四个未留头的小丫鬟，都拿着蝇帚漱盂等物，又有五六个老嬷嬷雁翅摆在两旁，碧纱橱后隐隐约约有许多穿红着绿戴宝簪珠的人。王太医便不敢抬头，忙上来请了安。

贾母见他穿着六品服色，便知是御医了，也便含笑问："供奉好？"因问贾珍："这位供奉贵姓？"贾珍等忙回"姓王"。贾母道："当日太医院正堂王君效，好脉息。"王太医忙躬身低头，含笑回说："那是晚晚生家叔祖。"贾母听了笑道："原来这样，也是世交了。"一面说，一面慢慢的伸手放在小枕上。老嬷嬷端着一张小杌，连忙放在小桌前，略偏些。王太医便屈一膝坐下，歪着头诊了半日，又诊了那只手，忙欠身低头退出。贾母笑说："劳动了。珍儿让出去好生看茶。"

贾珍、贾琏等忙答了几个"是"，复领王太医出到外书房中。王太医说："太夫人并无别症，偶感一点风凉，究竟不用吃药，不过略清淡些，暖着一点儿，就好了。如今写个方子在这里，若老人家爱吃便按方煎一剂吃，若懒待吃，也就罢了。"说着吃过茶，写了方子。

刚要告辞，只见奶子抱了大姐儿出来，笑说："王老爷也瞧瞧我们。"王太医听说忙起身，就奶子怀中，左手托着大姐儿的手，右手诊了一诊，又摸了一摸头，又叫伸出舌头来瞧瞧，笑道："我说姐儿又骂我了，只是要清清净净的饿两顿就好了。不必吃煎药，我送丸药来，临睡时用姜汤研开，吃下去就是了。"说毕作辞而去。

贾珍等拿了药方来，回明贾母原故，将药方放在桌上出去，不在话下。这里王夫人和李纨、凤姐儿、宝钗姊妹等见大夫出去，方从橱后出来。王夫人略坐一坐，也回房去了。

刘姥姥见无事，方上来和贾母告辞。贾母说："闲了再来。"又命鸳鸯来："好生打发刘姥姥出去。我身上不好，不能送你。"

刘姥姥道了谢，又作辞，方同鸳鸯出来。

到了下房，鸳鸯指炕上一个包袱说道："这是老太太的几件衣服，都是往年间生日节下众人孝敬的，老太太从不穿人家做的，收着也可惜，写富贵常态，一笔作三五笔用。妙文！却是一次也没穿过的，昨日叫我拿出两套儿送你带去，或是送人，或是自己家里穿罢，别见笑。这盒子里是你要的面果子。这包子里是你前儿说的药：梅花点舌丹也有，紫金锭也有，活络丹也有，催生保命丹也有，每一样是一张方子包着，总包在里头了。这是两个荷包，带着顽罢。"说着便抽系子，掏出两个笔锭如意的锞子来给他瞧，又笑道："荷包你拿去，这个留下给我罢。"刘姥姥已喜出望外，早又念了几千声佛，听鸳鸯如此说，便说道："姑娘只管留下罢。"鸳鸯见他信以为真，仍与他装上，笑道："哄你顽呢，我有好些呢。留着年下给小孩子们罢。"逼真。说着，只见一个小丫头拿了个成窑钟子来递与刘姥姥："这是宝二爷给你的。"刘姥姥道："这是那里说起，我那一世修了来的，今儿这样。"说着便接了过来。鸳鸯道："前儿我叫你洗澡，换的衣裳是我的，你不弃嫌，我还有几件，也送你罢。"刘姥姥又忙道谢。鸳鸯果然又拿出两件来与他包好。刘姥姥又要到园中辞谢宝玉和众姊妹、王夫人等去。鸳鸯道："不用去了。他们这会子也不见人，回来我替你说罢。闲了再来。"又命了一个老婆子，吩咐他："二门上叫两个小厮来，帮着姥姥拿了东西送出去。"婆子答应了，又和刘姥姥到了凤姐儿那边一并拿了东西，在角门上命小厮们搬了出去，直送刘姥姥上车去了。不在话下。

且说宝钗等吃过早饭，又往贾母处问过安，回园至分路之处，宝钗便叫黛玉道："颦儿跟我来，有一句话问你。"黛玉便同了宝钗，来至蘅芜苑中。进了房，宝钗便坐了，笑道："你跪下，我要审你！"严整。黛玉不解何故，因笑道："你瞧宝丫头疯了，审问我什么？"宝钗冷笑道："好个千金小姐！好个不出闺门的女孩儿！满嘴说的都是什么？你只实说便罢。"黛玉不解，只管发笑，心里也不免疑惑起来，口里只说："我何曾说什么？你不过要捏我的错儿罢了。你倒说出来我听听。"宝钗笑道："你还装憨儿。昨儿行酒令你说的是什么？我竟不知那里来的。"何等爱惜！

黛玉一想，方想起来昨儿失于检点，那《牡丹亭》《西厢记》说了两句，不觉红了脸，便上来搂着宝钗，笑道："好姐姐，原是我不知道，随口说的。你教给我，再不说了。"真能受教，尊重之态，娇痴之情，令人爱煞。宝钗笑道："我也不知道。听你说的怪生的，所以请教你。"黛玉道："好姐姐，你别说与别人，我以后再不说了。"

宝钗见他羞得满脸飞红，满口央告，便不肯再往下追问，因拉他坐下吃茶，款款的告诉他道：若无下文，自己何由而知？笔下一丝不露痕迹中补足，存小姐身分，颦儿不得反问。"你当我是谁，我也是个淘气的。从小七八岁上也够个人缠的。我们家也算是个读书人家，祖父手里也爱藏书。先时人口多，姊妹弟兄都在一处，都怕看正经书。弟兄们也有爱诗的，也有爱词的，诸如这些《西厢》《琵琶》，藏书家当留意。以及'元人百种'，无所不有，他们是偷背着我们看，我们却也偷背着他们看。后来大人知道了，打的打，骂的骂，烧的烧，才丢开了。所以咱们女孩儿家不认得字的倒好。男人们读书不明理，尚且不如不读书的好，何况你我？就连作诗写字等事，原不是你我分内之事，究竟也不是男人分内之事。男人们读书明理，辅国治民，这便好了。作者一片苦心，代佛说法，代圣讲道，看书者不可轻忽。只是如今并不听见有这样的人，读了书倒更坏了。这是书误了他，可惜他也把书糟蹋了，所以竟不如耕种买卖，倒没有什么大害处。你我只该做些针黹纺绩的事，终是偏又认得了字，既认得了字，不过拣那正经的看看也罢了，最怕见了些杂书，移了性情，就不可救了。”一席话，说的黛玉垂头吃茶，心下暗伏，只有答应“是”的一字。

忽见素云进来说：结得妙！“我们奶奶请二位姑娘商议要紧的事呢。二姑娘、三姑娘、四姑娘、史大姑娘、宝二爷都在那里等着呢！”宝钗道：“又是什么事？”黛玉道：“咱们到那里就知道了。”说着便和宝钗往稻香村来，果见众人都在那里。

李纨见了他两个，笑道：“社还没起，就有脱滑的了，四丫头要告一年的假呢！”黛玉笑道：“都是老太太昨儿一句话，又叫他画什么园子图儿，惹得他乐得告假了。”探春笑道：“也别要怪老太太，都是刘姥姥一句话。”林黛玉忙笑道：“可是呢，都是他一句话。他是那一门子的姥姥，直叫他是个‘母蝗虫’就是了。”说着大家都笑起来，宝钗笑道：“世上的话，到了凤丫头嘴里也就尽了。幸而凤丫头不认得字，不大通，不过一概是市俗取笑。更有颦儿这促狭嘴，他用‘春秋’的法子，将市俗的粗话，撮其要，删其繁，再加润色比方出来，一句是一句。触目惊心，请自回思。这‘母蝗虫’三字，把昨儿那些形景都现出来了，亏他想的倒也快。”众人听了，都笑道：“你这一注解，也就不在他两个以下。”

李纨道：“我请你们大家商议，给他多少日子的假。我给了他一个月他嫌少，你们怎么说？”黛玉道：“论理一年也不多。这园子盖才盖了一年，如今要画，自然得二年工夫呢。又要研墨，又要蘸笔，又要铺纸，又要着颜色，又要……”刚说到这里，众人知道他是取笑惜春，便都笑问他说：“还要怎样？”黛玉也自己掌不住笑道：“又要照着这样儿慢慢的画，可不得二年的工夫。”众人听了，都拍手笑个不住。宝钗笑道：“‘又要照着这个慢慢的画’，这落后一句最妙。所以昨儿那些笑话儿虽然可笑，回想是没味的。你们细想颦儿这几句话虽是淡的，回想却有滋味。我倒笑的动不得了。”看他刘姥姥笑后复一笑，亦想不到之文也。听宝卿之评，亦千古定论。惜春道：“都是宝姐姐赞的他越发逞强，这会子拿我也取笑儿。”

黛玉忙拉他笑道：“我且问你，还是单画这园子呢，还是连我们众人都画在上头呢？”惜春道：“原说只画这园子的，昨儿老太太又说，单画园子成个房样子了，叫连人都画上，就像‘行乐’似的才好。我又不会这工细楼台，又不会画人物，又不好驳回，正为这个为难呢！”黛玉道：“人物还容易，你草虫上不能。”李纨道：“你又说不通的话了，这个上头那里又用着草虫？或者翎毛倒要点缀一两样。”黛玉笑道：“别的草虫不画罢了，昨儿的‘母蝗虫’不画上，岂不缺了典！”众人听了，又都笑起来。黛玉一面笑的两手捧着胸口，一面说道：“你快画罢，我连题跋都有了，起个名字，就叫作《携蝗大嚼图》。”愈出愈奇。

众人听了，越发哄然大笑，前仰后合。只听“咕咚”一声响，不知什么倒了，急忙看时，原来是湘云伏在椅子背后，那椅子原不曾放稳，被他全身伏着背子大笑，他又不提防，两下里错了劲，向东一歪，连人带椅都歪倒了，幸有板壁挡住，不曾落地。众人一见，越发笑个不住。宝玉忙赶上去扶了起来，方渐渐止了笑。

宝玉和黛玉使个眼色儿，黛玉会意，何等妙，文心故意唐突。便走至里间将镜袱揭起，照了一照，只见两鬓略松了些，忙开了李纨的妆奁，拿出抿子来，对镜抿了，仍旧收拾好了方出来，指着李纨道："这是叫你带着我们作针线呢，你反招我们来大顽大笑的。"李纨笑道："你们听他这刁话。他领着头儿闹，引着人笑了，倒赖我的不是。真真恨的我只保佑明儿你得一个利害婆婆，再得几个千刁万恶的大姑子、小姑子，试试你那会子还这么刁不刁了。"收结转折，处处情趣。

林黛玉早红了脸，拉着宝钗说："咱们放他一年的假罢。"宝钗道："我有一句公道话，你们听听。藕丫头虽会画，不过是几笔写意。如今画这园子，非离了肚子里头有几幅丘壑的才能成画。这园子却是像画儿一般，山石树木，楼阁房屋，远近疏密，也不多，也不少，恰恰的是这样。你只照样儿往纸上一画，是必不能讨好的。这要看纸的地步远近，该多该少，分主分宾，该添的要添，该减的要减，该藏的要藏，该露的要露。这一起了稿子，再端详斟酌，方成一幅图样。第二件，这些楼台房舍，是必要用界划的。一点不留神，栏杆也歪了，柱子也塌了，门窗也倒竖过来，阶矶也离了缝，甚至于桌子挤到墙里头去，花盆放在帘子上来，岂不倒成了一张笑'话'儿了。第三，要插人物，也要有疏密，有高低。衣折裙带，手指足步，最是要紧；一笔不细，不是肿了手就是跏了腿，染脸撕发倒是小事。依我看来竟难的狠。如今一年的假也太多，一个月的假也太少，竟给他半年的假，再派了宝兄弟帮着他。并不是为宝兄弟知道教着他画，那就更误了事；为的是有不知道的，或难安插的，宝兄弟好拿出去问问那会画的相公，就容易了。”

宝玉听了，先喜的说："这话极是。詹子亮的工细楼台就极好，程日兴的美人是绝技，如今就问他们去。”宝钗道："我说你是无事忙，说了一声你就问去。等着商议定了再去。如今且拿什么画？”宝玉道："家里有雪浪纸，又大又托墨。”宝钗冷笑道："我说你不中用，那雪浪纸写字，画写意画儿，或是会山水的画南宗山水，托墨，禁得皴搜。拿了画这个，又不托色，又难滃，画也不好，纸也可惜。我教你一个法子。原先盖这园子，就有一张细致图样，虽是匠人描的，那地步方向是不错的。你和太太要了出来，也比着那纸大小，和凤丫头要一块重绢，叫相公矾了，叫他照着这图样删补着立了稿子，添了人物就是了。就是配这些青绿颜色并泥金泥银，也得他们配去。你们也得另炖上风炉子，预备化胶、出胶、洗笔。还得一张粉油大案，铺上毡子。你们那些碟子也不全，笔也不全，都得从新再置一分才好。”惜春道："我何曾有这些画器？不过随手写字的笔画画罢了。就是颜色，只有赭石、广花、藤黄、胭脂这四样，再有，不过是两支着色笔就完了。”宝钗道："你不该早说。这些东西我却还有，只是你也用不着，给你也白放着。如今我且替你收着，等你用着这个时候我送你些，也只可留着画扇子，若画这大幅的也就可惜了的。今儿替你开个单子，照着单子和老太太要去。你们也未必知道的全，我说着，宝兄弟写。”

宝玉早已预备下笔砚了，原怕记不清白，要写了记着。听宝钗如此说，喜的提起笔来静听，宝钗说道："头号排笔四支，二号排笔四支，三号排笔四支，大染四支，中染四支，小染四支，大南蟹爪十支，小蟹爪十支，须眉十支，大着色二十支，小着色二十支，开面十支，柳条二十支，箭头朱四两，南赭四两，石黄四两，石青四两，石绿四两，管黄四两，广花八两，蛤粉四匣，胭脂十片，大赤飞金二百帖，青金二百帖，广匀胶四两，净矾四两。矾绢的胶矾在外，别管他们，你只把绢交出去叫他们矾去。这些颜色，咱们淘澄飞跌着，又顽了，又使了，包你一辈子都够使了。再要顶细绢箩四个，粗绢箩四个，担笔四支，大小乳钵四个，大粗碗二十个，五寸粗碟十个，三寸粗白碟二十个，风炉两个，沙锅大小四个，新磁罐二口，新水桶四只，一尺长白布口袋四条，浮炭二十斤，柳木炭一斤，三屉木箱一个，实地纱一丈，生姜二两，酱半斤。”黛玉忙道：“铁锅一口，锅铲一个。”宝钗道：“这作什么？”黛玉笑道：“你要生姜和酱这些作料，我替你要铁锅来，好炒颜色吃。”众人都笑起来，宝钗笑道：“你那里知道，那粗色碟子保不住不上火烤，不拿姜汁子和酱预先抹在底子上烤过，一经了火是要炸的。”众人听说，都道：“原来如此。”

黛玉又看了一回单子，笑着拉探春悄悄的道：“你瞧瞧，画个画儿，又要起这些水缸、箱子来了，想必他糊涂了，把他的嫁妆单子也写上了。”探春“嗳”了一声，笑个不住，说道：“宝姐姐，你还不拧他的嘴？你问问他编排你的话。”宝钗笑道：“不用问，狗嘴里还有象牙不成！”一面说，一面走上来，把黛玉按在炕上，便要拧他的脸。黛玉笑着忙央告：“好姐姐，饶了我罢！颦儿年纪小，只知说，不知道轻重。作姐姐的教导我，姐姐不饶我，我还求谁去？”众人不知话内有因，都笑道：“说的好可怜见的，连我们也软了，饶了他罢。”

宝钗原是和他顽，忽听他又拉扯前番说他胡看杂书的话，便不好再和他厮闹，放起他来。黛玉笑道：“到底是姐姐，要是我，再不饶人的。”宝钗笑指他道：“怪不得老太太疼你，众人爱你伶俐，今儿我也怪疼你的了。过来，我替你把头发拢一拢。”黛玉果然转过身来，宝钗用手拢上去。宝玉在旁看着，只觉更好看，不觉后悔不该令他抿上鬓去，也该留着，此时叫他替他抿去。又一点，作者可称“无漏子”。正自胡思，只见宝钗说道：“写完了，明儿回老太太去，若家里有的就罢，若没有的，就拿了些钱去买了来，我帮着你们配。”宝玉忙收了单子。大家又说了一回闲话。至晚饭后又往贾母处来请安。贾母原没有大病，不过是劳乏了，兼着了些凉，温存了一日，又吃了一剂药疏散一疏散，至晚也就好了。不知次日又有何话，且听下回分解。

摹写富贵，至于家人、女子，无不妆点，论诗书、讲画法，皆尽其妙。而其中隐语，惊人教人，不一而足。作者之用心，诚佛菩萨之用心也，读者不可因其浅近而渺忽之。

第四十三回

闲取乐偶攒金庆寿　不了情暂撮土为香

了与不了在心头，迷却原来难自由。如有如无谁解得，相生相灭第传流。

话说王夫人因见贾母那日在大观园不过着了些风寒，不是什么大病，请医生吃了两剂药也就好了，命凤姐来吩咐他预备给贾政带送的东西。正商议着，只见贾母打发人来请，王夫人忙引着凤姐儿过来，王夫人又请问："这会子可又觉大安些？"贾母道："今日可大好了，方才你们送来的野鸡崽子汤，我尝了一尝，倒有味儿，又吃了两块肉，心里很受用。"王夫人笑道："这是凤丫头孝敬老太太的，算他的孝心虔，不枉了素日老太太疼他。"贾母点头笑道："难为他想着，若是还有生的，再炸上两块，咸浸浸的，吃粥有味儿。那汤虽好，就只不对稀饭。"凤姐听了，连忙答应，命人去厨房传话。

这里贾母又向王夫人笑道："我打发人请你来，不为别的。初二是凤丫头的生日，上两年我原早想替他做生日，偏到跟前有大事，就混过去了。今年人又齐全，料着又没事，咱们大家好生乐一日。"贾母犹云："好生乐一日。"可见逐日虽乐，皆还不称心也。所以世人无论贫富，各有愁肠，终不能时时遂心如意。此是至理，非不足语也。王夫人笑道："我也想着呢，既是老太太高兴，何不就商议定了。"贾母笑道："我想往年不拘谁做生日，都是各自送各自的礼，这个也俗了，也觉很生分似的，今儿我出个新法子，又不生分，又可取笑。"王夫人忙道："老太太怎么想着好，就是怎么样行。"贾母笑道："我想着，咱们也学那小家子，大家凑分子，原来请分子是小家的事，近见多少人家红白事一出，且筹算分子之多寡，不知何说。多少尽着这钱去办，你道好顽不好顽？"看他写与宝钗做生日后，又偏写与凤姐做生日。阿凤何人也，岂不为彼之华诞大用一回笔墨哉！只是亏他如何想来，特写于宝钗之后，较姊妹胜而有余。于贾母之前，较诸父母相去不远。一部书中若一个一个只管写过生日，复成何文哉。故起用宝钗，盛用阿凤，终用贾母，各有妙文，各有妙景。余者诸人或一笔不写，或偶因一语带过，或丰或简，其情当理合，不表可知。岂必谆谆死笔，按数而写众人之生日哉！　迥不犯宝钗。王夫人笑道："这个很好，但不知怎么凑法。"贾母听说，益发高兴起来，忙遣人去请薛姨妈、邢夫人等，世家之长上，多犯此等"办寿也要请人"毛病。又叫请姑娘们等并宝玉，那府里珍儿媳妇并赖大家的等有头脸管事的媳妇也都叫了来。

众丫头婆子见贾母十分高兴也都高兴，忙忙的各自分头去请的请，传的传，没顿饭的工夫，老的，少的，上的，下的，乌压压挤了一屋子。只薛姨妈和贾母对坐，邢夫人、王夫人只坐在房门前两张椅子上，宝钗姊妹等五六个人坐在炕上，宝玉坐在贾母怀前，地下满满的站了一地。贾母忙命拿几个小杌子来，给赖大母亲等几个高年有体面的妈妈坐了。贾府风俗，年高伏侍过父母的家人，比年轻的主子还有体面。所以尤氏、凤姐儿等只管地下站着。那赖大的母亲等三四个老妈妈告个罪，都坐在小杌子上了。

贾母笑着把方才的一席话说与众人听了。众人谁不凑这趣儿？再也有和凤姐儿好的，有情愿这样的；有畏惧凤姐儿的，巴不得来奉承的。况且都是拿的出来的，所以一闻此言，都欣然应诺。贾母先道："我出二十两。"薛姨妈笑道："我随着老太太，也是二十两了。"邢夫人、王夫人道："我们不敢和老太太并肩，自然矮一等，每人十六两罢了。"尤氏、李纨也笑道："我们自然又矮一等，每人十二两罢。"贾母忙和李纨道："你寡妇失业的，那里还拉你出这个钱，我替你出了罢。"必如是方妙。凤姐忙笑道："老太太别高兴，且算一算账再揽事。老太太身上已有两分呢，这会子又替大嫂子出十二两，说着高兴，一会子回想又心疼了。过后儿又说'都是为凤丫头花了钱'，使个巧法子，哄着我拿出三四分子来暗里补上，我还做梦呢。"说的众人都笑了。贾母笑道："依你怎么样呢？"又写阿凤一评，更妙！若一笔直下，有何趣哉！凤姐笑道："生日没到，我这会子已经折受的不受用了。我一个钱饶不出，惊动这些人，实在不安，不如大嫂子这一分我替他出了罢。我到了那一日，多吃些东西，就享了福了。"邢夫人等听了，都说"很是"。贾母方允了。

凤姐儿又笑道："我还有一句话呢，我想老祖宗自己二十两，又有林妹妹和宝兄弟的两分子。姨妈自己二十两，又有宝妹妹的一分子，这倒也公道。只是二位太太每位十六两，自己又少，又不替人出，这有些不公道，老祖宗吃了亏了！"贾母听了，忙笑道："倒是我的凤姐儿向着我，这说的很是。要不是你，我叫他们又哄了去了。"凤姐笑道："老祖宗只把他姐儿两个交给两位太太，一位占一个，派多派少，每位替出一分就是了。"贾母忙说："这很公道，就是这样。”赖大的母亲忙站起来笑说道：“这可反了！我替二位太太生气。在那边是儿子媳妇，在这边是内侄女儿，倒不向着婆婆、姑娘，倒向着别人。这儿媳妇成了陌路人，内侄女儿成了个外侄女儿了。”说的贾母与众人都大笑起来。写阿凤全副精神，虽一戏，亦人想不到之文。

赖大之母因又问道：“少奶奶们十二两，我们自然也该矮一等了。”贾母听说，道：“这使不得！你们虽该矮一等，我知道你们这几个都是财主，果位虽低，钱却比他们多，惊魂夺魄，只此一句，所以一部书全是老婆舌头，全是讽刺世事，反面春秋也。所谓“痴子弟正照风月鉴”，若单看了家常老婆舌头，岂非痴子弟乎？你们和他们一例才使得。”众妈妈听了，连忙答应。贾母又道：“姑娘们不过应个景儿，每人照一个月的月例就是了。”又回头叫鸳鸯来：“你们也凑几个人，商议凑了来。”鸳鸯答应着，去不多时带了平儿、袭人、彩霞等，还有几个小丫鬟来。也有二两的，也有一两的。贾母因问平儿：“你难道不替你主子作生日，还入在这里头？”平儿笑道：“我那个私自另外有了，这是官中的，也该出一分。”贾母笑道：“这才是好孩子！”

凤姐又笑道：“上下都全了，还有二位姨奶奶，他出不出，也问一声儿，尽到他们是理，不然，他们只当小看了他们了。”纯写阿凤，以衬后文。贾母听了，忙说：“可是呢，怎么倒忘了他们，只怕他们不得闲儿，叫一个丫头问问去。”说着，早有丫头去了，半日回来说道：“每位也出二两。”贾母喜道：“拿笔砚来算明，共计多少。”尤氏因悄骂凤姐道：“我把你这没足厌的小蹄子！这么些婆婆婶子来凑银子给你过生日，你还不足，又拉上两个苦瓠子作什么！”凤姐也悄笑道：“你少胡说，一会子离了这里，我才和你算账。他们两个为什么苦呢？有了钱也是白填送别人，不如拘来咱们乐。”纯写阿凤，以衬后文，二人形景如见，语言如闻，真描画的到。

说着，早已合算了，共凑了一百五十两有余。贾母道：“一日戏酒用不了。”尤氏道：“既不请客，酒席又不多，两三日的用度都够了。头等，戏不用钱，省在这上头。”贾母道：“凤丫头说那一班好，就传那一班。”凤姐儿道：“咱们家的班子都听熟了，倒是花几个钱，叫一班来听听罢。”贾母道：“这件事我交给珍哥媳妇了，越性叫凤丫头别操一点心，受用一日才算。”所以特受用了，才有琏卿之变，乐极生悲，自然之理。尤氏答应着。又说了一回话，都知贾母乏了，才渐渐的都散出来。

尤氏等送邢夫人、王夫人二人散去，便往凤姐房里来，商议怎么办生日的话。凤姐儿道：“你不用问我，你只看老太太的眼色行事就完了。”尤氏笑道：“你这阿物儿，也忒行了大运了，我当有什么事叫我们去，原来单为这个，出了钱不算，还要我来操心。你怎么谢我？”凤姐笑道：“你别扯臊，我又没叫你来，谢你什么？你怕操心？你这会子就回老太太去，再派一个就是了。”尤氏笑道：“你瞧他兴的这样儿！我劝你收着些儿好，太满了就泼出来了。”二人又说了一回方散。

次日将银子送到宁国府来，尤氏方才起来梳洗，因问是谁送过来的，丫鬟们回说：“是林大娘。”尤氏便命叫了他来。丫鬟走至下房，叫了林之孝家的过来。尤氏命他脚踏上坐了，一面忙着梳洗，一面问他：“这一包银子共多少？”林之孝家的回说：“这是我们底下人的银子，凑了先送过来，老太太和太太们的还没有呢。”正说着，丫鬟们回说：“那府里太太和姨太太打发人送分子来了。”尤氏笑骂道：“小蹄子们，专会记得这些没要紧的话，昨儿不过老太太一时高兴，故意的要学那小家子凑分子，你们就记得，到了你们嘴里当正经的说。世家风调。还不快接了进来好生待茶，再打发他们去。”丫鬟应着，忙接了进来。一共两封，连宝钗、黛玉的都有了。尤氏问还少谁的，林之孝家的道：“还少老太太、太太、姑娘们的和底下姑娘们的。”尤氏道：“还有你们大奶奶的呢？”林之孝家的道：“奶奶过去，这银子都从二奶奶手里发，伏线。一共都有了。”

说着，尤氏已梳洗了，命人伺候车辆，一时来至荣府，先来见凤姐。只见凤姐已将银子封好，正要送去。尤氏问：“都齐了？”凤姐儿笑道：“笑”字就有神情。“都有了，快拿了去罢，丢了我不管。”斗起。尤氏笑道：“我有些信不及，倒要当面点一点。”说着果然按数一点，只没有李纨的一分。点明题面。尤氏笑道：“我说你肏鬼呢，怎么你大嫂子的没有？”凤姐儿笑道：“那么些还不够使？短一分儿也罢了，等不够了我再给你。”可见阿凤处处心机。尤氏道：“昨儿你在人跟前作人，今儿又来和我赖，这个断不依你，我只和老太太要去。”凤姐儿笑道：“我看你利害，明儿有了事，我也丁是丁卯是卯的，你也别抱怨。”尤氏笑道：“你一般的也怕。不看你素日孝敬我，我才是不依你呢！”处处是世情作趣，处处是随笔埋伏。说着，把平儿的一分拿了出来，说道：“平儿，来！把你的收起去，等不够了，我替你添上。”平儿会意，因说道：“奶奶先使着，若剩下了再赏我一样。”尤氏笑道：“只许你那主子作弊，请看。就不许我作情儿？”平儿只得收了。尤氏又道：“我看着你主子这么细致，弄这些钱那里使去，使不了明儿带了棺材里使去。”此言不假，伏下后文短命，尤氏亦能干事矣。惜不能劝夫治家，惜哉，痛哉！

一面说着，一面又往贾母处来。先请了安，大概说了两句话，便走到鸳鸯房中，和鸳鸯商议，只听鸳鸯的主意行事，何以讨贾母的喜欢。二人计议妥当。尤氏临走时，也把鸳鸯的二两银子还他，请看世情，可笑，可笑。说：“这还使不了呢！”说着，一径出来，又至王夫人跟前说了一回话。因王夫人进了佛堂，把彩云的一分也还了他。见凤姐不在跟前，一时把周、赵二人的也还了。另是一番作用。他两个还不敢收。阿凤声势亦甚矣。尤氏道：“你们可怜见的，那里有这些闲钱？凤丫头便知道了，有我应着呢！”二人听说，千恩万谢的方收了。尤氏亦可谓有才矣。论有德比阿凤高十倍，惜乎不能谏夫治家，所谓“人各有当”也。此方是至理至情。最恨近之野史中，恶则无往不恶，美则无一不美，何不近情理之如是耶？

展眼已是九月初二日，园中人都打听得尤氏办得十分热闹，剩笔。且影射能事不独熙凤。不但有戏，连耍百戏并说书的男女先儿全有，都打点取乐顽耍。李纨又向众姊妹道：“今日是正经社日，可别忘了。看书者已忘，批书者亦已忘了，作者竟未忘。忽写此事，真忙中愈忙，紧处愈紧也。宝玉也不来，想必他只图热闹，把清雅就丢开了。”此独宝玉乎，亦骂世人。余亦为宝玉忘了，不然何不来耶？说着，便命丫鬟去瞧作什么呢，快请了来。丫鬟去了半日，回说：“花大姐姐说，今儿一早就出门去了。”奇文。众人听了，都诧异说：“再没有出门之理。这丫头糊涂，不知说话。”因又命翠墨去。

一时翠墨回来说：“可不真出了门了。说有个朋友死了，出去探丧去了。”奇文，信有之乎？花团锦簇之日，偏如此写法。探春道：“断然没有的事。凭他什么，再没有今日出门之理！你叫袭人来，我问他。”刚说着，只见袭人走来。李纨等都说道：“今儿凭他有什么事，也不该出门。头一件，你二奶奶的生日，因行文不肯平，下一反笔，则文语并奇，好看煞人。老太太都这等高兴，两府里上下众人来凑热闹，他倒走了；第二件，又是头一社的正日子，他也不告假，就私自去了。”袭人叹道：“昨儿晚上就说了，今儿一早起有要紧的事，到北静王府里去，就赶回来的。劝他不要去，他必不依。今儿一早起来，又要素衣裳穿，想必是北静王府里的要紧姬妾没了，也未可知。”李纨等道：“若果为此，也该去走走，只是也该回来了。”说着，大家又商议：“咱们只管作诗，等他回来罚他。”刚说着，只见贾母已打发人来请，便都往前头来了。袭人回明宝玉的事，贾母不乐，便命人去接。

原来宝玉心里有件私事，于头一日就吩咐茗烟：“明日一早要出门，备下两匹马，在后门口等着，不要别一个跟着。说给李贵，我往北府里去了。倘或要有人找我，叫他拦住不用找，只说北府里留下了，横竖就来的。”茗烟也摸不着头脑，只得依言说了。今儿一早，果然备了两匹马，在园后门等着。天亮了，只见宝玉遍体纯素，从角门出来，一语不发，跨上马，一弯腰，顺着街就颠下去了。茗烟也只得跨马加鞭赶上，在后面忙问：“往那里去？”宝玉道：“这条路是往那里去的？”茗烟道：“这是出北门的大道，出去了冷清清，没有可顽的。”宝玉听说，点头道：“正要冷清清的地方好。”说着，越性加了鞭，那马早已转了两个弯子，出了城门。茗烟越发不得主意，只得紧跟着。

一气跑了七八里路出来，人烟渐渐稀少，宝玉方勒住马，回头问茗烟道："这里可有卖香的？"茗烟道："香倒有，不知是那一样？"宝玉想道："别的香不好，须得檀、芸、降三样。"茗烟笑道："这三样可难得。"宝玉为难。茗烟见他为难，因问道："要香作什么使？我见二爷时常小荷包有散香，何不找一找？"一句提醒了宝玉，便回手从衣襟上拉出一个荷包来，摸了一摸，竟有两星沉速，心内欢喜，道："只是不恭些。"再想自己亲身带的，倒比买的又好些。于是又问炉炭。茗烟道："这可罢了，荒郊野外那里有？用这些何不早说，带了来岂不便宜。"宝玉道："糊涂东西，若可带了来，又不这样没命的跑了。"奇奇怪怪，不知为何？看他下文怎样。

茗烟想了半日，笑道："我得了个主意，不知二爷心下如何？我想二爷不止用这个呢，只怕还要用别的。这也不是事。如今我们往前再走二里地，就是水仙庵了。"宝玉听了忙问："水仙庵就在这里？更好了！我们就去。"说着，就加鞭前行，一面回头向茗烟道："这水仙庵的姑子长往咱们家去，咱们这一去到那里，和他借香炉使使，他自然是肯的。"茗烟道："别说他是咱们家的香火，就是平白不认识的庙里，和他借，他也不敢驳回。只是一件，我常见二爷最厌这水仙庵的，如何今儿又这样喜欢了？"宝玉道："我素日因恨俗人不知原故，混供神，混盖庙，这都是当日有钱的老公们和那些有钱的愚妇们听见有个神，就盖起庙来供着，也不知那神是何人，因听些野史小说，便信真了。近闻刚丙庙，又有三教庵，以如来为尊，太上为次，先师为末，真杀有余辜。所谓此书救世之溺，不假。比如这水仙庵里面因供的是洛神，故名水仙庵。殊不知古来并没有个洛神，那原是曹子建的谎话，谁知这起愚人就塑了像供着。今儿却合我的心事，故借他一用。"

说着早已来至门前。那老姑子见宝玉来了，事出意外，就像天上掉下个活龙来的一般，忙上来问好，命老道来接马。宝玉进去，也不拜洛神之像，却只管赏鉴。虽是泥塑的，却真有“翩若惊鸿，婉若游龙”之态，“荷出绿波，日映朝霞”之姿。妙极。用《洛神赋》赞洛神，本地风光，愈觉新奇。宝玉不觉滴下泪来。老姑子献了茶。宝玉因和他借香炉。那姑子去了半日，连香供纸马都预备了来。宝玉道：“一概不用。”说着，便命茗烟捧着炉出至后院中，拣一块干净地方儿，竟拣不出来。茗烟道：“那井台上如何？”宝玉点头，一齐来至井台上，将炉放下。妙极之文！宝玉心中拣定是井台上了，故意使茗烟说出，使彼不犯疑猜矣。宝玉亦有欺人之才，盖不用耳。

茗烟站过一旁。宝玉掏出香来焚上，含泪施了半礼，奇文！云“只施半礼”，终不知为何事也。回身命收了去。茗烟答应着，且不收，忙爬下磕了几个头，口内祝道：“我茗烟跟随二爷这几年，二爷的心事，我没有不知道的，只有今儿这一祭祀，没有告诉我，我也不敢问。只是这受祭的阴魂，虽不知名姓，想来自然是那人间有一、天上无双，极聪明、极俊雅的一位姐姐妹妹了。二爷心事不能出口，让我代祝：若芳魂有感，香魄多情，虽然阴阳间隔，既是知己之间，时常来望候二爷，未尝不可。你在阴间保佑二爷来生也变个女孩儿，和你们一处相伴，再不可又托生这须眉浊物了。”说毕，又磕几个头，才爬起来。忽插入茗烟一篇流言，粗看则小儿戏语，亦甚无味，细玩则大有深意。试思宝玉之为人，岂不应有一极伶俐乖巧小童哉？此一祝，亦如《西厢记》中双文降香，第三炷则不语，红娘则代祝数语，直将双文心事道破。此处若写宝玉一祝，则成何文字？若不祝，直成一哑谜，如何散场？故写茗烟一戏，直戏入宝玉心中，又发出前文，又可收后文，又写茗烟素日之乖觉可人，且衬出宝玉直似一个守礼待嫁的女儿一般，其素日脂香粉气，不待写而全现出矣。今看此回，直欲将宝玉当作一个极轻俊羞怯的女儿看，茗烟则极乖觉可人之丫鬟也。

宝玉听他没说完，便掌不住笑了。方一笑，盖原可发笑。且说的合心，愈见可笑也。因踢他道："休胡说，看人听见笑话。"也知人笑，更奇。

茗烟起来收过香炉，和宝玉走着，因道："我已经和姑子说了，二爷还没用饭，叫他随便收拾了些东西，二爷勉强吃些。我知道今儿咱们里头大排筵宴，热闹非常，二爷为此才躲了出来的。横竖在这里清净一天，也就尽到礼了。若不吃些东西，断使不得。"宝玉道："戏酒既不吃，这随便素的吃些何妨。"茗烟道："这便才是！还有一说，咱们来了，还有人不放心，若没有人不放心，便晚了进城何妨？若有人不放心，二爷须得进城回家去才是！第一老太太、太太也放了心，第二礼也尽了，不过如此。就是家去了看戏吃酒，也并不是二爷有意，原不过陪着父母尽孝道。二爷若单为这个，不顾老太太、太太悬心，就是方才受祭的阴魂也不安生。二爷想我这话如何？"宝玉笑道："你的意思我猜着了，你想着只你一个跟了我出来，回来你怕担不是，所以拿这大题目来劝我。亦知这个大，妙极！我才来了，不过为尽个礼，再去吃酒看戏，并没说一日不进城。这已完了心愿，赶着进城，大家放心，岂不两尽其道！"这是大通的意见，世人不及的去处。茗烟道："这更好了！"说着，二人来至禅堂，果然那姑子收拾了一桌素菜。宝玉胡乱吃了些，茗烟也吃了。

二人便上马仍回旧路，茗烟在后面只嘱咐："二爷好生骑着，这马总没大骑的，手里提紧着。"看他偏不写凤姐那样热闹，却写这般清冷，真世人意料不到这一篇文字也。

一面说着，早已进了城，仍从后门进去，忙忙来至怡红院中。袭人等都不在房里，只有几个老婆子看屋子，见他来了，都喜的眉开眼笑，说："阿弥陀佛，可来了！把花姑娘急疯了。上头正坐席呢，二爷快去罢！"宝玉听说，忙将素服脱了，自去寻了华服换上，问在什么地方坐席。老婆子回说在新盖的大花厅上。

宝玉听说，一径往花厅来，耳内早已隐隐闻得歌管之声，刚至穿堂那边，只见玉钏儿独坐在廊檐下垂泪，总是千奇百怪的文字。一见他来，便收泪说道："凤凰来了，快进去罢！再一会子不来，都反了。"是平常言语，却是无限文章，无限情理，看至后文，再细思此言，则可知矣。宝玉陪笑道："你猜我往那里去了？"玉钏儿不答，只管擦泪。无限情理。宝玉忙进厅里，见了贾母、王夫人等，众人真如得了凤凰一般。

宝玉忙赶着与凤姐儿行礼。贾母、王夫人都说他不知道好歹，"怎么也不说声，就私自跑了，这还了得！明儿再这样，等老爷回家来，必告诉他打你。"说着又骂跟的小厮们偏都听他的话，说那里去就去，也不回一声儿。一面又问他到底那里去了，可吃了什么，可唬着了。奇文，毕肖。宝玉只回说："北静王的一个爱妾昨日没了，给他道恼去，他哭的那样，不好撇下就回来，所以多等了一会子。"贾母道："以后再私自出门，不先告诉我们，一定叫你老子打你。"宝玉答应着。因又要打跟的小子们，众人又忙说情，又劝道："老太太也不必过虑了，他已经回来，大家该放心乐一回了。"贾母先不放心，自然发狠，如今见他来了，喜且有余，那里还恨，也就不提了。还怕他不受用，或者别处没吃饱，路上着了惊怕，反百般的哄他。袭人早过来服侍。大家仍旧看戏。当日演的是《荆钗记》，贾母、薛姨妈等都看的心酸落泪，也有叹的，也有骂的。要知端的，下回分解。

攒金办寿家常乐，素服焚香无限情。

写办事不独熙凤，写多情不漏亡人，情之所钟，必让若辈。此所谓“情情”者也。

第四十四回

变生不测凤姐泼醋　喜出望外平儿理妆

云雨谁家院，飘来花自奇。莺莺燕燕斗芳菲，枝枝因风滴玉露，正春时。

话说众人看演《荆钗记》，宝玉和姐妹一处坐着，林黛玉因看到《男祭》这一出上，便和宝钗说道："这王十朋也不通的很，不管在那里祭一祭罢了，必定跑到江边子上来作什么。俗语说'睹物思人'，天下的水总归一源，不拘那里的水舀一碗看着哭去，也就尽情了。"宝钗不答。宝玉回头要热酒敬凤姐儿。

原来贾母说今日不比往日，定要叫凤姐痛乐一日。本来自己懒待坐席，只在里间屋里榻上歪着和薛姨妈看戏，随心爱吃的拣几样放在小几上，随意吃着说话儿；将自己两桌席面赏给那没有席面的大小丫头并那应差听差的妇人等，命他们在窗外廊檐下也只管坐着随意吃喝，不必拘礼。王夫人和邢夫人在地下高桌上坐着，外面几席是他姊妹们坐。

贾母不时吩咐尤氏等："让凤丫头坐在上面，你们好生替我待东，难为他一年到头辛苦。"尤氏答应了，又笑回说道："他坐不惯首席，坐在上头横不是竖不是的，酒也不肯吃。"贾母听了，笑道："你不会，等我亲自让他去。"凤姐儿忙也进来笑说："老祖宗别信他们的话，我吃了好几钟了。"贾母笑着，命尤氏："快拉他出去，按在椅子上，你们都轮流敬他。他再不吃，我当真的就亲自去了。"尤氏听说，忙笑着又拉他出来坐下，命人拿了台盏斟了酒，笑道："一年到头难为你孝顺老太太、太太和我。我今儿没什么疼你的，亲自斟杯酒，乖乖儿的在我手里喝一口。"凤姐儿笑道："你要安心孝敬我，跪下我就喝。"尤氏笑道："说的你不知是谁！我告诉你说，好容易今儿这一遭，过了后儿，知道还得像今儿这样不得了？趁着尽力灌丧两钟罢。"闲闲一戏语，伏下后文，令人可伤，所谓"盛筵难再"。凤姐儿见推不过，只得喝了两钟。

接着，众姊妹也来，凤姐也只得每人的喝一口。赖大妈妈见贾母尚这等高兴，也少不得来凑趣儿，领着些嬷嬷们也来敬酒。凤姐儿也难推脱，只得喝了两口。鸳鸯等也来敬，凤姐儿真不能了，忙央告道："好姐姐们，饶了我罢，我明儿再喝罢。"鸳鸯笑道："真个的，我们是没脸的了？就是我们在太太跟前，太太还赏个脸呢！往常倒有些体面，今儿当着这些人，倒拿起主子的款儿来了。我原不该来。不喝，我们就走。"说着真个回去了。凤姐儿忙赶上拉住，笑道："好姐姐，我喝就是了。"说着拿过酒来，满满的斟了一杯喝干。鸳鸯方笑了散去，然后又入席。

凤姐儿自觉酒沉了，心里突突的似往上撞，要往家去歇歇，只见那耍百戏的上来，便和尤氏说："预备赏钱，我要洗洗脸去。"尤氏点头。

凤姐儿瞅人不防，便出了席，往房门后檐下走来。平儿留心，也忙跟了来，凤姐儿便扶着他。才至穿廊下，只见他房里的一个小丫头正在那里站着，见他两个来了，回身就跑。凤姐儿便疑心，忙叫。那丫头先只装听不见，无奈后面连平儿也叫，只得回来。

凤姐儿越发起了疑心，忙和平儿进了穿堂，叫那小丫头子也进来，把槅扇关了。凤姐儿坐在小院子的台矶上，命那丫头子跪了，喝命平儿："叫两个二门上的小厮来，拿绳子、鞭子，把这眼睛里没主子的小蹄子打烂了。"那小丫头子已经唬的魂飞魄散，哭着只管碰头求饶。凤姐儿问道："我又不是鬼，你见了我，不说规规矩矩站住，怎么倒往前跑？"那小丫头子哭道："我原没看见奶奶来，我又记挂着房里无人，所以跑了。"凤姐儿道："房里既没人，谁叫你来的？你便没看见我，我和平儿在后头扯着脖子叫了你十来声，越叫越跑。离的又不远，你聋了不成。你还和我强嘴！"说着便扬手一掌打在脸上，打的那小丫头一栽；这边脸上又一下，登时小丫头两腮紫胀起来。平儿忙劝："奶奶仔细手疼。"凤姐便说："你再打着问他跑什么。他再不说，把嘴撕烂了他的。"那小丫头子先还强嘴，后来听见凤姐儿要烧了红烙铁来烙嘴，方哭道："二爷在家里，打发我来这里瞧着奶奶的，若见奶奶散了，先叫我送信去的，不承望奶奶这会子就来了。"

凤姐儿见话中有文章，便又问道："叫你瞧着我作什么？难道怕我家去不成？必有别的原故，快告诉我，我从此以后疼你。你若不细说，立刻拿刀子来割你的肉。"说着，回头向头上拔下一根簪子来，向那丫头嘴上乱戳，唬的那丫头一行躲，一行哭求道："我告诉奶奶，可别说我说的。"平儿一旁劝，一面催他，叫他快说。丫头便说道："二爷也是才来房里的，睡了一会醒了，打发人来瞧瞧奶奶，说才坐席，还得好一会才来呢。二爷就开了箱子，拿了两块银子，还有两根簪子，两匹缎子，叫我悄悄的送与鲍二的老婆去，叫他进来。他收了东西，就往咱们屋里来了。二爷叫我来瞧着奶奶，底下的事我就不知道了。”

凤姐听了，已气的浑身发软，忙立起来，一径来家。刚至院门，只见又有一个小丫头在门前探头儿，一见了凤姐，也缩头就跑。如见其形。凤姐提着名字喝住。那丫头本来伶俐，见躲不过了，越性跑了出来，笑道：“我正要告诉奶奶去呢，可巧奶奶来了。”凤姐儿道：“告诉我什么？”那小丫头便说二爷在家这般如此如此，将方才的话也说了一遍。凤姐啐道：“你早作什么了？这会子我看见你了，你来推干净儿！”说着，也扬手一下打的那丫头一个趔趄，便蹑手蹑脚的走至窗前。

往里听时，只听里头说笑。那妇人笑道：“多早晚你那阎王老婆死了就好了。”贾琏道：“他死了，再娶一个也是这样，又怎么样呢？”那妇人道：“他死了，你倒是把平儿扶了正，只怕还好些。”贾琏道：“如今连平儿他也不叫我沾一沾了。平儿也是一肚子委曲不敢说。我命里怎么就该犯了‘夜叉星’。”

凤姐听了，气的浑身乱战，又听他俩都赞平儿，便疑平儿素日背地里自然也有愤怨语了，那酒越发涌了上来，也并不忖度，回身把平儿先打了两下，奇极，先打平儿，可是世人想得着的？一脚踢开门进去，也不容分说，抓着鲍二家的撕打一顿。又怕贾琏走出去，便堵着门站着骂道：“好淫妇！你偷主子汉子，还要治死主子老婆！平儿过来，你们淫妇忘八一条藤儿，多嫌着我，外面儿你哄我！”说着，又把平儿打几下。打的平儿有冤无处诉，只气的干哭，骂道：“你们做这些没脸的事，好好的又拉上我做什么！”说着，也把鲍二家的撕打起来。

贾琏也因吃多了酒，进来高兴，未曾作的机密，一见凤姐来了，已没了主意，又见平儿也闹起来，把酒也气上来了。凤姐儿打鲍二家的，他已又气又愧，只不好说的。今见平儿也打，便上来踢骂道："好娼妇！你也动手打人！"平儿气怯，忙住了手，哭道："你们背地里说话，为什么拉我呢！"凤姐见平儿怕贾琏，越发气了，又赶上来打着平儿，偏叫打鲍二家的。平儿急了，便跑出来找刀子要寻死。外面众婆子丫头忙拦住解劝。这里凤姐见平儿寻死去，便一头撞在贾琏怀里，叫道："你们一条藤儿害我，被我听见了，倒都唬起我来。你也勒死我！"贾琏气的墙上拔出剑来，说道："不用寻死，我也急了，一齐杀了，我偿了命，大家干净。"

正闹的不开交，只见尤氏等一群人来了，说："这是怎么说？才好好的，就闹起来。"贾琏见了人，越发"倚酒三分醉"，逞起威风来，天下小人，大都如是。故意要杀凤姐儿。凤姐儿见人来了，便不似先前那般泼了，天下奸雄、妒妇、恶妇，大都如是，只是恨无阿凤之才耳。丢下众人，便哭着往贾母那边跑。

此时戏已散出，凤姐跑到贾母跟前，爬在贾母怀内，只说："老祖宗救我，琏二爷要杀我呢！"瞧他称呼。贾母、邢夫人、王夫人等忙问怎么了。凤姐儿哭道："我才家去换衣裳，不防琏二爷在家和人说话，我只当是有客来了，唬得我不敢进去。在窗户外头听了一听，原来是和鲍二家的媳妇商议，说我利害，要拿毒药给我吃了，治死我，把平儿扶了正。我原气了，又不敢和他吵，原打了平儿两下，问他为什么要害我。他臊了，就要杀我。"贾母等听了，都信以为真，说：“这还了得！快拿了那下流种子来！”一语未完，只见贾琏拿着剑赶来，后面许多人跟着。

贾琏明仗着贾母素日疼他们，连母亲、婶母也无碍，故逞强闹了来。邢夫人、王夫人见了，气的忙拦住骂道：“这下流种子，你越发反了！老太太在这里呢！”贾琏乜斜着眼，道：“都是老太太惯的他，他才这样，连我也骂起来了！”邢夫人气的夺下剑来，只管喝他：“快出去。”那贾琏撒娇撒痴，涎言涎语的还只乱说。贾母气的说道：“我知道你也不把我们放在眼里，叫人把他老子叫来！”贾琏听见这话，方趔趄着脚儿出去了，赌气也不往家去，便往外书房来。

这里邢夫人、王夫人也说凤姐儿，贾母笑道：“什么要紧的事。小孩子们年轻，馋嘴猫儿似的，那里保的住不这么着。从小儿世人都打这么过的。都是我的不是，他多吃了两口酒，又吃起醋来。”说的众人都笑了。贾母又道：“你放心，等明儿我叫他来替你赔不是。你今儿别要过去臊着他。”因又骂：“平儿那蹄子，素日我倒看他好，怎么暗地里这么坏。”尤氏等笑道：“平儿没有不是，是凤丫头拿着人家出气。两口子不好对打，拿着平儿煞性子，平儿委曲的什么似的呢，老太太还骂人家。”贾母道：“原来这样，我说那孩子倒不像那狐媚魇道的。既这么着，可怜见的，白受他们的气。”因叫琥珀来：“你出去告诉平儿，就说我的话：我知道他受了委曲，明儿我叫凤姐儿替他赔不是。今儿是他主子的好日子，不许他胡闹。”

原来平儿早被李纨拉入大观园去了，可知吃蟹一回，非闲文也。平儿哭的哽咽难抑，宝钗劝道："你是个明白人，必用宝钗评出，方是身分。素日凤丫头何等待你，今儿不过他多吃一口酒。他可不拿你出气，难道拿别人出气不成？别人又笑话他吃醉了。你只管这会子委曲，素日你的好处，岂不都是假的了？"正说着，只见琥珀走来，说了贾母的话。平儿自觉面上有了光辉，方才渐渐的好了，也不往前头来。

宝钗等歇息了一回，方来看贾母、凤姐。宝玉便让平儿到怡红院中来。袭人忙接着，笑道："我先原要让你的，只因大奶奶和姑娘们都让你，我就不好让的了。"平儿也陪笑说："多谢。"因又说道："好好儿的，从那里说起，无缘无故白受了一场气。"袭人笑道："二奶奶素日待你好，这不过是一时气急了。"平儿道："二奶奶倒没说的，只是那个淫妇治的我，他又偏拿我凑趣，况还有我们那糊涂爷倒打我。"说着便又委曲，禁不住落泪。宝玉忙劝道："好姐姐，别伤心，我替他两个赔不是罢。"平儿笑道："与你什么相干。"宝玉笑道："我们弟兄姊妹都一样，他们得罪了人，我替他赔个不是，也是应该的。"又道："可惜这新衣裳也沾了，这里有你花妹妹的衣裳，何不换了下来，拿些烧酒喷了熨一熨。把头也另梳一梳，洗洗脸。"一面说，一面便吩咐了小丫头子们舀洗脸水，烧熨斗来。

平儿素习只闻人说宝玉专能和女孩儿们接交；宝玉素日因平儿是贾琏的爱妾，又是凤姐儿的心腹，故不肯和他厮近，因不能尽心，也常为恨事。平儿今见他这般，心中也暗暗的战掇：果然话不虚传，色色想的周到。又见袭人特特的开了箱子，拿出两件不大穿的衣裳来与他换，便赶忙的脱下自己的衣服，忙去洗了脸。

宝玉一旁笑劝道："姐姐还该擦上些脂粉，不然倒像是和凤姐姐赌气子似的。况且又是他的好日子，而且老太太又打发了人来安慰你。"

平儿听了有理，便去找粉，只不见粉。宝玉忙走至妆台前，将一个宣窑磁盒揭开，里面盛着一排十根玉簪花棒，拈了一根递与平儿，又笑向他道："这不是铅粉，这是紫茉莉花种，研碎了兑上香料制的。"平儿倒在掌上看时，果见轻白红香，四样俱美，摊在面上也容易匀净，且能润泽肌肤，不似别的粉青重涩滞。然后看见胭脂也不是成张的，却是一个小小的白玉盒子，里面盛着一盒，如玫瑰膏子一样。宝玉笑道："那市卖的胭脂都不干净，颜色也薄。这是上好的胭脂拧出汁子来，淘澄净了渣滓，配了花露蒸叠成的。只用细簪子挑一点儿抹在手心里，用一点水化开抹在唇上；手心里就够打颊腮了。"平儿依言妆饰，果见鲜艳异常，且又甜香满颊。宝玉又将盆内的一枝并蒂秋蕙用竹剪刀撷了下来，与他簪在鬓上。忽见李纨打发丫头来唤他，方忙忙的去了。忽使平儿在绛芸轩中梳妆，非世人想不到，宝玉亦想不到者也。作者费尽心机了。　写宝玉最善闺阁中事，诸如胭粉等类，不写成别致文章，则宝玉不成宝玉矣。然要写又不便特为此费一番笔墨，故思及借人发端。然借人又无人，若袭人辈则逐日皆如此，又何必拣一日细写，似觉无味。若宝钗等又系姊妹，更不便来细搜袭人之妆奁，况也是自幼知道的了。因左思右想，须得一个又甚亲、又甚疏，又可唐突、又不可唐突，又和袭人等极亲、又和袭人等不大常处，又得袭人辈之美、又不得袭人辈之修饰一人来，方可发端。故思及平儿一人方如此，故放手细写绛芸闺中之什物也。

宝玉因自来从未在平儿前尽过心——且平儿又是个极聪明、极清俊的上等女孩儿，比不得那起俗蠢拙物——深为恨怨。今日也是金钏儿的生日，故一日不乐。原来为此，宝玉之私祭，玉钏之潜哀，俱针对矣。然于此刻补明，又一法也。真千变万化之文，万法俱备，毫无脱漏，真好书也。不想落后闹出这件事来，竟得在平儿前稍尽片心，亦今生意中不想之乐也。因歪在床上，心内怡然自得。忽又思及贾琏惟知以淫乐悦己，并不知作养脂粉。又思平儿并无父母兄弟姊妹，独自一人，供应贾琏夫妇二人。贾琏之俗，凤姐之威，他竟能周全妥贴，今儿还遭涂毒，想来此人薄命，比黛玉犹甚。想到此间，便又伤感起来，不觉洒然泪下。因见袭人等不在房内，尽力落了几点痛泪。复起身，又见方才的衣裳上喷的酒已半干，便拿熨斗熨了叠好；见他手帕子忘去，上面犹有泪渍，又拿至脸盆中洗了晾上。又喜又悲，闷了一回，也往稻香村来。说一回闲话，掌灯后方散。

平儿就在李纨处歇了一夜，凤姐儿只跟着贾母。贾琏晚间归房，冷清清的，又不好去叫，只得胡乱睡了一夜。次日醒了，想昨日之事，大没意思，后悔不来。邢夫人记挂着昨日贾琏醉了，忙一早过来，叫了贾琏过贾母这边来。

贾琏只得忍愧前来，在贾母面前跪下。贾母问他："怎么了？"贾琏忙陪笑说："昨儿原是吃了酒，惊了老太太的驾了，今儿来领罪。"贾母啐道："下流东西，灌了黄汤，不说安分守己的挺尸去，倒打起老婆来了。凤丫头成日家说嘴，霸王似的一个人，昨儿唬的可怜。要不是我，你要伤了他的命，这会子怎么样？"贾琏一肚子的委屈，不敢分辩，只认不是。贾母又道："那凤丫头和平儿还不是美人胎子？你还不足！成日家偷鸡摸狗，脏的臭的，都拉了你屋里去。为这起淫妇打老婆，又打屋里的人，你还亏是大家子的公子出身，活打了嘴了！若你眼睛里有我，你起来，我饶了你，乖乖的替你媳妇赔个不是，拉了他家去，我就喜欢了。要不然，你只管出去，我也不敢受你的跪。”

贾琏听如此说，又见凤姐儿站在那边，也不盛妆，哭的眼睛肿着，也不施脂粉，黄黄脸儿，大妙大奇之文。此一句便伏下病根了，草草看去，便可惜了作者行文苦心。比往常更觉可怜可爱。想着：“不如赔个不是，彼此也好了，又讨了老太太的喜欢了。”想毕，便笑道：“老太太的话，我不敢不依，只是越发纵了他了。”贾母笑道：“胡说！我知道他是最有礼的，再不会冲撞人。他日后要得罪了你，我自然也作主，叫你降伏就是了。”贾琏听说，爬起来，便与凤姐作了一个揖，笑道：“原来是我的不是，二奶奶饶过我罢。”满屋里的人都笑了。贾母笑道：“凤丫头，不许恼了，再恼我就恼了。”

说着，又命人去叫了平儿来，命凤姐儿和贾琏两个安慰平儿。贾琏见了平儿，越发顾不得了，所谓“妻不如妾，妾不如偷”。听贾母一说，便赶上来说道：“姑娘昨日受了屈了，都是我的不是。奶奶得罪了你，也是因我而起。我赔了不是不算外，还替你奶奶赔个不是。”说着，也作了一个揖，引的贾母笑了，凤姐儿也笑了。贾母又命凤姐儿来安慰他。平儿忙走上来给凤姐儿磕头，说：“奶奶的千秋，我惹了奶奶生气，是我该死。”凤姐儿正自愧悔昨日酒吃多了，不念素日之情，浮躁起来，为听了旁人的话，无故给平儿没脸。今反见他如此，又是惭愧，又是心酸，忙一把拉起来，落下泪来。平儿道：“我伏侍了奶奶这么几年，也没弹我一指甲。就是昨儿打我，我也不怨奶奶，都是那淫妇治的，怨不得奶奶生气。”说着，也滴下泪来了。妇人女子之情毕肖。但世之大英雄，羽翼偶摧，尚按剑生悲，况阿凤与平儿哉。所谓此书真是哭成的。贾母便命人将他三人送回房去："有一个再提此事，即刻来回我。我不管是谁，拿拐棍子给他一顿。"三人从新给贾母、邢王二位夫人磕了头。

老嬷嬷答应了，送他三人回去。至房中，凤姐儿见无人，方说道："我怎么像个阎王，又像夜叉？那淫妇咒我死，你也帮着咒。我千日不好，也有一日好，可怜我熬的连个淫妇也不如了，我还有什么脸来过这日子？"说着，又哭了。辖治丈夫，此是首计，懦夫来看此句。贾琏道："你还不足？你细想想，昨儿谁的不是多？妙！不敢自说没不是，只论多少，懦夫来看。今儿当着人，还是我跪了一跪，又赔不是，你也争足了光了。这会子还叨叨，难道还叫我替你跪下才罢？太要足了强也不是好事。"说的凤姐无言可对，平儿嗤的一声又笑了。贾琏也笑道："又好了，真真我也是没法了。"

正说着，只见一个媳妇来回说："鲍二媳妇吊死了。"倒也有气性，只是又是情累一个，可怜！贾琏、凤姐儿都吃了一惊。凤姐忙收了怯色，反喝道："死了罢了，有什么大惊小怪的！"写阿凤如此。一时，只见林之孝家的进来，悄回凤姐道："鲍二媳妇吊死了，他娘家的亲戚要告呢！"凤姐儿笑道：偏于此处写阿凤笑，坏哉阿凤。"这倒好了，我正想要打官司呢。"林之孝家的道："我才和众人劝了他们，又威吓了一阵，又许了他几个钱，也就依了。"凤姐儿道："我没一个钱，有钱也不给，只管叫他告去，也不许劝他，也不用震吓他，只管让他告去。告不成，倒问他个'以尸讹诈'！"写阿凤如此。

林之孝家的正在为难，见贾琏和他使眼色儿，心下明白，便出来等着。贾琏道："我出去瞧瞧，看是怎么样。"凤姐儿道："不许给他钱！"贾琏一径出来，和林之孝来商议，着人去作好作歹，许了二百两发送才罢。贾琏生恐有变，又命人去和王子腾说，将番役仵作人等叫了几名来，帮着办丧事。那些人见了如此，纵要复辨，亦不敢辨，只得忍气吞声罢了。贾琏又命林之孝将那二百银子入在流年账上，分别添补开销过去。大弊小弊，无一不到。又梯己给鲍二些银两，安慰他说："另日再挑个好媳妇给你。"鲍二又有体面，又有银子，有何不依，便仍然奉承贾琏，为天下夫妻一哭。不在话下。

里面凤姐心中虽不安，面上只管佯不理论，因房中无人，便拉平儿笑道："我昨儿灌丧了酒了，你别愤怨，打了那里，让我瞧瞧。"平儿道："也没打重。"只听得说，奶奶姑娘们都进来了。要知端的，下回分解。

富贵少年多好色，那如宝玉会风流。阎王夜叉谁曾说，死到临头身不由。

第四十五回

金兰契互剖金兰语　风雨夕闷制风雨词

富贵荣华春暖，梦破黄粱愁晚。金玉作楼台，也是戏场妆点。莫缓，莫缓，遗却灵光不远。

话说凤姐儿正抚恤平儿，忽见众姊妹进来，忙让坐了，平儿斟上茶来。凤姐儿笑道："今儿来的这么齐，倒像下帖子请了来的。"探春笑道："我们有两件事：一件是我的，一件是四妹妹的，还夹着老太太的话。"凤姐儿笑道："有什么事，这么要紧？"探春笑道："我们起了个诗社，头一社就不齐全。众人脸软，所以就乱了。我想必得你去作个监社御史，铁面无私才好。再四妹妹为画园子，用的东西这般那般不全，回了老太太，老太太说：'只怕后头楼底下还有当年剩下的，找一找，若有呢，拿出来，若没有，叫人买去。'"凤姐笑道："我又不会作什么'湿'的'干'的，要我吃东西去不成？"探春道："你虽不会作，也不要你作，你只监察着我们里头有偷安怠惰的，该怎么样罚他就是了。"凤姐儿笑道："你们别哄我，我猜着了，那里是请我作监社御史，分明是叫我作个进钱的铜商。你们弄什么社，必是要轮流作东道的。你们的月钱不够花了，想出这个法子来拗了我去，好和我要钱。可是这个主意?”一席话说的众人都笑起来了。

李纨笑道:“真真你是个水晶心肝玻璃人!”凤姐儿笑道:“亏你是个大嫂子呢,把姑娘们原交给你带着念书,学规矩针线的,他们不好,你要劝。这会子他们起诗社,能用几个钱,你就不管了?老太太、太太罢了,原是老封君。你一个月十两银子的月钱,比我们多两倍银子,老太太、太太还说你寡妇失业的,可怜,不够用,又有个小子,足的又添了十两,和老太太、太太平等。又给你园子地,各人取租子。年中分年例,你又是上上分儿。你娘儿们,主子奴才共总没十个人,吃的穿的仍旧是官中的。一年通共算起来,也有四五百银子。这会子你就每年拿出一二百两银子来陪他们顽顽,能几年的限?他们各人出了阁,难道还要你赔不成?这会子你怕花钱,调唆他们来闹我,我乐得去吃一个河涸海干。我还通不知道呢!”

李纨笑道:“你们听听,我说了一句,他就疯了,说了两车的无赖泥腿市俗专会打细算盘分斤拨两的话出来。心直口拙之人急了,恨不得将万句话来并成一句,说死那人。毕肖!这东西,亏他托生在诗书大宦名门之家做小姐,出了嫁又是这样,他还是这么着。若是生在贫寒小户人家,作个小子,还不知怎么下作贫嘴恶舌的呢!天下人都被你算计了去!昨儿还打平儿呢,亏你伸的出手来!那黄汤难道灌丧了狗肚子里去了?气的我只要给平儿打抱不平儿。忖夺了半日,好容易‘狗长尾巴尖儿’的好日子,又怕老太太心里不受用,因此没来,究竟气还未平。你今儿又招我来了。给平儿拾鞋也不要,你们两个只该换一个过子才是!”说的众人都笑了。凤姐儿忙笑道:“竟不是为诗为画来找我,这脸子竟是为平儿来报仇的。竟不承望平儿有你这一位仗腰子的人。早知道，便有鬼拉着我的手打他，我也不打了。平姑娘，过来，我当着大奶奶、姑娘们替你赔个不是，担待我酒后无德罢。”说着，众人又都笑起来了。李纨笑问平儿道：“如何？我说必定要给你争争气才罢。”平儿笑道：“虽如此，奶奶们取笑，我禁不起。”李纨道：“什么禁不起，有我呢。快拿了钥匙，叫你主子开了楼房找东西去！”

凤姐儿笑道：“好嫂子，你且同他们回园子里去。才要把这米账合算一算，那边大太太又打发人来叫，又不知有什么话说，须得过去走一趟。还有年下你们添补的衣服，还没打点给他们做去。”李纨笑道：“这些事情我都不管，你只把我的事完了，我好歇着去，省得这些姑娘小姐闹我。”凤姐忙笑道：“好嫂子，赏我一点空儿。你是最疼我的，怎么今儿为平儿就不疼我了？往常你还劝我说，事情虽多，也该保养身子，捡点着偷空儿歇歇，你今儿反倒逼我的命了。况且误了别人的年下衣裳无碍，他姊妹们的若误了，却是你的责任，老太太岂不怪你不管闲事，这一句现成的话也不说？我宁可自己落不是，岂敢带累你呢。”李纨笑道：“你们听听，说的好不好，把他会说话的。我且问你，这诗社你到底管不管？”凤姐儿笑道：“这是什么话，我不入社花几个钱，不成了大观园的反叛了，还想在这里吃饭不成？明日一早就到任，下马拜了印，先放下五十两银子，给你们慢慢作会社东道。过后几天，我又不作诗作文，只不过作个俗人罢了。‘监察’也罢，不‘监察’也罢，有了钱了，你们还撵出我来！”说的众人又都笑起来。凤姐儿道：“过会子我开了楼房，凡有这些东西都叫人搬出来你们看，若使得，留着使，若少什么，照你们单子，我叫人替你们买去就是了。画绢我就裁出来。那图样没有在太太跟前，还在那边珍大爷那里呢。说给你们，别碰钉子去。我打发人取了来，一并叫人连绢交给相公们矾去，如何？”李纨点首笑道：“这难为你，果然这样还罢了。既如此，咱们家去罢，等着他不送了去，再来闹他。”说着，便带了他姊妹就走。

凤姐儿道：“这些事再没两个人，都是宝玉生出来的。”李纨听了，忙回身笑道：“正是为宝玉来，反忘了他。头一社是他误了，我们脸软，你说该怎么罚他？”凤姐想了一想，说道：“没有别的法子，只叫他把你们各人屋子里的地，罚他扫一遍才好。”众人都笑道：“这话不差。”

说着，才要回去，只见一个小丫头扶了赖嬷嬷进来。凤姐儿等忙站起来，笑道：“大娘坐。”又都向他道喜。赖嬷嬷向炕沿上坐了，笑道：“我也喜，主子们也喜，若不是主子们的恩典，我们这喜从何来？昨儿奶奶又打发彩哥儿赏东西，我孙子在门上朝上磕了头了！”李纨笑道：“多早晚上任去？”赖嬷嬷叹道：“我那里管他们，由他们去罢！前儿在家里给我磕头，我没好话。我说：‘哥哥儿，你别说你是官儿了，横行霸道的。你今年活了三十岁，虽然是人家的奴才，一落娘胎胞，主子恩典，放你出来。上托着主子的洪福，下托着你老子娘，也是公子哥儿似的读书认字，也是丫头、老婆、奶子捧凤凰似的，长了这么大。你那里知道那“奴才”两字是怎么写的！只知道享福，也不知道你爷爷和你老子受的那苦恼。熬了两三辈子，好容易挣出你这么个东西来。从小儿三灾八难，花的银子也照样打出你这么个银人儿来了。到二十岁上，又蒙主子的恩典，许你捐个前程在身上。你看那正根正苗的忍饥挨饿的要多少？你一个奴才秧子，仔细折了福。如今乐了十年，不知怎么弄神弄鬼的，求了主子，又选了出来。州县官儿虽小，事情却大，为那一州的州官，就是那一方的父母。你不安分守己，尽忠报国，孝敬主子，只怕天地不容你！’”李纨、凤姐儿都笑道：“你也多虑，我们看他也就好了。先那几年还进来了两次，这有好几年没来了，年下生日，只见他的名字就罢了。前儿给老太太、太太磕头来，在老太太那院里，见他又穿着新官的服色，倒发的威武了，比先时也胖了。他这一得了官，正该你乐呢，反倒愁起这些来。他不好，还有他父亲呢，你只受用你的就完了。闲了坐个轿子进来，和老太太斗一日牌，说一天话儿，谁好意思的委屈了你？家去一般也是楼房厦厅，谁不敬你。自然也是老封君似的了。”

平儿斟上茶来。赖嬷嬷忙站起来接了，笑道：“姑娘不管叫那个孩子倒来罢了，又折受我。”说着，一面吃茶，一面又道：“奶奶不知道。这些小孩子们全要管的严。饶这么严，他们还偷空儿闹个乱子来叫大人操心。知道的，说小孩子们淘气；不知道的，人家就说仗着财势欺人，连主子名声也不好。恨的我没法儿，常把他老子叫来骂一顿，才好些。”因又指宝玉道：“不怕你嫌我，如今老爷不过这么管你一管，老太太护在头里。当日老爷小时挨你爷爷的打，谁没看见的！老爷小时，何曾像你这么天不怕地不怕的了！还有那大老爷，虽然淘气，也没像你这扎窝子的样儿，也是天天打。还有东府里你珍哥儿的爷爷，那才是火上浇油的性子，说声恼了，什么儿子，竟是审贼。如今我眼里看着，耳朵里听着，那珍大爷管儿子，倒也像当日老祖宗的规矩，只是管的到三不着两的。他自己也不管一管自己，这些兄弟侄儿怎么怨的不怕他？你心里明白，喜欢我说；不明白，嘴里不好意思，心里不知怎么骂我呢！”

正说着，只见赖大家的来了，接着周瑞家的、张材家的都进来回事情。凤姐儿笑道：“媳妇来接婆婆来了。”赖大家的笑道：“不是接他老人家，倒是打听打听奶奶姑娘们赏脸不赏脸。”赖嬷嬷听了，笑道：“可是我糊涂了，正紧说的话且不说，且说陈谷子烂芝麻的混捣熟。因为我们小子选了出来，众亲友要给他贺喜，少不得家里摆个酒。我想，摆一日酒，请这个也不是，请那个也不是。又想了一想，托主子的洪福，想不到的这样荣耀，就倾了家，我也是愿意的。因此吩咐他老子连摆三日酒：头一日，在我们破花园子里摆几席酒，一台戏，请老太太、太太们、奶奶姑娘们去散一日闷；外头大厅上一台戏，摆几席酒，请老爷们、爷们去增增光。第二日再请亲友。第三日再把我们这两府里的伴儿请一请。热闹三天，也是托着主子的洪福一场，光辉光辉。”李纨、凤姐儿都笑道：“多早晚的日子？我们必去，只怕老太太高兴要去，也定不得。”赖大家的忙道：“择了十四的日子，只看我们奶奶的老脸罢了。”凤姐笑道：“别人我不知道，我是一定去的，先说下，我是没有贺礼的，也不知道放赏，吃完了一走，可别笑话。”赖大家的笑道：“奶奶说那里话，奶奶要赏，赏我们三二万银子就有了。”赖嬷嬷笑道：“我才去请老太太，老太太也说去，可算我这脸还好。”说毕，又叮咛了一回，方起身要走，因看见周瑞家的，便想起一事来，因说道：“可是还有一句话问奶奶，这周嫂子的儿子犯了什么不是，撵了他不用？”凤姐儿听了，笑道：

“正是我要告诉你媳妇，事情多，也忘了。赖嫂子回去，说给你老头子，两府里不许收留他小子，叫他各人去罢。”

赖大家的只得答应着。周瑞家的忙跪下央求。赖嬷嬷忙道：“什么事，说给我评评。”凤姐儿道：“前日我生日，里头还没吃酒，他小子先醉了。老娘那边送了礼来，他不说在外头张罗，他倒坐着骂人，礼也不送进来。两个女人进来了，他才带着小幺们往里抬。小幺们倒好，他拿的一盒子倒失了手，撒了一院子馒头。人去了，打发彩明去说他，他倒骂了彩明一顿。这样无法无天的忘八羔子，不撵了作什么！”赖嬷嬷笑道：“我当什么事情，原来为这个。奶奶听我说：他有不是，打他骂他，使他改过。撵了去，断乎使不得。他又比不得咱们家的家生子儿，他现是太太的陪房，奶奶只顾撵了他，太太脸上不好看。依我说，奶奶教导他几板子，以戒下次，仍旧留着才是。不看他娘，也看太太。”凤姐儿听说，便向赖大家的说道：“既这样，打他四十棍，以后不许他吃酒。”赖大家的答应了。周瑞家的磕头起来，又要与赖嬷嬷磕头，赖大家的拉着方罢。然后他三人去了，李纨等也就回园中来。

至晚，果然凤姐命人找了许多旧收的画具出来，送至园中。宝钗等选了一回，各色东西可用的只有一半，将那一半又开了单子，与凤姐儿去照样置买，不必细说。

一日，外面矾了绢，起了稿子进来，宝玉每日便在惜春这里帮忙。自忙不暇，又加上一“帮”字，可笑可笑，所谓春秋笔法。探春、李纨、迎春、宝钗等也多往那里闲坐。一则观画，二则便于会面。宝钗因见天气凉爽，夜复渐长，“复”字妙，补出宝钗每年夜长之事，皆春秋字法也。遂至母亲房中商议，打点些针线来。日间至贾母处、王夫人处省候两次，不免又承色陪坐半时，园中姊妹也要度时闲话一回，故日间不大得闲，每夜灯下女工必至三更方寝。伏下后文。　写针线下。“商议”二字，直将寡母训女多少温存活现在纸上。不写阿呆兄，已见阿呆兄终日醉饱优游，怒则吼，喜则跃，家务一概无闻之形景毕露矣。春秋笔法。

黛玉每岁至春分秋分之后，必犯嗽疾；今秋又遇贾母高兴，多游玩了两次，未免过劳了神，近日又复嗽起来，觉得比往常又重，所以总不出门，只在自己房中将养。有时闷了，又盼个姊妹来说些闲话排遣；及至宝钗等来望候他，说不得三五句话，又厌烦了。众人都体谅他病中，且素日形体娇弱，禁不得一些委屈，所以他接待不周，礼数粗忽，也都不苛责。

这日宝钗来望他，因说起这病症来，宝钗道：“这里走的几个太医虽都还好，只是你吃他们的药总不见效。不如再请一个高明的人来瞧一瞧，治好了岂不好？每年间闹一春一夏，又不老又不小，成什么？不是个常法。”黛玉道：“不中用，我知道我这病是不能好的了。且别说病，只论好的日子，我是怎么形景，就可知了。”宝钗点头道：“可正是这话。古人说‘食谷者生’，你素日吃的竟不能添养精神气血，也不是好事。”黛玉叹道：“‘死生有命，富贵在天’，也不是人力可强的。今年比往年反觉又重了些似的。”说话之间，已咳嗽了两三次。宝钗道：“昨儿我看你那药方上，人参、肉桂觉得太多了。虽然益气补神，也不宜太热。依我说，先以平肝健胃为要。肝火一平，不能克土，胃气无病，饮食就可以养人了。每日早起拿上等燕窝一两、冰糖五钱，用银铫子熬出粥来，若吃惯了，比药还强，最是滋阴补气的。”

黛玉叹道："你素日待人，固然是极好的，然我最是个多心的人，只当你心里藏奸！从前日你说看杂书不好，又劝我那些好话，竟大感激你！往日竟是我错了，实在误到如今。细细算来，我母亲去世的早，又无姊妹兄弟，我长了今年十五岁，黛玉才十五岁，记清。竟没一个人像你前日的话教导我。怨不得云丫头说你好，我往日见他赞你，我还不受用，昨儿我亲自经过，才知道了。比如，若是你说了那个，我再不轻放过你的；你竟不介意，反劝我那些话，可知我竟自误了。若不是从前日看出来，今日这话，再不对你说。你方才说叫我吃燕窝粥的话，虽然燕窝易得，但只我因身上不好了，每年犯这个病，也没什么要紧的去处。请大夫，熬药，人参、肉桂，已经闹了个天翻地覆，这会子我又兴出新文来，熬什么燕窝粥，老太太、太太、凤姐姐这三个人便没话说，那些底下的婆子丫头们，未免不嫌我太多事了。你看这里这些人，因见老太太多疼了宝玉和凤丫头两个，他们尚虎视眈眈，背地里言三语四的，何况于我？况我又不是他们这里正紧主子，原是无依无靠投奔了来的，他们已经多嫌着我了，如今我还不知进退，何苦叫他们咒我？"

宝钗道："这样说，我也是和你一样。"黛玉道："你如何比我？你又有母亲，又有哥哥。这里又有买卖、地土，家里又仍旧有房有地。你不过是亲戚的情分，白住了这里，一应大小事情，又不沾他们一文半个，要走就走了。我是一无所有，吃穿用度，一草一纸，皆是和他们家的姑娘一样，那起小人岂有不多嫌的？"宝钗笑道："将来也不过多费得一副嫁妆罢了，如今也愁不到这里。"宝钗此一戏，直抵过通部黛玉之戏宝钗矣，又恳切，又真情，又平和，又雅致，又不穿凿，又不牵强。黛玉因识得宝钗后方吐真情，宝钗亦识得黛玉后方肯戏也。此是大关节大章法，非细心看不出。　细思二人此时好看之极，真是儿女小窗中喁喁也。黛玉听了，不觉红了脸，笑道："人家才拿你当个正经人，把心里的烦难告诉你听，你反拿我取笑。"宝钗笑道："虽是取笑儿，却也是真话。你放心，我在这里一日，我与你消遣一日，你有什么委屈烦难，只管告诉我，我能解的，自然替你解一日。我虽有个哥哥，你也是知道的，只有个母亲比你略强些。咱们也算同病相怜。你也是个明白人，何必作'司马牛之叹'？通部众人，必从宝钗之评方定。然宝钗亦必从颦儿之评始可。何妙之至！你才说的也是，多一事不如省一事。我明日家去和妈妈说了，只怕我们家里还有，与你送几两，每日叫丫头们就熬了，又便宜，又不惊师动众的。"黛玉忙笑道："东西事小，难得你多情如此。"宝钗道："这有什么放在口里的！只愁我人人跟前失于应候罢了！只怕你烦了，我且去了！"黛玉道："晚上再来和我说句话儿。"宝钗答应着便去了，不在话下。

这里黛玉喝了两口稀粥，仍歪在床上。不想日未落时天就变了，淅淅沥沥下起雨来。秋霖脉脉，阴晴不定，那天渐渐的黄昏，且阴的沉黑，兼着那雨滴竹梢，更觉凄凉。知宝钗不能来，便在灯下随便拿了一本书，却是《乐府杂稿》，有《秋闺怨》《别离恨》等词。黛玉不觉心有所感，亦不禁发于章句，遂成《代别离》一首，拟《春江花月夜》之格，乃名其词曰《秋窗风雨夕》。其词曰：

秋花惨淡秋草黄，耿耿秋灯秋夜长。

已觉秋窗秋不尽，那堪风雨助凄凉。
助秋风雨来何速，惊破秋窗秋梦绿。
抱得秋情不忍眠，自向秋屏移泪烛。
泪烛摇摇爇短檠，牵愁照恨动离情。
谁家秋院无风入，何处秋窗无雨声？
罗衾不奈秋风力，残漏声催秋雨急。
连宵脉脉复飕飕，灯前似伴离人泣。
寒烟小院转萧条，疏竹虚窗时滴沥。
不知风雨几时休，已教泪洒窗纱湿。

吟罢搁笔，方要安寝，丫鬟报说："宝二爷来了！"一语未完，只见宝玉头上戴着大箬笠，身上披着蓑衣。黛玉不觉笑了："那里来的渔翁！"宝玉忙问："今儿好些？一句。吃了药没有？两句。今儿一日吃了多少饭？"三句。一面说，一面摘了笠，脱了蓑衣，忙一手举起灯来，一手遮住灯光，向黛玉脸上照了一照，觑着眼细瞧了一瞧，笑道："今儿气色好了些！"

黛玉看脱了蓑衣，里面只穿半旧红绫短袄，系着绿汗巾子，膝下露出油绿绸撒花裤子，底下是掐金满绣的绵纱袜子，靸着蝴蝶落花鞋。黛玉问道："上头怕雨，底下这鞋袜子是不怕雨的？也倒干净！"宝玉笑道："我这一套是全的。有一双棠木屐，才穿了来，脱在廊檐上了。"黛玉又看那蓑衣斗笠不是寻常市卖的，十分细致轻巧，因说道："是什么草编的？怪道穿上不像那刺猬似的。"宝玉道："这三样都是北静王送的。他闲了下雨时在家里也是这样。你喜欢这个，我也弄一套来送你。别的都罢了，惟有这斗笠有趣，竟是活的。上头的这顶儿是活的，冬天下雪，戴上帽子，就把竹信子抽了，去下顶子来，只剩了这圈子。下雪时男女都戴得，我送你一顶，冬天下雪戴。”黛玉笑道：“我不要他。戴上那个，成个画儿上画的和戏上扮的渔婆了。”及说了出来，方想起话未忖夺，与方才说宝玉的话相连，后悔不及，羞的脸飞红，便伏在桌上嗽个不住。妙极之文。使黛玉自己直说出夫妻来，却又云“画的”“扮的”，本是闲谈，却是暗隐不吉之兆，所谓“画儿中爱宠”是也，谁曰不然？

宝玉却不留心，必云“不留心”方好，方是宝玉。若着心，又有何文字？且直是一时时猎色一贼矣。因见案上有诗，遂拿起来看了一遍，不禁叫好。黛玉听了，忙起来夺在手内，向灯上烧了。宝玉笑道：“我已背熟了，烧也无碍。”黛玉道：“我也好了些，多谢你一天来几次瞧我，下雨还来。这会子夜深了，我也要歇着，你且请回去，明儿再来。”宝玉听说，回手向怀中掏出一个核桃大小的一个金表来，瞧了一瞧，那针已指到戌末亥初之间。忙又揣了，说道：“原该歇了，又扰的你劳了半日神。”说着，披蓑戴笠出去了，又翻身进来问道：“你想什么吃，告诉我，我明儿一早回老太太，岂不比老婆子们说的明白！”直与后部宝钗之文遥遥针对。想彼姊妹房中婆子丫鬟皆有，随便皆可遣使，今宝玉独云“婆子”而不云“丫鬟”者，心内已度定丫鬟之为人，一言一事，无论大小，是方无错谬者也。一何可笑。黛玉笑道：“等我夜里想着了，明儿早起告诉你。你听雨越发紧了，快去罢。可有人跟着没有？”

有两个婆子答应：“有人，外面拿着伞，点着灯笼呢。”黛玉笑道：“这个天点灯笼？”宝玉道：“不相干，是明瓦的，不怕雨。”黛玉听了，回手向书架上把个玻璃绣球灯拿了下来，命点一支小蜡来，递与宝玉，道："这个又比那个亮，正是雨里点的。"宝玉道："我也有这么一个，怕他们失脚滑倒了打破了，所以没点来。"黛玉道："跌了灯值钱，跌了人值钱？你又穿不惯木屐子，那灯笼命他们前头点着。这个又轻巧又亮，原是雨里自己拿着的，你自己手里拿着这个，岂不好？明儿再送来，就失了手也有限的，怎么忽然又变出这'剖腹藏珠'的脾气来。"宝玉听说，连忙接了过来，前头两个婆子打着伞，提着明瓦灯，后头还有两个小丫鬟打着伞。宝玉便将这个灯递与一个小丫头捧着，宝玉扶着他的肩，一径去了。

就有蘅芜苑的一个婆子，也打着伞提着灯，送了一大包上等燕窝来，还有一包子洁粉梅片雪花洋糖，说："这比买的强。姑娘说了：姑娘先吃着，完了再送来。"黛玉回说"费心"，命他外头坐了吃茶。婆子笑道："不吃茶了，我还有事呢。"黛玉笑道："我也知道你们忙。如今天又凉，夜又长，越发该会个夜局，痛赌两场了。"婆子笑道："不瞒姑娘说，今年我大沾光儿了。横竖每夜各处有几个上夜的人，误了更也不好，不如会个夜局，又坐了更，又解闷儿。今儿又是我的头家，如今园门关了，就该上场了。"几句闲话，将潭潭大宅夜间所有之事描写一尽。虽偌大一园，且值秋冬之夜，岂不寥落哉！今用老妪数语，更写得每夜深人定之后，各处灯光灿烂，人烟簇集。柳陌小巷之中，或提灯同酒，或寒月烹茶者，竟仍有络绎人迹不绝。不但不见寥落，且觉更胜于日间繁华矣。此是大宅妙景，不可不写出。又伏下后文，且又衬出后文之冷落。此闲话中写出，正是不写之写也。脂砚斋评。黛玉听说，笑道："难为你。误了你发财，冒雨送来。"命人给他几百钱，打些酒吃，避避雨气。那婆子笑道："又破费姑娘赏酒吃。"说着，磕了一个头，外面接了钱，打伞去了。

紫鹃收起燕窝，然后移灯下帘，伏侍黛玉睡下。黛玉自在枕上感念宝钗，一时又羡他有母兄；一面又想宝玉虽素习和睦，终有嫌疑。又听见窗外竹梢蕉叶之上，雨声淅沥，清寒透幕，不觉又滴下泪来。直到四更将阑，方渐渐的睡了。暂且无话。要知端的——

请看赖大，则知贵家奴婢身份，而本主毫不以为过分，习惯自然，故是有之。见者当自度是否可也。

第四十六回

尴尬人难免尴尬事　鸳鸯女誓绝鸳鸯偶

裹脚与缠头，欲觅终身伴。顾影自为怜，静住深深院。好事不称心，恶语将人慢。誓死守香闺，远却杨花片。

此回亦有本而笔，非泛泛之笔也。只看他题纲用“尴尬”二字于邢夫人，可知包藏含蓄文字之中，莫能量也。

话说林黛玉直到四更将阑，方渐渐的睡去，暂且无话。

如今且说凤姐儿因见邢夫人叫他，不知何事，忙另穿戴了一番，坐车过来。邢夫人将房内人遣出，悄向凤姐儿道：“叫你来不为别事，有一件为难的事，老爷托我，我不得主意，先和你商议。老爷因看上了老太太的鸳鸯，要他在房里，叫我和老太太讨去。我想这倒平常有的事，只是怕老太太不给，你可有法子？”凤姐儿听了，忙道：“依我说，竟别碰这个钉子去，老太太离了鸳鸯，饭也吃不下去的，那里就舍得了？况且平日说起闲话来，老太太常说，老爷如今上了年纪，作什么左一个小老婆，右一个小老婆放在屋里，没的耽误了人家。放着身子不保养，官儿也不好生作去，成日家和小老婆喝酒。太太听这话，很喜欢老爷呢？这会子回避还恐回避不及，倒拿草棍儿戳老虎的鼻子眼儿去了！太太别恼，我是不敢去的。明放着不中用，而且反招出没意思来。老爷如今上了年纪，行事不妥，太太该劝才是，比不得年轻，作这些事无碍。如今兄弟、侄儿、儿子、孙子一大群，还这么闹起来，怎样见人呢？”

邢夫人冷笑道：“大家子三房四妾的也多，偏咱们就使不得？我劝了也未必依。就是老太太心爱的丫头，这么胡子苍白了，又作了官的一个大儿子，要了作房里人，也未必好驳回的。我叫了你来，不过商议商议，你先派上了一篇不是。也有叫你去的理？自然是我说去。你倒说我不劝，你还不知道那性子的，劝不成，先和我恼了。”

凤姐儿知道邢夫人禀性愚犟，只知承顺贾赦以自保，次则婪聚财货为自得，家下一应大小事务，俱由贾赦摆布。凡出入银钱事务，一经他手，便克啬异常。以贾赦浪费为名，“须得我就中俭省，方可偿补”，儿女奴仆，一人不靠，一言不听的。如今又听邢夫人如此的话，便知他又弄左性，劝了也不中用。连忙陪笑说道：“太太这话说的极是。我能活了多大，知道什么轻重？想来父母跟前，别说一个丫头，就是那么大的活宝贝，不给老爷给谁？背地里的话那里信得？我竟是个呆子。琏二爷或有日得了不是，老爷、太太恨的那样，恨不得立刻拿来一下子打死；及至见了面，也罢了，依旧拿着老爷、太太心爱的东西赏他。如今老太太待老爷，自然也是那样了。依我说，老太太今儿喜欢，要讨今儿就讨去。我先过去哄着老太太发笑，等太太过去了，我搭讪着走开，把屋子里的人我也带开，太太好和老太太说的。给了更好，不给也没妨碍，众人也不知道。”

邢夫人见他这般说，便又喜欢起来，又告诉他道：“我的主意先不和老太太要。老太太要说不给，这事便死了。我心里想着，先悄悄的和鸳鸯说。他虽害臊，我细细的告诉他，他自然不言语，就妥了。那时再和老太太说。老太太虽不依，搁不住他愿意，常言‘人去不中留’，自然这就妥了。”凤姐儿笑道：“到底是太太有智谋，这是千妥万妥的。别说是鸳鸯，凭他是谁，那一个不想巴高望上，不想出头的？这半个主子不做，倒愿意做个丫头，将来配个小子就完了。”邢夫人笑道：“正是这个话了。别说鸳鸯，就是那些执事的大丫头，谁不愿意这样呢？你先过去，别露一点风声，我吃了晚饭就过来。”

凤姐儿暗想：“鸳鸯素习是个可恶的，虽如此说，保不严他就愿意。我先过去了，太太后过去。若他依了，便没话说；倘或不依，太太是多疑的人，只怕就疑我走了风声，使他拿腔作势的。那时太太又见了应了我的话，羞恼变成怒，拿我出起气来，倒没意思。不如同着一齐过去了，他依也罢，不依也罢，就疑不到我身上了。”想毕，因笑道：“方才临来，舅母那边送了两笼子鹌鹑，我吩咐他们炸了，原要赶太太晚饭上送过来的。我才进大门时，见小子们抬车，说太太的车拔了缝，拿去收拾去了。不如这会子坐了我的车，一齐过去倒好。”邢夫人听了，便命人来换衣服。凤姐忙着伏侍了一回，娘儿两个坐车过来。凤姐儿又说道：“太太过老太太那里去，我若跟了去，老太太若问起我过去作什么的，倒不好。不如太太先去，我脱了衣裳再来。”

邢夫人听了有理，便自往贾母处，和贾母说了一回闲话，便出来假托往王夫人房里去。从后门出去，打鸳鸯的卧房前过。只见鸳鸯正然坐在那里做针线，见了邢夫人，忙站起来。邢夫人笑道："做什么呢？我瞧瞧！你扎的花儿越发好了。"一面说，一面便接他手内的针线瞧了一瞧，只管赞好。放下针线，又浑身打量。只见他穿着半新的藕合色的绫袄，青缎掐牙背心，下面水绿裙子，蜂腰削背，鸭蛋脸面，乌油头发，高高的鼻子，两边腮上微微的几点雀斑。

鸳鸯见这般看他，自己倒不好意思起来，心里便觉诧异，因笑问道："太太，这会子不早不晚的，过来做什么？"邢夫人使了个眼色儿，跟的人退出。邢夫人便坐下，拉着鸳鸯的手笑道："我特来给你道喜来了。"鸳鸯听了，心中已猜着三分，不觉红了脸，低了头不发一言。听邢夫人道："你知道，你老爷跟前竟没有个可靠的人，说得得体。我正想开口一句不知如何说，如此则妙极是极，如闻如见。心里再要买一个，又怕那些人牙子家出来的不干不净，也不知道毛病儿，买了来家，三日两日，又要肏鬼吊猴的。因满府里要挑一个家生女儿收了，又没个好的。不是模样儿不好，就是性子不好，有了这个好处，没了那个好处。因此冷眼选了半年，这些女孩子里头，就只你是个尖儿，模样儿，行事作人，温柔可靠，一概是齐全的。意思要和老太太讨了你去，收在屋里。你比不得外头新买的，你这一进去了，进门就开了脸，就封你姨娘，又体面，又尊贵。你又是个要强的人，俗语说的'金子终得金子换'，谁知竟被老爷看重了你。如今这一来，你可遂了素日志大心高的愿了，也堵一堵那些嫌你的人的嘴。跟了我回老太太去。"说着拉了他的手就要走。鸳鸯红了脸，夺手不行。

邢夫人知他害臊，因又说道："这有什么臊处？你又不用说话，只跟着我就是了。"鸳鸯只低了头不动身。邢夫人见他这般，便又说道："难道你不愿意不成？若果然不愿意，可真是个傻丫头了。放着主子奶奶不作，倒愿意作丫头？三年二年，不过配上个小子，还是奴才。你跟了我们去，你知道我的性子又好，又不是那不容人的人。老爷待你们又好，过一年半载，生下个一男半女，你就和我并肩了。家里人你要使唤谁，谁还不动？现成主子不做去，错过这个机会，后悔就迟了。"鸳鸯只管低了头，仍是不语。邢夫人又道："你这么个响快人，怎么又这样积粘起来？有什么不称心之处，只管说与我，我管你遂心如意就是了。"鸳鸯仍不语。邢夫人又笑道："想必你有老子娘，你自己不肯说话，怕臊。你等他们问你，这也是理。让我问他们去，叫他们来问你，有话只管告诉他们。"说毕，便往凤姐儿房中来。

凤姐儿早换了衣服，因房内无人，便将此话告诉了平儿。平儿也摇头笑道："据我看，此事未必妥。平常我们背着人说起话来，听他那主意，未必是肯的，也只说着瞧罢了。"凤姐儿道："太太必来这屋里商议，依了还可，若不依，白讨个臊，当着你们，岂不脸上不好看？你说给他们炸些鹌鹑，再有什么配几样，预备吃饭。你且别处逛逛去，估量着去了再来。"平儿听说，照样传给婆子们，便逍遥自在的往园子里来。

这里鸳鸯见邢夫人去了，必在凤姐儿房里商议去了，必定有人来问他的，不如躲了这里。终不免女儿气，不知躲在那里，方无人来罗唣。写得可怜、可爱。因找了琥珀说道："老太太要问我，只说我病了，没吃早饭，往园子里逛逛就来。"琥珀答应了。鸳鸯也往园子里来，各处游玩，不想正遇见平儿。平儿因见无人，便笑道："新姨娘来了。"鸳鸯听了，便红了脸，说道："怪道你们串通一气来算计我，等着我和你主子闹去就是了。"

平儿听了，自悔失言，便拉他到枫树底下，随笔带出妙景，正愁园中草木黄落，不想看此一句，便恍如置身于千霞万锦、绛雪红霜之中矣。坐在一块石上，越性把方才凤姐过去回来所有的形景言词、始末原由告诉与他。鸳鸯红了脸，向平儿冷笑道："这是咱们好，比如袭人、琥珀、素云、紫鹃、彩霞、玉钏儿、麝月、翠墨，跟了史姑娘去的翠缕，死了的可人和金钏，去了的茜雪，余按此一算，亦是十二钗。真镜中花、水中月、云中豹、林中之鸟、穴中之鼠。无数可考、无人可指、有迹可追、有形可据、九曲八折、远响近影、迷离烟灼、纵横隐现、千奇百怪、眩目移神，现千手千眼大游戏法也。脂砚斋。连上你我，这十来个人，从小儿什么话儿不说？什么事儿不作？这如今因都大了，各自干各自的去了，此语已可伤，犹未"各自干各自去"，后日更有各自之处也。知之乎？然我心里仍是照旧，有话有事，并不瞒你们。这话我且放在你心里，且别和二奶奶说：别说大老爷要我作小老婆，就是太太这会子死了，他三媒六聘的娶我去作大老婆，我也不能去。"

平儿方欲笑答，只听山石背后哈哈的笑道："好个没脸的丫头，亏你不怕牙碜！"二人听了不免吃了一惊。忙起身向山石背后找寻，不是别个，却是袭人笑着走了出来，问："什么事情，告诉我。"说着，三人坐在石上。平儿又把方才的话说与袭人听。袭人道："真真这话论理不该我们说，这个大老爷也太好色了。略平头正脸的，他就不放手了。"

平儿道："你既不愿意，我教你个法子，不用费事就完了。"

鸳鸯道："什么法子？你说来我听。"平儿笑道："你只和老太太说，就说已经给了琏二爷了，大老爷就不好要了。"鸳鸯啐道："什么东西！你还说呢，前儿你主子不是这么混说的？谁知应到今儿了。"袭人笑道："他们两个都不愿意，我就和老太太说，叫老太太说把你已经许了宝玉了，大老爷也就死了心了。"鸳鸯又是气，又是臊，又是急，因骂道："两个蹄子不得好死的，人家有为难的事，拿着你们当正经人，告诉你们与我排解排解，你们倒替换着取笑儿。你们自为都有了结果了，将来都是做姨娘的。据我看，天下的事未必都遂心如意。你们且收着些儿，别忒乐过了头儿。"

二人见他急了，忙陪笑央告道："好姐姐，别多心，咱们从小儿都是亲姊妹一般，不过无人处偶然取个笑儿。你的主意告诉我们知道，也好放心。"鸳鸯道："什么主意，我只不去就完了。"平儿摇头道："你不去未必得干休，大老爷的性子你是知道的，虽然你是老太太房里的人，此刻不敢把你怎么样，将来难道你跟老太太一辈子不成？也要出去的。那时落了他的手，倒不好了。"鸳鸯冷笑道："老太太在一日，我一日不离这里；若是老太太归西去了，他横竖还有三年的孝呢！没个娘才死了他先纳小老婆的。等过三年，知道又是怎么个光景？那时再说。纵到了至急为难，我剪了头发作姑子去；不然，还有一死。一辈子不嫁男人，又怎么样？乐得干净呢！"平儿袭人笑道："真这蹄子没了脸，越发信口儿都说出来了。"鸳鸯道："事到如此，臊一会怎么样！你们不信，慢慢的看着就是了。太太才说了，找我老子娘去。我看他南京找去。"平儿道："你的父母都在南京看房子，没上来，终究也寻的着。现在还有你哥哥嫂子在这里。可惜你是这里的家生女儿，不如我们两个人，是单在这里。”鸳鸯道：“家生女儿怎么样？‘牛不吃水强按头’？我不愿意，难道杀我的老子娘不成？”

正说着，只见他嫂子从那边走来。袭人道：“当时找不着你的爹娘，一定和你嫂子说了。”鸳鸯道：“这个娼妇，专管是个‘九国贩骆驼的’，听了这话，他有个不奉承去的？”说话之间，已来到跟前。他嫂子笑道：“那里没找到，姑娘跑了这里来！你跟了我来，我和你说话。”平儿、都忙让坐，他嫂子只说：“姑娘们请坐，我找我们姑娘说句话。”袭人、平儿都装不知道，笑道：“什么话这样忙？我们这里猜谜儿赢手批子打呢，等猜了这个再去。”鸳鸯道：“什么话，你说罢。”他嫂子笑道：“你跟我来，到那里我告诉你，横竖有好话儿。”鸳鸯道：“可是大太太和你说的那话？”他嫂子笑道：“姑娘既知道，还奈何我！快来，我细细的告诉你，可是天大的喜事。”

鸳鸯听说，立起身来，照他嫂子脸上下死劲啐了一口，指着他骂道：“你快夹着屄嘴离了这里，好多着呢！什么‘好话’！宋徽宗的鹰、赵子昂的马，都是好画儿。什么‘喜事’！状元痘儿灌的浆儿又满，是喜事。怪道成日家羡慕人家女儿作了小老婆了，一家子都仗着他横行霸道的，一家子都成了小老婆了！看的眼热了，也把我送在火坑里去。我若得脸呢，你们在外头横行霸道，自己就封自己是舅爷了。我若不得脸败了时，你们把忘八脖子一缩，生死由我。”一面说，一面哭，平儿、袭人拦着劝。

他嫂子脸上下不来，因说道：“愿意不愿意，你也好说，不犯着牵三挂四的。俗语说‘当着矮人，别说短话’。姑奶奶骂我，我不敢还言；这二位姑娘并没有惹着你，小老婆长小老婆短，大家脸上怎么过得去。”袭人、平儿忙道：“你倒别这么说，他也并不是说我们，你倒别牵三挂四的。你听见那位太太、太爷们封我们做小老婆？况且我们两个也没有爹娘、哥哥兄弟在这门子里仗着我们横行霸道的。他骂的人自有他骂的，我们犯不着多心。”鸳鸯道：“他见我骂了他，他臊了，没的盖脸，又拿话挑唆你们两个。幸亏你们两个明白。原是我急了，也没分别出来，他就挑出这个空儿来。”他嫂子自觉没趣，赌气去了。

鸳鸯气得还骂，平儿、袭人劝他一回，方才罢了。平儿因问袭人道：“你在那里藏着做甚么的？我们竟没看见你。”袭人道：“我因为往四姑娘房里瞧我们宝二爷去的，谁知迟了一步，说是来家里来了。我疑惑怎么不遇见呢，想要往林姑娘家里找去，又遇见他的人说也没去。我这里正疑惑是出园子去了，可巧你从那里来了，我一闪，你也没看见。后来他又来了。我从这树后头走到山子石后，我却见你两个说话来了，谁知你们四个眼睛没见我。”

一语未了，又听身后笑道：“四个眼睛没见你？你们六个眼睛竟没见我！”三人唬了一跳，回身一看，不是别个，正是宝玉走来。通部情案，皆必从石兄挂号，然各有各稿，穿插神妙。袭人先笑道：“叫我好找。你那里来？”宝玉笑道：“我从四妹妹那里出来，迎头看见你来了，我就知道是找我去的，我就藏了起来哄你，看你趋着头过去了，进了院子就出来了，逢人就问。我在那里好笑，只等你到了跟前唬你一跳的，后来见你也藏藏躲躲的，我就知道也是要哄人了。我探头往前看了一看，却是他两个，所以我就绕到你身后。你出去，我就躲在你躲的那里了。”平儿笑道：“咱们再往后找找去，只怕还找出两个人来也未可知。”宝玉笑道：“这可再没了！”

鸳鸯已知话俱被宝玉听了，只伏在石头上装睡。宝玉笑推他道：“这石头上冷，咱们回房里去睡，岂不好？”说着，拉起鸳鸯来，又忙让平儿来家坐吃茶。平儿和袭人都劝鸳鸯走，鸳鸯方立起身来，四人竟往怡红院来。宝玉将方才的话俱已听见，心中自然不快，只默默的歪在床上，任他三人在外间说笑。

那边邢夫人因问凤姐儿鸳鸯的父母，凤姐因回说：“他爹的名字叫金彩，姓金名彩，由“鸳鸯”二字化出，因文而生文也。两口子都在南京看房子，从不大上京。他哥哥金文翔，更妙！现在是老太太那边的买办。他嫂子也是老太太那边浆洗的头儿。”只鸳鸯一家，写的荣府中人各有各职，如目已睹。邢夫人便令人叫了他嫂子金文翔媳妇来，细细说与他。金家媳妇自是喜欢，兴兴头头去找鸳鸯，指望一说必妥，不想被鸳鸯抢白一顿。又被袭人、平儿说了几句，羞恼回来，便对邢夫人说：“不中用，他倒骂了我一场。”

因凤姐儿在旁，不敢提平儿，只说：“袭人也帮着他抢白我，也说了许多不知好歹的话，回不得主子的。太太和老爷商议再买罢。谅那小蹄子也没有这么大福，我们也没有这么大造化。”邢夫人听了，因说道：“又与袭人什么相干？他如何知道的？”又问：“还有谁在跟前？”金家的道：“还有平姑娘。”凤姐儿忙道：“你不该拿嘴巴子打他回来？我一出了门，他就逛去了，回家来连一个影儿也摸不着他！他必定也帮着说什么呢！”金家的道：“平姑娘没在跟前，远远的看着倒像是他，可也不真切，不过是我白忖度。”凤姐便命人去：“快打了他来，告诉他我来家了，太太也在这里，请他来帮个忙儿。”丰儿忙上来回道：“林姑娘打发了人下请字，请了三四次，他才去了。奶奶一进门我就叫他去的，林姑娘说：‘告诉你奶奶，我烦他有事呢。’”凤姐儿听了方罢，故意的还说：“天天烦他，有些什么事。”

邢夫人无计，吃了饭回家，晚间告诉了贾赦。贾赦想了一想，即刻叫贾琏来说：“南京的房子还有人看着，不止一家，即刻叫上金彩来。”贾琏回道：“上次南京信来，金彩已经得了痰迷心窍，那边连棺材银子都赏了，不知如今是死是活。便是活着，人事不知，叫来也无用，他老婆子又是个聋子。”贾赦听了，喝了一声，又骂：“下流囚攮的，偏你这么知道，还不离了我这里！”唬的贾琏退出。一时又叫传金文翔。贾琏在外书房伺候着，不敢家去，又不敢见他父亲，只得听着。一时金文翔来了，小幺儿们直带入二门里去。隔了五六顿饭的工夫才出来去了。贾琏暂且不敢打听，隔了一会，又打听贾赦睡了，方才过来。至晚间凤姐儿告诉他，方才明白。

鸳鸯一夜没睡。至次日，他哥哥回贾母接他家去逛逛，贾母允了，命他出去。鸳鸯意欲不去，又怕贾母疑心，只得勉强出来。他哥哥只得将贾赦的话说与他。又许他怎么体面，又怎么当家作姨娘。鸳鸯只咬定牙不愿意。

他哥哥无法，少不得去回覆了贾赦。贾赦怒起来，因说道：“我这话告诉你，叫你女人向他说去，就说我的话，‘自古嫦娥爱少年’，他必定嫌我老了，大约他恋着少爷们，多半是看上了宝玉，只怕也有贾琏。果有此心，叫他早早歇了心。我要他不来，此后谁还敢收？此是一件。第二件，想着老太太疼他，将来自然往外聘作正头夫妻去。叫他细想，凭他嫁到谁家去，也难出我的手心。除非他死了，或是终身不嫁男人，我就伏了他。若不然时，叫他趁早回心转意，有多少好处！”贾赦说一句，金文翔应一声“是”。贾赦道：“你别哄我，我明儿还打发你太太过去问鸳鸯，你们说了，他不依，便没你们的不是。若问他，他再依了，仔细你的脑袋。”

金文翔忙应了又应，退出回家，也不等得告诉他女人转说，竟自己对面说了这话。把个鸳鸯气的无话可回，想了一想，便说道：“我便愿意去，也须得你们带了我去回声老太太去。”他哥嫂听了，只当回想过来，都喜之不胜。他嫂子即刻带了他上来见贾母。

可巧王夫人、薛姨妈、李纨、凤姐儿、宝钗等姊妹并外头的几个执事有头脸的媳妇，都在贾母跟前凑趣儿呢。鸳鸯喜之不尽，拉了他嫂子，到贾母跟前跪下，一行哭，一行说，把邢夫人怎么来说，园子里他嫂子又如何说，今儿他哥哥又如何说，“因为不依，方才大老爷越性说我恋着宝玉，不然要等着往外聘，我到天上，这一辈子也跳不出他的手心去，终久要报仇。我是横了心的，当着众人在这里，我这一辈子莫说是‘宝玉’，便是‘宝金’‘宝银’‘宝天王’‘宝皇帝’，横竖不嫁人就完了。就是老太太逼着我，我一刀抹死了，也不能从命！若有造化，我死在老太太之先；若没造化，该讨吃的命，伏侍老太太归了西，我也不跟着我老子娘、哥哥去，我或是寻死，或是剪了头发当尼姑去！若说我不是真心，暂且拿话支吾，日后再图别的，天地鬼神，日头月亮照着嗓子，从嗓子里头长疔烂了出来，烂化成酱在这里！”原来他一进来时，便袖了一把剪子，一面说着，一面左手打开头发，右手便铰。众婆娘丫鬟忙来拉住，已剪下半绺来了。众人看时，幸而他的头发极多，铰的不透，连忙替他挽上。

贾母听了，气的浑身乱战，口内只说："我通共剩了这么一个可靠的人，他们还要来算计！"因见王夫人在旁，便向王夫人道："你们原来都是哄我的！外头孝敬，暗地里盘算我。有好东西也来要，有好人也要，剩了这么个毛丫头，见我待他好了，你们自然气不过，弄开了他，好摆弄我！"王夫人忙站起来，不敢还一言。千奇百怪，王夫人亦有罪乎？老人家迁怒之言，必应如此。薛姨妈见连王夫人怪上，反不好劝的了。李纨一听见鸳鸯的话，早带了姊妹们出去。

探春是有心的人，想王夫人虽有委曲，如何敢辩；薛姨妈也是亲姊妹，自然也不好辩的；宝钗也不便为姨母辩；李纨、凤姐、宝玉一概不敢辩；这正用着女孩儿之时，迎春老实，惜春小，因此窗外听了一听，便走进来陪笑向贾母道："这事与太太什么相干？老太太想一想，也有大伯子要收屋里的人，小婶如何知道？便知道，也推不知道。"犹未说完，贾母笑道："可是我老糊涂了！姨太太别笑话我，你这个姐姐他极孝顺我，不像我那大太太一味怕老爷，婆婆跟前不过应景儿。可是委屈了他。"薛姨妈只答应"是"，又说："老太太偏心，多疼小儿子媳妇，也是有的。"贾母道："不偏心。"因又说道："宝玉，我错怪了你娘，你怎么也不提我，看着你娘受委屈？"宝玉笑道："我偏着娘，说大爷大娘不成？通共一个不是，我娘在这里不认，却推谁去？我倒要认是我的不是，老太太又不信。"贾母笑道："这也有理，你快给你娘跪下，你说太太别委屈了，老太太有年纪了，看着宝玉罢。"

宝玉听了，忙走过去，便跪下要说。王夫人忙笑着拉他起来，说："快起来，快起来，断乎使不得！终不成你替老太太给我赔不是不成？"宝玉听说，忙站起来。宝玉亦有罪了。贾母又笑道："凤姐儿也不提我。"阿凤也有了罪。奇奇怪怪之文，所谓《石头记》不是作出来的。凤姐儿笑道："我倒不派老太太的不是，老太太倒寻上我了？"贾母听了，与众人都笑道："这可奇了！倒要听听这不是。"凤姐儿道："谁教老太太会调理人，调理的水葱儿似的，怎么怨得人要？我幸亏是孙子媳妇，若是孙子，我早要了，还等到这会子呢！"贾母笑道："这倒是我的不是了？"凤姐儿笑道："自然是老太太的不是了。"贾母笑道："这样，我也不要了，你带了去罢！"凤姐儿道："等着修了这辈子，来生托生男人，我再要罢！"贾母笑道："你带了去，给琏儿放在屋里，看你那没脸的公公还要不要了！"凤姐儿道："琏儿不配，就只配我和平儿这一对烧糊了的卷子和他混罢！"说的众人都笑起来了。丫鬟回说："大太太来了。"王夫人忙迎了出去。

要知端的——

鸳鸯女从热闹中别具一副肠胃，"不轻许人"一事，是宦途中药石仙方。

第四十七回

呆霸王调情遭苦打　冷郎君惧祸走他乡

不是同人，且莫浪作知心语。似假如真，事事应难许。着紧温存，白雪阳春曲。谁堪比，船上要离，未解奸侠起。

话说王夫人听见邢夫人来了，连忙迎了出去。邢夫人犹不知贾母已知鸳鸯之事，正还要来打听信息。进了院门，早有几个婆子悄悄的回了他，他方知道。待要回去，里面已知，又见王夫人接了出来，少不得进来。先与贾母请安，贾母一声儿不言语，自己也觉得愧悔。凤姐儿早指一事回避了。鸳鸯也自回房去生气。薛姨妈、王夫人等恐碍着邢夫人的脸面，也都渐渐的退了。邢夫人且不敢出去。

贾母见无人，方说道："我听见你替你老爷说媒来了，你倒也三从四德，只是这贤慧也太过了！你们如今也是孙子、儿子满眼了，你还怕他，劝两句都使不得，还由着你老爷性儿闹。"邢夫人满面通红，回道："我劝过几次不依。老太太还有什么不知道呢，我也是不得已儿。"贾母道："他逼着你杀人，你也杀去？如今你也想想，你兄弟媳妇本来老实，又生的多病多痛，上上下下那不是他操心？你一个媳妇，虽然帮着，也是天天丢下笆儿弄扫帚，凡百事情，我如今都自己减了。他们两个就有一些不到的去处，有鸳鸯，那孩子还心细些，我的事情他还想着一点子，该要去的，他就要了来；该添什么，他就度空儿告诉他们添了。鸳鸯再不这样，他娘儿两个，里头外头，大的小的，那里不忽略一件半件，我如今反倒自己操心去不成？还是天天盘算和你们要东西去？我这屋里有的没的，剩了他一个，年纪也大些，我凡百的脾气性格儿，他还知道些。二则他还投主子们的缘法，也并不指着我和这位太太要衣裳去，又和那位奶奶要银子去。所以这几年，一应事情，他说什么，从你小婶和你媳妇起，以至家下大大小小，没有不信的。所以不单我得靠，连你小婶媳妇也都省心。我有了这么个人，便是媳妇和孙子媳妇有想不到的，我也不得缺了，也没气可生了。这会子他去了，你们弄个什么人来我使？你们就弄个他那么大一个真珠的人来，不会说话也无用。我正要打发人和你老爷说去，他要什么人，我这里有钱，叫他只管一万八千的买，就只这个丫头不能。留下他伏侍我几年，就比他日夜伏侍我尽了孝的一般。你来的也巧，你就去说，更妥当了。”

说毕，命人来：“请了姨太太、你姑娘们来说个话儿。才高兴，怎么又都散了？”丫头们忙答应着去了。众人忙赶的又来。只有薛姨妈向丫鬟道：“我才来了，又作什么去？你就说我睡了觉了。”那丫头道：“好亲亲的姨太太，姨祖宗！我们老太太生气呢，你老人家不去，没个开交了，只当疼我们罢。你老人家嫌乏，我背了你老人家去。”薛姨妈道：“小鬼头儿，你怕些什么？不过骂几句完了。”说着，只得和这小丫头子走来。贾母忙让坐，又笑道：“咱们斗牌罢。姨太太的牌也生，咱们一处坐着，别叫凤姐儿混了我们去。”薛姨妈笑道：“正是呢，老太太替我看着些儿。就是咱们娘儿四个斗呢，还是再添个呢？”王夫人笑道：“可不只四个。”老实人言语。凤姐儿道：“再添一个人热闹些。”贾母道：“叫鸳鸯来，叫他在这下手里坐着。姨太太眼花了，咱们两个的牌都叫他瞧着些儿。”凤姐儿叹了一声，向探春道：“你们知书识字的，倒不学算命？”探春道：“这又奇了，这会子你倒不打点精神赢老太太几个钱，又想算命？”凤姐道：“我正要算算命儿，该输多少钱呢，我还想赢呢！你瞧瞧，场子没上，左右都埋伏下了！”说的贾母、薛姨妈都笑了。

一时鸳鸯来了，便坐在贾母下手。鸳鸯之下便是凤姐儿。铺下红毡，洗牌告幺。五人起牌。斗了一回，鸳鸯见贾母的牌已十严，只等一张二饼，便递了个暗号与凤姐儿。凤姐儿正该发牌，便故意踌躇半晌，笑道：“我这一张牌，定在姨妈手里扣着呢，我若不发这一张，再顶不下来的。”薛姨妈道：“我手里并没有你的牌。”凤姐儿道：“我回来是要查的。”薛姨妈道：“你只管查，你且发下来，我瞧瞧是张什么。”凤姐儿便送在薛姨妈跟前。薛姨妈一看是个二饼，便笑道：“我倒不稀罕他，只怕老太太满了。”凤姐儿听了，忙笑道：“我发错了。”贾母笑的已掷下牌来，说：“你敢拿回去！谁叫你错的不成？”凤姐儿道：“可是我要算一算命呢！这是自己发的，也怨埋伏。”贾母笑道：“可是呢，你自己该打着你那嘴，问着你自己才是。”又向薛姨妈笑道：“我不是小器爱赢钱，原是个彩头儿。”薛姨妈笑道：“可不是这样，那里有那样糊涂人说老太太爱钱呢？”凤姐儿正数着钱，听了这话，忙又把钱穿上了，向众人笑道：“够了我的了，竟不为赢钱，单为赢彩头儿，我到底小器，输了就数钱，快收起来罢。”

贾母规矩是鸳鸯代洗牌，因和薛姨妈说笑，不见鸳鸯动手。贾母道：“你怎么恼了，连牌也不替我洗。”鸳鸯拿起牌来，笑道：“二奶奶不给钱。”贾母道：“他不给钱，那是他交运了。”便命小丫头子：“把他那一吊钱都拿过来。”小丫头子真就拿了，搁在贾母旁边。凤姐儿笑道：“赏我罢，我照数儿给就是了。”薛姨妈笑道：“果然是凤丫头小器，不过是顽儿罢了。”凤姐听说，便站起来拉着薛姨妈，回头指着贾母素日放钱一个木匣子笑道：“姨妈瞧瞧，那个里头不知顽了我多少去了。这一吊钱顽不了半个时辰，那里头的钱就招手儿叫他了。只等把这一吊也叫进去了，牌也不用斗了，老祖宗的气也平了，又有正经事差我办去了。”话未说完，引的贾母众人笑个不住。偏有平儿怕钱不够，又送了一吊来。凤姐儿道：“不用放在我跟前，也放在老太太的那一处罢。一齐叫进去倒省事，不用做两次，叫箱子里的钱费事。”贾母笑的手里的牌撒了一桌子，推着鸳鸯，叫：“快撕他的嘴。”

平儿依言放下钱，也笑了一回，方回来。至院门前遇见贾琏，问他：“太太在那里呢？老爷叫我请过去呢！”平儿忙笑道：“在老太太跟前呢，站了这半日还没动呢。趁早儿丢开手罢。老太太生了半日气，这会子亏二奶奶凑了半日趣儿，才略好了些。”贾琏道：“我过去只说讨老太太的示下，十四往赖大家去不去，好预备轿子的。又请了太太，又凑了趣儿，岂不好？”平儿笑道：“依我说，你竟不去罢，合家子连太太、宝玉都有了不是，这会子你又填限去了。”贾琏道：“已经完了，难道还找补不成？况且与我又无干。二则老爷亲自吩咐我请太太的，这会子我打发人去，倘或知道了，正没好气呢，指着这个拿我出气罢。”说着就走。平儿见他说的有理，也便跟了过来。

贾琏到了堂屋里，便把脚步放轻了，往里间探头，只见邢夫人站在那里。凤姐儿眼尖，先瞧见了，使眼色不命他进来，又使眼色与邢夫人。邢夫人不便就走，只得倒了一碗茶来，放在贾母跟前。贾母一回身，贾琏不防，便没躲伶俐。贾母便问：“外头是谁，倒像个小子一伸头。”凤姐儿忙起身说：“我也恍惚看见一个人影儿，让我瞧瞧去。”一面说，一面起身出来。贾琏忙进去，陪笑道：“打听老太太十四可出门？好预备轿子。”贾母道：“既这么样，怎么不进来？又作鬼作神的。”贾琏陪笑道：“见老太太玩牌，不敢惊动，不过叫媳妇出来问问。”贾母道：“就忙到这一时，等他家去，你问多少问不得？那一遭儿你这么小心来着！又不知是来作耳报神的，也不知是来作探子的，鬼鬼祟祟的，倒唬了我一跳，什么好下流种子。你媳妇和我顽牌呢，还有半日的空儿，你家去再和那赵二家的商量治你媳妇去罢。”说着，众人都笑了。鸳鸯笑道：“鲍二家的，老祖宗又拉上赵二家的。”贾母也笑道：“可是，我那里记得什么抱着背着的，提起这些事来，不由我不生气！我进了这门子作重孙子媳妇起，到如今我也有了重孙子媳妇了，连头带尾五十四年，凭着大惊大险、千奇百怪的事也经了些，从没经过这些事。还不离了我这里呢。”

贾琏一声儿不敢说，忙退了出来。平儿站在窗外悄悄的笑道：“我说着你不听，到底碰在网里了。”正说着，只见邢夫人也出来，贾琏道：“都是老爷闹的，如今都搬在我和太太身上。”邢夫人道：“我把你没孝心雷打的下流种子！人家还替老子死呢，白说了几句，你就抱怨了。你还不好好的呢。这几日生气，仔细他捶你。”贾琏道：“太太快过去罢，叫我来请了好半日了。”说着，送他母亲出来过那边去。

邢夫人将方才的话只略说了几句，贾赦无法，又含愧，自此便告病，且不敢见贾母，只打发邢夫人及贾琏每日过去请安。只得又各处遣人购求寻觅，终究费了八百两银子，买了一个十七岁的女孩子来，名唤嫣红，收在屋内。不在话下。

这里斗了半日牌，吃晚饭才罢。此一二日间无话。

展眼到了十四日，黑早，赖大的媳妇又进来请。贾母高兴，便带了王夫人、薛姨妈及宝玉姊妹等，到赖大花园中坐了半日。那花园虽不及大观园，却也十分齐整宽阔。泉石林木，楼阁亭轩，也有好几处惊人骇目的。外面厅上，薛蟠、贾珍、贾琏、贾蓉并几个近族的，很远的也没来，贾赦也没来。赖大家内也请了几个现任的官长并几个世家子弟作陪。因其中有柳湘莲，薛蟠自上次会过一次，已念念不忘。又打听他最喜串戏，且串的都是生旦风月戏文，不免错会了意，误认他作了风月子弟，正要与他相交，恨没有个引进。这日可巧遇见，竟觉无可不可。且贾珍也慕他的名，酒盖住了脸，就求他串了两出戏。下来，移席和他一处坐着，问长问短，说此说彼。

那柳湘莲原是世家子弟，读书不成，父母早丧，素性爽侠，不拘细事，酷好耍枪舞剑，赌博吃酒，以至眠花卧柳，吹笛弹筝，无所不为。因他年纪又轻，生得又美，不知他身份的人，却误认作优伶一类。那赖大之子赖尚荣与他素习交好，故他今日请来作陪。不想酒后别人犹可，独薛蟠又犯了旧病。他心中早已不快，得便意欲走开完事，无奈赖尚荣死也不放。赖尚荣又说："方才宝二爷又嘱咐我，才一进门虽见了，只是人多不好说话，叫我嘱咐你散的时候别走，他还有话说呢。你既一定要去，等我叫出他来，你两个见了再走，与我无干。"说着，便命小厮们到里头找一个老婆子，悄悄告诉，"请出宝二爷来"。那小厮去了没一盏茶时，果见宝玉出来了。赖尚荣向宝玉笑道："好叔叔，把他交给你，我张罗人去了。"说着一径去了。

宝玉便拉了柳湘莲到厅侧小书房中坐下，问他这几日可到秦钟的坟上去了。忽提此人，使我堕泪。近几回不见提此人，自谓不表矣。乃忽于此处柳湘莲提及，所谓"方以类聚，物以群分"也。湘莲道："怎么不去？前日我们几个人放鹰去，离他坟上还有二里。我想今年夏天的雨水勤，恐怕他的坟站不住。我背着众人，走去瞧了一瞧，果然又动了一点子，回家来就便弄了几百钱，第三日一早出去，雇了两个人收拾好了。"宝玉道："怪道呢，上月我们大观园的池子里头结了莲蓬，我摘了十个，叫茗烟出去到坟上供他去。回来我也问他可被雨冲坏了没有。他说不但不冲，且比上回又新了些。我想着，不过是这几个朋友新筑了。我只恨我天天圈在家里，一点儿做不得主，行动就有人知道，不是这个拦，就是那个劝的，能说不能行。虽然有钱，又不由我使。"湘莲道："这个事也用不着你操心，外头有我，你只心里有了就是。眼前十月一，我已经打点下上坟的花消。你知道我一贫如洗，家里是没的积聚，纵有几个钱来，随手就光的，不如趁空儿留下这一分，省得到了跟前扎煞手。"

宝玉道："我也正为这个要打发茗烟找你，你又不大在家，知道你天天萍踪浪迹，没个一定的去处。”湘莲道：“你也不用找我。这个事也不过各尽其道。眼前我还要出门去走走，外头逛个三年五载再回来。”宝玉听了，忙问道：“这是为何？”柳湘莲冷笑道：“你不知道我的心事，等到跟前你自然知道。我如今要别过了。”宝玉道：“好容易会着，晚上同散岂不好？”湘莲道：“你那令姨表兄还是那样，再坐着未免有事，不如我回避了倒好。”宝玉想了一想，道：“既是这样，倒是回避他为是。只是你要果真远行，必须先告诉我一声，千万别悄悄的去了。”说着便滴下泪来。柳湘莲道：“自然要辞的，你只别和别人说就是了。”说着，便站起来要走。又道：“你们进去，不必送我。”一面说，一面出了书房。

刚至大门前，早遇见薛蟠在那里乱嚷乱叫说：“谁放了小柳儿走了！”柳湘莲听了，火星乱迸，恨不得一拳打死。复思酒后挥拳，又碍着赖尚荣的脸面，只得忍了又忍。薛蟠忽见他走出来，如得了珍宝，忙趔趄着上来一把拉住，笑道：“我的兄弟，你往那里去了？”湘莲道：“走走就来。”薛蟠笑道：“好兄弟，你一去都没兴了，好歹坐一坐，你就疼我了。凭你有什么要紧的事，交给哥，你只别忙，有你这个哥，你要做官发财都容易。”

湘莲见他如此不堪，心中又恨又愧，早生一计，便拉他到避人之处，笑道：“你真心和我好，假心和我好呢？”薛蟠听这话，喜得心痒难挠，乜斜着眼忙笑道：“好兄弟，你怎么问起我这话来？我要是假心，立刻死在眼前。”湘莲道：“既如此，这里不便。等坐一坐，我先走，你随后出来，跟我到下处，咱们替另喝一夜酒。我那里还有两个绝好的孩子，从没出门。你可连一个跟的人也不用带，到了那里，伏侍的人都是现成的。”薛蟠听如此说，喜得酒醒了一半，说：“果然如此？”湘莲道：“如何！人拿真心待你，你倒不信了。”薛蟠忙笑道：“我又不是呆子，怎么有个不信的呢？既如此，我又不认得，你先去了，我在那里找你？”湘莲道：“我这下处在北门外头，你可舍得家，城外住一夜去？”薛蟠笑道：“有了你，我还要家做什么！”湘莲道：“既如此，我在北门外头桥上等你。咱们席上且吃酒去，你看我走了之后你再走，他们就不留心了。”薛蟠听了，连忙答应。于是二人复又入席，饮了一回。那薛蟠难熬，只拿眼看湘莲，心内越想越乐，左一壶右一壶，并不用人让，自己便吃了又吃，不觉酒已八九分了。

湘莲便起身出来，瞅人不防去了。至门外，命小厮杏奴：“先家去罢，我到城外就来。”说毕，已跨马直出北门，桥上等候薛蟠。没顿饭时工夫，只见薛蟠骑着一匹大马，远远的赶了来，张着嘴，瞪着眼，头似拨浪鼓一般不住左右乱瞧。及至从湘莲马前过去，只顾望远处瞧，不曾留心近处，反踩过去了。湘莲又是笑，又是恨，便也撒马随后赶来。薛蟠往前看时，渐渐人烟稀少，便又圈马回来再找，不想一回头见了湘莲，如获奇珍，忙笑道：“我说你是个再不失信的。”湘莲笑道：“快往前走，仔细人看见跟了来，就不便了。”说着，先就撒马前去，薛蟠也紧紧跟来。

湘莲见前面人迹已稀，且有一带苇塘，便下马，将马拴在树上，向薛蟠笑道：“你下来，咱们先设个誓，日后要变了心，告诉人去的，便应了誓。”薛蟠笑道：“这话有理。”连忙下了马，也拴在树上，便跪下说道：“我要日久变心，告诉人去的，天诛地灭！”一语未了，只听“嘡”的一声，颈后好似铁锤砸下来，只觉得一阵黑，满眼金星乱迸，身不由己，便倒下来。

湘莲走上来瞧瞧，知道他是个笨家，不惯捱打，只使了三分气力，向他脸上拍了几下，登时便开了果子铺。薛蟠先还要挣挫起来，又被湘莲用脚尖点了两点，仍旧跌倒，口内说道："原是两家情愿，你不依，只好说，为什么哄出我来打我？"一面说，一面乱骂。湘莲道："我把你瞎了眼的，你认认柳大爷是谁！你不说哀求，你还伤我！我打死你也无益，只给你个利害罢。"说着，便取了马鞭过来，从背至胫，打了三四十下。薛蟠酒已醒了大半，觉得疼痛难禁，不禁有"嗳哟"之声。湘莲冷笑道："也只如此。我只当你是不怕打的。"一面说，一面又把薛蟠的左腿拉起来，朝苇中泞泥处拉了几步，滚的满身泥水，又问道："你可认得我了？"薛蟠不应，只伏着哼哼。

湘莲又掷下鞭子，用拳头向他身上擂了几下，薛蟠便乱滚乱叫，说："肋条折了。我知道你是正紧人，因为我错听了旁人的话了。"湘莲道："不用拉别人，你只说现在的。"薛蟠道："现在没什么说的，不过你是个正紧人，我错了。"湘莲道："还要说软些才饶你。"薛蟠哼哼着道："好兄弟。"湘莲便又一拳，薛蟠"嗳哟"一声道："好哥哥。"湘莲又连两拳。薛蟠忙"嗳哟"叫道："好老爷，饶了我这没眼睛的瞎子罢。从今以后我敬你怕你了。"湘莲道："你把那水喝两口。"薛蟠一面听了，一面皱眉道："那水脏的很，怎么喝的下去！"湘莲举拳就打。薛蟠忙道："我喝，喝。"说着，只得俯头向苇根下喝了一口，犹未咽下去，只听"哇"的一声，把方才吃的东西都吐了出来。湘莲道："好脏东西，你快吃尽了饶你。"薛蟠听了，叩头不迭道："好歹积阴功饶我罢。这至死不能吃的。"湘莲道："这样气息，倒薰坏了我。"说着丢下薛蟠，便牵马认镫去了。这里薛蟠见他已去，方放下心来，后悔自己不该误认了人。待要挣挫起来，无奈遍身疼痛难禁。

谁知贾珍等席上忽然不见了他两个，各处寻找不见。有人说："恍惚出北门去了。"薛蟠的小厮们素日是惧他的，他吩咐不许跟去，谁还敢找去？亦如秦法自误。后来还是贾珍不放心，命贾蓉带着小厮们寻踪问迹的直找出北门，下桥二里多路，忽见苇坑边薛蟠的马拴在那里。众人都道："可好了，有马必有人。"一齐来至马前，只听苇中有人呻吟，大家忙走来一看，只见薛蟠衣衫零碎，面目肿破，没头没脸，遍身内外，滚的似个泥猪一般。

贾蓉心内已猜着了九分了，忙下马令人搀了出来，笑道："薛大叔天天调情，今儿调到苇子坑里来了。必定是龙王爷也爱上你风流，要你招驸马去，你就碰到龙犄角上了。"薛蟠羞的恨没地缝儿钻不进去，那里爬的上马去？贾蓉只得命人赶到关厢里雇了一乘小轿子，薛蟠坐了，一齐进城。贾蓉还要抬往赖家去赴席，薛蟠百般央告，又命他不要告诉人，贾蓉方依允了，让他各自回家。贾蓉仍往赖家回复贾珍，并说方才形景。贾珍也知为湘莲所打，也笑道："他须得吃个亏才好。"至晚散了，便来问候。薛蟠自在卧房将养，推病不见。

贾母等回来各自归家时，薛姨妈与宝钗见香菱哭得眼睛肿了。问其原故，忙赶来瞧薛蟠时，脸上身上虽有伤痕，并未伤筋动骨。薛姨妈又是心疼，又是发恨，骂一回薛蟠，又骂一回柳湘莲，意欲告诉王夫人，遣人寻拿柳湘莲。宝钗忙劝道："这不是什么大事，不过他们一处吃酒，酒后反脸常情。谁醉了，多挨几下子打，也是有的。况且咱们家无法无天，也是人所共知的。妈不过是心疼的缘故。要出气也容易，等三五天哥哥养好了出去时，那边珍大爷、琏二爷这干人也未必白丢开了，自然备个东道，叫了那个人来，当着众人替哥哥赔不是，认罪就是了。如今妈先当件大事告诉众人，倒显得妈偏心溺爱，纵容他生事招人。今儿偶然吃了一次亏，妈就这样兴师动众，倚着亲戚之势，欺压常人。”薛姨妈听了道：“我的儿，到底是你想的到，我一时气糊涂了。”宝钗笑道：“这才好呢，他又不怕妈，又不听人劝，一天纵似一天，吃过两三个亏，他倒罢了。”

薛蟠睡在炕上痛骂柳湘莲，又命小厮们去拆他的房子，打死他，和他打官司。薛姨妈禁住小厮们，只说柳湘莲一时酒后放肆，如今酒醒，后悔不及，惧罪逃走了。薛蟠听见如此说了，要知端的——

题曰柳湘莲走他乡，必谓写湘莲如何走，今却不写，反细写阿呆兄之游艺，了却湘莲之分内走者，而不细写其走，反写阿呆不应走而写其走，文牵歧路，令人不识者如此。

至情小妹回申，方写湘莲文字，真神化之笔。

自斗牌一节，写贵家长上之尊重，卑幼之侍奉；遭打一节，写薛蟠之呆，湘莲之豪，薛母、宝钗之言，无不逼真。

第四十八回

滥情人情误思游艺　慕雅女雅集苦吟诗

心地聪明性自灵，喜同雅品讲诗经，姣柔倍觉可怜形。皓齿朱唇真袅袅，痴情专意更娉娉，宜人解语小星星。

且说薛蟠听见如此说了，气方渐平。三五日后，疼痛虽愈，伤痕未平，只装病在家，愧见亲友。

展眼已到十月，因有各铺面伙计内有算年账要回家的，少不得家内治酒饯行。内有一个张德辉，年过六十，自幼在薛家当铺内揽总，家内也有了二三千金的过活，今岁也要回家，明春方来。因说起“今年纸札香料短少，明年必是贵的。明年先打发大小儿上来当铺内照管照管，赶端阳前我顺路贩些纸札香扇来卖。除去关税花销，亦可以剩得几倍利息。”薛蟠听了，心下忖度：“我如今捱了打，正难见人，想着要躲个一年半载，又没处去躲，天天装病，也不是事。况且我长了这么大，文不又文，武又不武。虽说做买卖，究竟戥子算盘从没拿过。地土风俗，远近道路，又不知道。不如也打点几个本钱，和张德辉逛一年来。赚钱也罢，不赚钱也罢，且躲躲羞去。二则逛逛山水也是好的。”心内主意已定，至酒席散后，便和张德辉说知，命他等一二日，一同前往。

晚间薛蟠告诉了他母亲。薛姨妈听了虽是欢喜，但又恐他在外生事，花了本钱倒是末事，因此不命他去，只说："好歹你守着我，我还能放心些。况且也不用做这买卖，也不等这几百银子来用。你在家里安分守己的，就强似这几百银子了。"薛蟠主意已定，那里肯依。只说："天天又说我不识世事，这个也不知，那个也不学。如今我发狠把那些没要紧的都断了，如今要成人立事，学习着做买卖，又不准我了，叫我怎么样呢？我又不是个丫头，把我关在家里，何日是个了日？况且那张德辉又是个年高有德的，咱们和他世交，我同他去，怎么得有舛错？我就一时半刻有不好的去处，他自然说我劝我。就是东西贵贱行情，他是知道的，自然色色问他，何等顺利，倒不叫我去。过两日我不告诉家里，私自打点了一走，明年发了财回家，那时才知道我呢。"说毕，赌气睡觉去了。

薛姨妈听他如此说，因和宝钗商议。宝钗笑道："哥哥果然要经历正事，正是好的了，只是他在家时说着好听，到了外头，旧病复犯，越发难拘束他了。但也愁不得许多。他若是真改了，是他一生的福。若不改，妈也不能又有别的法子。一半尽人力，一半听天命罢了。这么大人了，若只管怕他不知世路，出不得门，干不得事，今年关在家里，明年还是这个样儿。他既说的名正言顺，妈就打量着丢了八百一千银子，竟交与他试一试。横竖有伙计们帮着，也未必好意思哄骗他的。二则他出去了，左右没有助兴的人，又没了倚仗的人，到了外头，谁还怕谁？有了的吃，没了的饿着，举眼无靠，他见这样，只怕比在家里省了事，也未可知。"作书者曾吃此亏，批书者亦曾吃此亏，故特于此注明，使后人深思默戒。脂砚斋。薛姨妈听了，思忖半晌，说道："倒是你说的是。花两个钱，叫他学些乖来也值了。"商议已定，一宿无话。

至次日，薛姨妈命人请了张德辉来，在书房中命薛蟠款待酒饭，自己在后廊下，隔着窗子，向里千言万语嘱托张德辉照管薛蟠。张德辉满口应承。吃过饭告辞，又回说："十四日是上好出行日期，大世兄即刻打点行李，雇下骡子，十四日一早就长行了。"薛蟠喜之不尽，将此话告诉了薛姨妈。薛姨妈便和宝钗、香菱并两个老年的嬷嬷连日打点行装，派下薛蟠之乳父老苍头一名，当年谙事旧仆二名，外有薛蟠随身常使小厮二人。主仆一共六人，雇了三辆大车，单拉行李使物，又雇了四个长行骡子。薛蟠自骑一匹家内养的铁青大走骡，外备一匹坐马。诸事完备，薛姨妈、宝钗等连夜劝戒之言，自不必备说。

至十三日，薛蟠先去辞了他舅舅，然后过来辞了贾宅诸人。贾珍等未免又有饯行之说，也不必细述。至十四日一早，薛姨妈、宝钗等直同薛蟠出了仪门，母女两个四只泪眼看他去了，方回来。

薛姨妈上京带来的家人不过四五房，并两三个老嬷嬷、小丫头，今跟了薛蟠一去，外面只剩了一两个男子。因此薛姨妈即日到书房，将一应陈设玩器并帘幔等物，尽行搬了进来收贮，命那两个跟去的男子之妻一并也进来睡觉。又命香菱将他屋里也收拾严紧，"将门锁了，晚间和我去睡。"宝钗道："妈既有这些人作伴，不如叫菱姐姐和我作伴去，我们园里又空，夜长了，我每夜作活，越多一个人岂不越好？"薛姨妈听了，笑道："正是我忘了，原该叫他同你去才是。我前日还同你哥哥说，文杏又小，道三不着两，莺儿一个人不够伏侍的，还要买一个丫头来你使。”宝钗道：“买的不知底里，倘或走了眼，花了钱小事，没的淘气。倒是慢慢的打听着，有知道来历的，买个还罢了。”闲言过耳无迹，然已伏下一事矣。一面说，一面命香菱收拾了衾褥妆奁，命一个老嬷嬷并臻儿送至蘅芜苑去，然后宝钗和香菱才同回园中来。细想香菱之为人也，根基不让迎、探，容貌不让凤、秦，端雅不让纨、钗，风流不让湘、黛，贤惠不让袭、平。所惜者青年罹祸，命运乖蹇，至为侧室，且虽曾读书，不能与林、湘辈并驰于海棠之社耳。然此一人岂可不入园哉？故欲令入园，终无可入之隙，筹划再四，欲令入园，必呆兄远行后方可。然阿呆兄又如何方可远行？曰名不可、利不可、正事不可，必得万人想不到，自己忽一发机之事方可。因此思及“情”之一字及呆素所误者，故借“情误”二字生出一事，使阿呆游艺之志已坚，则菱卿入园之隙方妥。回思因欲香菱入园，是写阿呆情误，因欲阿呆情误，先写一赖尚荣，实委婉严密之甚也。脂砚斋评。

香菱道：“我久要和奶奶说的，等大爷去了，我和姑娘作伴儿去。又恐怕奶奶多心，说我贪着园里来顽；谁知你竟说了。”宝钗笑道：“我知道你心里羡慕这园子不是一日两日了，只是没个空儿，就每日来一趟，慌慌张张的，也没趣儿。所以趁着机会，越性住上一年，我也多个作伴的，你也遂了心。”香菱笑道：“好姑娘，趁着这个工夫，教给我作诗罢。”写得何其有趣，今忽见菱卿此句，合卷从纸上另走出一姣小美人来，并不是湘、林、探、凤等一样口气声色，真神骏之技，虽驰驱万里，而不见有倦怠之色。宝钗笑道：“我说你‘得陇望蜀’呢。我劝你今儿头一日进来，先出园东角门，从老太太起，各处各人你都瞧瞧，问候一声儿，也不必特意告诉他们说搬进园来。若有提起因由，你只带口说我带了你进来作伴儿就完了。回来进了园，再到各姑娘房里走走。”

香菱应着才要走时，只见平儿忙忙的走来，“忙忙”二字奇，不知有何妙文。香菱忙问了好，平儿只得陪笑相问。宝钗因向平儿笑道：“我今儿带了他来作伴儿，正要去回你奶奶一声儿。”平儿笑道：“姑娘说的是那里话？我竟没话答言了。”宝钗道：“这才是正理。店房也有个主人，庙里也有个住持。虽不是大事，到底告诉一声，便是园里坐更上夜的人知道添了他两个，也好关门候户的了。你回去就告诉一声罢，我不打发人去了。”平儿答应着，因又向香菱笑道：“你既来了，也不拜一拜街坊邻舍去？”是极，恰是戏言，实欲支出香菱去也。宝钗笑道：“我正叫他去呢。”平儿道：“你且不必往我们家去，二爷病了，在家里呢。”香菱答应着去了，先从贾母处来，不在话下。

且说平儿见香菱去了，便拉宝钗忙说道：“姑娘可听见我们的新闻了？”宝钗道：“我没听见新闻，因连日打发我哥哥出门，所以你们这里的事，一概也不知道，连姊妹们这两日也没见。”平儿笑道：“老爷把二爷打了个动不得，难道姑娘就没听见？”宝钗道：“早起恍惚听见了一句，也信不真，我也正要瞧你奶奶去呢，不想你来了。又是为了什么打他？”

平儿咬牙骂道：“都是那贾雨村什么风村，半路途中那里来的饿不死的野杂种！认了不到十年，生了多少事出来。今年春天，老爷不知在那个地方看见了几把旧扇子，回家看家里所有收着的这些好扇子都不中用了，立刻叫人各处搜求。谁知就有一个不知死的冤家，混号儿世人叫他作“石呆子”，穷的连饭也没的吃。偏他家就有二十把旧扇子，死也不肯拿出大门来。二爷好容易烦了多少情，见了这个人，说之再三，他把二爷请到他家里坐着，拿出这扇子略瞧了一瞧。据二爷说，原是不能再有的，全是湘妃、棕竹、麋鹿、玉竹的，皆是古人写画真迹。因来告诉了老爷，老爷便叫买他的，要多少银子给他多少。偏那石呆子说：'我饿死冻死，一千两银子一把我也不卖。'老爷没法子，天天骂二爷没能为。已经许了他五百两，先兑银子，后拿扇子。他只是不卖，只说：'要扇子，先要我的命。'姑娘想想，这有什么法子。谁知雨村那没天理的听见了，便设了个法子，讹他拖欠了官银，拿他到衙门里去。说所欠官银，变卖家产赔补，把这扇子抄了来，作了官价送了来。那石呆子如今不知是死是活。老爷拿着扇子问着二爷说：'人家怎么弄了来？'二爷只说了一句：'为这点子小事，弄得人坑家败业，也不算什么能为。'老爷听了，就生了气，说二爷拿话堵老爷了。因此这是第一件大的。这几日还有几件小的，我也记不清。所以都凑在一处，就打起来了。也没拉倒用板子、棍子，就站着，不知拿什么混打一顿，脸上打破了两处。我们听见姨太太这里有一种丸药，上棒疮的，姑娘快寻一丸子给我。"宝钗听了，忙命莺儿去要了一丸来与平儿。宝钗道："既这样，替我问候罢，我就不去了。"平儿答应着去了，不在话下。

且说香菱见过众人之后，吃过晚饭，宝钗等都往贾母处去了，自己便往潇湘馆中来。此时黛玉已好了大半，见香菱也进园来住，自是欢喜。香菱因笑道："我这一进来了，也得了空儿，好歹教给我作诗，就是我的造化了。"黛玉笑道："既要作诗，你就拜我作师，我虽不通，大略也还教得起你。"香菱笑道："果然这样，我就拜你作师，你可不许腻烦的。”

黛玉道：“什么难事，也值得去学！不过是起承转合，当中承转是两副对子，平声对仄声，虚的对实的，实的对虚的。若是果有了奇句，连平仄虚实不对都使得的。”香菱笑道：“怪道我常弄一本旧诗，偷空儿看一两首，又有对的极工的，又有不对的。又听见说‘一三五不论，二四六分明’。看古人的诗上亦有顺的，亦有二四六上错了的，所以天天疑惑。如今听你一说，原来这些格调规矩竟是末事，只要词句新奇为上。”黛玉道：“正是这个道理。词句究竟还是末事，第一立意要紧，若意趣真了，连词句不用修饰，自是好的，这叫做‘不以词害意’。”

香菱笑道：“我只爱陆放翁的诗，‘重帘不卷留香久，古砚微凹聚墨多’，说的真有趣。”黛玉道：“断不可学这样的诗。你们因不知诗，所以见了这浅近的就爱，一入了这个格局，再学不出来的。你只听我说，你若真心要学，我这里有《王摩诘全集》，你且把他的五言律读一百首，细心揣摩透熟了，然后再读一二百首老杜的七言律，次再李青莲的七言绝句读一二百首。肚子里先有了这三个人作了底子，然后再把陶渊明、应玚、谢、阮、庾、鲍等人的一看，你又是一个极聪敏伶俐的人，不用一年的工夫，不愁不是诗翁了。”香菱听了，笑道：“既这样，好姑娘，你就把这书给我拿出来，我带回去，夜里念几首也是好的。”

黛玉听说，便命紫鹃将王右丞的五言律拿来，递与香菱。又道：“你只看有红圈的都是我选的，有一首念一首。不明白的，问你姑娘，或者遇见我，我讲与你就是了。”香菱拿了诗，回至蘅芜苑中，诸事不顾，只向灯下一首一首的读起来。宝钗连催他数次睡觉，他也不睡。宝钗见他这般苦心，只得随他去了。

一日，黛玉方梳洗完了，只见香菱笑吟吟的送了书来，又要换杜律。黛玉笑道：“共记得多少首？”香菱笑道：“凡红圈选的，我尽读了。”黛玉道：“可领略了些滋味没有？”香菱笑道：“领略了些滋味，不知可是不是，说与你听听。”黛玉笑道：“正要讲究讨论，方能长进。你且说来我听。”

香菱笑道：“据我看来，诗的好处，有口里说不出来的意思，想去却是逼真的。有似乎无理的，想去竟是有理有情的。”黛玉笑道：“这话有了些意思了，但不知你从何处见得？”香菱笑道：“我看他《塞上》一首，那一联云，‘大漠孤烟直，长河落日圆。’想来烟如何直？日自然是圆的。这‘直’字似无理，‘圆’字似太俗。合上书一想，倒像是见了这景的。若说再找两个字换这两个，竟再找不出两个字来。再还有‘日落江湖白，潮来天地青’，这‘白’‘青’两个字也似无理。想来，必得这两个字才形容得尽。念在嘴里，倒像有几千斤重的一个橄榄。还有‘渡头余落日，墟里上孤烟’，这‘余’字和‘上’字，难为他怎么想来！我们那年上京来，那日下晚，便湾住船，岸上又没有人，只有几棵树，远远几家人家作晚饭，那个烟竟是碧青，连云直上。谁知我昨日晚上读了这两句，倒像又到了那个地方去了。”

正说着，宝玉和探春也来了，也都入坐，听他讲诗。宝玉笑道：“既是这样，也不用看诗。会心处不在多，听你说了这两句，可知‘三昧’你已得了。”黛玉笑道：“你说他这‘上孤烟’好，你还不知他这一句还是套了前人来的。我给你这一句瞧瞧，更比这个淡而现成。”说着，便把陶渊明的“暧暧远人村，依依墟里烟”

翻了出来，递与香菱。香菱瞧了，点头叹赏，笑道：“原来‘上’字是从‘依依’两字化出来的。”宝玉大笑道：“你已得了，不用再讲，越发倒学杂了。你就作起来，必是好的。”探春笑道：“明儿我补一个柬来，请你入社。”香菱笑道：“姑娘何苦打趣我，我不过是心里羡慕，才学着顽罢了。”

探春、黛玉都笑道：“谁不是顽？难道我们是认真作诗呢！若说我们认真成了诗，出了这园子，把人的牙还笑倒了呢！”宝玉道：“这也算自暴自弃了。前日我在外头和相公们商议画儿，他们听见咱们起诗社，求我把稿子给他们瞧瞧，我就写了几首给他们看看，谁不真心叹服？他们都抄了刻去了。”探春、黛玉忙问道：“这是真话么？”宝玉笑道：“说谎的是那架上的鹦哥。”黛玉、探春听说，都道：“你真真胡闹，且别说那不成诗，便是成诗，我们的笔墨也不该传到外头去。”宝玉道：“这怕什么。古来闺阁中的笔墨不要传出去，如今也没有人知道了。”说着，只见惜春打发了入画来请宝玉，宝玉方去了。

香菱又逼着黛玉换出杜律来，又央黛玉、探春二人：“出个题目，让我诌去，诌了来，替我改正。”黛玉道：“昨夜的月最好，我正要诌一首，竟未诌成，你竟作一首来，十四寒的韵，由你爱用那几个字去。”

香菱听了，喜的拿回诗来，又苦思一回，作两句诗，又舍不得杜诗，又读两首。如此茶饭无心，坐卧不定。宝钗道：“何苦自寻烦恼，都是颦儿引的你，我和他算账去。你本来呆头呆脑的，再添上这个，越发弄成个呆子了。”呆头呆脑的，有趣之至，最恨野史，有一百个女子，皆曰聪敏伶俐，究竟看来，他行为也只平平。今以“呆”字为香菱定评，何等妩媚之至也。香菱笑道："好姑娘，别混我！"如闻如见。一面说，一面作了一首，先与宝钗看。宝钗看了笑道："这个不好，不是这个作法。你别怕臊，只管拿了给他瞧去，看他是怎么说。"香菱听了，便拿了诗找黛玉。

黛玉看时，只见写道是：

月挂中天夜色寒，清光皎皎影团团。
诗人助兴常思玩，野客添愁不忍观。
翡翠楼边悬玉镜，珍珠帘外挂冰盘。
良宵何用烧银烛，晴彩辉煌映画栏。

黛玉笑道："意思却有，只是措词不雅。皆因你看的诗少，被他缚住了。把这首丢开，再作一首，只管放开胆子去作。"

香菱听了，默默的回来，越性连房也不入，只在池边树下，或坐在山石上出神，或蹲在地下抠土。来往的人都诧异。李纨、宝钗、探春、宝玉等听得此信，都远远的站在山坡上瞧着他。只见他皱一回眉，又自己含笑一回。

宝钗笑道："这个人定要疯了！昨夜嘟嘟哝哝，直闹到五更天才睡下，没一顿饭的工夫天就亮了，我就听见他起来了，忙忙碌碌梳了头，就找颦儿去。一回来了，呆了一日，作了一首又不好，这会子自然另作呢！"宝玉笑道："这正是'地灵人杰'。老天生人，再不虚赋情性的。我们成日叹说，可惜他这么个人竟俗了，谁知到底有今日，可见天地至公。"宝钗笑道："你能够像他这苦心就好了，学什么有个不成的？"宝玉不答。

只见香菱兴兴头头的又往黛玉那边去了。探春笑道：“咱们跟了去，看他有些意思没有。”说着，一齐都往潇湘馆来。只见黛玉正拿着诗和他讲究。众人因问黛玉作的如何。黛玉道：“自然算难为他了，只是还不好。这一首过于穿凿了，还得另作。”

众人因要诗看时，只见作道：

非银非水映窗寒，试看晴空护玉盘。
淡淡梅花香欲染，丝丝柳带露初干。
只疑残粉涂金砌，恍若轻霜抹玉栏。
梦醒西楼人迹绝，余容犹可隔帘看。

宝钗笑道：“不像吟月了，‘月’字底下添一个‘色’字，倒还使得。你看句句倒是月色，这也罢了。原来诗从胡说来，再迟几天就好了。”

香菱自为这首妙绝，听如此说，自己扫了兴，不肯丢开手，便要思索起来。因见他姊妹们说笑，便自己走至阶前竹下闲步，挖心搜胆，耳不旁听，目不别视。一时探春隔窗笑说道：“菱姑娘，你闲闲罢！”香菱怔怔答道：“‘闲’字是十五删的，你错了韵了。”众人听了，不觉大笑起来。宝钗道：“可真是诗魔了，都是颦儿引的他。”黛玉笑道：“圣人说‘诲人不倦’，他又来问我，我岂有不说之理？”李纨笑道：“咱们拉了他往四姑娘房里去，引他瞧瞧画儿，叫他醒一醒才好。”说着，真个出来，拉了他过藕香榭，至暖香坞中。

惜春正乏倦，在床上歪着睡午觉。画缯立在壁间，用纱罩着。

众人唤醒了惜春，揭纱看时，十停方有了三停。香菱见画上有几个美人，因指着笑道："这一个是我们姑娘，那一个是林姑娘。"探春笑道："凡会作诗的，都画在上头，快学罢。"说着，顽笑了一回。

各自散后，香菱满心中还是想诗。至晚间，对灯出了一回神，至三更以后上床卧下，两眼鳏鳏，直到五更方才朦胧睡去了。一时天亮，宝钗醒了，听了一听，他安稳睡了，心下想："他翻腾了一夜，不知可作成了？这会子乏了，且别叫他。"正想着，只听香菱从梦中笑道："可是有了。难道这一首还不好？"宝钗听了，又是可叹，又是可笑，连忙唤醒了他，问他："得了什么？你这诚心都通了仙了，学不成诗，还弄出病来呢！"一面说，一面梳洗了，会同姊妹往贾母处来。

原来香菱苦志学诗，精血诚聚，日间做不出，忽于梦中得了八句。梳洗已毕，便忙录出来，自己并不知好歹，便拿来又找黛玉。刚到沁芳亭，只见李纨与众姊妹方从王夫人处回来。宝钗正告诉他们说他梦中作诗说梦话，一部大书起是梦，宝玉情是梦，贾瑞淫又是梦，秦氏之家计长策又是梦，今作诗也是梦，一并"风月鉴"亦从梦中所有，故"红楼梦"也。余今批评，亦在梦中，特为梦中之人特作此一大梦也。脂砚斋。众人正笑，抬头见他来了，便都争着要诗看。且听下回分解。

一扇之微，而害人如此其毒，藏之者故是无味，构求者更觉可笑。多少没天理处，全不自觉。可见好爱之端，断不可生，求古董于古坟，争盆景而荡产，势所必至。可不慎诸！

第四十九回

琉璃世界白雪红梅　脂粉香娃割腥啖膻

此回系大观园集十二正钗之文。

此回原为起社，而起社却在下回。然起社之地、起社之人、起社之景、起社之题、起社之酒肴，色色皆备，真令人跃然起舞。

话说香菱见众人正说笑，他便迎上去笑道："你们看这一首，若使得，我便还学；若还不好，我就死了这作诗的心了。"说死了心不学，方是才人语不惊人死不休本怀。说着，把诗递与黛玉及众人看时，只见写道是：

精华欲掩料应难，影自娟娟魄自寒。
一片砧敲千里白，半轮鸡唱五更残。
绿蓑江上秋闻笛，红袖楼头夜倚栏。
博得嫦娥应借问，缘何不使永团圆？

众人看了笑道："这首不但好，而且新巧有意趣。可知俗语说'天下无难事，只怕有心人'。社里一定要请你了。"香菱听了，心下不信，听了不信，方是才人虚心。香菱可爱。料着是他们瞒哄自己的话，还只管问黛玉、宝钗等。

正说之间，只见几个小丫头并老婆子忙忙的走来，都笑道："来了好些姑娘奶奶们，我们都不认得，奶奶姑娘们快认亲去！"李纨笑道："这是那里的话。你们到底说明白了，是谁的亲戚？"那婆子、丫头都笑道："奶奶的两位妹子都来了。还有一位姑娘，说是薛大姑娘的妹妹，还有一位爷，说是薛大爷的兄弟。我这会子请姨太太去呢，奶奶和姑娘们先上去罢。"说着一径去了。宝钗笑道："我们薛蝌和他妹妹来了不成？"李纨也笑道："我们婶子又上京来了不成？他们也不能凑在一处，这可是奇事。"大家纳闷，来至王夫人上房，只见乌压压一地的人。

原来邢夫人之兄嫂带了女儿岫烟进京来投邢夫人的，可巧凤姐之兄王仁也正进京，两亲家一处打帮来了。走至半路泊船时，正遇见李纨之寡婶带着两个女儿——大名李纹，次名李绮——也上京。大家叙起来又是亲戚，因此三家一路同行。后有薛蟠之从弟薛蝌，因当年父亲在京时已将胞妹薛宝琴许配都中梅翰林之子为婚，宝琴许配梅门，于叙事内先逗一笔，后方不突然。此等法脉，识者着眼。正欲进京发嫁，闻得王仁进京，他也带了妹子随后赶来。所以今日会齐了来访投各人亲戚。

于是大家见礼叙过，贾母、王夫人都欢喜非常。贾母因笑道："怪道昨日晚上灯花爆了又爆，结了又结，原来应到今日。""灯花"二语，何等扯淡，何等包括有趣。着俗笔则语刺刺而不休矣。一面叙些家常，一面收看带来的礼物，一面命留酒饭。凤姐儿自不必说，忙上加忙。李纨、宝钗自然和婶母、姊妹叙离别之情。黛玉见了，先是欢喜，次后想起众人皆有亲眷，独自己孤单，无个亲眷，不免又去垂泪。黛玉先喜后悲，不悲非情，不喜又非情。作……宝玉深知其情，十分劝慰了一番方罢。

然后宝玉忙忙来至怡红院中，向袭人、麝月、晴雯等笑道："你们还不快看人去！谁知宝姐姐的亲哥哥是那个样子，他这叔伯兄弟形容举止另是一样了，倒像是宝姐姐的同胞弟兄似的。更奇在你们成日家只说宝姐姐是绝色的人物，你们如今瞧瞧他这妹子，更有大嫂嫂这两个妹子，我竟形容不出了。老天，老天，你有多少精华灵秀，生出这些人上之人来！可知我井底之蛙，成日家自说现在的这几个人是有一无二的，谁知不必远寻，就是本地风光，一个赛似一个，如今我又长了一层学问了。除了这几个，难道还有几个不成？"一面说，一面自笑自叹。袭人见他又有些魔意，便不肯去瞧。晴雯等早去瞧了一遍回来，欸欸笑向袭人道："你快瞧瞧去。大太太的一个侄女儿，宝姑娘一个妹妹，大奶奶的两个妹妹，倒像一把子四根水葱儿。"

一语未了，只见探春也笑着进来找宝玉，因说道："咱们的诗社可兴旺了。"宝玉笑道："正是呢！这是你一高兴起诗社，所以鬼使神差来了这些人。但只一件，不知他们可学过作诗不曾？"探春道："我才都问了问他们，虽是他们自谦，看其光景，没有不会的。便是不会也没难处。你看香菱就知道了。"

袭人笑道："他们说薛大姑娘的妹妹更好，三姑娘看着怎么样？"探春道："果然的话。据我看，连他姐姐并这些人总不及他。"袭人听了，又是诧异，又笑道："这也奇了，还从那里再好的去呢？我倒要瞧瞧去。"探春道："老太太一见了，喜欢的无可不可，已经逼着太太认了干女儿了。老太太要养活，才刚已经定了。”宝玉喜的忙问：“这果然的？”探春道：“我几时说过谎！”又笑道：“有了这个好孙女儿，就忘了这孙子了！”宝玉笑道：“这倒不妨，原该多疼女儿些才是正理。明儿十六，咱们可该起社了。”

探春道：“林丫头刚起来了，二姐姐又病了，终是七上八下的。”宝玉道：“二姐姐又不大作诗，没有他又何妨？”探春道：“越性等几天，等他们新来的混熟了，咱们邀上他们岂不好？这会子大嫂子、宝姐姐心里自然没有诗兴的，况且湘云没来，颦儿刚好了，人人不合式。不如等着云丫头来了，这几个新的也熟了，颦儿也大好了，大嫂子和宝姐姐心也闲了，香菱诗也长进了：如此邀一满社，岂不好？咱们两个如今且往老太太那里去听听，除宝姐姐的妹妹不算外，他一定是在咱们家住定了的。倘或那三个要不在咱们这里住，咱们央告着老太太留下他们，在园子里住下，咱们岂不多添几个人，越发有趣了。”宝玉听了，喜得眉开眼笑，忙说道：“倒是你明白。我终久是个糊涂心肠，空欢喜一会子，却想不到这上头。”观宝玉“倒底是你”数语，胸中纯是一团活泼泼天机。

说着，兄妹两个一齐往贾母处来。果然王夫人已认了宝琴作干女儿，贾母欢喜非常，连园中也不命住，晚上跟着贾母一处安寝。薛蝌自向薛蟠书房中住下。贾母便和邢夫人说：“你侄女儿也不必家去了，园里住几天，逛逛再去。”

邢夫人兄嫂家中原艰难，这一上京，原仗的是邢夫人与他们治房舍，帮盘缠，听如此说，岂不愿意。邢夫人便将岫烟交与凤姐儿。凤姐儿筹算得园中姊妹多，性情不一，且又不便另设一处，莫若送到迎春一处去。倘日后邢岫烟有些不遂意的事，凤姐一番筹算，总为与自己无干。奸雄每每如此。我爱之，我恶之。纵然邢夫人知道了，与自己无干。从此后，若邢岫烟家去住的日期不算，若在大观园住到一个月上，凤姐儿亦照迎春的分例送一分与岫烟。凤姐儿冷眼敁敠，先叙岫烟，次叙李纨，又叙李纹、李绮，亦何精致可玩。　音“颠夺”，心内忖度也。岫烟心性为人，竟不像邢夫人及他父母一样，却是温厚可疼的人。因此凤姐儿又怜他家贫命苦，比别的姊妹多疼他些，邢夫人倒不大理论了。

贾母、王夫人因素喜李纨贤惠，且年轻守节，令人敬伏。今见他寡婶来了，便不肯令他外头去住。那李婶虽十分不肯，无奈贾母执意不从，只得带着李纹、李绮在稻香村住下来。

当下安插既定，谁知保龄侯史鼐又迁委了外省大员，史鼐未必左迁，但欲湘云赴社，故作此一折耳，莫被他混过。不日要带了家眷去上任。贾母因舍不得湘云，便留下他了，接到家中。原要命凤姐儿另设一处与他住，史湘云执意不肯，只要与宝钗一处住，因此就罢了。

此时大观园中比先更热闹了多少。“此时大观园”数行收拾，是大手笔。李纨为首，余者迎春、探春、惜春、宝钗、黛玉、湘云、李纹、李绮、宝琴、邢岫烟，再添上凤姐儿和宝玉，一共十三个。叙起年庚，除李纨年纪最长，他十二个人皆不过十五六七岁，或有这三个同年，或有那五个共岁，或有这两个同月同日，那两个同刻同时，所差者大半是时刻月分而已，连他们自己也不能细细分晰。不过是“弟”“兄”“姊”“妹”四个字随便乱叫。

如今香菱正满心满意只想作诗，又不敢十分罗唣宝钗，可巧来了个史湘云。那史湘云又是极爱说话的，那里禁得起香菱又请教他谈诗，越发高了兴，没昼没夜高谈阔论起来。宝钗因笑道：

“我实在聒噪的受不得了，一个女孩儿家，只管拿着诗作正紧事讲起来，叫有学问的人听了，反笑话说不守本分的。一个香菱没闹清，偏又添了你这么个话口袋子，满嘴里说的是什么：怎么是杜工部之沉郁，韦苏州之淡雅，又怎么是温八叉之绮靡，李义山之隐僻。放着两个现成的诗家不知道，提那些死人做什么？”湘云听了，忙笑问道：“是那两个？好姐姐，你告诉我！”宝钗笑道：“呆香菱之心苦，疯湘云之话多。”湘云、香菱听了，都笑起来。

正说着，只见宝琴来了，披着一领斗篷，金翠辉煌，不知何物。宝钗忙问：“这是那里的？”宝琴笑道：“因下雪珠儿，老太太找了这一件给我的。”香菱上来瞧道：“怪道这么好看，原来是孔雀毛织的。”湘云道：“那里是孔雀毛，就是野鸭子头上的毛作的。可见老太太疼你了。这样疼宝玉，也没给他穿。”宝钗道：“真俗语说‘各人有缘法’。我也再想不到他这会子来。既来了，又有老太太这么疼他。”湘云道：“你除了在老太太跟前，就在园里来，这两处只管顽笑吃喝，到了太太屋里，若太太在屋里，只管和太太说笑，多坐一回无妨；若太太不在屋里，你别进去，那屋里人多心坏，都是要害咱们的。”说的宝钗、宝琴、香菱、莺儿等都笑了。宝钗笑道：“说你没心，却又有心；虽然有心，到底嘴太直了。我们这琴儿就有些像你，你天天说要我作亲姐姐，我今儿竟叫你认他作亲妹妹罢了。”湘云又瞅了宝琴半日，笑道：“这一件衣裳也只配他穿，别人穿了，实在不配。”正说着，只见琥珀走来笑道：“老太太说了，叫宝姑娘别管紧了琴姑娘，他还小呢，让他爱怎么样就怎么样，要什么东西只管要去，别多心。”宝钗忙起身答应了，又推宝琴笑道：“你也不知是那里来的福气，你倒去罢，仔细我们委屈着你。我就不信，我那些儿不如你。”说话之间，宝玉、黛玉都进来了，宝钗犹自嘲笑。湘云因笑道：“宝姐姐，你这话虽是顽话，恰有人真心是这样想呢！”琥珀笑道：“真心恼的再没别人，就只是他。”口里说，手指着宝玉。宝钗、湘云都笑道：“他倒不是这样人！”琥珀又笑道：“不是他，就是他！”说着又指着黛玉。湘云便不则声。是不知道黛玉病中相谈赠燕窝之事也。脂砚。宝钗忙笑道：“更不是了。我的妹妹和他的妹妹一样。他喜欢的比我还疼呢，那里还恼？你信云儿混说。他的那嘴，有什么实据？”

宝玉素习深知黛玉有些小性儿，然尚不知近日黛玉和宝钗之事，正恐贾母疼宝琴，他心中不自在。今见湘云如此说了，宝钗又如此答，再审度黛玉声色，亦不似往时，果然与宝钗之说相符，心中闷闷不解。因想：“他两个素日不是这样的好，今看来竟更比他人好十倍。”一时林黛玉又赶着宝琴叫妹妹，并不提名道姓，直是亲姊妹一般。那宝琴年轻心热，四字道尽，不犯宝钗。脂砚斋评。且本性聪敏，自幼读书识字，我批此书竟得一秘诀，以告诸公：凡野史中所云“才貌双全佳人”者，细细通审之，只得一个粗知笔墨之女子耳。此书凡云“知书识字”者，便是上等才女，不信时只看他通部行为及诗词、诙谐皆可知。妙在此书从不肯自下评注，云此人系何等人，只借书中人闲评一二语，故不得有未密之缝被看书者指出，真狡猾之笔耳。今在贾府住了两日，大概人物已知。又见诸姊妹都不是那轻薄脂粉，且又和姐姐皆和契，故也不肯怠慢。其中又见林黛玉是个出类拔萃的，便更与黛玉亲敬异常。宝玉看着，只是暗暗的纳罕。

一时，宝钗姊妹往薛姨妈房内去后，湘云往贾母处来，林黛玉回房歇息。宝玉便找了黛玉来，笑道：“我虽看了《西厢记》，也曾有明白的几句，说了取笑，你曾恼过。如今想来，竟有一句不解，我念出来，你讲讲我听。”黛玉听了，便知有文章，因笑道：“你念出来我听听。”宝玉笑道：“那《闹简》上有一句说的最好，‘是几时孟光接了梁鸿案？’这句最妙。‘孟光接了梁鸿案’这七个字，不过是现成的典，难为他这‘是几时’三个虚字问的有趣，是几时接了？你说说我听听。”黛玉听了，禁不住也笑起来，因笑道：“这原问的好，他也问的好，你也问的好。”宝玉道：“先时你只疑我，如今你也没的说，我反落了单。”黛玉笑道：“谁知他竟真是个好人，我素日只当他藏奸。”因把说错了酒令起，连送燕窝病中所谈之事，细细告诉了宝玉，宝玉方知原故，因笑道：“我说呢，正纳闷‘是几时孟光接了梁鸿案’，原来是从‘小孩儿家口没遮拦’就接了案了。”

黛玉因又说起宝琴来，想起自己没有姊妹，不免又哭了。宝玉忙劝道：“这又自寻烦恼了。你瞧瞧，今年比旧年越发瘦了，你还不保养，每天好好的，你必是自寻烦恼，哭一会子，才算完了这一天的事。”黛玉拭泪道：“近来我只觉心酸，眼泪却像比旧年少了些的。心里只管酸痛，眼泪却不多。”宝玉道：“这是你哭惯了，心里疑的，岂有眼泪会少的？”

正说着，只见他屋里的小丫头子送了猩猩毡斗篷来，又说：“大奶奶才打发人来说，下了雪，要商议明日请人作诗呢！”

一语未了，只见李纨的丫头走来请黛玉。宝玉便随着黛玉同往稻香村来。黛玉换上掐金挖云红香羊皮小靴，罩了一件大红羽纱面白狐狸里鹤氅，束一条青金闪绿双环四合如意绦，头上罩了雪帽。

二人一齐踏雪行来。只见众姊妹都在那边，都是一色大红猩猩毡与羽毛缎斗篷，独李纨穿一件青哆啰呢对襟褂子，薛宝钗穿一件莲青斗纹锦上添花洋线番羓丝的鹤氅；邢岫烟仍是家常旧衣，并无避雪之衣。一时史湘云来了，穿着贾母与他的一件貂鼠脑袋面子大毛黑灰鼠里子里外发烧大褂子，头上戴着一顶挖云鹅黄片金里大红猩猩毡昭君套，又围着大貂鼠风领。黛玉先笑道："你们瞧瞧，孙行者来了。他一般的也拿着雪褂子，故意装出个小骚达子来。"湘云笑道："你们瞧我里头打扮的！"一面说，一面脱了褂子。只见他里头穿着一件半新的靠色三镶领袖，秋香色盘金五色绣龙窄褃，小袖掩衿银鼠短袄。里面短短的一件水红妆缎狐肷褶子，腰里紧紧束着一条蝴蝶结子长穗五色宫绦，脚下也穿着麂皮小靴，越显得蜂腰猿臂，鹤势螂形。近之拳谱中有坐马势，便似螂之蹲立。昔人爱轻捷便俏，闲取一螂，观其仰颈叠胸之势。今四字无出处，却写尽矣。脂砚斋评。众人都笑道："偏他只爱打扮成个小子的样儿，原比他打扮女儿更俏丽了些。"

湘云道："快商议作诗！我听听是谁的东家。"李纨道："我的主意，想来昨儿的正日已过了，再等正日又太远，可巧又下雪，不如大家凑个社，又替他们接风，又可以作诗，你们意思怎么样？"宝玉先道："这话很是，只是今日晚了，若到明儿，晴了又无趣。"众人都道："这雪未必晴，纵晴了，这一夜下的也够赏了。"李纨道："我这里虽好，又不如芦雪广[①]好，我已经打发人笼地炕去了。咱们大家拥炉作诗，老太太想来未必高兴，况且咱们

① 广，同庵。

小顽意儿，单给凤丫头个信儿就是了。你们每人一两银子就够了，送到我这里来。”指着香菱、宝琴、李纹、李绮、岫烟，“五个不算外，咱们里头二丫头病了不算，四丫头告了假也不算，你们四分子送了来，我包总五六两银子也尽够了。”宝钗等一齐应诺。因又拟题限韵。李纨笑道：“我心里自已定了，等到了明日临期，横竖知道。”说毕，大家又闲话了一回，方往贾母处来。本日无话。

到了次日一早，宝玉因心里记挂着这事，一夜没好生得睡，天亮了就爬起来。掀开帐子一看，虽门窗尚掩，只见窗上光辉夺目，心内早踌躇起来，埋怨定是晴了，日光已出。一面忙起来揭起窗屉，从玻璃窗内往外一看，原来不是日光，竟是一夜大雪，下将有一尺多厚，天上仍是搓绵扯絮一般。宝玉此时欢喜非常，忙唤人起来，盥漱已毕，只穿一件茄色哆啰呢狐皮袄子，罩一件海龙皮小小鹰膀褂，束了腰，披了玉针蓑，戴了金藤笠，登上沙棠屐，忙忙的往芦雪广来。出了院门，四顾一望，并无二色，远远的是青松翠竹，自己却如装在玻璃盒内一般。于是走至山坡之下，顺着山脚刚转过去，已闻得一股寒香拂鼻。回头一看，恰是妙玉门前，栊翠庵中有十数株红梅如胭脂一般，映着雪色，分外显得精神，好不有趣！宝玉便立住，细细的赏玩一回方走。只见蜂腰板桥上一个人打着伞走来，是李纨打发了请凤姐儿去的人。

宝玉来至芦雪广，只见丫鬟婆子正在那里扫雪开径。原来这芦雪广盖在傍山临水河滩之上，一带几间，茅檐土壁，槿篱竹牖，推窗便可垂钓。四面都是芦苇掩覆，一条去径逶迤穿芦度苇过去，便是藕香榭的竹桥了。众丫鬟婆子见他披蓑戴笠而来，都笑道：“我们才说正少一个渔翁，如今都全了。姑娘们吃了饭才来呢，你也太性急了！”宝玉听了，只得回来。刚至沁芳亭，见探春正从秋爽斋来，围着大红猩猩毡斗篷，戴着观音兜，扶着小丫头，后面一个妇人，打着青绸油伞。宝玉知他往贾母处去，便立在亭边，等他来到，二人一同出园前去。宝琴正在里间房里梳洗更衣。

一时众姊妹来齐，宝玉只嚷饿了，连连催饭。好容易等摆上来，头一样菜便是牛乳蒸羊羔。贾母便说：“这是我们有年纪的人的药，没见天日的东西，可惜你们小孩子们吃不得。今儿另外有新鲜鹿肉，你们等着吃。”众人答应了。宝玉却等不得，只拿茶泡了一碗饭，就着野鸡瓜齑，忙忙的咽完了。贾母道：“我知道你们今儿又有事情，连饭也不顾吃了。”便叫“留着鹿肉与他晚上吃”。凤姐忙说：“还有呢！”方才罢了。史湘云便悄和宝玉计较道：“有新鲜鹿肉，不如咱们要一块，自己拿了园中弄着，又顽又吃。”宝玉听了，巴不得一声儿，便真和凤姐要了一块，命婆子送入园去。

一时大家散后，进园齐往芦雪广来，听李纨出题限韵，独不见湘云、宝玉二人。黛玉道：“他两个再到不了一处，若到一处，生出多少故事来，这会子一定算计那块鹿肉去了。”联诗极雅之事，偏于雅前写出小儿啖膻茹血极腌臜的事来，为“锦心绣口”作配。正说着，只见李婶也走来看热闹，因问李纨道：“怎么一个带玉的哥儿和那一个挂金麒麟的姐儿，那样干净清秀，又不少吃的，他两个在那里商议着要吃生肉呢！说的有来有去的。我只不信，肉也生吃得的。”众人听了，都笑道：“了不得，快拿了他两个来！”黛玉笑道：“这可是云丫头闹的，我的卦再不错。”

李纨等忙出来找着他两个说道：“你们两个要吃生的，我送你们到老太太那里吃去，那怕吃一只生鹿，撑病了不与我相干。这么大雪，怪冷的，替我作祸呢！”宝玉笑道：“没有的事，我们烧着吃呢！”李纨道：“这还罢了。”只见老婆子们拿了铁炉、铁叉、铁丝蒙来。李纨道：“仔细割了手，不许哭。”说着，同探春进去了。

凤姐打发了平儿来回复不能来，为发放年例正忙。湘云见了平儿，那里肯放。平儿也是个好顽的，素日跟着凤姐儿无所不至，见如此有趣，乐得顽笑，因而褪去手上的镯子，三个围着火炉儿，便要先烧三块吃。那边宝钗、黛玉平素看惯了，不以为异，宝琴等及李婶深为罕事。探春与李纨等已议定了题韵，探春笑道：“你闻闻，香气这里都闻见了，我也吃去。”说着，也找了他们来。李纨也随来，说：“客已齐了，你们还吃不够？”湘云一面吃，一面说道：“我吃这个，方爱吃酒，吃了酒，才有诗。若不是这鹿肉，今儿断不能作诗。”说着，只见宝琴披着凫靥裘站在那里笑。湘云笑道：“傻子，过来尝尝！”宝琴笑说：“怪脏的！”宝钗道：“你尝尝去，好吃的，你林姐姐弱，吃了不消化，不然他也爱吃。”宝琴听了，便过去吃了一块，果然好吃，便也吃起来。

一时凤姐儿打发小丫头来叫平儿，平儿说：“史姑娘拉着我呢，你先走罢！”小丫头去了。一时只见凤姐也披了斗篷走来，笑道：“吃这样好东西，也不告诉我。”说着也凑着一处吃起来。黛玉笑道：“那里找这一群花子去！罢了，罢了，今日芦雪广遭劫，生生被云丫头作践了。我为芦雪广一大哭。”大约此话不独黛玉，观书者亦如此。湘云冷笑道：“你知道什么！‘是真名士自风流’，你们都假清高，最可厌的。我们这会子腥膻大吃大嚼，回来却是锦心绣口。”宝钗笑道：“你回来若作的不好了，把那肉掏了出来，就把这雪压的芦苇子揌上些，以完此劫。”

说着吃毕，洗漱了一回。平儿带镯子时却少了一个，左右前后乱找了一番，踪迹全无。众人都诧异。凤姐儿笑道：“我知道这镯子的去向。你们只管作诗去，我们也不用找，只管前头去，不出三日包管就有了。”说着又问：“你们今儿做什么诗？老太太说了，离年又近了，正月里还该作些灯谜儿大家顽笑。”众人听了，都笑道：“可是倒忘了。如今赶着作几个好的，预备着正月里顽。”

说着，一齐来至地炕屋内，只见杯盘果菜俱已摆齐，墙上已贴出诗题、韵脚、格式来了。宝玉、湘云二人忙看时，只见题目是“即景联句，五言排律一首，限二萧韵。”后面尚未列次序。李纨道：“我不大会作诗，我只起三句罢，然后谁先得了谁先联。”宝钗道：“到底分个次序。”要知端的，且听下回分解。

此文线索在斗篷。宝琴翠羽斗篷，贾母所赐，言其亲也。宝玉红猩猩毡斗篷，为后雪披一衬也。黛玉白狐皮斗篷，明其弱也。李宫裁斗篷是哆啰呢，昭其质也。宝钗斗篷是莲青斗纹锦，致其文也。贾母是大斗篷，尊之词也。凤姐是披着斗篷，恰似掌家人也。湘云有斗篷不穿，着其异样行动也。岫烟无斗篷，叙其穷也。只一斗篷，写得前后照耀生色。

一片含梅咀雪文字，偏从雉肉、鹿肉、鹌鹑肉上以煊染之，点成异样笔墨，较之雪吟、雪赋诸作，更觉幽秀。

第五十回

芦雪广争联即景诗　暖香坞雅制春灯谜

此回着重在宝琴，却出色写湘云。写湘云联句极敏捷聪慧，而宝琴之联句不少于湘云，可知出色写湘云，正所以出色写宝琴。出色写宝琴者，全为与宝玉提亲作引也。金针暗渡，不可不知。

话说薛宝钗道："到底分个次序，让我写出来。"说着，便令众人拈阄为序。起首恰是李氏，然后按次各各开出。一定要按次序，恰又不按次序，似脱落处而不脱落，文章歧路如此。凤姐儿说道："既是这样说，我也说一句在上头。"众人都笑说道："更妙了。"宝钗便将稻香老农之上补了一个"凤"字。李纨又将题目讲与他听，凤姐儿想了半日，笑道："你们别笑话我，我只有一句粗话，下剩的我就不知道了。"众人都笑道："越是粗话越好，你说了，只管干正事去罢！"凤姐儿笑道："我想下雪必刮北风，昨夜听见了一夜的北风，我有了一句，就是'一夜北风紧'，可使得？"众人听了，都相视笑道："这句虽粗，不见底下的，这正是会作诗的起法。不但好，而且留了多少地步与后人。就是这句为首，稻香老农快写上续下去。"凤姐和李婶、平儿又吃了两杯酒，自去了。这里李纨便写了：

一夜北风紧，

自己联道：

开门雪尚飘。
入泥怜洁白，

香菱道：

匝地惜琼瑶。
有意荣枯草，

探春道：

无心饰萎苕。
价高村酿熟，

李绮道：

年稔府粱饶。
葭动灰飞管，

李纹道：

阳回斗转杓。

寒山已失翠，

岫烟道：

冻浦不闻潮。

易挂疏枝柳，

湘云道：

难堆破叶蕉。

麝煤融宝鼎，

宝琴道：

绮袖笼金貂。

光夺窗前镜，琴志唐皇。

黛玉道：

香粘壁上椒。

斜风仍故故，

宝玉道：

清梦转聊聊。
何处梅花笛？

宝钗道：

谁家碧玉箫？
鳌愁坤轴陷，钗全寓意。

李纨笑道：“我替你们看热酒去罢。”宝钗命宝琴续联，只见湘云站起来道：

龙斗阵云销。
野岸回孤棹，

宝琴也站起道：

吟鞭指灞桥。
赐裘怜抚戍，

湘云那里肯让人，且别人也不如他敏捷，都看他扬眉挺身的说道：

加絮念征徭。
坳垤审夷险，

宝钗连声赞好，也便联道：

枝柯怕动摇。
皑皑轻趁步，

黛玉忙联道：

翦翦舞随腰。
煮芋成新赏，

一面说，一面推宝玉，命他联。宝玉正看宝钗、宝琴、黛玉三人共战湘云，十分有趣，那里还顾得联诗。今见黛玉推他，方联道：

撒盐是旧谣。
苇蓑犹泊钓，

湘云笑道："你快下去，你不中用，倒耽搁了我。"一面只听宝琴联道：

林斧不闻樵。
伏象千峰凸，

湘云忙联道：

盘蛇一径遥。

花缘经冷结，

宝钗与众人又忙赞好。探春又联道：

色岂畏霜凋。

深院惊寒雀，

湘云正渴了，忙忙的吃茶，已被岫烟联道：

空山泣老鸮。

阶墀随上下，

湘云忙丢了茶杯，忙联道：

池水任浮漂。

照耀临清晓，

黛玉联道：

缤纷入永宵。

诚忘三尺冷，

湘云忙笑联道：

瑞释九重焦。
僵卧谁相问，

宝琴也忙笑联道：

狂游客喜招。
天机断缟带，

湘云又忙道：

海市失鲛绡。

林黛玉不容他出，接着便道：

寂寞封台榭，

湘云忙联道：

清贫怀箪瓢。

宝琴也不容情，也忙道：

烹茶冰渐沸，

湘云见这般，自为得趣，又是笑，又忙联道：

煮酒叶难烧。

黛玉也笑道：

没帚山僧扫，

宝琴也笑道：

埋琴稚子挑。

湘云笑的弯了腰，又忙念了一句。众人问："到底说的什么？"湘云喊道：

石楼闲睡鹤，

黛玉笑的握着胸口，也高声嚷道：

锦罽暖亲猫。

宝琴也忙笑道：

月窟翻银浪，

湘云忙联道：

霞城隐赤标。

黛玉忙笑道：

沁梅香可嚼，

宝钗笑称好，也忙联道：

淋竹醉堪调。

宝琴也忙道：

或湿鸳鸯带，

湘云忙联道：

时凝翡翠翘。

黛玉又忙道：

无风仍脉脉，

宝琴又忙笑联道：

不雨亦潇潇。

湘云伏着已笑软了。众人看他三人对抢，也都不顾作诗，看着也只是笑。黛玉还推他往下联，又道："你也有才尽之时，我听听还有什么舌根嚼了。"湘云只伏在宝钗怀里，笑个不住。宝钗推他起来道："你有本事，把'二萧'的韵全用完了，我才伏你。"湘云起身笑道："我也不是作诗，竟是抢命呢。"众人笑道："倒是你说罢。"探春早已料定没有自己联的了，便早写出来，因说："还没收住呢。"李纹听了，接过来便联了一句道：

欲志今朝乐，

李绮又收了一句：

凭诗祝舜尧。

李纨道："够了，够了。虽没作完了韵，剩的字若生扭用了，倒不好了。"说着，大家来细细评论一回，独湘云的多，都笑道："这都是那块鹿肉的功劳。"

李纨笑道："逐句评去都还一气，只是宝玉又落了第了。"宝玉笑道："我原不会联句，只好担待我罢。"李纨笑道："也没有社社担待你的。又说韵险了，又整误了，又不会联句了，今日必罚你。我才看见栊翠庵的红梅有趣，我要折一枝来插瓶。可厌妙玉为人，我不理他。如今罚你去取一枝来。”众人都道这罚的又雅又有趣。

宝玉也乐为，答应着就要走。湘云、黛玉一齐说道：“外头冷的很，你且吃杯热酒再去。”湘云早执起壶来，黛玉递了一个大杯，满斟了一杯。湘云笑道：“你吃了我们的酒，你要取不来，加倍罚你。”宝玉忙吃了一杯，冒雪而去。李纨命人好生跟着，黛玉忙拦说：“不必，有了人反不得了。”李纨点头说：“是。”一面命丫鬟将一个美女耸肩瓶拿来，贮了水准备插梅。因又笑道：“回来该咏红梅了。”

湘云忙道：“我先作一首。”宝钗忙道：“今日断乎不容你再作了，你都抢了去，别人都闲着，也没趣。回来还罚宝玉，他说不会联句，如今就叫他自己作去。”想此刻宝玉已到庵中矣。黛玉笑道：“这话很是。我还有个主意，方才联句不够，莫若拣那联的少的人作红梅。”宝钗笑道：“这话是极。方才邢李三位屈才，且又是客，琴儿和颦儿、云儿三个人也抢了许多，我们一概都别作，只让他三个作才是。”李纨因说：“绮儿也不大会作，还是让琴妹妹作罢。”宝钗只得依允，想此刻二玉已会，不知肯见赐否？又道：“就用‘红梅花’三个字作韵，每人一首七律。邢大妹妹作‘红’字，你们李大妹妹作‘梅’字，琴儿作‘花’字。”李纨道：“饶过宝玉去，我不服。”湘云忙道：“有个好题目命他作。”众人问何题目。湘云道：“命他就作‘访妙玉乞红梅’，岂不有趣？”众人听了，都说有趣。

一语未了，只见宝玉笑欣欣掮了一枝红梅进来，众丫鬟忙已接过插入瓶内。众人都笑称谢，宝玉笑道：“你们如今赏罢，也不知费了我多少精神呢！”说着，探春早又递过一钟暖酒来，众丫鬟上来接了蓑笠掸雪。各人房中丫鬟都添送衣服来，袭人也遣人送了半旧的狐腋褂来。李纨命人将那蒸的大芋头盛了一盘，又将朱橘、黄橙、橄榄等物盛了两盘，命人带与袭人去。湘云且告诉宝玉方才的诗题，又催宝玉快作。宝玉道：“好姐姐妹妹们，让我自己用韵罢，别限韵了。”众人都说：“随你作去罢。”

一面说，一面大家看梅花。原来这枝梅花只二尺来高，旁有一横枝纵横而出，约有五六尺长。其间小枝分歧，或如蟠螭，或如僵蚓，或孤削如笔，或密聚如林，花吐胭脂，香欺兰蕙，一篇《红梅赋》。各各称赏。谁知邢岫烟、李纹、薛宝琴三人都已吟成，各自写了出来。众人便依“红梅花”三字之序看去，写道是：

咏红梅花　得“红”字　邢岫烟

桃未芳菲杏未红，冲寒先已笑东风。
魂飞庾岭春难辨，霞隔罗浮梦未通。
绿萼添妆融宝炬，缟仙扶醉跨残虹。
看来岂是寻常色，浓淡由他冰雪中。

咏红梅花　得“梅”字　李纹

白梅懒赋赋红梅，逞艳先迎醉眼开。
冻脸有痕皆是血，酸心无恨亦成灰。
误吞丹药移真骨，偷下瑶池脱旧胎。
江北江南春灿烂，寄言蜂蝶漫疑猜。

咏红梅花　得“花”字　薛宝琴

疏是枝条艳是花，春妆儿女竞奢华。

闲庭曲槛无余雪，流水空山有落霞。

幽梦冷随红袖笛，游仙香泛绛河槎。

前身定是瑶台种，无复相疑色相差。

众人看了，都笑称赞了一番，又指末一首说更好。宝玉见宝琴年纪最小，才又敏捷，深为奇异。黛玉、湘云二人斟了一小杯酒，齐贺宝琴。宝钗笑道：“三首各有各好。你们两个天天捉弄厌了我，如今捉弄他来了。”李纨又问宝玉：“你可有了？”宝玉忙道：“有倒有了，才一看见那三首，又吓忘了。等我再想。”湘云听了，便拿了一枝铜火箸，击着手炉，笑道：“我击鼓了，若鼓绝不成，又要罚的。”宝玉笑道：“我已有了。”黛玉提起笔来，说道：“你念，我写。”湘云便击了一下笑道：“一鼓绝。”宝玉笑道：“有了，你写罢。”众人听他念道：

酒未开樽句未裁，

黛玉写了，摇头笑道：“起的平平。”湘云又道：“快着！”宝玉笑道：

寻春问腊到蓬莱。

黛玉、湘云都点头笑道：“有些意思了。”宝玉又道：

不求大士瓶中露，为乞嫦娥槛外梅。

黛玉写了，又摇头道："凑巧而已。"湘云忙催二鼓，宝玉又笑道：

入世冷挑红雪去，离尘香割紫云来。
槎枒谁惜诗肩瘦，衣上犹沾佛院苔。

黛玉写毕，湘云大家才评论时，只见几个丫鬟跑进来道："老太太来了！"众人忙迎出来。大家又笑道："怎么这等高兴！"说着，远远见贾母围了大斗篷，带着灰鼠暖兜，坐着小竹轿，打着青绸油伞，鸳鸯、琥珀等五六个丫鬟，每人都是打着伞，拥轿而来。李纨等忙往上迎，贾母命人止住说："只在那里就是了。"来至跟前，贾母笑道："我瞒着你太太和凤丫头来了，大雪地下坐着这个无妨，没的叫他们来踩雪。"众人忙一面上前接斗篷，搀扶着，一面答应着。

贾母来至室中，先笑道："好俊梅花！你们也会乐，我来着了！"说着，李纨早命拿了一个大狼皮褥子来铺在当中。贾母坐了，因笑道："你们只管顽笑吃喝，我因为天短了，不敢睡中觉，抹了一回牌，想起你们来了，我也来凑个趣儿。"李纨早又捧过手炉来，探春另拿了一副杯箸来，亲自斟了暖酒，奉与贾母。贾母便饮了一口，问那个盘子里是什么东西。众人忙捧了过来，回说是糟鹌鹑。贾母道："这倒罢了，撕一两点腿子来。"李纨忙答应了，要水洗手，亲自来撕。贾母又道："你们仍旧坐下说笑我听。"又命李纨："你也坐下，就如同我没来的一样才好，不然我就去了。”

众人听了，方依次坐下，这李纨便挪到尽下边。贾母因问作何事了，众人便说作诗。贾母道：“有作诗的，不如作些灯谜，大家正月里好顽的。”众人答应了。说笑了一回，贾母便说：“这里潮湿，你们别久坐，仔细受了潮湿。”因说：“你四妹妹那里暖和，我们到那里瞧瞧他的画儿，赶年可有了。”众人笑道：“那里能年下就有了？只怕明年端阳有了。”贾母道：“这还了得，他竟比盖这园子还费工夫了。”

说着，仍坐了竹轿，大家围随。过了藕香榭，穿入一条夹道，东西两边皆有过街门，门楼上里外皆嵌着石头匾。如今进的是西门，向外的匾上凿着“穿云”二字，向里的凿着“度月”两字。来至当中，进了向南的正门，贾母下了轿，惜春已接了出来。从里边游廊过去，便是惜春卧房，门斗上有“暖香坞”三个字。看他又写出一处。从起至末一笔一部之文也有，千万笔成一部之文也有，一二笔成一部之文也有。如“试才”一回起若都说完，以后则索然无味，故留此几处以为后文之点染也。此方活泼不板，眼目屡新。早有几个人打起猩红毡帘，已觉温香拂脸。各处皆如此，非独因“暖香”二字方有此景，戏注于此，以博一笑耳。大家进入房中，贾母并不归坐，只问画在那里。惜春因笑回：“天气寒冷了，胶性皆凝涩不润，画了恐不好看，故此收起来。”贾母笑道：“我年下就要的，你别托懒儿，快拿出来给我快画。”

一语未了，忽见凤姐儿披着紫羯绒褂，笑嘻嘻的来了，口内说道：“老祖宗今儿也不告诉人，私自就来了，要我好找。”贾母见他来了，心中自是喜悦，便道：“我怕你们冷着了，所以不许人告诉你们去。你真是个鬼灵精儿，到底找了我来，以理，孝敬也不在这上头。”凤姐儿笑道：“我那里是孝敬的心找了来？我因为到了老祖宗那里，鸦没雀静的，这四个字俗语中常闻，但不能落纸笔耳，便欲写时，究竟不知系何四字，今如此写来，真是不可移易。问小丫头子们，他又不肯说，叫我找到园里来。我正疑惑，忽然来了两三个姑子，我心里才明白。我想姑子必是来送年疏，或要年例香例银子。老祖宗年下的事也多，一定是躲债来了。我赶忙问了那姑子，果然不错。我连忙把年例给了他们去了。如今来回老祖宗，债主已去，不用躲着了。已预备下希嫩的野鸡，请用晚饭去，再迟一回就老了。”他一行说，众人一行笑。

凤姐儿也不等贾母说话，便命人抬过轿子来。贾母笑着，搀了凤姐的手，仍旧上轿，带着众人，说笑出了夹道东门。一看四面，粉妆银砌。忽见宝琴披着凫靥裘站在山坡上遥等，身后一个丫鬟抱着一瓶红梅。众人都笑道：“少了两个人，他却在这里等着，也弄梅花去了！”贾母喜的忙笑道：“你们瞧，这山坡上配上他的这个人品，又是这件衣裳，后头又是这梅花，像个什么？”众人都笑道：“就像老太太屋里挂的仇十洲画的《艳雪图》。”贾母摇头笑道：“那画的那里有这件衣裳，人也不能这样好。”

一语未了，只见宝琴背后转出一个披大红猩毡的人来。贾母道：“那又是那个女孩儿？”众人笑道：“我们都在这里，那是宝玉！”贾母笑道：“我的眼越发花了。”说话之间，来至跟前，可不是宝玉和宝琴。宝玉笑向宝钗、黛玉等道：“我才又到了栊翠庵，妙玉每人送你们一枝梅花，我已经打发人送去了。”众人都笑说：“多谢你费心。”

说话之间，已出了园门，来至贾母房中。吃毕饭，大家又说笑了一回。忽见薛姨妈也来了，说："好大雪，一日也没过来望候老太太。今日老太太倒不高兴？正该赏雪才是。"贾母笑道："何曾不高兴！我找了他们姊妹们去顽了一会子。"薛姨妈笑道："昨日晚上，我原想着今日要和我们姨太太借一日园子，摆两桌粗酒，请老太太赏雪的，又见老太太安息的早。我闻得女儿说，老太太心下不大爽快，因此今日也没敢惊动。早知如此，我正该请。"贾母笑道："这才是十月里头场雪，往后下雪的日子多呢，再破费不迟。"薛姨妈笑道："果然如此，算我的孝心虔了。"

凤姐儿笑道："姨妈仔细忘了，如今先秤五十两银子来，交给我收着，一下雪，我就预备下酒，姨妈也不用操心，也不得忘了。"贾母笑道："既这么说，姨太太给他五十两银子收着，我和他每人分二十五两，到下雪的日子，我装心里不快，混过去了。姨太太更不用操心，我和凤丫头倒得了实惠。"凤姐将手一拍，笑道："妙极了，这和我的主意一样。"众人都笑了。贾母笑道："呸！没脸的，就顺着竿子爬上来了。你不说姨太太是客，在咱们家受屈，我们该请姨太太才是，那里有破费姨太太的理。不这样说呢，还有脸先要五十两银子，真不害臊！"凤姐儿笑道："我们老祖宗最是有眼色的，试一试，姨妈若松呢，拿出五十两来，就和我分。这会子估量着不中用了，翻过来拿我做法子，说出这些大方话来。如今我也不和姨妈要银子，竟替姨妈出银子治了酒，请老祖宗吃了。我另外再封五十两银子孝敬老祖宗，算是罚我个包揽闲事，这可好不好？"话未说完，众人已笑倒在炕上。

贾母因又说及宝琴雪下折梅，比画儿上还好，因又细问他年庚八字并家内景况。薛姨妈度其意思，大约是要与宝玉求配。薛姨妈心中固也遂意，只是已许过梅家了，因贾母尚未明说，自己也不好拟定，遂半吐半露告诉贾母道："可惜这孩子没福，前年他父亲就没了。他从小儿见的世面倒多，跟他父母四山五岳都走遍了。他父亲是好乐的，各处因有买卖，带着家眷，这一省逛一年，明年又往那一省逛半年，所以天下十停走了有五六停了。那年在这里，把他许了梅翰林的儿子，偏第二年他父亲就辞世了。他母亲又是痰疾。"凤姐也不等说完，便嗐声跺脚的说："偏不巧，我正要作个媒呢，又已经许了人家。"贾母笑道："你要给谁说媒？"凤姐儿笑道："老祖宗别管，我心里看准了，他们两个是一对。如今已许了人，说也无益，不如不说罢了。"贾母已知凤姐儿之意，听见已有了人家，也就不提了。大家又闲话了一会方散。一宿无话。

次日雪晴。饭后，贾母又亲嘱惜春："不管冷暖，你只画去，赶到年下，十分不能便罢了。第一要紧把昨日琴儿和丫头、梅花，照模照样，一笔别错，快快添上。"惜春听了，虽是为难，只得应了。一时众人都来看他如何画，惜春只是出神。

李纨因笑向众人道："让他自己想去，咱们且说话儿。昨儿老太太只叫作灯谜，回家和绮儿、纹儿睡不着，我就编了两个'四书'的。他两个每人也编了两个。"众人听了，都笑道："这倒该作的。先说了，我们猜猜。"李纨笑道："观音未有世家传，打'四书'一句。"湘云接着就说："在'止于至善'。"宝钗笑道："你也想一想'世家传'三个字的意思再猜。"李纨笑道："再想。"黛玉笑道："哦，是了。是'虽善无征'。"众人都笑道："这句是了。"李纨又道："一池青草草何名。"湘云忙道："这一定是'蒲芦也'，再不是不成？”李纨笑道：“这难为你猜。纹儿的是‘水向石边流出冷’，打一古人名。”探春笑问道：“可是山涛？”李纹笑道：“是。”李纨又道：“绮儿的是个‘萤’字，打一个字。”众人猜了半日，宝琴笑道：“这个意思却深，不知可是花草的‘花’字？”李绮笑道：“恰是了。”众人道：“萤与花何干？”黛玉笑道：“妙的很，萤可不是草化的？”众人会意，都笑了，说“好！”

宝钗道：“这些虽好，不合老太太的意思，不如作些浅近的物儿，大家雅俗共赏才好。”众人都道：“也要作些浅近的俗物才是。”湘云笑道：“我编了一支《点绛唇》，恰是俗物，你们猜猜。”说着便念道：

溪壑分离，红尘游戏，真何趣？名利犹虚，后事终难继。

众人不解，想了半日，也有猜是和尚的，也有猜是道士的，也有猜是偶戏人的。宝玉笑了半日，道：“都不是，我猜着了，一定是耍的猴儿。”湘云笑道：“正是这个了。”众人道：“前头都好，末后一句怎么解？”湘云道：“那一个耍的猴子不是剁了尾巴去的？”众人听了，都笑起来，说：“偏他编个谜儿也是刁钻古怪的。”李纨道：“昨日姨妈说，琴妹妹见的世面多，走的道路也多，你正该编谜儿，正用着了。你的诗又好，何不编几个我们猜一猜。”宝琴听了，点头含笑，自去寻思。宝钗也有了一个，念道：

镂檀锲梓一层层，岂系良工堆砌成？
虽是半天风雨过，何曾闻得梵铃声？　——打一物。

众人猜时，宝玉也有了一个，念道：

天上人间两渺茫，琅玕节过谨隄防。
鸾音鹤信须凝睇，好把唏嘘答上苍。

黛玉也有了一个，念道是：

騄駬何劳缚紫绳，驰城逐堑势狰狞。
主人指示风雷动，鳌背三山独立名。

探春也有了一个，方欲念时，宝琴走过来笑道："我从小儿所走的地方的古迹不少，我今拣了十个地方的古迹，作了十首怀古的诗。诗虽粗鄙，却怀往事，又暗隐俗物十件。姐姐们请猜一猜。"众人听了，都说："这倒巧，何不写出来大家一看。"要知端的——

诗词之俏丽，灯谜之隐秀，不待言。须看他极整齐，极参差，愈忙迫，愈安闲。一波一折，路转峰回，一落一起，山断云连。各人局度，各人情性都现。至李纨主坛，而起句却在凤姐。李纨主坛，而结句却在最少之李绮。另是一样弄奇。

最爱他中幅惜春作画一段，似与本文无涉，而前后文之景色人物，莫不筋动脉摇。而前后文之起伏照应，莫不穿插映带。文字之奇，难以言状。

第五十一回

薛小妹新编怀古诗　胡庸医乱用虎狼药

文有一语写出大景者，如“园中不见一女子”句，俨然大家规模。“疑是姑娘”一语，又俨然庸医口角，新医行径。笔大如椽。

众人闻得宝琴将素习所经过各省内的古迹为题，作了十首怀古绝句，内隐十物，皆说这自然新巧。都争着看时，只见写道是：

赤壁怀古　其一

赤壁沉埋水不流，徒留名姓载空舟。
喧阗一炬悲风冷，无限英魂在内游。

交趾怀古　其二

铜铸金镛振纪纲，声传海外播戎羌。
马援自是功劳大，铁笛无烦说子房。

钟山怀古　其三

名利何曾伴汝身，无端被诏出凡尘。
牵连大抵难休绝，莫怨他人嘲笑频。

淮阴怀古　其四

壮士须防恶犬欺，三齐位定盖棺时。

寄言世俗休轻鄙，一饭之恩死也知。

广陵怀古　其五

蝉噪鸦栖转眼过，隋堤风景近如何。

只缘占得风流号，惹出纷纷口舌多。

桃叶渡怀古　其六

衰草闲花映浅池，桃枝桃叶总分离。

六朝梁栋多如许，小照空悬壁上题。

青冢怀古　其七

黑水茫茫咽不流，冰弦拨尽曲中愁。

汉家制度诚堪叹，樗栎应惭万古羞。

马嵬怀古　其八

寂寞脂痕渍汗光，温柔一旦付东洋。

只因遗得风流迹，此日衣衾尚有香。

蒲东寺怀古　其九

小红骨贱最身轻，私掖偷携强撮成。

虽被夫人时吊起，已经勾引彼同行。

梅花观怀古　其十

不在梅边在柳边，个中谁拾画婵娟。

团圆莫忆春香到，一别西风又一年。

众人看了，都称奇道妙。宝钗先说道："前八首都是史鉴上有据的，后二首却无考，我们也不大懂得，不如另作两首为是。"如何？必得宝钗此驳，方是好文。后文若真另作，亦必无趣。若不另作，又有何法省之。看他下文如何。黛玉忙拦道："这宝姐姐也忒胶柱鼓瑟、矫揉造作了。好极，非黛玉不可。脂砚。这两首虽于史鉴上无考，咱们虽不曾看这些外传，不知底里，难道咱们连两本戏也没有见过不成？那三岁孩子也知道，何况咱们？"探春便道："这话正是了。"余谓颦儿必有尖语来讽，不望竟有此饰词代为解释，此则真心以待宝钗也。李纨又道："况且他原是走到这个地方的，这两件事虽无考，古往今来，以讹传讹，好事者竟故意的弄出这古迹来以愚人。比如那年上京的时节，单是关夫子的坟，倒见了三四处。关夫子一生事业皆是有据的，如何又有许多的坟？自然是后来人敬爱他生前为人，只怕从这敬爱上穿凿出来，也是有的。及至看《广舆记》上，不止关夫子的坟多，自古来有些名望的，坟就不少，无考的古迹更多。如今这两首虽无考，凡说书唱戏，甚至于求的签上皆有注批。老小男女，俗语口头，人人皆知皆说的，况且又并不是看了"西厢""牡丹"的词曲，怕看了邪书。这竟无妨，只管留着。"宝钗听说，方罢了。此为三染无痕也。妙极！天衣无缝之文。大家猜了一回，皆不是。

冬日天短，不觉又是前头吃晚饭之时，一齐前来吃饭。因有人回王夫人说："袭人的哥哥花自芳进来说，他母亲病重了，想他女儿。他来求恩典，接袭人家去走走。"王夫人听了，便道："人家母女一场，岂有不许他去的。"一面就叫了凤姐儿来，告诉了凤姐儿，命酌量去办理。

凤姐儿答应了，回至房中，便命周瑞家的去告诉袭人原故。又吩咐周瑞家的："再将跟着出门的媳妇传一个，你两个人，再带两个小丫头子，跟了袭人去。外头派四个有年纪跟车的。要一辆大车，你们带着坐；要一辆小车，给丫头们坐。"周瑞家的答应了，才要去，凤姐儿又道："那袭人是个省事的，你告诉说我的话：叫他穿几件颜色好衣裳，大大的包一包袱衣裳拿着，包袱也要好好的，手炉也要拿好的。临走时，叫他先来我瞧瞧。"周瑞家的答应去了。

半日，果见袭人穿戴来了，两个丫头与周瑞家的拿着手炉与衣包。凤姐儿看袭人头上带着几枝金钗珠钏，倒华丽；又看身上穿着桃红百花刻丝银鼠袄子、葱绿盘金彩绣绵裙，外面穿着青缎灰鼠褂。凤姐儿笑道："这三件衣裳都是太太的，赏了你倒是好的；但只这褂子太素了些，如今穿着也冷，你该穿一件大毛的。"袭人笑道："太太就只给了这灰鼠的，还有一件银鼠的，说赶年下再给大毛的，还没有得呢。"凤姐儿笑道："我倒有一件大毛的，我嫌风毛儿出不好了，正要改去。也罢，先给你穿去罢。等年下太太给作的时节我再作罢，只当你还我一样。"众人都笑道："奶奶惯会说这话，成年家大手大脚的，替太太不知背地里赔垫了多少东西，真真的赔的是说不出来，那里又和太太算去？偏这会子又说这小气话取笑儿。"凤姐儿笑道："太太那里想的到这些？究竟这又不是正紧事，再不照管，也是大家的体面。说不得我自己吃些亏，把众人打扮体统了，宁可我得个好名也罢了。一个一个像‘烧糊了的卷子’似的，人先笑话我当家倒把人弄出个花子来。”众人听了，都叹说：“谁似奶奶这样圣明！在上体贴太太，在下又疼顾下人。”

一面说，一面只见凤姐儿命平儿将昨日那件石青刻丝八团天马皮褂子拿出来，与了袭人。又看包袱，只得一个弹墨花绫水红绸里的夹包袱，里面只包着两件半旧棉袄与皮褂。凤姐儿又命平儿把一个玉色绸里哆啰呢的包袱拿出来，又命包上一件雪褂子。

平儿走去拿了出来，一件是半旧大红猩猩毡的，一件是大红羽纱的。袭人道：“一件就当不起了。”平儿笑道：“你拿这猩猩毡的，把这件顺手拿将出来，叫人给邢大姑娘送去。昨儿那么大雪，人人都是有的，不是猩猩毡，就是羽缎羽纱的，十来件大红衣裳映着大雪，好不齐整。就只他穿着那件旧毡斗蓬，越发显的拱肩缩背，好不可怜见的。如今把这件给他罢。”凤姐儿笑道：“我的东西，他私自就要给人。我一个还花不够，再添上你提着，更好了！”众人笑道：“这都是奶奶素日孝敬太太，疼爱下人。若是奶奶素日是小气的，只以东西为事，不顾下人的，姑娘那里还敢这样了？”凤姐儿笑道：“所以知道我的心的，也就是他还知三分罢了。”说着，又嘱咐袭人道：“你妈若好了就罢；若不中用了，只管住下，打发人来回我，我再另打发人给你送铺盖去，可别使人家的铺盖和梳头家伙。”又吩咐周瑞家的道：“你们自然也知道这里的规矩的，也不用我嘱咐了。”周瑞家的答应：“都知道。我们这去到那里，总叫他们的人回避。若住下，必是另要一两间内房的。”说着，跟了袭人出去，又吩咐预备灯笼，遂坐车往花自芳家来，不在话下。

这里凤姐又将怡红院的嬷嬷唤了两个来，吩咐道：“袭人只怕不来家。你们素日知道那大丫头们，那两个知好歹，派出来在宝玉屋里上夜。你们也好生照管着，别由着宝玉胡闹。”两个嬷嬷去了，一时来回说：“派了晴雯和麝月在屋里，我们四个原是轮流着带管上夜的。”凤姐儿听了，点头道：“晚上催他早睡，早上催他早起。”老嬷嬷们答应了，自回园去。一时果有周瑞家的带了信回凤姐儿说：“袭人之母业已停床，不能回来。”凤姐儿回明了王夫人，一面着人往大观园去取他的铺盖妆奁。

宝玉看着晴雯、麝月二人打点妥当，送去之后，晴雯、麝月皆卸罢残妆，脱换过裙袄。晴雯只在熏笼上围坐。麝月笑道：“你今儿别装小姐了，我劝你也动一动儿。”晴雯道：“等你们都去尽了，我再动不迟。有你们一日，我且受用一日。”麝月笑道：“好姐姐，我铺床，你把那穿衣镜的套子放下来，上头的划子划上，你的身量比我高些。”说着便去与宝玉铺床。晴雯“嗐”了一声，笑道：“人家才坐暖和了，你就来闹。”此时宝玉正坐着纳闷，想袭人之母不知是死是活，忽听见晴雯如此说，便自己起身出去，放下镜套，划上消息，进来笑道：“你们暖和罢，都完了。”晴雯笑道：“终久暖和不成的，我又想起来，汤婆子还没拿来呢。”麝月道：“这难为你想着，他素日又不要汤婆子，咱们那熏笼上暖和，比不得那屋里炕冷，今儿可以不用。”宝玉笑道：“这个话，你们两个都在那上头睡了，我这外边没个人，我怪怕的，一夜也睡不着。”晴雯道：“我是在这里睡的，麝月往他外边睡去。”

说话之间，天已二更，麝月早已放下帘幔，移灯炷香，伏侍宝玉卧下，二人方睡。晴雯自在熏笼上，麝月便在暖阁外边。至三更以后，宝玉睡梦之中，便叫袭人。叫了两声，无人答应，自己醒了，方想起袭人不在家，自己也好笑起来。晴雯已醒，因笑唤麝月道："连我都醒了，他守在旁边还不知道，真是个挺死尸的。"麝月翻身打个哈气，笑道："他叫袭人，与我什么相干！"因问："作什么？"宝玉说要吃茶。麝月忙起来，单穿着红绸小棉袄儿。宝玉道："披上我的袄儿再去，仔细冷着。"麝月听说，回手便把宝玉披着起夜的一件貂颏满襟暖袄披上，下去向盆内洗手。先倒了一钟温水，拿了大漱盂，宝玉漱了一口，然后才向茶槅上取了茶碗，先用温水涮了一涮，向暖壶中倒了半碗茶，递与宝玉吃了，自己也漱了一漱，吃了半碗。晴雯笑道："好妹妹，也赏我一口儿。"麝月笑道："越发上脸儿了！"晴雯道："好妹妹，明儿晚上你别动，我伏侍你一夜，如何？"麝月听说，只得也伏侍他漱了口，倒了半碗茶与他吃过。麝月笑道："你们两个别睡，说着话儿，我出去走走回来。"晴雯笑道："外头有个鬼等着你呢！"宝玉道："外头自然有大月亮的，我们说话，你只管去。"一面说，一面便嗽了两声。

麝月便开了后房门，揭起毡帘一看，果然好月色。晴雯等他出去，便欲唬他玩耍。仗着素日比别人气壮，不畏寒冷，也不披衣，只穿着小袄，便蹑手蹑脚的下了熏笼，随后出来。宝玉笑劝道："看冻着，不是顽的。"晴雯只摆手，随后出了房门。只见月光如水，忽然一阵微风，只觉侵肌透骨，不禁毛骨森然。心下自思道："怪道人说热身子不可被风吹，这一冷果然利害。"一面正要唬麝月，只听宝玉高声在内道："晴雯出去了。"晴雯忙回身进来，笑道："那里就唬死了他？偏你惯会这蝎蝎螫螫老婆汉像的。"宝玉笑道："倒不为唬坏了他，头一则你冻着也不好，二则他不防，不免一喊，倘或唬醒了别人，不说咱们是顽意，倒反说袭人才去了一夜，你们就见神见鬼的。你来把我的这边被掖一掖。"晴雯听说，便上来掖了掖，伸手进去渥一渥时，宝玉笑道："好冷手！我说看冻着。"一面又见晴雯两腮如胭脂一般，用手摸了一摸，也觉冰冷。宝玉道："快进被来渥渥罢。"

一语未了，只听"咯噔"的一声门响，麝月慌慌张张的笑了进来，说道："吓了我一跳好的。黑影子里，山子石后头，只见一个人蹲着，我才要叫喊，原来是那个大锦鸡，见了人一飞，飞到亮处来，我才看真了。若冒冒失失一嚷，倒闹起人来。"一面说一面洗手，又笑道："晴雯出去，我怎么不见？一定是要唬我去了。"宝玉笑道："这不是他？在这里渥呢！我若不叫的快，可是倒唬一跳。"晴雯笑道："也不用我唬去，这小蹄子已经自怪自惊的了。"一面说，一面仍回自己被中去了。麝月道："你就这么'跑解马'似的打扮得伶伶俐俐的出去了不成？"宝玉笑道："可不就这么出去了。"麝月道："你死不拣好日子！你出去站一站，把皮不冻破了你的！"说着又将火盆上的铜罩揭起，拿灰锹重将熟炭埋了一埋，拈了两块素香放上，仍旧罩了。至屏后重剔了灯，方才睡下。

晴雯因方才一冷，如今又一暖，不觉打了两个喷嚏。宝玉叹道："如何？到底伤了风了。"麝月笑道："他早起就嚷不受用，一日也没吃饭。他这会子还不保养些，还要捉弄人。明儿病了，叫他自作自受。"宝玉问："头上可热？"晴雯嗽了两声，说道："不相干，那里这么娇嫩起来了。”说着，只听外间房中十锦格上的自鸣钟当当两声，外间值宿的老嬷嬷嗽了两声，因说道：“姑娘们睡罢，明儿再说罢。”宝玉方悄悄的笑道：“咱们别说话了，又惹他们说话。”说着，方大家睡了。

至次日起来，晴雯果觉有些鼻塞声重，懒怠动弹。宝玉道：“快不要声张！太太知道，又叫你搬了家去养息。家去虽好，到底冷些，不如在这里。你就在里间屋里躺着，我叫人请了大夫，悄悄的从后门来瞧瞧就是了。”晴雯道：“虽如此说，你到底要告诉大奶奶一声儿，不然一时大夫来了，人问起来，怎么说呢？”宝玉听了有理，便唤了一个老嬷嬷吩咐道：“你回大奶奶去，就说晴雯白冷着了些，不是什么大病。袭人又不在家，他若家去养病，这里更没有人了。传一个大夫，悄悄的从后门进来瞧瞧，别回太太罢了。”老嬷嬷去了半日，来回说：“大奶奶知道了，说两剂药吃好了便罢，若不好时，还是出去为是。如今时气不好，恐沾带了别人事小，姑娘们的身子要紧的。”晴雯睡在暖阁，只管咳嗽，听了这话，气的喊道：“我那里就害瘟病了？只怕过了人！我离了这里！看你们这一辈子都别头疼脑热的。”说着，便真要起来。宝玉忙按他，笑道：“别生气，这原是他的责任，唯恐太太知道了说他，不过白说一句。你素习好生气，如今肝火自然盛了。”

正说时，人回大夫来了，宝玉便走过来，避在书架之后。只见两三个后门口的老嬷嬷带了一个大夫进来。这里的丫鬟都回避了。有三四个老嬷嬷，放下暖阁上的大红绣幔。晴雯从幔中单伸出手去，那大夫见了这只手上有两根指甲，足有三寸长，尚有金凤花染的通红的痕迹，便忙回过头来。有一个老嬷嬷忙拿了一块手帕掩了。那大夫方诊了一回脉，起身到外间，向嬷嬷们说道："小姐的症是外感内滞，近日时气不好，竟算是个小伤寒。幸亏是小姐素日饮食有限，风寒也不大，不过是气血原弱，偶然沾带了些，吃两剂药疏散疏散就好了。"说着，便又随婆子们出去。

彼时，李纨已遣人知会过后门上的人及各处丫鬟回避，那大夫只见了园中景致，并不曾见一女子。一时出了园门，就在守园门的小厮们的班房内坐了，开了药方。老嬷嬷道："你老爷且别去，我们小爷罗唆，恐怕还有话说。"大夫忙道："方才不是小姐，是位爷不成？那屋子竟是绣房一样，又是放下幔子来的，如何是位爷呢？"老嬷嬷悄悄笑道："我的老爷，怪道小厮们才说今儿请了一位新大夫来了，真不知我们家的事。那屋子是我们小哥儿的，那人是他屋里的丫头，倒是个大姐，那里的小姐？若是小姐的绣房，小姐病了，你那么容易就进去了？"说着，拿了药方进去。

宝玉看时，上面有紫苏、桔梗、防风、荆芥等药，后面又有枳实、麻黄。宝玉道："该死，该死，他拿着女孩儿们也像我们一样的治，如何使得！凭他有什么内滞，这枳实、麻黄如何禁得！谁请了来的？快打发他去罢，再请一个熟的来。"

老婆子道："用药好不好，我们不知道这理。如今再叫小厮去请王太医去倒容易，只是这大夫又不是告诉总管房请来的，这轿马钱是要给他的。"宝玉道："给他多少？"婆子道："少了不好看，也得一两银子，才是我们这门户的礼。"宝玉道："王太医来了给他多少？"婆子笑道："王太医和张太医每常来了，也并没个给钱的，不过每年四节一趸送礼，那是一定的年例。这人新来了一次，须得给他一两银子去。"宝玉听说，便命麝月去取银子。麝月道：

"花大奶奶还不知搁在那里呢！"宝玉道："我常见他在螺甸小柜子里取钱，我和你找去。"

说着，二人来至宝玉堆东西的房子，开了螺甸柜子。上一格子都是笔墨、扇子、香饼、各色荷包、汗巾等物，下一格却是几串钱。于是开了抽屉，才看见一个小簸箩内放着几块银子，倒也有一把戥子。麝月便拿了一块银子，提起戥子来问宝玉："那是一两的星儿？"宝玉笑道："你问我？有趣，你倒成了才来的了。"麝月也笑了，又要去问人。宝玉道："拣那大的给他一块就是了，又不作买卖，算这些做什么？"麝月听了，便放下戥子，拣了一块，掂了一掂，笑道："这一块只怕是一两了，宁可多些好，别少了，叫那穷小子笑话。不说咱们不识戥子，倒说咱们有心小器似的。"那婆子站在外头台矶上，笑道："那是五两的锭子夹了半边，这一块至少还有二两呢！这会子又没夹剪，姑娘收了这块，再拣一块小些的罢！"麝月早掩了柜子出来，笑道："谁又找去！多了些你拿了去罢。"宝玉道："你只快叫茗烟再请王大夫去就是了。"婆子接了银子，自去料理。

一时茗烟果请了王太医来，诊了脉后，说的病症与前相仿，只是方子上果没有枳实、麻黄等药，倒有当归、陈皮、白芍等，药之分量较先也减了些。宝玉喜道："这才是女孩儿们的药，虽然疏散，也不可太过。旧年我病了，却是伤寒，内里饮食停滞，他瞧了，还说我禁不起麻黄、石膏、枳实等狼虎药。我和你们一比，我就如那野坟圈子里长的几十年一棵老杨树，你们就如秋天芸儿进我的那才开的白海棠。连我禁不起的药，你们如何禁的起？"麝月等笑道："野坟里只有杨树不成？难道就没有松柏？我最嫌的是杨树，那么大笨树，叶子只一点子。没一丝风，他也是乱响。偏你比他，也太下流了。”宝玉笑道：“松柏不敢比，连孔夫子都说：‘岁寒然后知松柏之后凋也。’可知这两件东西高雅，不怕羞臊的才拿他混比呢。”

说着，只见老婆子取了药来，宝玉命把煎药的银吊子找了出来，“找”字神理，乃不常用之物也。就命在火盆上煎。晴雯因说：“正紧给他们茶房里煎去，弄得这屋里药气，如何使得！”宝玉道：“药气比一切的花香、果子香都雅，神仙采药烧药，再者高人逸士采药治药，最妙的一件东西。这屋里我正想各色都齐了，就只少药香，如今恰好全了。”一面说，一面早命人煨上。又嘱咐麝月打点东西，遣老嬷嬷去看袭人，劝他少哭。一一妥当，方过前边来贾母、王夫人处问安吃饭。

正值凤姐儿和贾母、王夫人商议说：“天又短又冷，不如以后大嫂子带着姑娘们在园子里吃饭一样，等天长暖和了，再来回的跑也不妨。”王夫人笑道：“这也是好主意，刮风下雪倒便宜，吃些东西受了冷气也不好。空心走来，一肚子冷风，压上些东西也不好。不如后园门里头的五间大房子，横竖有女人们上夜的，挑两个厨子女人在那里，单给他姊妹们弄饭。新鲜菜蔬是有分例的，在总管房里支去，或要钱，或要东西，那些野鸡、獐、狍各样野味，分些给他们就是了。”贾母道：“我也正想着呢，就怕又添一个厨房多事些。”凤姐道：“并不多事。一样的分例，这里添了，那里减了。就便多费些事，小姑娘们冷风朔气的，“朔”字又妙，“朔”作“韶”，北音也。用北音，奇想奇想。别人还可，第一林妹妹如何禁得住？就连宝兄弟也禁不住，何况众位姑娘。”贾母道：“正是这话了，上次我要说这话，我见你们的大事太多了，如今又添出这些事来……”要知端的——

此回再从猜谜着色，便与前回末重复，且又是一幅即景联诗图矣，成何趣味。就灯谜中生一番讥评，别有清思，迥非凡艳。

搁起灯谜，接入袭人了，却不就袭人一面写照，作者大有苦心。盖袭人不盛饰，则非大家威仪，如盛饰，又岂有其母临危而盛饰者乎？在凤姐一面，于衣服、车马、仆从、房屋、铺盖等物一一点检，色色亲嘱，既得掌家人体统，而袭人之俊俏风神毕现。

文有数千言写一琐事者，如一吃茶，偏能于未吃以前、既吃以后，细细描写。如一拿银，偏能于开柜时生无数波折，平银时又生无数波折。心细如发。

第五十二回

俏平儿情掩虾须镯　勇晴雯病补雀金裘

写黛玉弱症的是弱症，写晴雯时症的是时症。写湘云性快的是快性，写晴雯性傲的是傲性。彼何人斯，而具肖物手段如此。

贾母道："正是这话了，上次我要说，我见你们的大事多，如今又添出这些事来，你们固然不敢抱怨，未免想着我只顾疼这些小孙子小孙女儿们，就不体贴你们这当家人了。你既这么说出来，更好了。"因此时薛姨妈、李婶都在座，邢夫人及尤氏婆媳也都过来请安，还未过去，贾母向王夫人等说道："今儿我才说这话，素日我不说，一则怕逞了凤丫头的脸，二则众人不伏。今日你们都在这里，都是经过妯娌姑嫂的，还有他这样想的到的没有？"薛姨妈、李婶、尤氏等齐笑说："真个少有，别人不过是礼上面子情儿，实在他是真疼小叔子、小姑子，就是老太太跟前，也是真孝顺。"

贾母点头叹道："我虽疼他，我又怕他太伶俐也不是好事。"凤姐儿忙笑道："这话老祖宗说差了，世人都说，太伶俐聪明，怕活不长，世人都说得，人人都信，独老祖宗不当说，不当信。老祖宗只有伶俐聪明过我十倍的，怎么如今这样福寿双全的？只怕我明儿还胜老祖宗一倍呢！我活一千岁后，等老祖宗归了西，我才死呢。”贾母笑道：“众人都死了，单剩下咱们两个老妖精，有什么意思？”说的众人都笑了。

宝玉因记挂着晴雯、袭人等事，便先回园里来。到房中，药香满屋，一人不见，只见晴雯独卧于炕上，脸面烧的飞红。又摸了一摸，只觉烫手，忙又向炉上将手烘暖，伸进被去摸了一摸身上，也是火烧。因说道：“别人去了也罢，麝月、秋纹也这样无情，各自去了。”晴雯道：“秋纹是我撵了他去吃饭的，麝月是方才平儿来找他出去了。两人鬼鬼祟祟的，不知说什么，必是说我病了不出去。”宝玉道：“平儿不是那样人，况且他并不知你病，特来瞧你，想来一定是找麝月来说话，偶然见你病了，随口说特瞧你的病，这也是人情乖觉取和的常事。便不出去，有不是，与他何干？你们素日又好，断不肯为这无干的事伤和气。”晴雯道：“这话也是，只是疑他为什么忽然间瞒起我来。”宝玉一篇推情度理之谈，以射正事，不知何如。宝玉笑道：“让我从后门出去，到那窗根下听听说些什么，来告诉你。”说着，果然从后门出去，至窗下潜听。

只闻麝月悄问道：“你怎么就得了的？”妙。这才有神理，是平儿说过一半了。若此时从平儿口中从头说起一原一故，直是二人特等宝玉来听方说起也。平儿道：“那日洗手时不见了，二奶奶就不许吵嚷，出了园子，即刻就传给园里各处的妈妈们小心查访。我们只疑惑邢姑娘的丫头，本来又穷，只怕小孩子家没见过，拿了起来也是有的。再不料定是你们这里的。幸而二奶奶没有在屋里。你们这里的宋妈妈去了，拿了这支镯子，说是小丫头子坠儿偷起来的，被他看见，来回二奶奶的。妙极！红玉既有归结，坠儿岂可不表哉？可知“奸贼”二字是相连的，故“情”字原非正道。坠儿原不情也，不过一愚人耳，可以传奸，即可以为盗。二次小窃，皆出于宝玉房中，亦大有深意在焉。我赶忙接了镯子，想了一想：宝玉是偏在你们身上留心用意，争胜要强的。那一年有一个良儿偷玉，刚冷了一二年间，还有人提起来趁愿，这会子又跑出一个偷金子的来了，而且更偷到街坊家去了。偏是他这样，偏是他的人打嘴。所以我倒忙叮咛宋妈，千万别告诉宝玉，只当没有这事，别和一个人提起。第二件，老太太、太太听了也生气。三则袭人和你们也不好看。所以我回二奶奶，只说：‘我往大奶奶那里去的，谁知镯子褪了口，丢在草根底下，雪深了没看见。今儿雪化尽了，黄澄澄的映着日头，还在那里呢，我就拣了起来。’二奶奶也就信了。所以我来告诉你们，你们以后防着他些，别使唤他到别处去。等袭人回来，你们商议着变个法子，打发出去就完了。”麝月道：“这小娼妇也见过些东西，怎么这么眼皮子浅！”平儿道：“究竟这镯子能多少重？原是二奶奶的，这叫做‘虾须镯’，倒是这颗珠子还罢了。晴雯那蹄子是块爆炭，要告诉了他，他是忍不住的。一时气了，或打或骂，依旧嚷出来不好。所以单告诉你留心就是了。”说着，便作辞而去。

宝玉听了，又喜又气又叹。喜的是平儿竟能体贴自己，气的是坠儿小窃，叹的是坠儿那样一个伶俐人，作出这丑事来。因而回至房中，把平儿之话一长一短告诉了晴雯。又说：“他说你是个要强的，如今病着，听了这话越发要添病，等好了再告诉你。”晴雯听了，果然气的蛾眉倒蹙，凤眼圆睁，即时就叫坠儿。宝玉忙劝道：“你这一喊出来，岂不辜负了平儿待你我之心了？不如领他这个情，过后打发他就完了。”晴雯道：“虽如此说，只是这口气如何忍得！”宝玉道：“这有什么气的？你只养病就是了。”

晴雯服了药，至晚间又服二和，夜间虽有些汗，还未见效，仍是发烧头疼，鼻塞声重。次日，王太医又来诊视，另加减汤剂。虽然稍减了烧，仍是头疼。宝玉便命麝月：“取鼻烟来，与给他嗅些，痛打几个嚏喷，就通了关窍。”麝月果真去取了一个金镶双扣金星玻璃的一个扁盒来，递与宝玉。宝玉便揭翻盒扇，里面有西洋珐琅的黄发赤身女子，两肋又有肉翅，里面盛着些真正汪恰洋烟。汪恰，西洋一等宝烟也。晴雯只顾看画儿，宝玉道：“嗅些，走了气就不好了。”晴雯听说，忙拿指甲挑了些嗅入鼻中，不怎样，便又多多挑了些嗅入。忽觉鼻中一股酸辣透入囟门，接连打了五六个嚏喷，眼泪鼻涕登时齐流。写得出。晴雯忙收了盒子，笑道：“了不得，好爽快，拿纸来！”早有小丫头子递过一搭子细纸，晴雯便一张一张的拿来醒鼻子。宝玉笑问：“如何？”晴雯笑道：“果觉通快些，只是太阳还疼。”

宝玉笑道：“越性尽用西洋药治一治，只怕就好了。”说着便命麝月：“和二奶奶要去，就说我说了：姐姐那里常有那西洋贴头疼的膏子药，叫作‘依弗哪’，找寻一点儿。”麝月答应了，去了半日，果拿了半节来。便去找了一块红缎子角儿，铰了两块指顶大的圆式，将那药烤和了，用簪挺摊上。晴雯自拿着一面靶镜，贴在两太阳上。麝月笑道：“病的蓬头鬼一样，如今贴了这个，倒俏皮了。二奶奶贴惯了，倒不大显。”说毕，又向宝玉道：“二奶奶说了：明日是舅老爷生日，太太说叫你去呢。明儿穿什么衣裳，今儿晚上好打点齐备了，省得明儿早起费手。”宝玉道：“什么顺手就是什么罢了！一年闹生日也闹不清。”说着，便起身出房，往惜春房中去看画。

刚到院门外边，忽见宝琴的小丫鬟名小螺者从那边过去。宝玉忙赶上问：“那去？”小螺笑道：“我们二位姑娘都在林姑娘房里呢，我如今也往那里去。”宝玉听了，转步也便同他往潇湘馆来，不但宝钗姊妹在此，且连邢岫烟也在那里。四人围坐在熏笼上叙家常。紫鹃倒坐在暖阁里，临窗作针黹。一见他来，都笑说：“又来了一个！可没了你的坐处了。”宝玉笑道：“好一幅‘冬闺集艳图’！可惜我迟来了一步。横竖这屋子比各屋子暖，这椅子上坐着并不冷。”说着，便坐在黛玉常坐的搭着灰鼠椅搭的一张椅上。

因见暖阁之中有一玉石条盆，里面攒三聚五栽着一盆单瓣水仙，点着宣石，便极口赞：“好花！这屋子越发暖，这花香的越清香。昨日未见。”黛玉因说道：“这是你家的大总管赖大婶子送薛二姑娘的，两盆腊梅，两盆水仙。他送了我一盆水仙，他送了蕉丫头一盆腊梅。我原不要的，又恐辜负了他的心。你若要，我转送你如何？”宝玉道：“我屋里却有两盆，只是不及这个，琴妹妹送你的，如何又转送人？这个断使不得。”黛玉道：“我一日药吊子不离火，我竟是药培着呢，那里还搁的住花香来熏？越发弱了。况且这屋子里一股药香，反把这花香搅坏了。不如你抬了去，这花也清净了，没杂味来搅他。”宝玉笑道：“我屋里今儿也有病人煎药呢，你怎么知道的？”黛玉笑道：“这话奇了，我原是无心的话，谁知你屋里的事？你不早来听说古记，这会子来了，自惊自怪的。”宝玉笑道：“咱们明儿下一社又有了题目了，就咏水仙、腊梅。”黛玉听了，笑道：“罢，罢，我再不敢作诗了，作一回，罚一回，没的怪羞的。”说着，便两手握起脸来。宝玉笑道：“何苦来，又奚落我作什么？我还不怕臊呢！你倒握起脸来了。”宝钗因笑道：“下次我邀一社，四个诗题，四个词题，每人四首诗、四阕词。头一个诗题《咏〈太极〉图》，限一先的韵，五言律。要把一先的韵都用尽了，一个不许剩。”

宝琴笑道：“这一说，可知是姐姐不是真心起社了，这分明难人。若论起来，也强扭的出来，不过颠来倒去，弄些《易经》上的话生填，究竟有何趣味？我八岁时节，跟我父亲到西海沿子上买洋货，谁知有个真真国的女孩子，才十五岁，那脸面就和那西洋画儿上的美人一样，也披着黄头发，打着联垂，满头带的都是珊瑚、猫儿眼、祖母绿这些宝石。身上穿着金丝织的锁子甲洋锦袄袖，带着倭刀，也是镶金嵌宝的，实在画儿上的也没他好看。有人说他通中国的诗书，会讲五经，能作诗填词，因此我父亲央烦了一位通事官，烦他写了一张字，就写的是他作的诗。”众人都称奇道异。宝玉忙笑道：“好妹妹，你拿出来我瞧瞧。”宝琴笑道：“在南京收着呢，此时那里取来？”

宝玉听了大失所望，便说：“没福得见这世面。”黛玉笑拉宝琴道：“你别哄我们。我知道你这一来，你的这些东西未必放在家里，自然都是要带了来的，这会子又扯谎说没带来，他们虽信，我是不信的。”宝琴便红了脸，低头微笑不语。宝钗笑道：“偏这个颦儿惯说这些白话，把你就伶俐的！”黛玉道：“若带了来，就给我们见识见识也罢了。”宝钗笑道：“箱子、笼子一大堆还没理清，知道在那个里头呢？等过日收拾清了，找出来大家再看就是了。”又向宝琴道：“你若记得，何不念念我们听听。”宝琴方答道：

“记得是首五言律，外国的女子，也就难为他了。”宝钗道：“你且别念，等把云儿叫了来，也叫他听听。”说着，便叫小螺来吩咐道：“你到我那里去，就说我们这里有一个外国美人来了，作的好诗，请你这‘诗疯子’来瞧去，再把那我们‘诗呆子’也带来。”小螺笑着去了。

半日，只听史湘云笑问：“那一个外国美人来了？”一头说，一头果和香菱来了。众人笑道：“人未见形，先已闻声。”宝琴等忙让坐，遂把方才的话重叙了一遍。湘云笑道：“快念来听听！”宝琴因念道：

昨夜朱楼梦，今宵水国吟。
岛云蒸大海，岚气接丛林。
月本无今古，情缘有浅深。
汉南春历历，焉得不关心。

众人听了，都道：“难为他，竟比我们中国人还强！”一语未了，只见麝月走来说：“太太打发人来告诉二爷，明日一早往舅舅那里去，就说太太身上不大好，不得亲自来。”宝玉忙站起来，答应道：“是。”因问宝钗、宝琴可去。宝钗道：“我们不去，昨儿单送了礼去了。”大家说了一回方散。

宝玉因让诸姊妹先行，自己落后，黛玉便又叫住他问道：“袭人到底多早晚回来？”宝玉道：“自然等送了殡才来呢。”黛玉还有话说，又不曾出口，出了一回神，便说道：“你去罢！”宝玉也觉心里有许多话，只是口里不知要说什么，想了一想也笑道：“明日再说罢！”一面下了阶矶，低头正欲迈步，复又忙回身问道：“如今的夜越发长了，你一夜咳嗽几遍？醒几次？”此皆好笑之极，无味扯淡之极，回思则皆沥血滴髓之至情至神也。岂别部偷寒送暖、私奔暗约，一味淫情浪态之小说可比哉。黛玉道：“昨儿夜里好了，只嗽两遍，却只睡了四更一个更次，就再不能睡了。”宝玉又笑道：“正是有句要紧的话，这会子才想起来。”一面说，一面便挨过身来，悄悄道：“我想宝姐姐送你的燕窝——”一语未了，只见赵姨娘走了进来瞧黛玉，问：“姑娘这两天好？”黛玉便知他是从探春处来，从门前过，顺路的人情。黛玉忙陪笑让坐，说：“难为姨娘想着，怪冷的，亲自走来。”又忙命倒茶，一面又使眼色与宝玉。宝玉会意，便走了出来。

正值吃晚饭时，见了王夫人，王夫人又嘱咐他早去。宝玉回来，看晴雯吃了药。此夕宝玉便不命晴雯挪出暖阁来，自己便在晴雯外边。又命将熏笼抬至暖阁前，麝月便在熏笼上。一宿无话。

至次日，天未明时，晴雯便叫醒麝月道：“你也该醒了，只是睡不够！你出去叫人给他预备茶水，我叫醒他就是了。”麝月忙披衣起来道：“咱们叫起他来，穿好衣裳，抬过这火箱去，再叫他们进来。老嬷嬷们已经说过，不叫他在这屋里，怕过了病气。如今他们见咱们挤在一处，又该唠叨了。”晴雯道：“我也是这么说呢。”二人才叫时，宝玉已醒了，忙起身披衣。麝月先叫进小丫头子来，收拾妥当了，才命秋纹、檀云等进来一同伏侍。宝玉梳洗毕，麝月道：“天又阴阴的，只怕有雪，穿那一套毡的罢。”宝玉点头，即时换了衣裳。小丫头便用小茶盘捧了一盖碗建莲红枣儿汤来，宝玉喝了两口。麝月又捧过一小碟法制紫姜来，宝玉噙了一块。又嘱咐了晴雯一回，便往贾母处来。

贾母犹未起来，知道宝玉出门，便开了房门，命宝玉进去。宝玉见贾母身后宝琴面向里，也睡未醒。贾母见宝玉身上穿着荔色哆罗呢的天马箭袖，大红猩猩毡盘金彩绣石青妆缎沿边的排穗褂子。贾母道："下雪呢么？"宝玉道："天阴着，还没下呢！"贾母便命鸳鸯来："把昨儿那一件乌云豹的氅衣给他罢！"鸳鸯答应了，走去果取了一件来。

宝玉看时，金翠辉煌，碧彩闪灼，又不似宝琴所披之凫靥裘。只听贾母笑道："这叫作'雀金呢'，这是哦啰斯国拿孔雀毛拈了线织的。前儿把那一件野鸭子的给了你小妹妹，"小"字更妙，盖王夫人之末女也。这件给你罢！"宝玉磕了一个头，便披在身上。贾母笑道："你先给你娘瞧瞧去再去。"宝玉答应了，便出来，只见鸳鸯站在地下揉眼睛。因自那日鸳鸯发誓决绝之后，他总不和宝玉讲话。宝玉正自日夜不安，此时见他又要回避，宝玉便上来笑道："好姐姐，你瞧瞧，我穿着这个好不好？"鸳鸯一摔手，便进贾母房中来了。宝玉只得到了王夫人房中，与王夫人看了，然后又回至园中，与晴雯、麝月看过后，至贾母房中，回说："太太看了，只说可惜了的，叫我仔细穿，别糟蹋了他。"贾母道："就剩下了这一件，你糟蹋了，也再没了。这会子特给你做这个，也是没有的事。"说着，又嘱咐他不许多吃酒，早些回来。宝玉应了几个"是"。

老嬷嬷跟至厅上，只见宝玉的奶兄李贵和王荣、张若锦、赵亦华、钱启、周瑞六个人，带着茗烟、伴鹤、锄药、扫红四个小厮，背着衣包，抱着坐褥，笼着一匹雕鞍彩辔的白马，早已伺候多时了。老嬷嬷又吩咐了他六人些话，六个人忙答应了几个“是”，忙捧鞭坠镫。宝玉慢慢的上了马，李贵和王荣笼着嚼环，钱启、周瑞二人在前引导，张若锦、赵亦华在两边紧贴宝玉后身。宝玉在马上笑道：“周哥、钱哥，咱们打这角门走罢，省得到了老爷的书房门口又下来。”周瑞侧身笑道：“老爷不在家，书房天天锁着的，爷可以不用下来罢了。”宝玉笑道：“虽锁着，也要下来的。”钱启、李贵等都笑道：“爷说的是，便托懒不下来，倘或遇见赖大爷、林二爷，虽不好说爷，也劝两句。有的不是，都派在我们身上，又说我们不教爷礼了。”周瑞、钱启便一直出角门来。

正说话时，顶头果见赖大进来。宝玉忙笼住马，意欲下来。赖大忙上来抱住腿，宝玉便在镫上站起来，笑携他的手，说了几句话。接着又见一个小厮带着二三十个拿扫帚簸箕的人进来，见了宝玉，都顺墙垂手立住。独那为首的小厮打千儿，请了一个安。宝玉不识名姓，只微笑点了点头儿。马已过去，总为后文伏线。那人方带了人去了。于是出了角门，门外又有李贵等六人的小厮并几个马夫，早预备下十来匹马专候。一出了角门，李贵等都各上了马，前引傍围的，一阵烟去了。不在话下。

这里晴雯吃了药，仍不见病退，急的乱骂大夫，说：“只会骗人的钱，一剂好药也不给人吃。”奇文，真娇憨女儿之语也。麝月笑劝他道：“你太性急了。俗语说，‘病来如山倒，病去如抽丝。’又不是老君的仙丹，都有这样灵药！你只静养几天，自然好了。你越急越着手！”晴雯又骂小丫头子们：“那里钻沙去了？瞅我病了，都大胆子走了。明儿我好了，一个一个的才揭你们的皮呢！”唬的小丫头子篆儿忙进来问：“姑娘作什么？”此“姑娘”亦“姑姑”“娘娘”之称。亦如贾琏处小厮呼平儿，皆南北互用一语也。脂砚。晴雯道：“别人都死绝了，就剩了你不成？”

说着，只见坠儿也徯了进来。晴雯道：“你瞧瞧这小蹄子，不问他还不来呢！这里又放月钱了，又散果子了，你该跑在头里了！你往前些，我不是老虎吃了你。”坠儿只得前凑，晴雯便冷不防欠身一把将他的手抓住，是病卧之时。向枕边取了一丈青，向他手上乱戳，口内骂道：“要这爪子作什么。拈不得针，拿不动线，只会偷嘴吃，眼皮子又浅，爪子又轻，打嘴现世的，不如戳烂了。”坠儿疼的乱哭乱喊。麝月忙拉开坠儿，按晴雯睡下，笑道：“才出了汗，又作死！等你好了，要打多少打不得？这会子闹什么！”晴雯便命人叫宋嬷嬷进来，说道：“宝二爷才告诉了我，叫我告诉你们，坠儿很懒，宝二爷当面使他，他拨嘴儿不动，连袭人使他，他背后骂他。今儿务必打发他出去。明儿宝二爷亲自回太太就是了。”宋嬷嬷听了，心下便知镯子事发，因笑道：“虽如此说，也等花姑娘回来知道了，再打发他。”晴雯道：“宝二爷今儿千叮咛万嘱咐的，什么‘花姑娘’‘草姑娘’，我们自然有道理。你只依我的话，快叫他家的人来领他出去！”麝月道：“这也罢了，早也去，晚也去，带了去，早清净一日。”

宋嬷嬷听了，只得出去唤了他母亲来，打点了他的东西，又来见晴雯等，说道：“姑娘们怎么了，你侄女儿不好，“侄女”二字妙，余前注不谬。你们教导他，怎么撵出去？也到底给我们留个脸儿。”

晴雯道："你这话只等宝玉来问他，与我们无干。"那媳妇冷笑道："我有胆子问他去！他那一件事不是听姑娘们的调停？他纵依了，姑娘们不依，也未必中用。比如方才说话，虽是背地里，姑娘就直叫他的名字。在姑娘们就使得，在我们就成了野人了。"

晴雯听说，一发急红了脸，说道："我叫了他的名字了，你在老太太跟前告我去！说我撒野，也撵出我去！"麝月忙道："嫂子你只管带了人出去，有话再说。这个地方岂有你叫喊讲礼的？你见谁和我们讲过礼？别说嫂子你，就是赖奶奶、林大娘，也得担待我们三分。便是叫名字，从小儿直到如今，都是老太太吩咐过的，你们也知道的，恐怕难养活，巴巴的写了他的小名儿，各处贴着，叫万人叫去，为的是好养活。连挑水、挑粪花子都叫得，何况我们！连昨日林大娘叫了一声'爷'，老太太还说他呢！此是一件。二则我们这些人常回老太太的话去，可不叫着名字回话，难道也称'爷'？那一日不把'宝玉'两个字念二百遍！偏嫂子又来挑这个来了。过一日嫂子闲了，在老太太、太太跟前，听听我们当着面儿叫他，就知道了。嫂子原也不得在老太太、太太跟前当些体统差事，成年家只在三门外头混，怪不得不知我们里头的规矩。这里不是嫂子久站的，再一会，不用我们说话，就有人来问你了。有什么分证话，且带了他去，你回了林大娘，叫他来找二爷说话。家里上千的人，你也跑来，我也跑来，我们认人问姓，还认不清呢！"说着，便叫小丫头子："拿了擦地的布来擦地！"

那媳妇听了，无言可对，亦不敢久立，赌气带了坠儿就走。宋妈妈忙道："怪道你这嫂子不知规矩，你女儿在这屋里一场，临去时，也给姑娘们磕个头。没有别的谢礼——便有谢礼，他们也不稀罕，不过磕个头，尽了心。怎么说走就走？”坠儿听了，只得翻身进来，给他两个磕了两个头，又找秋纹等。他们也不睬他。那媳妇嗐声叹气，不敢多言，抱恨而去。

晴雯方才又闪了风，着了气，反觉更不好了。翻腾至掌灯，刚安静了些，只见宝玉回来，进门就嗐声跺脚。麝月忙问原故，宝玉道：“今儿老太太喜喜欢欢的给了这个褂子，谁知不防后襟子上烧了一块，幸而天晚了，老太太、太太都不理论。”一面说，一面脱下来。麝月瞧时，果见有指顶大的烧眼，说：“这必定是手炉里的火迸上了，这不值什么，赶着叫人悄悄的拿出去，叫个能干织补匠人织上就是了。”说着便用包袱包了，交与一个妈妈送出去，说：“赶天亮就有才好，千万别给老太太、太太知道。”

婆子去了半日，仍旧拿回来，说：“不但能干织补匠人，就连裁缝绣匠并作女工的问了，都不认得这是什么，都不敢揽。”麝月道：“这怎么样呢！明儿不穿也罢了。”宝玉道：“明儿是正日子，老太太、太太说了，还叫穿这个去呢！偏头一日就烧了，岂不扫兴。”晴雯听了半日，忍不住翻身说道：“拿来我瞧瞧罢，没个福气穿就罢了，这会子又着急。”宝玉笑道：“这话倒说的是。”说着便递与晴雯，又移过灯来，细看了一回。晴雯道：“这是孔雀金线织的，如今咱们也拿孔雀金线，就像界线似的界密了，只怕还可混的过去。”麝月笑道：“孔雀线现成的，但这里除了你，还有谁会界线？”晴雯道：“说不得我挣命罢了。”宝玉忙道：“这如何使得？才好了些，如何做得活！”

晴雯道：“不用你蝎蝎螫螫的，我自知道。”一面说，一面坐起来，挽了一挽头发，披了衣裳，只觉头重身轻，满眼金星乱迸，实实撑不住。若不做，又怕宝玉着急，少不得恨命咬牙捱着，便命麝月只帮着拈线。晴雯先拿了一根比一比，笑道："这虽不很像，若补上，也不很显。"宝玉道："这就很好，那里又找哦啰嘶国的裁缝去？"妙谈。晴雯先将里子拆开，用茶杯口大的一个竹弓钉牢在背面，再将破口四边用金刀刮的散松松的，然后用针纫了两条，分出经纬，亦如界线之法，先界出地子后，依本衣之纹来回织补。补两针，又看看，织补两针，又端详端详。无奈头晕眼黑，气喘神虚，补不上三五针，伏在枕上歇一会。

宝玉在旁，一时又问："吃些滚水不吃？"一时又命："歇一歇。"一时又拿一件灰鼠斗篷替他披在背上，一时又命拿个拐枕与他靠着。急的晴雯央道："小祖宗！只管睡罢，再熬上半夜，明儿把眼睛抠搂了，怎么处？"宝玉见他着急，只得胡乱睡下，仍睡不着。

一时只听得自鸣钟已敲了四下，按："四下"乃寅正初刻。"寅"此样写法，避讳也。刚刚补完。又用小牙刷慢慢的剔出绒毛来。麝月道："这就很好，若不留心，再看不出来的。"宝玉忙要了瞧瞧，说道："真真一样了。"晴雯已嗽了几阵，好容易补完了，说了一声："补虽补了，到底不像，我也再不能了。"嗳哟一声，便身不由主倒下了。要知端的，且听下回分解。

此回前幅以药香、花香联络为章法，后幅以西洋鼻烟、西洋依弗哪药、西洋画儿、西洋诗、西洋哦啰嘶国雀金裘联络为章法，极穿插映带之妙。

写宝玉写不尽，却于仆从上描写一番，于管家见时描写一番，于园工诸人上描写一番。园中马是慢慢行，出门后又是一阵烟，大家气象，公子局度如画。

中一段写黛玉与宝玉满怀愁绪，有口难言，说不出一种凄凉，真是吴道子画顶上圆光。

第五十三回

宁国府除夕祭宗祠　荣国府元宵开夜宴

“除夕祭宗祠”一题极博大，“元宵开夜宴”一题极富丽。拟此二题于一回中，早令人惊心动魄，不知措手处，乃作者偏就宝琴眼中款款叙来。首叙院宇匾对，次叙抱厦匾对，后叙正堂匾对，字字古艳。槛以外、槛以内是男女分界处，仪门以外、仪门以内是主仆分界处。献帛、献爵择其人，应昭、应穆从其讳，是一篇绝大典制文字。最高妙是“神主看不真切”一句，最苦心是用贾蓉为槛边传蔬人，用贾芷等为仪门传蔬人，体贴入细。噫，文心至此，脉绝血枯矣，谁是知音者！

话说宝玉见晴雯将雀裘补完，已使的力尽神危，忙命小丫头子来替他捶着，彼此捶打了一会歇下。没一顿饭的工夫，天已大亮，且不出门，只叫快传大夫。一时王太医来了，诊了脉，疑惑说道：“昨日已好了些，今日如何反虚浮微缩起来，敢是吃多了饮食？不然就是劳了神思。外感却倒清了，这汗后失于调养，非同小可。”一面说，一面出去开了药方进来。

宝玉看时，已将疏散驱邪诸药减去，倒添了茯苓、地黄、当归等益神养血之剂。宝玉忙命人煎去，一面叹说：“这怎么处！倘或有个好歹，都是我的罪孽。”晴雯睡在枕上嗐道：“好太爷，你干你的去罢，那里就得痨病了！”宝玉无奈，只得去了。至下半天，说身上不好，就回来了。

晴雯此症虽重，幸亏他素习是个使力不使心的，再者素习饮食清淡饥饱无伤。这贾宅中的风俗秘法，无论上下，只一略有些伤风咳嗽，总以净饿为主，次则服药调养。故于前日一病时，净饿了两三日，又谨慎服药调治，如今劳碌了些，又加倍培养了几日，便渐渐的好了。近日园中姊妹皆各在房中吃饭，炊爨饮食亦便，宝玉自能变法要汤要羹调停，不必细说。

袭人送母殡后，业已回来，麝月便将平儿所说宋妈、坠儿一事，并晴雯撵逐出去等话，一一也曾回过宝玉。袭人也没别说，只说太性急了些。

只因李纨亦因时气感冒，邢夫人又正害火眼，迎春、岫烟皆过去朝夕侍药，妙在一人不落，事事皆到。李婶之弟又接了李婶和李纹、李绮家去住几日，来的也有理，去的也有情。宝玉又见袭人常常思母含悲，晴雯犹未大愈，因此诗社之日，皆未有人作兴，便空了几社。

当下已是腊月，离年日近，王夫人与凤姐治办年事。王子腾升了九省都检点，贾雨村补授了大司马，协理军机参赞朝政，不题。

且说贾珍那边开了宗祠，着人打扫，收拾供器，请神主，又打扫上房，以备悬供遗真影像，此时荣、宁二府内外上下，皆是忙忙碌碌。这日，宁府中尤氏正起来，同贾蓉之妻打点送贾母这边的针线礼物，正值丫头捧了一茶盘押岁锞子进来，回说：“兴儿回奶奶，前儿那一包碎金子共是一百五十三两六钱七分，里头成色不等，共总倾了二百二十个锞子。”说着递上去。尤氏看了看，只见也有梅花式的，也有海棠式的，也有笔锭如意的，也有八宝联春的。尤氏命：“收起这个来，叫他把银锞子快快交了进来。”丫鬟答应去了。

一时贾珍进来吃饭，贾蓉之妻回避了。贾珍因问尤氏：“咱们春祭的恩赏可领了不曾？”尤氏道：“今儿我打发蓉儿关去了。”贾珍道：“咱们家虽不等这几两银子使，多少是皇上天恩，早关了来，给那边老太太见过，置了祖宗的供，上领皇上的恩，下则是托祖宗的福。咱们那怕用一万银子供祖宗，到底不如这个，又体面，又是沾恩锡福的。除咱们这样一二家之外，那些世袭穷官儿家，若不仗着这银子，拿什么上供过年。真正皇恩浩大，想的周到。”尤氏道：“正是这话。”

二人正说着，只见人回：“哥儿来了。”贾珍便命叫他进来，只见贾蓉捧了一个小黄布口袋进来。贾珍道：“怎么去了这一日？”贾蓉陪笑回说：“今儿不在礼部关领，又分在光禄寺库上，因又到了光禄寺才领了下来。光禄寺的官儿们都说问父亲好，多日不见，都着实想念。”贾珍笑道：“他们那里是想我，这又到了年下来，不是想我的东西，就是想我的戏酒了。”一面说，一面瞧那黄布口袋上有印，就是“皇恩永锡”四个大字，那一边又有礼部祠祭司的印记，又写着一行小字，道是：“宁国公贾演、荣国公贾源，恩赐永远春祭赏共二分，净折银若干两。某年月日龙禁尉候补侍卫贾蓉当堂领讫。值年寺丞某人。”下面一个朱笔花押。

贾珍吃过饭，盥漱毕，换了靴帽，命贾蓉捧着银子跟了来，回过贾母、王夫人，又至这边，回过贾赦、邢夫人，方回家去，取出银子，命将口袋向宗祠大炉内焚了。又命贾蓉道："你去问问你琏二婶子，正月里请吃年酒的日子拟了没有。若拟定了，叫书房里明白开了单子来，咱们再请时，就不能重犯了。旧年不留心，重了几家，不说咱们不留神，倒像两宅商议定了送虚情怕费事一样。"贾蓉忙答应了过去。一时，拿了请人吃年酒的日期单子来了，贾珍看了，命交与赖升去看了，请人别重这上头日子。因在厅上看着小厮们抬围屏，擦抹几案金银供器。只见小厮手里拿着个禀帖并一篇账目，回说："黑山村乌庄头来了。"

贾珍道："这个老砍头的，今儿才来！"说着，贾蓉接过禀帖和账目，忙展开捧着。贾珍倒背着两手，向贾蓉手内看红禀帖上写着："门下庄头乌进孝叩请爷、奶奶万福金安，并公子小姐金安。新春大喜大福，荣贵平安，加官进禄，万事如意。"贾珍笑道："庄家人有些意思。"贾蓉也忙笑说："别看文法，只取个吉利罢了。"一面忙展开单子看时，只见上面写着：

大鹿三十只，獐子五十只，狍子五十只，暹猪二十个，汤猪二十个，龙猪二十个，野猪二十个，家腊猪二十个，野羊二十个，青羊二十个，家汤羊二十个，家风羊二十个，鲟鳇鱼二个，各色杂鱼二百斤，活鸡、鸭、鹅各二百只，风鸡、鸭、鹅各二百只，野鸡、兔子各二百对，熊掌二十对，鹿筋二十斤，海参五十斤，鹿舌五十条，牛舌五十条，蛏干二十斤，榛、松、桃、杏穰各二口袋，大对虾五十对，干虾二百斤，银霜炭上等选用一千斤，中等二千斤，柴炭三万斤，御田胭脂米二石、《在园杂志》曾有此说。碧糯五十斛，白糯五十斛，粉粳五十斛，杂色粱谷各五十斛，下用常米一千石，各色干菜一车，外卖粱谷、牲口各项之银共折银二千五百两。外门下孝敬哥儿姐儿顽意：活鹿两对，活白兔四对，黑兔四对，活锦鸡两对，西洋鸭两对。

贾珍便命带进他来。一时，只见乌进孝进来，只在院内磕头请安。贾珍命人拉他起来，笑说："你还硬朗？"乌进孝笑回："托爷的福，还能走的动。"贾珍道："你儿子也大了，该叫他走走也罢了。"乌进孝笑道："不瞒爷说，小的们走惯了，不来也闷的慌。他们可不是都愿意来见见天子脚下世面？他们到底年轻，怕路上有闪失，再过几年，就可放心了。"贾珍道："你走了几日？"乌进孝道："回爷的话，今年雪大，外头都是四五尺深的雪，前日忽然一暖一化，路上竟难走的很，耽搁了几日，虽走了一个月零两日，因日子有限了，怕爷心焦，可不赶着来了？"贾珍道："我说呢，怎么今儿才来。我才看那单子上，今年你这老货又来打擂台来了。"乌进孝忙进前了两步，回道："回爷说，今年年成实在不好。从三月下雨起，接接连连直到八月，竟没有一连晴过五日。九月里一场碗大的雹子，方近一千三百里地，连人带房并牲口粮食，打伤了上千上万的，所以才这样。小的并不敢说谎。"贾珍皱眉道："我算定了你至少也有五千两银子来，这够作什么的？如今你们一共只剩了八九个庄子，今年倒有两个报了旱涝，你们又打擂台，真真是又教别过年了。”

乌进孝道：“爷的这地方还算好呢！我兄弟离我那里只一百多里，谁知竟大差了。他现管着那府里八处庄地，比爷这边多着几倍，今年也只这些东西，不过多二三千两银子，也是有饥荒打呢。”贾珍道：“正是呢！我这边都可，没有什么外项大事，不过是一年的费用。费些我就受用些，我受些委屈就省些。再者年例送人请人，我把脸皮厚些，可省些也就完了。比不得那府里，这几年添了许多花钱的事，一定不可免是要花的，却又不添些银子产业，这一二年倒赔了许多。不和你们要，找谁去！”乌进孝笑道：“那府里如今虽添了事，有去有来，娘娘和万岁爷岂不赏的？”是庄头口中语气。脂砚。贾珍听了，笑向贾蓉等道：“你们听，他这话可笑不可笑？”贾蓉等忙笑道：“你们山坳海沿子上的人，那里知道这道理。娘娘难道把皇上的库给了我们不成？他心里纵有这心，他也不能作主。岂有不赏之理？按时到节，不过是些彩缎、古董顽意儿。纵赏银子，不过一百两金子，才值了一千两银子，够一年的什么？这二年，那一年不多赔出几千银子来！头一年省亲，连盖花园子，你算算那一注共花了多少，就知道了。再两年再一回省亲，只怕就净穷了。”贾珍笑道：“所以他们庄家老实人，外明不知里暗的事。黄柏木作磬槌子——外头体面里头苦。”新鲜趣语。贾蓉又笑向贾珍道：“果真那府里穷了。前儿我听见凤姑娘此亦南北互用之文，前注不谬。和鸳鸯悄悄商议，要偷出老太太的东西去当银子呢！”贾珍笑道：“那又是你凤姑娘的鬼，那里就穷到如此！他必定是见去路太多了，实在赔的狠了，不知又要省那一项的钱，先设此法使人知道，说穷到如此了。我心里却有一个算盘，还不至如此田地。”说着，便命人带乌进孝出去，好生待他，不在话下。

这里贾珍吩咐将方才各物留出供祖宗的来，将各样取了些，命贾蓉送过荣府里。然后自己留了家中所用的，余者派出等例来，一分一分的堆在月台下，命人将族中的子侄唤来与他们。接着荣国府也送了许多供祖之物及与贾珍之物。贾珍看着收拾完备供器，靸着鞋，披着猞猁狲大裘，命人在厅柱下石矶上太阳中铺了一个大狼皮褥子，负暄闲看各子弟们来领取年物。因见贾芹亦来领物，贾珍叫他过来，说道：“你作什么也来了？谁叫你来的？”贾芹垂手回说：“听见大爷这里叫我们领东西，我没等人去，就来了。”贾珍道：“我这东西原是给你那些闲着无事的、无进益的小叔叔兄弟们的。那二年你闲着，我也给过你的，你如今在那府里管事，家庙里管和尚道士们，一月又有你的分例外，这些和尚的分例银子都从你手里过，你还来取这个，太也贪了！你自己瞧瞧，你穿的像个手里使钱办事的？先前说你没进益，如今又怎么了？比先倒不像了？”贾芹道：“我家里原人口多，费用大。”贾珍冷笑道：“你还支吾我，你在家庙里干的事，打量我不知道呢！你到了那里，自然是爷了，没人敢违拗你。你手里又有了钱，离着我们又远，你就为王称霸起来，夜夜招聚匪类赌钱，这一回文字断不可少。养老婆小子。这会子花的这个形象，你还敢领东西来？领不成东西，领一顿驮水棍去才罢。等过了年，我必和你琏二叔说，换你回来。”贾芹红了脸，不敢答应。

人回：“北府水王爷送了字联、荷包来了。”贾珍听说，忙命贾蓉出去款待：“只说我不在家。”贾蓉去了。这里贾珍看着领完东西，回房与尤氏吃毕晚饭，一宿无话。至次日，更比往日忙，都不必细说。

已到了腊月二十九日了，各色齐备，两府中都换了门神、联对、挂牌，新油了桃符，焕然一新。宁国府从大门、仪门、大厅、暖阁、内厅、内三门、内仪门并内塞门，直到正堂，一路正门大开，两边阶下一色朱红大高照，点的两条金龙一般。次日，由贾母有诰封者，皆按品级着朝服，先坐八人大轿，带领着众人进宫朝贺。行礼领宴毕回来，便到宁国府暖阁下轿。诸子弟有未随入朝者，皆在宁府门前排班伺候，然后引入宗祠。

且说宝琴是初次，一面细细留神打量这宗祠。原来宁府西边另一个院子，黑油栅栏内五间大门，上悬一块匾，写着是“贾氏宗祠”四个字，旁书“衍圣公孔继宗书”。两旁有一副长联，写道是：

肝脑涂地，兆姓赖保育之恩；
功名贯天，百代仰蒸尝之盛。

亦衍圣公所书。进入院中，白石甬路，两边皆是苍松翠柏。月台上设着青绿古铜鼎彝等器。抱厦前上面悬一九龙金匾，写道是“星辉辅弼”，乃先皇御笔。两边一副对联，写道是：

勋业有光昭日月，功名无间及儿孙。

亦是御笔。五间正殿前悬一闹龙填青匾，写道是“慎终追远”。

旁边一副对联，写道是：

已后儿孙承福德，至今黎庶念荣宁。

俱是御笔。里边香烛辉煌，锦帐绣幕。虽列着神主，却看不真切。只见贾府人分昭穆，排班立定：贾敬主祭，贾赦陪祭，贾珍献爵，贾琏、贾琮献帛，宝玉捧香，贾菖、贾菱展拜毯，守焚池。青衣乐奏，三献爵，拜兴毕，焚帛，奠酒。礼毕，乐止，退出。

众人围随贾母至正堂上。影前锦幔高挂，彩屏张护，香烛辉煌。上面正居中悬着宁、荣二祖遗像，皆是披蟒腰玉，两边还有几轴列祖遗影。贾荇、贾芷等从内仪门挨次列站，直到正堂廊下。槛外方是贾敬、贾赦，槛内是各女眷。众家人小厮皆在仪门之外。

每一道菜至，传至仪门，贾荇、贾芷等便接了，按次传至阶上贾敬手中。贾蓉系长房长孙，独他随女眷在槛内，每贾敬捧菜至，传于贾蓉，贾蓉便传于他妻子，又传于凤姐、尤氏诸人，直传至供桌前，方传于王夫人。王夫人传于贾母，贾母方捧放在桌上。邢夫人在供桌之西，东向立，同贾母供放。直至将菜饭汤点酒茶传完，贾蓉方退出下阶，归入贾芹阶位之首。

凡从文旁之名者，贾敬为首；下则从玉者，贾珍为首；再下从草头者，贾蓉为首。左昭右穆，男东女西。俟贾母拈香下拜，众人方一齐跪下。将五间大厅，三间抱厦，内外廊檐，阶上阶下两丹墀内，花团锦簇，塞的无一隙空地。鸦雀无闻，只听铿锵叮当，金铃、玉珮微微摇曳之声，并起跪靴履飒沓之响。一时礼毕，贾敬、贾赦等便忙退出，至荣府专候与贾母行礼。

尤氏上房早已袭地铺满红毡，当地放着象鼻三足鳅沿鎏金珐琅大火盆，正面炕上铺着新猩红毡，设着大红彩绣云龙捧寿的靠背引枕，外另有黑狐皮的袱子搭在上面，大白狐皮坐褥，请贾母上去坐了。两边又铺皮褥，请贾母一辈的两三个妯娌坐了。这边横头排插之后小炕上，也铺了皮褥，让邢夫人等坐了。地下两面相对十二张雕漆椅上，都是一色灰鼠椅搭小褥，每一张椅下一个大铜脚炉，让宝琴等姊妹坐了。尤氏用茶盘亲捧茶与贾母，蓉妻捧与众老祖母，然后尤氏又捧与邢夫人等，蓉妻又捧与众姊妹。凤姐、李纨等只在地下伺候。茶毕，邢夫人等便先起身来侍贾母。贾母吃茶，与老妯娌闲话了两三句，便命看轿。

凤姐儿忙上去挽起来，尤氏笑回说："已经预备下老太太的晚饭，每年都不肯赏些体面，用过晚饭过去，果然我们就不及凤丫头不成？"凤姐儿搀着贾母笑道："老祖宗快走！咱们家去吃饭，别理他！"贾母笑道："你这里供着祖宗，忙的什么似的，那里还搁的住闹？况且每年我不吃，你们也要送去的。不如还送了去，我吃不了，留着明儿再吃，岂不多吃些？"说的众人都笑了。又吩咐他："好生派妥当人夜里看香火，不是大意得的。"尤氏答应了。一面走出来，至暖阁前上了轿。尤氏等闪过屏风，小厮们才领轿夫，请了轿出大门。尤氏亦随邢夫人等同至荣府。

这里轿出大门，这一条街上，东一边合面设列着宁国府的仪仗执事乐器，西一边合面设列着荣国府的仪仗执事乐器，来往行人皆屏退不从此过。一时来至荣府，也是大门正厅直开到底。如今便不在暖阁下轿了，过了大厅，便转弯向西，至贾母这边正厅上下轿。

众人围随同至贾母正室之中，亦是锦裀绣屏，焕然一新。当地火盆内焚着松柏香、百合草。贾母归了坐，老嬷嬷来回：“老太太们来行礼。”贾母忙又起身要迎，只见两三个老妯娌已进来了。大家挽手笑了一回，让了一回。吃茶去后，贾母只送至内仪门便回来归正坐。

贾敬、贾赦等领诸子弟进来。贾母笑道：“一年价难为你们，不行礼罢！”一面说着，一面男一起，女一起，一起一起俱行过了礼。左右两旁设下交椅，然后又按长幼挨次归坐受礼。两府男妇小厮丫鬟亦按差役上中下行礼毕，散押岁钱、荷包、金银锞，摆上合欢宴来，男东女西归坐，献屠苏酒、合欢汤、吉祥果、如意糕毕，贾母起身进内间更衣，众人方各散出。

那晚各处佛堂灶王前焚香上供，王夫人正房院内设着天地纸马香供，大观园正门上也挑着大明角灯，两溜高照，各处皆有路灯。上下人等，皆打扮的花团锦簇。一夜人声嘈杂，语笑喧阗，爆竹起火，络绎不绝。

至次日五鼓，贾母等又按品大妆，摆全副执事进宫朝贺，兼祝元春千秋。领宴回来，又至宁府祭过列祖，方回来。受礼毕，便换衣歇息，所有贺节来的亲友一概不会，只和薛姨妈、李婶二人说话取便，或者同宝玉、宝琴、钗、玉等姊妹赶围棋、抹牌作戏。王夫人与凤姐是天天忙着请人吃年酒，那边厅上院内皆是戏酒，亲友络绎不绝，一连忙了七八日才完了。早又元宵将近，宁、荣二府皆张灯结彩。十一日是贾赦请贾母等，次日贾珍又请，贾母皆去随便领了半日。王夫人和凤姐儿连日被人请去吃年酒，不能胜记。

至十五日之夕，贾母便在大花厅上，命摆几席酒，定一班小戏，满挂各色佳灯，带领荣宁二府各子侄孙男孙媳等家宴。贾敬素不茹酒，也不去请他，于后十七日祖祀已完，他便仍出城去修养。便这几日在家内，亦是静室默处，一概无听无闻，不在话下。

贾赦略领了贾母之赐，也便告辞而去。贾母知他在此彼此不便，也就随他去了。贾赦自到家中与众门客赏灯吃酒，自然是笙歌聒耳，锦绣盈眸，其取便快乐另与这边不同的。又交代一个。

这边贾母花厅之上共摆了十来席，每一席旁边设一几，几上设炉瓶三事，焚着御赐百合宫香。又有八寸来长、四五寸宽、二三寸高的点着山石布满青苔的小盆景，俱是新鲜花卉。又有小洋漆茶盘，内放着旧窑茶杯并十锦小茶吊，里面泡着上等名茶。一色皆是紫檀透雕，嵌着大红纱透绣花卉并草字诗词的璎珞。

原来绣这璎珞的也是个姑苏女子，名唤慧娘，因他亦是书香宦门之家，他原精于书画，不过偶然绣一两件针线作耍，并非市卖之物。凡这屏上所绣之花卉，皆仿的是唐、宋、元、明各名家的折枝花卉，故其格式配色皆从雅，本来非一味浓艳匠工可比。每一枝花侧皆用古人题此花之旧句，或诗词歌赋不一，皆用黑绒绣出草字来，且字迹勾踢转折，轻重连断，皆与笔草无异，亦不比市绣字迹板强可恨。他不仗此技获利，所以天下虽知，得者甚少。凡世宦富贵之家，无此物者甚多。当今便称为“慧绣”，竟有世俗射利者，近日仿其针迹，愚人获利。偏这慧娘命夭，十八岁便死了，如今竟不能得一件的了。凡所有之家，纵有一两件，皆珍藏不用。有那一干翰林文魔先生们，因深惜“慧绣”之佳，便说这“绣”字不能尽其妙，这样笔迹说一“绣”字，反似乎唐突了。便大家商议了，将“绣”字便隐去，换了一个“纹”字，所以如今都称“慧纹”。若有一件真“慧纹”之物，价则无限。贾府之荣，也只有两三件，上年将那两件已进了上，目下只剩这一副璎珞，一共十六扇。贾母爱如珍宝，不入在请客各色陈设之内，只留在自己这边，高兴摆酒时赏玩。又有各色旧窑小瓶中，都点缀着“岁寒三友”“玉堂富贵”等新鲜花草。

上面两席是李婶、薛姨妈二位。贾母于东边设一透雕夔龙护屏矮足短榻，靠背、引枕、皮褥俱全。榻之上一头又设一个极轻巧洋漆描金小几，几上放着茶吊、茶碗、漱盂、洋巾之类，又有一个眼镜匣子。贾母歪在榻上，与众人说笑一回，又自取眼镜向戏台上照一回，又向薛姨妈、李婶笑说：“恕我老了，骨头疼，放肆，容我歪着相陪罢！”因又命琥珀坐在榻上，拿着美人拳捶腿。

榻下并不摆席面，只一张高几，却设着璎珞、花瓶、香炉等物。外另设一精致小高桌，设着酒杯匙箸，将自己这一席设于榻旁，命宝琴、湘云、黛玉、宝玉四人坐着，每一馔一果来，先捧与贾母看了，喜则留在小桌上尝一尝，仍撤了放在他四人席上，只算他四人是跟着贾母坐。故下面方是邢夫人、王夫人之位，再下便是尤氏、李纨、凤姐、贾蓉之妻。西边一路便是宝钗、李纹、李绮、岫烟、迎春姊妹等。两边大梁上挂着一对联三聚五玻璃芙蓉彩穗灯，每一席前竖一柄漆干倒垂荷叶，叶上有烛信，插着彩烛。这荷叶乃是錾珐琅的，活信可以扭转，如今皆将荷叶扭转向外，将灯影逼住，全向外照，看戏分外真切。窗格门户一齐摘下，全挂彩穗各种宫灯。廊檐内外及两边游廊罩棚，将各色羊角、玻璃、戳纱、料丝，或绣或画，或堆或抠，或绢或纸，诸灯挂满。

廊上几席，便是贾珍、贾琏、贾环、贾琮、贾蓉、贾芹、贾芸、贾菱、贾菖等。贾母也曾差人去请众族中男女，奈他们或有年迈懒于热闹的；或有家内没有人不便来的；或有疾病淹缠，欲来竟不能来的；或有一等妒富愧贫不来的；甚至于有一等憎畏凤姐之为人而赌气不来的；或有羞手羞脚，不惯见人，不敢来的。因此族众虽多，女客来者只不过贾菌之母娄氏带了贾菌来了，男子只有贾芹、贾芸、贾菖、贾菱四个现是在凤姐麾下办事的来了。当下人虽不全，在家庭间小宴中，数来也算是热闹的了。当下又有林之孝之妻带了六个媳妇，抬了三张炕桌，每一张上搭着一条红毡，毡上放着选净一般大新出局的铜钱，用大红彩绳串着，每二人搭一张，共三张。林之孝家的指示，将那两张摆至薛姨妈、李婶的席下，将一张送至贾母榻下来。贾母便说："放在当地罢！"这媳妇们都素知规矩的，放下桌子，一并将钱都打开，将彩绳抽去，散堆在桌上。

正唱《西楼·楼会》这出将终，于叔夜因赌气去了，那文豹便发科诨道："你赌气去了，恰好今日正月十五，荣国府中老祖宗家宴。待我骑了这马，赶进去讨些果子吃是要紧的。"说毕，引的贾母等都笑了。薛姨妈等都说："好个鬼头孩子，可怜见的！"凤姐便说："这孩子才九岁了。"贾母笑说："难为他说的巧！"便说了一个"赏"字，早有三个媳妇已经手下预备下小簸箩，听见一个"赏"字，走上去，向桌上的散钱堆内，每人便撮了一簸箩，走出来向戏台说："老祖宗、姨太太、亲家太太赏文豹买果子吃的！"说着，向台上便一撒，只听豁啷啷满台的钱响。

贾珍、贾琏已命小厮们抬了大簸箩的钱来，暗暗的预备在那里，听见贾母一赏，要知端的——

叙元宵一宴，却不叙酒何以清，菜何以馨，客何以盛，令何以行。先于香茗古玩上渲染，几榻坐次上铺叙，隐隐为下回张本，有无限含蓄，超迈獭祭者百倍。

前半整饬，后半疏落，浓淡相间。祭宗祠在宁府，开夜宴在荣府，分叙不犯手。是作者胸有成竹处。

「若水古社」

高高国际国学品牌